U0037487

大旗出版
BANNER PUBLISHING

大旗出版
BANNER PUBLISHING

木盒記

推薦序

案頭放著一本小說書稿，不經意間翻開，頓時被書中的故事所吸引。《木盒記》描寫的是發生在清朝末年至民國初年時期的一個復仇故事，雖是舊事，足以喻今。小說用曲折奇險的故事情節，構築了一座智慧的大廈，蘊含了中華古今千年的生存哲學，在傳奇性的故事中剖析人性，揭示人生的智慧，探尋人生的終極意義。

小說行文風格新奇，採用英雄傳奇的筆法，汲取了西方荒誕派藝術的精華，開場即奇，奇事連連，圍繞主人公張玉的命運展開故事，每回留有關子，環環相扣，高潮迭起，緊緊扣住讀者心弦，令人欲罷不能。

書中多有荒誕的暗喻。比如第五回中寫張志遠的師父吳清「轉身上牛，飄飄然，南出函谷關而去」，就是以荒誕的筆法，暗指吳清雖然博學，卻不能明辨人生方向，將集博學與迂腐於一身的吳清形象刻畫得淋漓盡致，入木三分。

更加值得一提的是，小說對生活、對人生的深刻思考和反省。第十九回中寫道：「眾人皆以為自己是碌碌之輩，隨波逐流而已，豈不知這樣想、這樣做便是世間第一等惡，自己不覺作惡，然而其惡最深最大，最不可赦。」對當今社會人性的自私和麻木進行了無情的鞭撻和拷問，值得回味。

書中對官場形態的描寫也顯示了作者人生閱歷的豐富和對官場潛規則的深入思考：「官場險惡，人人自危，所以相互之間都要拉幫結派，以求互保。這其中又是只能有所承諾，並不能立下合同字據，全仗朋友義氣，因此官場中人，更加講究一個「義」字。說起話來，竟比那些江湖黑話還要黑上十倍。至於黨紀國法，不過是派系紛爭，相互纏鬥之時利用的工具，誰又會真的去拿來認真說事兒？」細細思之，何嘗沒有道理？

作者對宗教意義的思考，對復仇意義的思考，也都有自己獨到的見解。

書中文字敘述簡潔省淨，刻畫人物形象鮮明生動。既有豁達善良而又精明善財的方丈進寶法師，老謀深算而又無恥怕事的官爺龔陰業等主要人物，又有淳樸憨厚的蘆芽山大爺，無恥貪利的珠寶商董光等次要人物，一勾一畫，無不妙趣天成，引人入勝。

書中的詩詞也是絕美。一首《釵頭鳳》讀來尤其讓人纏綿悱惻，盪氣迴腸。

牡丹瘦，嫦娥袖，玉雪紛飛廣寒酒。誓如昨，淚空多，十載相思，一朝散落，錯，錯，錯！

痴心謬，良宵漏，睹物思人朱顏舊。奇寒徹，心意薄，分別易訴，離愁難說，莫，莫，莫！

正如書中所說，「過去和現在，又是何其相似！歷史的車輪，周而復始，不停不休，始終滾滾向前。生活在其中的人們，一輩又一輩，始終在過著一種嶄新而先人們也同樣在過著的生活。」

如果您是一位飽經滄桑的老者，讀了此書，您會覺得，這正是我所經歷的人生！如果您還涉世未深，這本書將會告訴您，什麼才是真實的人生。

合上書稿，我從這個奇妙的故事中走出來，也踏入了這個「嶄新而先人們也同樣在過著的生活。」

《中國電力報》馮義軍

推薦序

我真的很「任性」。作為一個專業圖書出版網站「原創團」的資深版主，我每天都會在網站的投稿論壇裡瀏覽，不為別的，就是愛好。至於閱讀方式嘛，或是蜻蜓點水式、或是深海探幽式，無外乎這兩種，你懂的。

這種多年養成的閱讀習慣伴隨著多如牛毛的或優或劣書稿，已經讓我的閱讀敏感神經不再敏感，就像一個已經和十個姑娘相過親的處男，再看見第十一個時，早已不會再臉紅心跳了。這是一種可怕的麻木。因此，大多數投稿都被我蜻蜓點水而過。

大概是今年七月分的某一天，在原創論壇的「懸疑推理」版無意間看到了這篇題為「木盒記」的新書稿兒。說實話，當時這個很土氣的標題並沒吸引我，更談不上眼前一亮了。我原本就不是懸疑愛好者，我一直認為日本西村壽行那部早年的《追捕》，是懸疑推理類作品中一部再也無法踰越的巔峰。倒是這個網名叫做「穿越千年」的新人作者，讓我提起了一絲精神去看書稿的開篇。

懸疑之一

「有愛就這麼任性。」（套用二〇一四年度網路的走紅用語：有錢就這麼任性）

書稿的開頭，是一首古體詩，很老道豁達，老道豁達得看破了紅塵，其中蘊藏著沉鬱的愛恨交織和不變的凌霄壯志以及人間大愛。我以此斷定，此書作者一定是已經滄桑遍歷、幾經坎坷、看破世態炎涼到了孤獨求敗的份兒上了。

你看：

紅袖嬌顏，終成黃珠笑，
蓋世英豪，原來亂根苗。
一腔兒真情抛灑，何又被無情惹惱。
斷垣殘瓦，只憑清風鬧。
橫流滄海，錚錚風骨傲，
浩渺煙波，悠悠人漸老。
滿腹兒披肝瀝膽，卻怎敵奇謀詐巧。
綠水青山，一任白雲飄。

這個「穿越千年」究竟是一個什麼樣的人？

這是懸疑之一。

懸疑之二

「且讀且驚喜。」（套用二〇一四年度網路走紅用語：且行且珍惜）

作者自稱《木盒記》是中國的《基度山恩仇記》。啊哈，正好我非常不喜歡「基督山」先生。單就那些外國咬嘴的地名人名就曾經讓我頭痛不已。洋貨尚且如此，何況土八路耶？果斷過！

也許是對作者被秒殺的無辜和同情，我終於還是耐下心來，試著讀了下去，幸好這裡沒有外國的長長人名和地名，一個個人物就像我的鄰居一樣上口好記，什麼張志遠、趙雅秋，很接地氣。那首開篇寓意深刻、文采斐然而白話易記的詩詞，已經像航標一樣引領著我順流而下。

小說的開頭開門見山，文風端正如翩翩君子向你微笑；行文準確精煉，詞句雅潔。緊湊的結構和洗練的語言繼承了傳統的寫法，故事情節如流水般步步遞進，時時爆閃著讓讀者意想不到的亮點，一改以往那些懸疑小說把讀者繞來繞去，弄得眼前昏花之後，也不知結果為何物的俗套。這個小說，看似波瀾不驚，卻於無聲無息處，忽然聽到了隆隆逼近的滾滾驚雷，步步玄機，又不故弄玄虛。

是什麼讓它有了這樣的魔力？

這是懸疑之二。

懸疑之三

「我也是醉了。」（借用二〇一四年度網路走紅用語。來自DOTA的意思是，我服了。）

本書除了文風古樸，史料詳實，引經據典之外，還體現了作者很深厚的文學修養和廣博的知識，讓讀者有廣度、有深度地在休閒消遣中拾得了許多曾經在浩淼文海裡遺失的珍貝。對人文、人性、生命意義的思考更是本書的主旨所在。

這本書讓人有閱讀金庸武俠小說似的快感，但絕不同於那些瘋瘋癲癲的娛樂。處處體現出一種不掩其本真，妙至毫巔的荒誕，間或於義憤填膺處跳躍出來的詩句，讓讀者不覺大快朵頤，拍案叫絕！這是當代小說中很「恐龍」的「絕唱」！書中大量的原創詩詞為本書增添了一大看點，猶如藍天白雲下的雲雀，自由浪漫而靈動，妙趣天成。

作者究竟有何功力，能寫出這麼靈動而又深刻的詩句？

這是懸疑之三。

懸疑之四

你真的是穿越千年來到人間的精靈？

後來通過與作者交流，才知道此書作者竟然才三十多歲，充其量也就是個當代小青年。我為之驚嘆！這麼年輕，竟能夠書寫出這麼厚重的文字？竊以為，人家可能就是個穿越千年的修煉不凡的精靈，不慎落到了塵世。

也許……啊不！一定是上帝把修煉人性、人生的智慧錦囊不小心放在了那「木盒」之中，再通過這些文字釋放出來，考驗人性點化蒼生。

不不！或許是上帝故意把那些錦囊裝在「木盒」之中，千年之後灑落了人間。人間逢盛世，上帝也恩賜嘛！

如果有上帝的話，我祈禱這智慧的錦囊常在人間，那裡有人性、人生以及生命的終極意義。代表邪惡的潘朵拉，釋放出人世間所有的邪惡——貪婪、虛無、誹謗、嫉妒、痛苦等等；而我們心中的上帝會把他的一隻神奇魔盒獻給眾生。

如果有上帝的話，我祈禱這智慧的錦囊常在人間，那裡有善良人們需求的一切：正義、人性、人生的終極意義所在……。

哦，那個上帝的魔盒——《木盒記》！

欣聞《木盒記》即將出版，是為序。

原創團版主．編輯　喜歡初夏

木盒記

自序

人生總是有許多意外，譬如這部小說的誕生。之前，我從未想過有一天會寫一部小說，只是最近由於工作的關係，每個週末回家都要經歷往返近二十個小時的車程，漫漫長路，枯燥而乏味，在與地無分南北，年無分老幼的各色人群都神聊了一通之後，覺得聊天也實在沒有什麼意趣了，終於有一天，在百無聊賴之際忽發奇想：這二十個小時的時間，為什麼不寫點什麼呢？於是，這部小說的開頭部分就在火車上誕生了，所以開篇就是「車聲隆隆」。沒想到寫小說也是一件非常有意思的事，漸漸地就從一開始只在車上寫變成了晚上熬夜寫，小說中的大部分文字都是在晚上十點至凌晨兩點之間完成的，寫到入神時，常常欲罷不能。

人生總是有許多意外，譬如這部小說的出版。寫這部小說的初衷，是要紀念自己曾經經歷過的一些人，一些事，寫完了也就想著請三兩好友看看，自娛自樂，以博一笑而已，沒想過要出版。可到了三月底完稿時，我忽然又想要投稿出版了。你看！連我自己都不能預知自己的行為，弄出這個意外來。然而更讓人意外的是，我這部由東方最傳統語言寫成的章回體小說，居然被西方非常權威的美國學術出版社（American Academic Press）在北美地區出版發行了！

人生總是有許多意外，就連小說中的人物也不例外。他們想要怎麼說、怎麼做，也只好由了他們去，隨他們各自的性格和際遇去經歷悲歡離合，最終成就屬於他們自己的人生。

這是一部讓人意外的小說，凝聚了中華古今千百年的智慧，無虛言，無妄言，無冗言。浮繪夢裡人生，白描世間百態。於荒謬時，參知真理。於玄幻處，每見真實。

木盒記

俗話說，世事難料，的確如此。因為，萬事萬物都沒有定數，一切皆有可能。
所以，很意外地，這本書和您見面了！

目次

木盒記

第一回　貪官爺逼兵為匪　巧志遠借店成婚

紅袖嬌顏，終成黃珠笑，
蓋世英豪，原來亂根苗。
一腔兒真情拋灑，何又被無情惹惱。
斷垣殘瓦，只憑清風鬧。

橫流滄海，錚錚風骨傲，
浩渺煙波，悠悠人漸老。
滿腹兒披肝瀝膽，卻怎敵奇謀詐巧。
綠水青山，一任白雲飄。

涼風颯颯，草葉青黃。時近傍晚，一處林間大道上，車聲隆隆，走來一隊人馬。走在隊伍最前面的是一個壯年，身材魁梧，目光炯炯，身後的一幫人馬雖早已勞頓不堪，卻個個面露驚慌之色，毫無倦意。那壯年忽然指著樹林盡頭的一家客店，手一揮，喊道：「大夥兒今晚就在這兒休息吧！」早有客店的人過來張羅。一時人聲馬嘶，漸漸熱鬧起來。

此處正是保定府地界。時西元一八九〇年秋，清光緒十六年。

這一行人是從山西運茶到京城的茶商，途經邯鄲、邢臺，一路邊行走邊貨賣，已經鞍馬勞頓了三月有餘。

人群中一個穿著藍布短衫的瘦削小夥子，也隨著眾人搬運行李，另一個更加瘦小的小夥子如影隨形地跟著他。兩人顯然和其他人不是太熟，一直客客氣氣，謹言慎語。他們的行李就是一個破鋪蓋捲兒和一個很舊的麻布袋。

「張志遠！你的破布袋裡面裝的是什麼，還拖下車來幹麼，怪麻煩的。」一個中年漢子衝藍衫小夥子喊道。

張志遠笑笑道：「都是些木匠的傢伙什兒，全憑著這些夥計吃飯呢。」

「你這些破爛傢伙什兒，扔大路上都沒人撿。趙進寶，你說是不是啊！」那中年漢子嘴上取笑著，彎腰幫張志遠把麻布袋抬進客店，又回頭衝那個領頭的魁梧壯年喊道。

「老李，快幫人家抬進去，就你話多！剛才看人家小兄弟的膽量，可比你強多了！」趙進寶笑道。老李伸伸舌頭，麻利地把布袋抬進客店。

跟在張志遠身後的小夥子背著鋪蓋卷，衝趙進寶感激地笑笑，臉現紅暈，也低頭走了進去。

「老店家，你這邊兒什麼時候有了強盜了？」趙進寶看他們走遠，拉過店家到一邊悄聲問道。

那老店家微微一笑，道：「你們剛走過來，我打眼一看哥兒幾個的神色，就知道是遭了劫了。怎麼樣？嚴重嗎？被劫了多少？」

「倒是沒劫多少。他們雖然人多，我們幾個卻也是多年行走江湖的。我本打算給他們五兩銀子了事，不料他們還想要吃大的。到後來動起手來，他們看看鎮不住我們，竟然亮出幾桿洋槍！眼看著局面要收拾不住，多虧剛才那小夥子站出來說，大傢伙兒出門都是為了求個錢財，若是弄出人命來，附近就有官府，誰也不好脫干係，都耽誤了發財，不如且交個朋友。那幫人看來倒是也怕鬧出人命，見有人這麼說，就有些收手的意思，只是一時下不來台。那小夥子又說，我和這些茶商也不是一夥兒的，不過搭伴走路，身上也沒有什麼錢，拿出一貫錢來請大哥們喝酒吧。那幫人見了，都被這一貫錢給逗笑了，說，爺兒幾個跑了這麼遠的路，哪兒是你這一貫錢就能打發的？倒是看你小小年紀，卻聰明透亮，就交你這個朋友，賣你這個面子。我見狀，連忙奉上那五兩銀子賠罪。那人一笑接過，道，今天犯財神，弟兄們跟我跑這一趟也不容易，這個我就收下了。保定府地界上，我保你安然無恙。唉！這事兒總算就這麼過去了。——這是幫什麼人，口氣挺大。」

「什麼人？這幫人就是官府的兵！俗話說，自古兵匪是一家。你們這就算是走運的，上次的一幫客人，被打得腿斷骨折，錢財也叫人劫掠一空，叫苦連天！最近客商們都不大敢走這條路了。唉！這樣下去，我這小店也就離關門不遠了。」店家搖頭嘆息，轉身進店招呼客人去了。

有店伴兒端過水來，趙進寶在院裡洗漱了，擦抹乾淨。店裡熬熟了菜，用大盆盛了，放在內堂的桌子上，又抬來兩桶米飯，任由客人自盛。那老店家見趙進寶對眾人管束嚴格，知道他們身攜金銀貨物，處處小心，不聽召喚，也就不去搬酒。

這幫人雖然日間受了些驚嚇，卻也不是平生頭一回，幾口熱飯下肚，早將些許煩惱拋向了九霄雲外，大聲說笑起來。

趙進寶拉那老店家坐下吃飯，又請店伴兒搬來一罈祁州大麯，請老店家同飲。其他人則圍坐兩桌，張志遠和那個小夥子也與眾人擠坐在一起。

趙進寶和老店家端起酒，說些生意好做難做的話。幾杯酒下肚，話頭兒漸漸敞開。

趙進寶問道：「剛才您老說這劫道兒的是官府的兵，說著玩笑的吧？」

「什麼玩笑！真的！」那老店家的臉微微泛紅，左右掃了一眼，低聲道：「我雖然不知道你的名姓，但看著你面熟，可也是常從我這兒住的？」

趙進寶道：「對啊！我早年間一年兩次從山西販茶來，回去時帶上北京的景泰藍、保定的易硯，一家老小，全靠著這個過活。每次來，您老的店，我是必住的。近兩年跑內蒙的奶肉皮毛，今年才重又到這邊來做些貨賣生意。」

「嗯。」老店家嘬一口祁州大麯，道：「以前那些年，哪兒有這麼些個劫盜。這也就是近兩年的事兒。」

「哦。現如今官府的也開始劫道兒了？」

「是啊。說起來，他們也是迫於無奈……。」老店家皺皺眉頭，續道：「幾年前新來一任官爺，農林水利道路一概不理，只是研究稅收雜費……。」

「研究稅收雜費卻是為了什麼？」

「為了盤剝受用啊。這位官爺的法兒也簡單巧妙，給各位文吏、捕快人等攤派定額，到某時間必須完成多少銀兩的任務。遇到了違法犯禁的事兒，輕易也不打不殺，不過罰款了事。比如說捕快抓到了一個小偷，也不問刑律哪條哪款，直接看情況或者五十兩，或者五百兩的罰。官府又根據這個捕快頭一年的進項，定個額度，叫做基本金，次年按照這個基本金再加一成，叫做定項。如果次年捕快得的罰款多了，多出定項的都歸自己，如果少了，就得補足定項。」

「這個法兒倒也新奇有趣。」趙進寶笑道。

老店家道：「按著這法兒行了兩年，境內居然大治，戶無爭執，堂無庭訟，路不拾遺，夜不閉戶。」

趙進寶驚訝道：「竟然有這樣的奇效？」轉而一想，已然明白：文吏們拚命斂財，誰還敢報官爭訟？捕快們拚命撈錢，哪裡還會有盜賊的活路？道：「這位官爺好高明的手段！」「這法兒行了幾年，文吏捕快們早已罰無可罰，交不足定項，一個個都急得發瘋。文吏們就發明出來婚喪稅、添丁稅、酒稅、過路稅，日夜徵斂。捕快們乾脆打家劫道，自己兼做了盜賊。那官爺也不過問，除收了每年的定項，遇到誰被檢舉告發有私設稅費、為非作歹的惡行，一概罰沒家產，以示鐵面無私。因此這些文吏捕快們一方面變本加厲，為非作歹，一方面又欺上瞞下，隱匿惡行。於是秩序大亂，民不聊生，紛紛攜家帶口，遷往外地。」

趙進寶只聽得一條舌頭伸直了縮不回來。

老店家又道：「這些捕快們為了補足定項打家劫道，也是自有規矩，不能胡來，各有各的地盤，互相不可侵犯。今天你們遇到的這一撥兒，為首的可是有一臉落腮鬍子的？」

趙進寶點點頭。

老店家道：「那是這幫捕快的總頭兒，叫做劉孟達。你們路過的這條道，是商隊往來京城的必經之路，劉孟達據守在這裡，每日收穫無數，是一個最美的肥差。」嘬一口酒，續道：「如果哪天劉孟達有事不來，想來這條路上發財的人就要先交上五十兩銀子，才可以開張。可想劉孟達每天的進項多少。可是劉孟達霸道，卻算不過官爺，刀頭兒上舔著血，忙乎一年，除了吃用疏通，也就過年時能多添幾件衣裳。若被人報官，又得被官爺再訛一筆，因此每天過得也是提心吊膽的日子。」

趙進寶想起劫道時，果然是張志遠提了一句「附近就有官府」的話，就使得那劉孟達大為忌憚，方才解了圍。原來劉孟達是怕回去被官爺敲了竹槓，如此說來，官也怕官，倒是有些意思。不禁暗想，這小子年歲不大，說話不多，倒是有膽有識，一語中的，轉頭喊道：「張志遠，過這邊來！」

張志遠聽見了，起身過來。身邊的小夥子欲待阻止，終於忍住不說。

趙進寶端起一杯酒，道：「小兄弟，來一口吧！祁州大麯，保定府出了名兒的好酒！」

張志遠忙躬身道：「我不會喝酒。」

趙進寶也不強勸，拉張志遠坐下，對老店家道：「這個小兄弟是在半路上遇見，一起搭伴過來的。今天也多虧了他，才把那劉孟達給勸退了。」

張志遠忙道：「如果不是您的兵馬強壯，又拿出銀子來給他，就憑我一張嘴哪能善罷甘休啊！」說著，起身拿出一貫錢來說：「這貫錢本來是要給那劫路的大哥，不想讓您給破費了，我也不能平白地得了這好處，這貫錢就送給您吧。」

趙進寶經商多年，也算小有積蓄，哪能要這小夥子的錢，堅辭不收。

張志遠強送。

趙進寶見張志遠意決，就拿過錢來道：「這位大哥是這家店的店主，不如拿這貫錢去買些酒菜來吧。」

那老店家忙笑道：「我這店小，沒有這麼貴的酒菜！」將那貫錢推開，向著趙進寶笑道：「這是小哥兒的錢，你要買酒買菜，拿自己的銀子出來！」

張志遠也笑問道：「不知老店家貴姓？」

老店家道：「免貴！姓張。」趙進寶心道，這老店家原來姓張。

張志遠沉吟了一會兒，踟躕道：「有件事不知道應不應當講。您如果肯把這一貫錢收下，我就好講了。」

張老店家笑道：「無故收錢可不成，你也不用講了！」

趙進寶笑道：「這有什麼，我替他收下！你只管講！」

張志遠喏喏半晌，臉一紅，指著那個一路相隨的小夥子道：「趙大哥，不該一路瞞著您的。

她，她其實是個女的。」

趙進寶哈哈一笑道：「我早看出來了，出門在外，女扮男裝，那也沒什麼。」趙進寶一生經商，走南闖北，這點兒小伎倆怎麼能逃得過他的眼睛。

張志遠一驚，沒想到自己苦心隱藏的祕密其實早已被人家窺破，道：「原來大哥早就知道了！好，那我也就不相瞞了。這事說來話長，我少年時沒了父母，被她家收養——她名叫趙雅秋。十五歲上，她們家送我去拜了一個師父學木匠，這個師父極少收徒，且有個規矩，凡學徒五年出師後必須遠離此地，到千里之外去另立門戶。忽忽五年期滿，我尋思木匠生意應該是到北京城最好做，就去她家告別。沒想到她也要執意跟我一起去，她的父母又怎肯放心她出來？可她不聽，對我軟磨硬泡，我和她雖然從小相互喜歡，可這也不是玩笑的事兒，說什麼我也不肯帶她。誰知幾天後她竟然從家裡偷著跑了出來，追上了我，左右勸不回去……。」

「你心裡也沒想著要勸回去吧？」趙進寶揶揄道。

張志遠臉一紅，道：「……本來我單身一人，隨遇而安，了無牽掛。現在和她一起，怕路上不安全。正巧遇到了趙大哥的商隊，就和趙大哥打了招呼，搭伴兒一塊走。又怕被人看破，一路上就不再提起讓她回家的事兒。這眼看就要到了北京城，我們孤苦兩人，也沒個主事兒的人，還不知道怎麼著落呢。我是想著，想著，不如，不如……。」

「不如今晚就在這裡成了親！」趙進寶一拍大腿，道：「好小子！鬼主意打絕了！」

張老店家微笑不語。

張志遠低頭道：「我是這個意思。不過這事兒還沒，還沒……。」

「還沒問過人家的意思呢！」趙進寶喝一大口酒，哈哈大笑，道：「她要是願意則罷，要是敢不願意，咱也給她硬做成了！哈哈！也不知道怎麼回事兒，我還真挺喜歡你這小子，也算有緣分。」轉頭向張老店家道：「老張頭兒，怎麼樣？咱哥倆替這小子圓了這事兒？我出銀子！」

張老店家依然微笑不語。

趙進寶又道：「世上竟然有這麼個巧法，他兩個一個姓張，一個姓趙，咱老哥兒倆也是一個姓張，一個姓趙，豈不是天意？老張頭兒就算是男家的，我吃些虧，算作是女家的。」

老張頭微笑道：「你在這兒剃頭挑子一頭熱呢，人家姑娘那邊誰說去？」

趙進寶不答，忽然皺眉道：「不好！這事兒張羅容易，不過剛才聽你說起此地還要收什麼婚喪稅、添丁稅，這兩個孩子若是今天在這裡成了婚，明天又生了個娃娃出來，喝點喜酒倒是不用幾個錢，可是連收兩稅，這小夥子的一貫錢想必是遠遠不夠的，指望老張頭出血也是萬萬不可能的，那我這冤大頭可就當大了！」搖頭不已。

老張頭聽了笑道：「這倒不用老趙擔心。我在這兒經營小店幾十年，要是沒點子來路，房子早被人掀了八遍。今天劫道的那個劉孟達是我的一個遠房親戚，我這兒常年給他留有客房，他來這兒的一切吃穿用度，都算是我的。衙裡的文吏師爺，為首的叫做張良平，是從小和我相熟的，逢年過節都有走動。官爺那兒我也是年年有貢的。所以客商們住在我這兒，那就算是買了平安牌、護身符，絕不會遭劫起稅。唉！不過照他們這麼又劫又卡的下去，哪兒還會有人來住店啊！」說著也不禁搖頭。

趙進寶叫道：「好啊！原來老張頭和這幫貪官劫匪也是一路的！今天被我逮著，也就不去告官了。這兒的酒錢飯錢房錢照給，這小兄弟兒的婚事兒，你可得應承辦了！嗨！好貴的飯菜！好黑的店！」

旁邊吃飯的眾人聽得趙進寶大叫，一齊都停了筷子，朝這邊看過來。那趙雅秋聽得趙進寶說道「這小兄弟的婚事兒」，神色間疑惑不定，頗有些擔心的意思。

老張頭笑道：「我這酒飯再貴，也沒要你五兩銀子啊！你這人真是欺軟怕硬，見了壞人乖乖送錢，見了我這樣的好人，倒是要作亂起來！好！這事兒我應承了，酒飯你管，房錢我免了！」

趙進寶大喜，衝眾人大聲道：「眾位！今天有個喜事兒，老店家高興得把咱們的房錢都給免了！」

眾人奇道：「什麼喜事啊！」

趙進寶道：「今天晚上我認了個女兒，老店家收了個兒子。」說罷用手指著老張頭。

老張頭微笑不語。

張志遠連忙起身，向老張頭拜了下去，叫道：「伯父！」老張頭連忙扶起。

趙進寶大聲道：「你這孩子，怎麼叫伯父，叫義父吧。」

張志遠忙道：「義父！」老張頭微笑著點點頭。

眾人道：「趙進寶，人家收兒子了，那你的女兒在哪兒呢？」

趙進寶一指趙雅秋，道：「這兒呢！怎麼樣？漂亮嗎？」

眾人一路之上早已料到趙雅秋是個女的，只是人家自己不說，也都不便點破，這時聽趙進寶提起，一齊起鬨道：「妳原來是個女的啊！哄得我們好苦！這麼漂亮的女孩兒，認了這麼個醜父親，唉！可惜呀可惜！」

趙雅秋身分被眾人識破，不明就裡，眼望張志遠。見張志遠頻頻點頭，便也不驚慌，大大方方地走過來，向趙進寶拜道：「義父！」

趙進寶本料想趙雅秋必然會扭捏不肯，已經想好了無數的後招，不料這小姑娘竟然這樣大方，倒是愣了一愣。忙將趙雅秋攙起。

眾人齊聲稱賀。

趙進寶「咳咳」兩聲，向趙雅秋正色道：「俗話說，父母之命，媒妁之言。今晚天作之合，為父的便將妳許配給這位小哥兒吧！」

趙雅秋聽了大吃一驚，飛紅了臉，斜眼看張志遠時，見張志遠也正含情脈脈地看著自己，目中微露狡黠之色。慌忙道：「這可不行！」她雖然從小和張志遠玩耍長大，心中也著實愛慕這個聰敏重情的哥哥，這次跑出家門跟著張志遠遠走他鄉，實是有終身便要跟定張志遠的意思，但在眾人面前突然要變成現實，還是難以接受。衝張志遠怒道：「你都和這些壞人說什麼了！」

趙進寶哈哈笑道：「剛才還叫義父呢，怎麼轉眼就變成『這些壞人』了？」

眾人素知趙進寶愛開玩笑，雖是商隊頭領，平日裡也都直呼其名，不分尊卑。但今晚忽見趙進寶認義女，已是吃了一驚，這時又見他要撮合婚事，瞬息之間連辦兩件大事，不由得都有些發呆。

只聽趙進寶故意沉聲道：「老張頭兒家有個女兒，二十大幾了還沒有嫁出去，正在找像張志遠這樣的帥小哥兒呢。妳是我閨女，我自然得護著妳，不讓張志遠去找老張頭兒的閨女。」眾人聽了，都抿著嘴忍著笑。老張頭面無表情，任由趙進寶胡扯。趙雅秋明知是假的，卻也不禁擔心，咬著嘴唇，漲紅了臉，看一眼老張頭兒，又看一眼張志遠，想要拒絕，又怕老張頭兒真的領出一個閨女來，要答應，又苦說不出口，「哇」得一聲哭了出來，轉身向客房奔去。

趙進寶喊道：「閨女回去快點準備！待會兒就出來拜堂！」一面只管招呼眾人張羅起來。

老張頭兒叫來老伴兒，到趙雅秋房內勸解。趙雅秋見張志遠鬧出這個事兒來，雖然痛恨張志遠做事草率，自己的婚姻大事竟然也這樣胡鬧，但從今而後，兩人終於可以廝守一生，快活度日了，心中也自歡喜。又想著今後定要找機會再正式地補辦一次，又想到以後不知該如何回去稟告父母。想起父母從小對自己疼愛有加，自己就這樣偷跑出來，不知父母有多擔心，又不知張志遠今後會不會對自己依順。愁一會兒，喜一會兒，又被老張頭兒的老伴兒勸了一會兒，終於收拾淚容，取出女孩兒家衣服，打扮起來。

當晚老張頭兒客店裡張燈結綵，雖然一切從簡，卻也熱鬧非凡，張志遠、趙雅秋結為夫婦。

第二回　善經營木匠發跡　遭橫禍滿門屍陳

兩人次日起床出房，早已日上三竿。趙進寶一行已去得遠了。張志遠大驚，忙去找老張頭兒詢問。

老張頭兒笑咪咪地道：「老趙他們看你兩個新婚燕爾，不忍打擾你們，天還沒亮就起程趕路去了。」

張志遠急道：「我兩個追他們去！」

老張頭兒忙道：「不急！老趙臨行時給你留有書信一封，看完了再走不遲。」一邊從身上摸出一封信來。

張志遠急忙打開，只見上面寫道：

志遠：有緣相伴數日，不想後來竟認雅秋做了女兒，當了你的岳丈大人。只為促成好事，決無占小哥兒便宜之意，得罪莫怪！你聰明能幹，將來木匠經營必然發達，前程不可限量。老張頭兩口兒膝下三女，沒有兒子，昨晚認你做了義子，也是滿心歡喜，頗有收留之意。昨晚與老張頭兒商議，你們小倆口兒此去京城無根無依，定然事多艱難，不如暫且留在保定，還可得老張頭兒照應一二。倘若日後仍復欲去往京城，再作商議不遲。臨行未別，容日後賠罪。後會有期！

趙進寶

趙雅秋在一旁急道：「信中寫些什麼？」張志遠約略說了，趙雅秋聽了道：「那倒不如就在這裡好了！京城和這裡，都是離家千里，又有什麼分別。」

老張頭兒也道：「在這邊我倒是人情熟，生意上或者還能幫補幫補，兩位自己定吧。若要去京城呢，我三閨女女婿喜奎倒是常常往來京城販賣，可以讓他照應一下。」

張志遠心道：「二老也都是回護自己的意思，盛情難卻，再說自己有手藝在身，到了哪裡都能混得開，老話講：『聽人勸，吃飽飯。』不如先在這裡安身試試。」就拉著趙雅秋一同跪下，拜道：「義父！既然這樣，我們就一切聽您老吩咐吧！」

老張頭兒呵呵笑道：「請起！請起！老趙他們如果停宿一天，人馬糧草，都是銀子，耽誤不得。你們不可以怪他！你們小倆口兒若是願意留下，有什麼需用，儘管說，我盡力張羅便是。」

張志遠道：「我曾學了幾年木匠，雖然粗淺，應該也可勉強餬口。只是學藝的師父立下了規矩，學成之時，必要千里之外另立門戶。以後我們夫妻就在這裡紮根，勤儉營生，照顧二老。」

那老張頭兒經營客店幾十年，豈無積蓄，哪還要這兩個娃娃照顧，不過這話聽在耳朵裡，也是一般地受用。當下笑咪咪地道：「我在市郊還有一處房產，庭院廣大，也沒人居住。你做木匠營生，倒還用得著，不如就先去那兒暫住吧。」

張志遠夫婦大喜，道：「等我們賺到了錢，就給您交來租金。」

老張頭兒板了臉，道：「你們兩個要提租金，就乾脆別去了。我自己的房子，還捨不得租出去呢！」

張志遠知道失言，笑道：「義父不要生氣，我們兩個只奉養二老，不交租金。」

老張頭兒這才轉嗔為喜，向裡屋叫來老伴兒，一家四口兒圍坐在桌旁吃飯。

小倆口兒次日去往老張頭兒市郊的院子，雖非高屋大廈，一草一石，也是頗為講究。小倆口兒滿心歡喜，稱謝不已。從此張志遠專心木匠營生，趙雅秋裡裡外外幫扶家務，老張頭兒兩口兒過得十天半月也常來小住一回，一家人相處得其樂融融。趙雅秋早已託人給父母捎回家書，細說離家後種種細事，父母見木已成舟，又知張志遠從小機靈，且有手藝在身，在保定又得貴人相助，也都放心，只囑咐趙雅秋要勤儉度日，不可任性頑皮，多多奉養義父，不必掛念家人云云。

張志遠為人圓融，又大方，過不多時，就與老張頭兒的家人打得火熱，連老張頭兒的遠房親戚、幹劫道買賣的捕快頭兒劉孟達，老張頭兒的發小、官府的文吏頭兒張良平也都廝混熟了，常常在一起飲酒談天，說起當初劫道的事兒，都哈哈大笑，又說起當今官爺，盡皆搖頭嘆息。張志遠閒時做些木工的雜物、根雕，也都送與二人，弄得整個官府都知道張木匠的手藝。

第三年上，趙雅秋給張志遠添了一個兒子，取名張玉。老張頭兒、劉孟達、張良平等人都來賀喜，連趙雅秋的義父趙進寶也千里迢迢託人送來了賀禮。趙雅秋藉口張玉無人照看，又把父母哄著從山西接來，住在一起照看外孫。

其時張志遠的木工生意已經遠近聞名。張志遠學的是北方工法，幹活兒捨得用料，結構穩固，做好的器件經久耐用。等到生意好了，又請來幾名南方師傅，做工精細，雕刻華美，更加錦上添花。遠近的達官顯貴，莫不爭相購買，一時聲名大噪，財源滾滾。

張志遠家產既富，少不得又在繁華鬧市添置了大片房產，把趙雅秋的父母請去同住，又請義父老張頭兒同去，老張頭兒兩口兒執意不肯。後又在左近專為老張頭兒買了新房，強把老張頭兒兩口兒接來住，老張頭兒的女兒女婿也便常來探望。一家老小，和和氣氣，熱熱鬧鬧，惹得一城之人，盡都羨慕。

又過三年，張志遠儼然成了一城巨富，連與官爺也常有交接。官爺的居所、衙門傢俱，清一色都是由張志遠精心製配。官爺也投桃報李，任命張志遠做了一個不必聽差的捕快，號稱「名頭捕快」，城中一切賦稅全免，一般的強盜毛賊，自然也不敢沾惹「名頭捕快」的銀子。

卻說城中有一私塾，學生日漸增多，卻苦於學舍不足，私塾主人想得一個法兒，來請張志遠去做「名頭教授」，張志遠從小沒有怎麼讀過書，最怕人家說自己沒學問，便欣然接受，樂得施捨些銀兩多蓋幾間學舍。大家見了，都學一個乖，一齊來聘請張志遠，一時之間，張志遠的「名頭某某」之多，連自己也記不齊全。

又過得兩年，張玉轉眼已經五歲了。趙進寶往來販賣路過保定，定會帶了許多糖果、玩具來看小外孫，張玉雖小，卻甚乖覺，見有糖果玩具，加意賣萌，常惹得趙進寶哈哈大笑。張玉喜歡爬到趙進寶身上拔頭髮、拉鬍子，趙進寶也是忍痛撫愛。趙雅秋有時看著張玉胡鬧，想要喝斥幾句，都被趙進寶笑著攔阻。張志遠、趙雅秋夫婦想要給趙進寶也買座宅子，把家人搬來同住，趙進寶推說自己一生漂泊，厭煩定居生活，堅決不許。

張志遠既做了人家私塾的「名頭教授」，於張玉的學業自然毫不放鬆，日夜督導。張玉天資聰穎，多思好學。張志遠喜愛兒子，處處照顧得無微不至。

一天下午，忽然官爺親自來訪，張志遠慌忙起身迎接。

三杯清茶下肚，官爺道：「近日急需一個上好的文房四寶盒子，不知道可好備辦嗎？」

張志遠笑道：「別說一個，就是一百個，我也日夜開工，給您老趕製了出來。不知道可有什麼特別的要求嗎？」

官爺道：「也沒有什麼特別的要求，只要最好的就是了。」又附耳低聲道：「我這個盒子可是要送往京城的，現在你的手藝，在北京城裡都叫得響亮！你做這個盒子，得拿出你的看家本事來，讓人一看便知是我們保定府的手藝！」又笑道：「做得好了，我陞官，你也有莫大的好處。」

張志遠笑道：「您老人家升了官，對我就是莫大的好處了！」

官爺也笑，道：「那就拜託，兩日內送到我的府上。」

張志遠忙道：「請您老放心，我這裡還存有些上好的海南黃花梨老料，馬上召集最好的師傅，今晚就開工。」

官爺又低聲囑咐幾句，起身告辭。張志遠一直送出門外。

張志遠回到房中獨自尋思道，不過要一個盒子，官爺竟然親身私下來說，可見這事兒非同小可。當下摒除閒雜人等，召集高手匠人，低聲吩咐道：「今天接了一個大活兒，要在兩天之內趕製出一個上好的文房四寶盒子，就用咱們最好的海黃老料。工不厭其細，料不厭其精。有一點微小的瑕疵，都要棄之不用！」又道：「這回的活兒，每人給五倍的工錢，吃用都由我來供應，完工之前，誰都不能出院門一步。也不可向旁人說起！」眾匠人見有五倍的工錢，又知張志遠素來大方，完工之日，定然另有恩賞，皆大歡喜，齊聲答應。

先有巧匠用雜木製成樣盒，請張志遠過目。張志遠看時，只見盒體榫卯牢固，內部設計精巧，並可依照需要隨意調節，更置有精緻小木硯臺一方，極巧極妙。張志遠點頭稱善，道：「外面的殼子用整塊海黃老料挖鑿，浮刻『飛龍在天』龍紋，以增貴氣。」那巧匠聽了，伸伸舌頭，心道：「用整塊木料挖鑿，再加上人工雕刻，一個盒子不知要增加多少銀子的本錢。」低頭稱是，躬身退了出去。

既有銀錢，工匠們日夜趕工，精雕細琢，兩日頭兒上，文房四寶龍紋木盒完工，送呈張志遠驗看。張志遠見這木盒子直做的溫潤如玉，觸手如脂，盒面龍紋神態威猛，鱗爪飛揚，也是歎為觀止。又加賞每個工匠一兩銀子，眾人稱謝。

當晚，張志遠挑燈夜戰，又親自將這木盒精心修飾一番。

次日，張志遠親身將盒子送至官爺府上，官爺見了，也是讚不絕口，又把張志遠大大地誇獎了一番。張志遠受寵若驚，興高采烈。

既得官爺寵愛，生意無憂，銀錢廣進。張志遠一家便也錦衣玉食，悠閒度日。

這一天，正好是十月十五日。老張頭兒家的三閨女帶著兒子來，便叫了張玉一同去街上玩耍。張志遠在房中讀書，趙雅秋與父母和老張頭兒夫婦在院子裡品茶閒談。

忽聽得街上鑼聲大作，劉孟達在門外高聲喊道：「志遠開門！」張志遠連忙起身。劉孟達是平日裡來慣了的，早有家人將門打開。只見劉孟達帶了一班衙役，隨後官爺和張良平等人也都走了進來。

張志遠見形勢有異，驚疑不定，向官爺強笑道：「官爺，今兒什麼好風把您老這一幫人馬給吹來了？快請裡屋坐！」

官爺也不言笑，向張良平道：「你來說吧。」

張志遠只聽得張良平說道：「志遠，有人告發你和康良壇串通，謀逆造反。這就和官爺走吧。」張志遠雖然學問不深，這「謀逆造反」四字，還是聽得明白的，頓覺五雷轟頂，眼前金星亂舞，向官爺、張良平、劉孟達等人一一看去，只覺得這些平日裡熟極了的臉，此時竟然是如此陌生。雙膝一軟，跪倒在地，顫聲道：「官，官爺！官爺！這是從哪裡說起？康良壇是誰？我壓根兒就不認識啊！」

官爺鼻子裡哼了一聲，道：「走吧！」轉身出門。

劉孟達過來攙起張志遠，也說一聲：「走吧！」又向屬下使個眼色。屬下便將趙雅秋、老張頭兒夫婦，趙雅秋父母以及家人丫環一個不留，全都押解起來。

張志遠畢竟是豪富之人，從江湖中白手起家，打拚出來的，見過大場面，驚慌之後，很快就鎮靜下來，尋思今日之事，必有隱情，須得問個明白。當下低聲向劉孟達道：「哥哥別急！叫上張良平同到我房中去，有些好處相送！」

劉孟達是捕快中的油子，這犯人身上的好處也是撈慣了的，當下會意。心想官爺已經走遠，犯人多，押解起來自然也得費些時間，官爺也不會怪罪。大聲喊道：「張良平，隨我到犯人房中做些勘驗筆錄！」張良平聞聲趕來。

張志遠走進房中，先從桌中拿出兩張銀票，各五百兩，塞入兩人手中。張良平遲疑不受，劉孟達卻一把抓了過來。張志遠問道：「今天到底是為了什麼事兒？」

張良平道：「怕是事兒不好，有人告你附逆謀反，已經驚動了慈禧皇太后。」

張志遠問道：「那康良壇是誰？」

張良平道：「就是謀逆的那幫人。」

張志遠不語，半晌道：「能留得住性命嗎？」

劉孟達道：「能不能留得住性命，我哥倆說了也不算，恐怕就是官爺，也是作不得主。」

張志遠聽了，一言不發，走到床邊，從暗格裡又取出兩張銀票，分遞與二人。劉孟達伸手接了，見是五千兩的大票，小心疊好，低聲道：「多謝！」又暗暗看了幾眼床邊暗格的方位。張良平卻不肯去接。

張志遠道：「二位哥哥明察，我與那康良壇素不相識，定是有人誣告！我這一家老小的性命，還求二位哥哥相救！」

劉孟達、張良平心知張志遠被人冤枉，無奈上命在身，都是無可奈何。

張志遠又跪請張良平收下銀票，張良平遲疑不受，劉孟達性急，一把扯過，塞入張良平衣中。

兩人將張志遠攙起，道：「今天先去看看動靜，我兩個再設法相救。你家裡我們囑咐兵丁細心看守，你儘管放心。」

張志遠含淚點點頭，道：「多謝！」

又反身從暗格中取出一張五千兩的銀票，遞給張良平，道：「煩請幫我把這張銀票送給官爺。」

張良平接過，低聲道：「放心！」

張志遠安排妥當，道：「走吧！」

三人出門。

當下劉孟達吩咐兵丁細心看守張宅，說若是張家丟了一片樹葉，就要每人罰十兩銀子。把一眾衙役嚇得心窩兒生疼，臉上橫肉亂顫。

街上早已被看熱鬧的人群圍得水洩不通，連低矮些的牆頭上也站滿了人。張志遠平日裡處事圓滑，樂於助人，口碑極好。這時人群中多有搖頭嘆息的，看張志遠走近，臉熟一些兒的都道：「志遠不要慌，等過幾天事情弄清楚了再回來！這裡我們幫你照應著。」張志遠眼含熱淚，連連道謝。也有幾個幸災樂禍取笑的，張志遠也都低頭陪笑。趙雅秋心中掛念張玉，遍尋人群中不見，又怕張玉突然跑來被官府一塊兒綁走，只覺心痛如絞，幾欲暈去。

老張頭的三閨女帶著自己兒子和張玉在街邊玩耍，忽然見家中生了變故，又見父母、張志遠夫婦和一幫家人都被捕快押走，大吃一驚。見勢不對，也就不湊過去，忙帶著兩個孩子遠遠跑開。

張玉見三閨女跑，大為高興，喊道：「姑姑要和我賽跑嗎？」

三閨女道：「對呀！看你能不能追得上姑姑！」心中慌亂，腳下已摔了一跤。

張玉一把撲上，道：「我追上姑姑了！」

三閨女無心玩笑，站起身來，也顧不得拍去衣服上的土，抱起兩個孩子，一路狂奔。

三閨女的丈夫喜奎是往返京城做販賣生意的，這天正巧在家。突見三閨女風塵僕僕地跑回來，也嚇了一跳，問道：「出什麼事兒了？」

三閨女跑得上氣不接下氣，見到丈夫，一下子癱坐在地。兩個孩子雖然年幼，也早能察言觀色，都嚇得「哇哇」大哭。

喜奎忙去倒了一碗水，遞給三閨女。

三閨女一口喝了，才感覺神志清楚些，「哇」得一聲哭出來，道：「喜奎，爸媽家出事兒了，爸媽和張志遠兩口兒都被官府抓走了！」

喜奎聽了，也是大吃一驚。早些年，三閨女在家操持家務，全靠著喜奎在外往來京城販賣，辛苦度日。自張志遠發達後，把三閨女父母接去住，三閨女便也常去看望，每次去，張志遠夫婦都要送些衣服糧米，逢年過節，又送些銀兩，家裡的桌椅床櫃更不必說，都是張志遠操辦。幾年下來，三閨女雖不出外掙錢，對家裡的幫補卻比喜奎還要多上一些。張志遠的接濟隱然已經成了這個小家庭的主要財源，兩人平日裡也常說些感恩的話。喜奎愣了一會兒，道：「志遠為人和善，就是連官府裡也是走得通的，誰還能綁了他去？怎麼連咱們爸媽也都綁去了？」

三閨女道：「我今天帶著小張玉在街上玩兒，看著事頭兒不好，連忙把他也帶來了。不然估計也得被帶走。」

喜奎沉吟道：「志遠平時對咱們不錯，咱們怎麼也得幫他度過這個難關。既然咱爸媽都被綁走了，我看咱倆個也保不住有事兒，還是走遠點好。」

三閨女道：「又能走到哪兒去？」

喜奎道：「先到郊外的村子裡租間房子住著，如果過幾天沒事兒了再搬回來，萬一事兒大了就悄悄搬到北京城住去，我在那邊也租得有房。」

三閨女聽說，心中稍定。

喜奎道：「事不宜遲，現在就走。」兩人收拾細軟，當即牽馬上路。張玉哭著要找媽媽，喜奎夫婦溫言撫慰。

兩人租了一戶農舍安頓下來。喜奎借了一身農家衣服，每日挑了幾罈醬菜到官府門前貨賣，打探張志遠的消息。喜奎與劉孟達、張良平雖然不是很熟，也都在張志遠家中見過，每見兩人路過，就拉住衣服相問。

過了十來天，一次張良平路過時，悄聲叫住喜奎道：「張志遠的事兒恐怕難以善了，官爺已經下令搜捕張志遠的兒子了。所有與張志遠有關的親戚、朋友也都要一一盤查。你以後還是不要再來了。」

喜奎急道：「志遠平日裡待我恩重，現在他落難了，我怎麼能夠不理？求哥哥別聲張就好。」

張良平道：「我自然不會聲張，你小心在意吧。」

喜奎連聲道謝。

當晚回去，喜奎連夜找朋友護送三閨女帶兩個孩子到北京的家中安頓，自己仍留下來日日到官府前打探消息。

又過了十來天，張良平來找喜奎道：「這個給你，是志遠冒死寫的，千萬收好，日後交給張玉。」一邊摸出一封信來交給喜奎，又道：「聽說志遠出事是因為一個木盒。你以後不可再來了！」

喜奎知道張志遠事急，把信貼身藏好，一言不發挑起醬菜，放在隱蔽處，也不回農舍，徑直往北京城而去。

第二天，張志遠夫婦、岳父母、老張頭兒夫婦都被推出問斬，官爺親自主刑，劉孟達操刀，張良平執筆。

刑場上人山人海，滿城百姓都來觀看，見了這般慘景，無不傷悲。

劉孟達低聲對張志遠道：「兄弟，我今天特意挑了一把快刀！」

張志遠微笑道：「多謝！」轉頭與趙雅秋四目相望，問道：「你從家裡巴巴地跑了來跟我，可後悔嗎？」

趙雅秋微笑道：「我跟著你嘗盡了人間的歡樂，享足了榮華富貴，不後悔！」

趙雅秋轉頭問父母道：「您二老陪著女兒受刑，後悔嗎？」

父母笑道：「女兒女婿孝順能幹，我們兩個提前把福氣享完了，又能在天上和女兒廝守，不後悔！」

張志遠又問老張頭夫婦道：「害了您二老也和我們一起走，可後悔相識一場嗎？」

老張頭夫婦道：「有情有義，知恩圖報，不後悔！比起那些鮮廉寡恥、貪得無厭之輩，不知道強了多少。這一生，不後悔！」

張志遠聽了，大叫道：「好！不後悔！」

說罷，平生第一次作詩道：「人生本是夢一場，金銀散盡又何傷？真情恩愛方為本，心底無私氣自昂！」六人一齊大笑。

滿城的百姓聽了，一齊和道：「人生本是夢一場，金銀散盡又何傷？真情恩愛方為本，心底無私氣自昂！」聲震四野。

張志遠一生以木匠為業，不想臨終卻以詩揚名，終不負「名頭教授」之名。

官爺皺眉道：「什麼夢一場，什麼又何傷，不通！不通！」發令行刑。

須臾人頭落地，眾人盡皆掩面流淚。

城中私塾主人見了，喃喃道：「民不畏死，奈何以死懼之。民不畏死，奈何以死懼之……。」

張志遠時年二十八歲。

張志遠木盒案因其奇冤，和楊乃武與小白菜案、楊三姐告狀案、張文祥刺馬案時稱清朝四大冤案。

又因此案牽涉慈禧皇太后聖譽，朝廷著意刪減史籍，封堵口舌，遂使奇冤落沒，後世無人知曉。後有人又以淮安奇案湊足四大冤案之數。故後世所謂四大冤案，前三大冤案均以人名事故聞名，只有淮安奇案是以地名聞名，實在不相類。

但後世之人，只求故事新奇，至於是真是假，又有誰去認真探究？張志遠木盒案，從此既不見於史冊，又不聽人口耳相傳，便如一片秋葉，漸漸無形無跡。

第三回　張良平家中拜樹　趙進寶虎口脫身

說到一片秋葉，當日劉孟達曾唬眾兵丁道，若是張家丟了一片樹葉，便要每人罰十兩銀子。眾兵丁心疼銀子，誰敢不用心看守？偶有一片樹葉被風吹出，早有人飛奔過去拾起，從門縫兒重新塞回。

次日官爺親自帶了劉孟達、張良平前往張志遠家中抄家，當眾宣讀了張志遠生平罪惡若干，所有家產，盡皆籍沒入官。

劉孟達帶人打開院門，只見院中樹葉層層疊疊，倒積了有半尺來厚，果然是一片未少。門口處堆積尤厚，踏步入內，樹葉直沒膝蓋。

官爺皺眉道：「還不到個把月光景，怎麼竟有這許多樹葉。」劉孟達暗暗好笑。

不多時，張志遠家財清點完畢。官爺摒退眾人，祕密聽報。張志遠床邊的暗格，劉孟達既不提起，張良平也作不知。

張志遠家財巨萬，官爺聽罷彙報，心情大悅，吩咐今日在場所有當差人眾，每人回去賞一兩銀子。眾人大喜，都稱頌官爺練達能幹，賞罰分明。

及待眾人回去，那管發銀子的主事人卻故意拖延，遲遲不發。有當日沒來抄家且又與主事人交情好的，就都去求主事人給通融登記。主事人又不是發自己家的銀子，樂得做個順水人情，又可得人來討好，又可得些許謝禮。有那當日參與了抄家，卻與主事人平日裡嫌惡的，也都紛紛換做了笑臉，主事人也樂得接受。熙熙攘攘，直挨了數月有餘，方才分發停當。早有人將此事暗告官爺，官爺明白是此人弄鬼，也只好睜一眼閉一眼，裝作不知。

官爺將張志遠家中抄來的財物，自己私下裡留了七成，剩下的三成記入帳冊，送報上官。上官極為高興，誇讚官爺施政有方，辦案有力，今後須當再接再厲，方不辜負慈禧皇太后老佛爺她老人家的重託。官爺謙遜致謝，連連稱是。

卻說劉孟達在抄家當晚，又暗入張宅，摸到床邊暗格處，用刀將暗格撬開，竟得銀票十萬兩，又有稀世的珠寶若干。劉孟達尋思道：「我便是當差十世，劫掠百年，又去哪裡弄來這十萬兩白銀！」生怕走漏了風聲，也顧不得一家老小，連夜遠走他鄉，兌換銀兩。從此隱姓埋名，重新做人。

官爺聞報劉孟達失蹤，心知有異，忙派人到張宅查看，回報說發現張宅中有暗格一處，已被撬壞。官爺震怒，發下通緝文書，四海追捕。劉孟達是捕快油子，既是專意要逃，人海茫茫，又到哪裡去找？官爺扼腕頓足，憤恨不已。

官爺又發文海捕張志遠幼子張玉，懸賞白銀十萬兩，也是一無所獲。

且說那張良平既是文吏之首，日日飽讀群書，頗知興亡之道。因見官爺憤恨，連日裡去官爺家中開導疏通，又講些興亡之事。官爺哪裡聽得進去。

這日張良平又前往官爺家中，為官爺解悶兒，忽見官爺院中牆邊，生出一顆梧桐樹苗子來，心中一動，向官爺道：「官爺！聽說興旺之家，必有祥瑞。我見您院牆邊上生出一顆梧桐寶樹來，定是祥瑞之兆！古人講：『鳳凰非梧桐不棲』，又有俗語云：『栽下梧桐樹，自有鳳凰來』，早在

《詩經》大雅的〈卷阿〉裡，就有一首詩曾寫道：『鳳凰鳴矣，于彼高岡。梧桐生矣，于彼朝陽。菶菶萋萋，雝雝喈喈。』」引經據典，細細闡述這株梧桐的寶貴之處。

官爺早已見到牆邊生了雜樹，怕日久長大，頂壞牆基，正欲剷去。聽張良平這般說，細看過去，果然是一顆梧桐樹。官爺於什麼詩經詞經之類，並不精通，但見張良平抑揚頓挫，搖頭晃腦地唸來，料必也是好話。知是張良平奉承，笑罵道：「什麼詩經詞經！日後恐會頂壞了牆基。」

張良平認真道：「《詩經》裡這首詩說的是梧桐在朝陽中生長茂盛，引得那邊高崗上的鳳凰歡喜地鳴叫。菶菶萋萋，是說梧桐豐茂；雝雝喈喈，便是指鳳鳴之聲。」又正色道：「官爺若不想要，我可要請回去供養了！官爺莫要後悔！」

官爺聽了，笑道：「隨你拿去好了。」

張良平從懷中摸出十兩銀子，遞與官爺道：「那我可就要奪愛了！」

官爺見張良平竟然要用十兩銀子來買，倒是愣了一愣，笑道：「你想要便挖去，不必銀子。」

張良平正色道：「官爺！我這棵樹請回去，是要保佑我一家老小平安的，豈能空手白請！這個您請務必收下，不然只怕寶樹失了效力。」

官爺哈哈大笑，接了銀子，任隨張良平將寶樹挖去。

衙中眾人聽說了，有些乖巧有想法的，也都取了銀子來官爺家中買花買樹，弄得官爺家中寸草不生，風聲一起，塵沙滿院。官爺只得又花自家銀子購買花草種植，種不幾日，又且被人買去，日子久了，倒也樂在其中。

自後有人求官爺辦事，都說「買花去」。後世人用銀子買東西，就叫做「花錢」。「花錢」之稱謂，實自官爺始。

且說張良平將梧桐寶樹請回去，一番掐算，說道必得夜間子時，方為植樹佳期。於是當晚趁無人之時，親自一人在院中挖洞，達一丈之深，底部用青磚灌漿護住。

張志遠送的五千兩銀票早已兌成白銀，當下用油布密密包好，外面厚厚澆蠟，做成一個大大的蠟塊，再放進一個柏木箱子裡，用火漆細細封好，放在洞底青磚之上。然後填土入洞，將梧桐寶樹淺淺地種在上面。又在樹前設了神龕，供上香火，樹周方圓十米安置漢白玉石欄杆，禁止旁人進入，以示寶樹威嚴。

張良平自此每日燒香拜樹。那梧桐寶樹得了下面五千兩銀子的助力，又得香火旺盛，生長極快，「童童如車蓋」。城中眾人知道了，紛紛效仿，都在家中拜樹。官爺聽說了，口雖不言，心下也自舒坦，對張良平另眼相看。

一日，皇上巡查至此城，見城中家家拜樹，民風淳樸，深自讚賞，大加勉勵。官爺臉上光彩，忙也在家中拜樹，每年又定期舉辦隆重的拜樹儀式，弘揚拜樹文化。惹得舉國之人，爭相前來參觀模仿。

又有幾個好事的西洋人，將此見聞寫成西洋文字。西洋人看了，都覺中華文化果然神祕，深不可測，心嚮往之。

現今一些地方尚有拜樹之風，推祖溯源，皆宗張良平。

話說那日喜奎拿了張志遠寫給張玉的書信，急急趕往北京城與三閨女相會。又重新更換住所，深居簡出。

過了幾日，有喜奎的朋友慌慌趕來報信道：「不好了！張志遠一家六口都被問斬了！」

三閨女驚道：「一家六口？我的爸媽呢？」

那朋友道：「也被問斬了！」

三閨女只覺一口氣提不上來，癱軟在地。

喜奎忙將三閨女扶起，按揉半晌，方才好轉，大哭不止。

那朋友又道：「聽說捕快頭兒劉孟達也跑了，官爺發了海捕文書，正滿世界抓捕劉孟達和小張玉呢！」

喜奎點點頭，道：「劉孟達和張志遠交情深厚，定然是替張志遠鳴不平，辭了官不做了。」

那朋友讚道：「他縱是不做官，我們也敬重他是個好漢子！」

喜奎點頭稱是，道：「眼下得想個法兒，怎生把小張玉救下來。」

那朋友想了想，拍手道：「當年張志遠曾收留了一個在街邊要飯的乞丐，叫做董光，贈給他財物，又幫他娶妻生子。現在董光就在北京城裡幹珠寶營生，不如且找他去！」

喜奎大喜，安頓好三閨女和兩個孩子，又囑咐有人來千萬不可開門，都藏在院子裡的地窨之中。喜奎來時已知處境險惡，專門找了一戶有地窨的院子來租。

喜奎當下和那朋友同去找董光商議。七拐八繞，好不容易才找到董光，細細說明來意。

董光沉吟半晌道：「官府既已下了海捕文書，恐怕我這裡也不好藏匿。你二位先回去，待我籌思善策，再去接應。」

喜奎急道：「董先生且快些籌策，事急！」細細告訴董光住處地址。

董光點頭答應，二人告退。

那朋友早年間也曾受過張志遠的好處，一路幫喜奎寬慰，送喜奎到了家，告辭道：「現在保定城裡監視極為嚴密，凡有離城人員，必得登記時間事由，我不敢在此耽擱太久，今晚就得回去。保定那邊有事，我再設法過來報信兒。」喜奎感激不已。

到了晚上，還不見董光來。三閨女和兩個孩子都在嚶嚶哭泣，喜奎煩悶，獨自出門到小店裡飲酒。

正飲間，忽見一人進店，大模大樣地在店裡居中一坐，大聲呼喝酒保。喜奎細看時，認得正是趙雅秋的義父、山西茶商趙進寶。喜奎雖在張志遠家中見過幾次，並不相熟，此時又有大事在身，便低頭假作不見。倒了一杯酒，欲待喝完便起身離開，免得惹事。

一杯酒剛送到唇邊，張口要飲時，突覺肩上一痛，杯中的瓊漿玉液全都飛濺了出來，灑了滿身滿腿。桌上的豆干、花生，也都亂舞狂飛，重新歸位。卻是被趙進寶搶先認了出來，在喜奎肩上重重一拍。

只聽趙進寶大聲道：「這不是喜奎嗎？又到北京城販賣來了？」

喜奎抬頭，假意驚喜道：「趙老爹！怎麼您老也在這兒？」

趙進寶道：「我剛從山西運了一批茶來，販賣完了，準備明天回山西去。來來來，一塊喝吧！」轉身把自己的杯碟搬來。趙進寶在外怕飲酒誤事，本不欲喝酒，這時見了喜奎，少不得也端起酒杯。

酒過三巡，趙進寶問起喜奎買賣如何，又問起張志遠一家的近況。

喜奎本待不說，眼圈兒卻不聽話，先自紅了。

趙進寶見喜奎神色不對，越加問道：「張志遠、趙雅秋他們近來生意可好？張玉又長高了嗎？」

喜奎聽趙進寶提起張玉，眼淚再也忍不住，決堤而下，顫聲道：「趙老爹！他們家出大事了！」

趙進寶大驚，急道：「出什麼大事兒了？」

喜奎嗓子噎住了，酒喝不下去，把酒杯放在桌子上，紅著眼，將張家一門慘案，一五一十向趙進寶講起。張玉之事，卻略過不提。

趙進寶聽罷，渾身發抖，豆大的淚珠兒從大眼裡「吧嗒、吧嗒」地直落地上。喃喃道：「怎麼會這樣？兩個年紀輕輕的娃娃……。」

趙進寶因為這次京城的貨要得急，來時沒顧得上去看趙雅秋、張志遠夫婦，這時事兒辦完了，遣眾人先回去，自己卻到京城繁華之地給小張玉買了些果脯玩具，準備回山西時順道去保定府看看小外孫。此番來京貨賣順利，賺了不少銀子，想到又要見到可愛的小張玉了，心情舒暢。此時覺得肚中餓了，尋到了這個小店兒吃飯，準備明日一早起身趕路，不想卻遇到喜奎，聞聽了這個噩耗。

趙進寶把酒倒進碗裡，仰頭一飲而盡，盯著喜奎道：「張玉現在何處？難道也……。」

喜奎被趙進寶一雙大眼看得汗毛直豎，又見趙進寶對張志遠一家情真意切，也就不再相瞞，將張玉如何由三閨女抱回家，如何輾轉北京城，今日又如何去求董光設法相救等情，以實告知。

趙進寶聽完，半晌不語。忽然道：「此事不妥！」

喜奎驚道：「有何不妥？」

趙進寶沉聲道：「董光為人，你可深知？」

喜奎道：「並不深知。只是張志遠曾有大恩於他。此時事急，可以相托。」

趙進寶道：「不妥！世上恩將仇報之人，也不在少數。」

喜奎笑道：「趙老爹多慮了！張志遠之於董光，無異於『重生的父母，再造的爹娘』。天下怎會有這樣沒心肝的人？」

趙進寶冷笑道：「只怕這董光便是個沒心肝的人！他要有心肝，今日聽你們說知此事，就當急來相救，又何必左思右想！」

喜奎道：「那也未必。這事兒事關重大，官府又懸賞白銀十萬兩，極為危險，任誰都得考慮周詳。」

趙進寶大驚道：「懸賞白銀十萬兩？何不早說？事不宜遲，我馬上接了張玉走，你一家三口兒也不可久留，今晚就走！」

喜奎猶且遲疑。趙進寶一把抓住喜奎的胳膊，拉了起來。喜奎半身酸麻，只好同行。

兩人回到住處，三閨女和兩個孩子都已經睡熟了。喜奎將三閨女拍醒，說明趙進寶的意思。三閨女知趙進寶是趙雅秋的義父，極疼愛張玉的，便也放心。趙進寶與兩人寥寥數語，收好了張志遠寫給張玉的書信，抱了張玉便出門而去。

喜奎兩口兒隨即也收拾了，抱上自家孩子，急急離開。房屋租金且留在客廳桌上。

那董光果如趙進寶所料，是個忘恩負義的陰險小人。當日喜奎走後，左右籌思保護張玉之法，不得善策。欲待不管，又撂不過張志遠的恩情去。便上街去閒逛，正好看到了海捕文書，見文書中說道抓住張玉就有十萬兩賞銀，不由得貪慾蠢動，早把那父母重生之恩、爹娘再造之義拋到了九霄雲外。

於是董光當即趕去報官。官府老爺聚眾研究，籌思善策，緊急開了無數會議，又把張志遠木盒案上下左右重新考量一番，見並沒有什麼深厚背景、兇猛來頭，方才召集人馬，制定抓捕方策。董光在衙門口仰望夜空中斗轉星移，眼睜睜看著那十萬兩白花花的雪花銀子離得自己越來越遠，急得團團亂轉。及待兵馬齊備，已將天亮。

董光領了眾人，趕到喜奎住所時，早已人去屋空。眾人齊聲呵責董光謊報消息，又勒索辛苦費用。董光暗暗叫苦，忽見客廳桌上留有銅錢，下壓紙條，寫有「租金」兩字，喜道：「這裡還有他們留下的租金在，可見他們走得急，沒來得及向房東告辭。可去追趕！」眾兵丁見了，一哄而上，將桌上的租金搶了個精光，都道：「我們辛苦這一趟，怎麼也得落個酒錢兒！」又翻箱倒櫃，尋酒找肉。董光見眾兵丁混亂，悄悄溜之大吉。不多時，眾兵丁也都出門而去，呼三喝四，也不回衙門，徑奔酒肆而去。好好一座家院，桌倒牆歪，一片狼藉。

早有人報知官府，官府令快馬知會各城門關口嚴加盤查，尋找張玉、劉孟達等人。

趙進寶抱了張玉出來，夜裡天黑，急急慌慌地在北京城中亂闖亂轉，見巡查兵丁甚多，深怕盤問，只得找了一個角落藏身。中間張玉醒了幾次，見到趙進寶，大為高興，又去拉扯鬍子，趙進寶忍痛安撫。

及到天亮時，行不多遠，抬眼一望，卻是宣武門。其時北京城門各有用途，德勝門出兵，安定門凱旋，西直門運水，朝陽門輸糧，宣武門走犯人，崇文門通商旅……。

趙進寶見宣武門比往日又多設了關卡，增添了人馬。心道：「我懷中抱著的，便是個小犯人，要從宣武門過，定然加緊盤查，不如且從崇文門過。崇文門的那幾個兵崽子，也都是往常混熟了的。」

主意打定，也不忙著出城，又折回去，找了個貨賣的市場，買了一身舊長袍，買了一輛帶頂棚的騾車，又買了四個大些兒的景德鎮大缸，缸口兒朝下，放在車上。坐上車，將張玉藏在袍子下面，囑咐張玉道：「這兒可不比家裡，壞人多，你千萬不可出聲說話！」

張玉雖小，卻十分乖覺，這幾日被三閨女帶著東躲西藏，已然習慣，在袍中道：「姥爺放心，我不說話。」

趙進寶揮鞭上路，心想自己一生雖然夾藏違禁物品過關的買賣也幹過不少，夾藏活人還是第一次。當下臉面上放開，吆喝騾馬，向崇文門行去。

不多時，來到崇文門前，果見往來盤查甚嚴。

忽聽有人叫道：「老趙！你要回山西去呀！」一個人斜肩歪脖，搖搖擺擺地走到騾車前。正是日常看守城門的閻貴。

閻貴又道：「老趙！我上次問你要的鼻……。」話未說完，早見趙進寶將一個鼻煙壺在自己眼前亂晃。一把搶來看時，原來是一把玉製鼻煙壺，雕刻精細。閻貴大為高興，又往車上望道：「我看看這回你又買什麼貨物了？」

趙進寶也不下車，笑道：「幾口景德鎮的大缸。就怕你那幾兩鬆鬆垮垮的骨頭搬不動。你要搬得動，就送你一口！」

閻貴也笑道：「謝謝您老了！我家裡地兒小，沒處放！」一面把缸挨個兒掀起，看了一遍。

趙進寶笑道：「你既不要，又去搬動它幹什麼？弄壞了，我也賣不上價錢了！」

閻貴神神祕祕地低聲道：「要是往日，您老讓我去動我都不動呢！只是今天城中要搜捕一個五歲的小孩兒。您老看那邊兒。」說著把嘴一努。

趙進寶順著閻貴所指的方向看過去，一名軍官端坐桌後，神情嚴肅，正盯著幾名兵丁盤查往來客商。笑道：「閻小哥，我這兒可有五歲的小孩兒嗎？」一面暗暗用腿夾緊張玉。張玉聽得外面人生，心中害怕，不敢出聲。

閻貴咧嘴一笑，走過去向那軍官報導：「張秉義，這人拉了幾口缸，缸裡面都查過了，是空的。這人是個熟悉的客商，常常從這裡經過的。」那軍官面無表情，微微點點頭。

閻貴向趙進寶喊道：「老趙，快點過去，別堵著路了！」

趙進寶微微欠身，催促騾子前行。路過那叫做張秉義的軍官時，見那軍官雙目如電，在自己身上打量了幾眼，不禁渾身汗毛直豎。當下也不多言，揮鞭出城而去。

趙進寶行走不遠，尋思道：「剛才那軍官眼神好厲害，盯著我的長袍左看右看，怕是個不好對付的角色。」心中一動，將張玉從袍中抱出，放入車上的缸內，囑張玉不可出聲。

又行不多遠，忽聽得後面馬蹄聲響。趙進寶料是那軍官多疑，復來查看。當下專心趕路，裝作不知。

果是那軍官張秉義帶了閻貴趕來，在後面叫道：「這位山西的趙大哥請留步！」

趙進寶勒住騾子，並不下車，轉頭笑道：「您老有什麼事兒讓閻貴叫我就是，何必還親自前來。」

張秉義微微一笑，道：「剛才聽閻貴說起你慣常是穿短褂的，怎麼今天穿起長袍來了？」

趙進寶聽了，笑道：「小老兒做了幾年生意，攢了些錢財，就想著穿件長袍裝裝闊，不想軍爺一眼就看出我是不配穿這身長袍的！哈哈！哈哈！」一面跳下車來。

張秉義見趙進寶下車，臉色稍平，道：「倒不是說趙大哥不配，只是……。」

趙進寶微微一笑，高高撩起長袍下襬，摸出一兩銀子，道：「軍爺幸苦，小小敬意。」

張秉義推道：「不可！」又欲向車後翻看大缸。

趙進寶臉上微微變色，卻聽閻貴說道：「我剛才已經看過了，都是空的。」

那張秉義雖然職級較閻貴為高，年紀卻小，聽閻貴這樣說，倒也不好再行查看，遲疑了一下，向趙進寶道：「多有得罪！這就請便！」

趙進寶連忙謝過，緩緩上車，輕揚馬鞭，騾車徐徐而動，道：「軍爺、閻小哥，下次再來，我帶些上好的山西陳醋來！」

張秉義不答，卻聽閻貴遠遠喊道：「有勞大哥！」

騾車轉過幾個彎，趙進寶看看已望不到崇文門了，狠命地往騾子屁股上抽了一鞭，大叫道：「駕！」那一身裝闊的長袍已全被汗水浸透。

那騾子正自走得悠然自得，突然屁股吃痛，不明所以，沒命地狂奔起來。

第四回　除夕夜爺孫受飯　蘆芽山張玉尋仙

趙進寶、張玉爺孫兩個捨命奔逃。

此時全國各處均已接到海捕文書，張榜畫像，懸賞抓捕張玉、劉孟達。

趙進寶不敢再過保定府，遠遠地大兜圈子，夜行晝宿，苦不堪言。

張玉從小嬌生慣養，哪兒受過這等罪，默默咬牙忍受。只是思念父母，常常哭鬧著要媽媽。趙進寶見張玉懂事，越發心疼，又見張玉哭著要找媽媽，更加頭痛欲裂。

兩人既不敢進城，更加不敢住店，棄了騾車，盡尋荒山僻嶺而行，路上多逢強盜路匪、野犬餓狼。好在趙進寶一生行走江湖，閱歷既豐，身手又健，終於保得張玉周全。張玉小小心眼兒裡也知這位姥爺處處在捨命保護自己，閒時看趙進寶悶悶不樂，便來給趙進寶捶背捶腿，又在趙進寶的大臉上親上一口，哄得趙進寶心腸大暢。爺孫兩個感情越加深厚。

趙進寶身上銀兩頗豐，遇有小村小鎮，便趁人少之時，多買些酒肉，又買些糖人兒、玩具，哄張玉高興。

這一日趙進寶看看天色已晚，便走進一處小鎮，想買些酒肉再走，見有人過來，不慌不忙，拉了張玉在路邊低頭坐下。

只聽一個女子的聲音道：「玉兒，你今天到了姥爺家可要聽話！若是再去胡鬧，媽媽便不要你了！」

一個小孩的聲音道：「媽媽放心吧！我肯定會聽話的！」頓了一頓，又道：「可我是應該聽媽媽的話呢，還是應該聽姥爺的話？」

那個女子聽了叱道：「當然都得聽！難道還能只聽媽媽的，不聽姥爺的？」

那個小孩道：「上次我要拔姥爺的鬍子，媽媽不讓我拔，姥爺卻讓我拔，那我到底還要不要拔？」

那個女子嗔道：「當然不要拔！你要再敢拔姥爺的鬍子，看我不打你！」

趙進寶雖然處境兇險，聽了這兩人的說話，臉上也不禁莞爾。忽然聽懷中張玉悄聲問道：「怎麼這個小孩也叫玉兒？倒是和我的名字一樣。他的媽媽說他要是不聽話就不要他了。我是不是因為不聽媽媽的話，媽媽就不要我了？姥爺，我以後會好好聽媽媽的話，再也不敢不聽話了！你去告訴媽媽，就說我好好聽話，讓媽媽來要我吧！」說罷，「哇」地一聲哭了出來。

趙進寶聽得心中大痛，連忙去哄張玉。

卻聽得走來的那個小孩道：「媽媽你看！這個小弟弟沒有玩具，都哭了！我把我的撥浪鼓送給他吧！」

那女子笑道：「喲！你倒是大方，剛給你買的，你就要送人呀！你送給了這個小弟弟，可不許再給我要哦！」

那小孩想了想，道：「好，我不給媽媽要了。這個小弟弟沒有玩具，我家裡還有好多玩具呢！」說罷，把一個撥浪鼓伸過來遞給張玉，道：「小弟弟給你玩吧，別哭了。」

張玉雖然落難，玩具卻是不缺，哭道：「你走開！我不要玩具，我要媽媽！我要聽媽媽的話，你也要聽媽媽的話！」

那小孩見張玉不要玩具，一時不知所措。

那女子蹲下，把撥浪鼓拿了過來，遞給趙進寶道：「老大爺，天晚了，又冷，快帶孩子去找個地方休息吧！」

此時已是十二月天氣，滴水成冰。趙進寶帶著張玉已經奔波了一月有餘。

趙進寶心道：「不好！這人把我當叫花子了。」當下「哎哎」兩聲，接過撥浪鼓，也不說話。

那女子起身拉著孩子走開，道：「玉兒快走吧，姥爺都等得著急了。」

那小孩道：「小弟弟不要撥浪鼓，小弟弟要我聽媽媽的話！」

那女子道：「對呀！你看小弟弟多懂事啊，那你以後聽不聽媽媽的話？」漸行漸遠。

趙進寶連忙抱了張玉，買了酒肉，低頭便行。張玉一路說道：「我以後要聽媽媽的話！」趙進寶心肝俱碎。

次日早晨，見到一條小溪，帶張玉過去洗臉。洗完臉，低頭往水中看時，只見自己頭髮已然白了大半，不由得吃了一驚。

趙進寶一生身體康健，保養甚好，雖然年已五旬，髮黑齒固，時常以此為傲。今見頭髮花白，不由一聲長嘆。想起自己與張志遠、趙雅秋非親非故，只是初時偶遇，自己多事為兩人操辦婚事，不想竟有今日之難，恍若隔世一般。又恨天公不分善惡，好人命不長久。

再看身上一襲裝闊的長袍，早已條條縷縷，破爛不堪，看張玉時，髮如蒿草，體似泥丸。兩人的相貌衣著，比之一般的叫花子，猶且不如。趙進寶連日來只顧籌思逃生之計，躲避惡人猛獸，於自己的衣著打扮，竟然是視而不見。

忽然想起張志遠的信，急忙去摸時，幸好還在，拿出來一看，不由得叫一聲苦。那信本就是草紙寫成，又用草紙作了信皮，想是張志遠在獄中並無紙筆，得張良平相助，才偷偷找了些草紙寫成，已屬不易。趙進寶連日來只顧奔逃，信的事兒早已拋之腦後，此時拿出一看，一張草紙，又被汗浸，又被撕扯，早已碎成十七八片。忙從袍子上扯了一塊布，小心包好，放在身上。

看看兩人這副打扮，就是親爹親娘見了，只怕也認不出來了。於是乾脆穿城過市，大搖大擺起來。只是怕人生疑，姑且不敢住店。

這天從街上買了油紙、漿糊、白布，找了個僻靜處，取出張志遠所留的書信碎紙，自語道：「志遠，這封書信我本是不當看的，但玉兒年幼，信又被我弄碎了，好歹得給糊裱起來。」一邊鋪開白布，將那些碎紙放在上面，看著大概形狀，一塊塊拼將起來。無奈紙上字跡潦草，紙又薄脆，拼接起來實在困難。

忽然一陣風吹來，布上的碎紙都飛了起來，到處亂飄。趙進寶連忙去撿，已經被風吹丟了好多。趙進寶大怒，罵道：「屋漏偏逢連陰雨，連你這風也來欺負我！你這破鳥風！」

兩人凍得哆哆嗦嗦，好不容易將碎紙拼完時，已是傍晚。只見一張白布上，零零落落躺著幾處黑字。看時，只見上面寫道：

張玉吾（□）

汝看此（□□□□□□□）冤於九（□□□□□）

吾被人誣告與康（□□□□□□□□□□）謀篡逆，以（□□□□□□）四寶木盒
（□□□□）並不知此（□□□□□）是女，是老（□□）

作證之木（□□□□□）製，然卻（□□□□□□）日之冤，必為此賊所為。吾與此
（□□□□□□□□□）天！

吾與汝母之（□□□）汝不可（□□□□□□□□□）之虞。倘能日後昭雪，（□□□）母含笑九泉矣！

吾授業恩師吳清，學業淵博，（□□□□）緣，可去山西寧武蘆芽山中拜（□□□）

父張（□□□）趙雅秋

趙進寶笑道：「志遠，你的這封信倒和我的破袍子相似！」想起書信殘破，冤案情由自此無從得知，再也忍耐不住，嚎啕大哭。

街上行人見一個瘋子拿塊白布又哭又笑，旁邊又跟著一個孩子，不禁紛紛搖頭，遠遠避開。忽聽得遠處鞭炮聲起，倒把趙進寶嚇了一跳，自覺失態，忙止了哭。有好心人端了盤餃子過來，衝爺孫二人道：「今晚是除夕夜，大過年的，吃點餃子吧。」

趙進寶一驚，方知今日已是除夕之夜。趙進寶一生豪壯，只有自己幫人，何曾受人施捨飯食？本待不受，看看旁邊張玉，心道：「今日是除夕夜，我這小外孫得吃些餃子。」當下接過盤子，心跳加速，面紅過耳。好在臉上灰塵汗漬甚為深厚，旁人也不覺得。

張玉吃過餃子，趙進寶尋思道：「不想今日已是除夕！我過年不回家，家人必定心焦。」當下抱起張玉，大踏步連夜趕路。趙進寶是山西太谷縣人，此地已接近太谷縣境。

一路上鞭炮齊鳴，家家戶戶張燈結綵。張玉看著熱鬧，也是興高采烈。

天明時，離家已只有三里多地。趙進寶尋思道：「我就這個樣子回家，不要嚇壞了家人。須得買身好衣裳，洗浴一番才好。」可是大年初一，卻到哪裡買衣服去？

正沒頭緒，見路旁有一座破廟，心道：「管他娘的！先進去吃些酒肉再走。」兩步跨了進去。裡面牆角已有兩人正自吃飯，突見一個魁梧大漢闖了進來，怕是來搶食的，忙將一些餃子、剩飯藏了起來。

趙進寶見兩人鬼祟，也不在意，大刺刺居中一坐。見張玉尤睡未醒，先去拍張玉醒來。

那兩人卻是乞丐，見了趙進寶穿著，一個偷笑道：「這個老叫花兒沒本事，求不來銀子，都快餓死了。」

另一個道：「想當個好花子豈是容易的？花子幫等級森嚴，講究論資排輩，入門時為一袋弟子，最高的聽說還有九袋弟子，那就是極高的了。想當年祖師爺伍子胥開幫立派……。」

趙進寶心道：「叫花子還分什麼等級。怎麼又是伍子胥開幫立派？狗屁不通！」

只聽一個道：「那哥哥現在是幾袋了？」

另一個道：「我去年才被授了三袋，咱們太谷縣境內，也就只有六個三袋弟子。」顯得頗為自得。

那個羨慕道：「哥哥，我什麼時候才能入袋？」

另一個道：「要是按常規呢，需要當花子滿三年，給當地的花子頭兒進貢滿五兩銀子，方能入袋。」

那個失望道：「我這剛幹了一年，還早著呢。」

另一個道：「也不一定啊！每年都會有破例入袋的。前幾天我去開會，聽花子頭兒說，今年誰若能抓住那個趙進寶，可以直接授二袋，如果提供線報屬實，直接入一袋。如果是已經有袋的，便可連升兩袋。」

趙進寶聞言大驚，且不去叫醒張玉。

只聽一個又道：「哥哥，官府也真夠笨的。太谷縣共找了五個趙進寶出來，竟沒一個是要找的那個趙進寶。」

另一個道：「他這個名字取得好啊，所以叫的人也多。進寶，進寶，誰抓住了他誰就進寶了，哈哈！哈哈！」

那個道：「哥哥，抓住了趙進寶對花子頭兒有什麼好處，卻要授給二袋？」

另一個道：「你有所不知。官府懸賞，誰抓住了趙進寶，賞銀一萬兩。那趙進寶還抱了一個小孩，叫做張玉，更加值錢，抓住了要賞銀十萬兩。」

那個咋舌道：「十萬兩！有了這些銀子，誰還稀罕什麼二袋、三袋。我要是抓住了，便直接去報官！」

另一個道：「對啊！誰還稀罕他給那兩袋。」兩人低聲憤憤不平，好似那趙進寶已在囊中，花子頭兒卻吝嗇賞賜，令人氣憤。

趙進寶身材魁梧，又是背對兩人而坐，兩人並未看見懷中的張玉。又見趙進寶衣衫襤褸，怎麼也想不到眼前之人就是那十一萬兩白花花的銀子。

趙進寶驚出一身冷汗，也不去管兩人前程如何，徑自起身，出門而去。

只聽一人在身後諷道：「這個花子恁沒有禮數，見了自家兄弟，也不打個招呼，估計也是個不入袋的！」趙進寶不理，自顧走了。

原來那日趙進寶抱了張玉走後，喜奎三口也都離開。那董光沒抓到人，剛回到家中，就被官府傳喚，要他說出喜奎等人相貌、年齡等情。董光一一說了。待喜奎三口走到城門口，守門軍士看得明白，即被扣住。傳董光來看，確認無誤，一家三口即被官府帶走。喜奎大罵董光，董光也不去理他，徑往官府討賞。官府老爺叱道：「你貽誤軍情，放走了正犯，本官正待責罰，還敢討賞！」嚇得董光屁滾尿流，落荒而逃。軍士又去拷打喜奎，喜奎挨不住，少不得交代了趙進寶等事。於是全國懸賞海捕趙進寶，將喜奎下在獄中。

趙進寶急急走了幾里路，心下方定。思忖道：「官府連叫花子都派上了，非同小可，現在回家，必然被抓。自己一把老骨頭沒了倒不要緊，只怕要白白丟了張志遠唯一的一點骨血。事已至此，回頭不得了！」想起張志遠的遺書字跡雖已丟失大半，內中尚有「吾授業恩師吳清，學業淵博，(□□□□）緣，可去山西寧武蘆芽山中拜（□□□)」的話，倒還大致明白，不妨且到寧武蘆芽山上去看看究竟。

又不敢問路，也不敢走大路，穿林越澗，迤邐而行。

一路上打魚獵兔，採食蘑菇。好在趙進寶是野外走慣了的，張玉又身體強壯，兩人生龍活虎，幸喜都未生病。只是時間長了，那身上的襤褸衣裳更加襤褸，活脫脫一個大野人帶著一個小野人模樣。

那山中的野猴子見兩個比自己更野的猴子走來，無不取笑，紛紛用樹枝、石塊投擲兩人。兩人見得慣了，也不理會。

時非一日。這日兩人正行走間，忽見路邊一塊大石，上書「蘆芽山」三個大字。趙進寶猶然不相信自己的眼睛，揉一揉，再看時，仍是「蘆芽山」三字，大喜道：「咱們到了！」

張玉喜道：「這便是蘆芽山嗎？」

趙進寶道：「正是！」

張玉不信，問道：「那仙人卻在何處？」惹得趙進寶哈哈大笑。

原來一路上趙進寶怕張玉懶怠走路，哄說蘆芽山上有一位仙人，可以變得爸爸媽媽出來。是以反而是張玉一路催促，嫌這位姥爺走路太慢。

趙進寶抬眼看時，好一座大山。只見峰澗跌宕，溝壑縱橫，雖是寒冬之時，溪水淙淙。山上蒼松翠柏，綠意盎然。其時恰好雪後初晴，天邊一片五彩斑斕的霞光，美輪美奐。

趙進寶精神大振，道：「走！咱們找仙人去！」

張玉歡呼一聲，當先便行。

那蘆芽山屬呂梁山脈，西接岢嵐，東帶寧武，南連靜樂而雄踞五寨。因形似「蘆芽」，故名「蘆芽山」。

爺孫兩個棄了大路不走，從山後一片松林中穿行而上。那松林中皆是千年古樹，枝蔓交叉，密密麻麻，不見天日。地上厚厚的松針堆積，又有枯枝縱橫，遍生蘑菇。趙進寶早已餓得發昏，見了這許多蘑菇，大叫一聲，沒命地採摘。忽聽張玉在前面喊道：「大爺！這兒的仙人住在何處？」卻是張玉心急，自顧在前面問路。

趙進寶不禁大樂。這張玉本是個嬌生慣養，離不得家的寶貝兒疙瘩，不想跟自己奔波了這幾個月，居然膽氣漸壯，思維漸捷。趙進寶第一次見到張玉竟然敢於向陌生之人問路了，也自欣慰。正是應了那句老話：「窮人的孩子早當家。」

那大爺挎了一個大籃子，正在專心採蘑菇，聽得有人說話，四周看了一遍，不見有人，以為是自己耳鳴，復又去尋找蘑菇。

張玉見大爺不理，又喊道：「大爺！麻煩您告訴我仙人住在何處？」

大爺這次聽得聲音是來自地下，忙低頭看時，只見一個小小野人立在地上，口出人言，嚇了一跳。卻聽這小野人又道：「大爺！您見過這裡的仙人嗎？」

大爺再細觀看，方知是個小孩，大驚道：「你是誰家的孩子，怎麼跑到這裡來啦？這裡經常有野豬出沒，又有狼！」

張玉笑道：「野豬我才不怕呢！我姥爺會打野豬，我還吃過好多野豬肉呢！還曾吃過狼肉！」

大爺見這小孩可愛，哈哈笑道：「小小孩兒，倒能吹牛！你姥爺卻在何處，讓我見識見識！」

張玉用手一指，道：「喏！就在那兒！」

大爺順著張玉的手指望過去時，只見一隻大野人從樹下緩緩地站了起來。大爺大驚失色，扔了籃子，轉身狂奔，暗自埋怨自己道：「早聽說這山上有野人，我兀自不信，今日被我撞見，恐難活命了！」

只聽那大野人在身後高聲叫道：「大哥莫慌！我便是那小孩子的姥爺！」

大爺聽那大野人會講人話，心中稍定，止住腳步，半側著身子道：「你想怎樣？」

大野人道：「我不想怎樣。我和外孫進山來找一個人。」

小野人插口道：「不是找一個人，是找一個仙人！」

大爺聽那大小野人說話倒也條理，心中又舒緩些。暗暗將隨身帶著的一個竹筒子套在胳膊上，慢慢走近，來取那落在地上的籃子。

此地人口耳相傳，那山中野人雖能裝作人的模樣，畢竟和人不同。不同之處在於那野人的智力奇低，又容易得意忘形，大凡抓到人時，必得大笑三天三夜，方始吃人。故進山之人，都隨身帶有一個竹筒，以防萬一遭遇野人，便故意讓野人抓住胳膊上的竹筒，待野人得意地大笑三天三夜之時，便可趁機將胳膊抽了出來，來個金蟬脫殼。

那大爺合計道：「就算是傳說有誤，那野人笑不了三天三夜，只要能笑得半個時辰，以我的速度，也追我不上了！」一面緩緩靠近籃子。那籃子是三代祖傳之物，不想便在自己手中失去。於是半閉了雙眼，將套了竹筒子的胳膊慢慢向前伸去，正自躊躇滿志之時，忽覺胳膊上一緊，早已被大野人抓住。

大爺一看之下，頓時魂飛魄散。三魂蕩蕩，分頭奔逃家去，七魄悠悠，齊去搬請仙人。原來那大野人抓住的，偏偏是那條沒套著竹筒的胳膊。不由得自嘆命薄，遇到了一個不傻的野人，又埋怨傳說誤人。

大爺知道此番定然難逃劫數，平生所做惡事在腦海中電光火石般一一閃念：「我平生第一大惡，在於平日裡喜歡吃肉。曾聽那廟裡的和尚講過，一個人吃過多少肉，是要還回去的。我吃過的豬肉、雞肉、雀兒肉，加上災荒年吃過的蟲兒肉，怕不得有二百多斤！上次見了廟裡的和尚，問他雞蛋到底算不算肉，那和尚支吾許久，也說不甚清楚，看來那和尚也不甚明白。若再加上雞蛋，只這一項怕不得就有一百多斤？乖乖！還是暫且不加吧！日常吃的蘑菇，吃起來肉不幾兒的，怪好吃的，不過這個應該不算是肉吧？下次見了和尚，倒是要問個明白！我身重一百二十來斤，吃了這許多肉，算算倒也夠本。嗯，我平生第二大惡，是偷看過二柱家媳婦兒洗澡。那時年紀輕，不懂事兒，一次正巧看見二柱家媳婦兒在屋裡洗澡，腿就邁不動了。後來問和尚，說是看人家媳婦兒洗澡是要入阿鼻地獄的。嗯，這個是說入地獄，我現下是要被野人吃，屬於還肉，應該不挨著看二柱家媳婦兒洗澡的事兒。下次見了和尚，倒是要問個……哎呀！不好！現下就得還肉，還了肉，哪裡還有下次見和尚的事兒！」這些念頭，不過在他腦中一閃而過。當下雙眼緊閉，引頸還肉。

卻聽得那大野人說道：「大爺莫怕！給你的籃子！」

大爺聽得那大野人不提吃肉的事兒，微覺奇怪，睜開眼，見大野人笑嘻嘻地，把竹籃子遞了過來。慌忙用套著竹筒的胳膊接過籃子，定睛看時，見這大野人神態和善，又會說人話，不像是要吃人的樣子，疑惑道：「你是？」

那大野人道：「我姓張，名寶。」卻是趙進寶怕說真名洩露了身分，臨時改換了姓名。張玉欲待糾正，終於忍住不說。

大爺聽得原來是個人，鬆一口氣，不由得大怒道：「你嚇得我好苦！裝成這個樣子做什麼！」大難不死，心情實在是說不出的舒暢。

趙進寶道：「我和孫子兩人進山迷了路。」

大爺聽了笑道：「就這麼座山，還能迷了路？」看看天色不早，道：「今天晚了。走！到我家去吃飯吧，我家裡養得有雞。」說罷，一面暗悔道：「剛說了不吃肉，怎麼又要殺雞！待會他兩個要吃便吃，我自不吃！」暗地裡打定了主意。

趙進寶見天色晚了，今日恐難找到張志遠的師父，又見大爺淳樸，便道：「如此甚好，那就叨擾了！」

當下大爺引路，三人深一腳淺一腳，都往大爺家行去。張玉聽說有雞，便也同意明天再去尋找仙人。

到了家中，大爺道：「院裡養得有雞，你們要吃就自己殺去。」

趙進寶也不客氣，抓了兩隻雞，宰殺乾淨，拿到後廚收拾。

大爺暗暗心疼道：「這人倒不客氣，竟然殺我兩隻雞！」。

不大功夫，炊煙嫋嫋，廚房飄出香氣來。

第五回　傻大爺指引廟門　痴和尚參詳甲骨

趙進寶連日裡帶著張玉東奔西躲，忍飢挨餓，今日好不容易見了有雞，又有鍋灶，就想著給張玉好好補一補身體。

須臾端上菜來，一大盆小雞燉蘑菇，一盤松子玉米，一盤韭菜雞蛋，一盤豆干。趙進寶烹調功夫本就了得，今晚加意施展，香飄四溢。食材又是散養的土雞，野生的蘑菇，松鼠洞裡的松子，清露餵大的韭菜，雖然簡單，卻是山中珍品，更加覺得美味。

大爺看著桌上的四盤菜，食指大動，極為高興，從院中地窖裡搬出一罈汾酒，放在桌上，道：「平日裡就我孤身一人，也不會做菜，沒有興味兒。今晚你做了這些好菜，必得喝些酒，方才有味兒！」又道：「我釀酒的手藝，可是村裡頭有名兒的！」

趙進寶大喜，道：「甚好！甚好！」

張玉早已撈了一塊雞肉塞進嘴裡，又覺得燙，急忙吐出來，直咂舌頭。

趙進寶笑著嗔道：「你慢些吃，慌些什麼！」

大爺起去罈封，倒出汾酒，頓時滿屋酒香。

趙進寶久居山西，是品汾酒的行家，一聞香味兒，便知此酒不俗，讚道：「好酒！」

大爺頗為得意，端起酒碗，道：「來！先喝一口嘗嘗！」

趙進寶一口入腹，更覺醇厚無比，回味悠長，又讚道：「好酒！」

當下觥籌交錯，賓主盡歡。飲到酣時，大爺早把那廟裡和尚的還肉之說拋在了九天之上，大口吃肉，大碗喝酒，不亦樂乎。

席中張玉又提起仙人，趙進寶因問道：「聽說此山中有位名叫吳清的高人，可是有的？」

大爺想了想，道：「我從小在此長大，並未聽說有姓吳的。」

張玉卻不關心什麼無清有清，急道：「那仙人總是有的吧？」

大爺衝張玉笑道：「仙人啊，山上倒是有不少！你看看我，長長的白鬍子，不像個仙人嗎？」

張玉撇嘴道：「我看你不像個仙人。」又恐自己弄錯了，悄聲問趙進寶道：「他便是那個仙人嗎？」

說罷，呵呵大笑。

趙進寶微笑不答，想了一想，又問道：「那麼山上可有什麼與眾不同的人嗎？」

大爺笑道：「與眾不同的，倒是有一個。」

趙進寶大喜，忙問道：「怎麼個與眾不同法兒？」

大爺神祕道：「山上有戶人家，生了個傻兒子。這傻子連十個手指都數不齊全，倒是見了女人卻……。」

趙進寶見張玉在旁，忙止道：「且不說那傻子，可還有嗎？」

大爺低頭沉思道：「這山上總共也就是這麼一個傻子。嗯！要說與眾不同，倒是還有一個人。」

趙進寶忙問道：「是個什麼人？」

大爺故作嚴肅，低聲道：「是個廟裡的和尚。」說罷，「噗哧」一聲，哈哈大笑。又道：「這和尚不吃肉，不喜女人，卻喜歡骨頭，整天閉門不出玩骨頭，可不算是與眾不同嗎？哈哈！哈哈！」

趙進寶卻並不言笑，點點頭，問道：「除此之外，可還有其他與眾不同的人嗎？」

大爺止住笑，搔頭道：「那便沒有了！我雖釀酒的本事高些，大體上還是與眾相同。」

趙進寶又點點頭，不再言此，轉問些山中趣事。那大爺甚是健談，一五一十，細細說明。

當晚趙進寶燒了熱水，給張玉洗澡。大爺家中備有洗澡的大木桶，只是年頭長了，稍稍有些漏水。不想兩人洗過之後，只因身上積垢太多，竟把那大木桶漏水之處給封堵得嚴嚴實實。大爺大喜。

大爺見兩人身上的衣裳髒汙破舊，從家中取出自製的棉布，為兩人縫製衣裳。待兩人洗完澡，大爺早已將衣服熨燙得平整，遞給趙進寶。

趙進寶見大爺居然在這洗澡的功夫做了兩身衣裳出來，大為驚訝，又見手法精奇，讚道：「好針線功夫！」用眼細細打量大爺。

卻聽大爺說道：「這山上人人都會縫製衣裳。這製衣之法，也是那廟裡的和尚教的。」

趙進寶聽了暗暗點頭。取出一兩銀子，放在桌上，道：「大爺！多蒙您老悉心招待，這點銀子，不成敬意！」

那大爺終生在山上與狼蟲虎豹為伍，家中藏有百十個銅錢，便自認為是山中巨富了，何曾見到過銀子。此時見桌上銀光閃閃，白花花一片，不由得眼花，拿在手中，掂了一掂，忙道：「這是為何！快拿回去！」趙進寶堅決要給。

至晚間大爺見兩人睡熟，又將銀子偷偷塞在趙進寶的衣裳之中。後趙進寶趁大爺熟睡，又將銀子悄悄放在大爺床上。兩人一晚忙得不亦樂乎。張玉卻不去理會兩人閒事，倒頭呼呼大睡。

次日早晨醒來，三人吃過豆漿、包子，趙進寶道：「大爺，今日若無事，相煩引我們去見那和尚可好？」

大爺得了一兩銀子，精神煥發，如何不好？只是張玉執意要去尋仙人，不去見和尚。

大爺哄道：「小野人兒，那和尚便是仙人！」

張玉聽得和尚便是仙人，也就願意同往，三人一同上路。

復從昨日的松林穿過。大爺熟悉道路，一溝一壑，無不了然於胸。趙進寶歎服。

穿過松林，便是峭壁。趙進寶抱了張玉，隨大爺攀援而上。

不多時登上山頂，眼前忽然一亮，只見地勢平闊，一望無際，竟是好大一片草原。

大爺道：「這便是那馬侖草原。」

張玉見到成群的牛羊，大聲歡呼，掙下地來。三人同入草原。

趙進寶見廣袤的草原之上，有幾株杉樹迎風而立。那杉樹日日被強風吹襲，樹身瘦骨嶙峋，枝葉極精極簡。

中華美學傳承千年，自與西洋美學不同，詩詞水墨，要在平淡簡約，甚爾不惜枯澀，講求「秋水才深四五尺，野航恰受兩三人」，重在昇華。西洋美學則重感官物慾，旨在真實。中西之學，實是各騁擅場。趙進寶走南闖北，見識廣博，於中華西洋畫法頗有獨到見解，此時見這杉樹奇特，不由看得痴了。

大爺見趙進寶對著一棵瘦乾之樹痴痴傻傻，不由得暗笑道：「他若是搬來住，便要算得這山上第一與眾不同之人了。」笑道：「這一棵枯乾的瘦樹，有什麼好看？你若喜歡，待會兒拜完了和尚，我給你伐幾棵肥壯的樹來！」

張玉也頗不耐，不住催促。

於是三人繼續前行，走了約莫一個時辰，穿過草原，眼前高峰突兀，正是蘆芽山。

大爺道：「由此上山，那廟便在山頂。傳說朱洪武帝第十八皇子就是在這廟裡出家的。」朱洪武即是明太祖朱元璋，民間百姓日常所稱，都依年號叫作朱洪武。

此時已是春暖花開，三人一路汗水淋漓，又爬了半個時辰，來在廟前，一齊雙手合十。

趙進寶祝道：「此番見了張志遠的師父，把小張玉託付給他，好好學了本事，長大成人，來報這滿門的血海深仇！」

張玉祝道：「此番見了仙人，我多送些糖果給仙人，好求仙人變了我爸爸媽媽出來！」

大爺祝道：「此番見了和尚，倒要問清楚吃蘑菇算不算是吃肉。生死大事，含糊不得！」

趙進寶便欲叩門。大爺忙止道：「不可叩門！」到大門旁邊，按動一個按鈕。

只聽廟內鈴聲大作，倒把趙進寶嚇了一跳。其時西洋電氣之學已經發達，只是大清封閉鎖國，中華大地，少有人知。這大爺按動的，正是廟內和尚所裝的一個電鈴。

趙進寶心道：「這廟倒是有些邪門！」對廟內和尚的信心卻又增了幾分。

過了許久，只聽廟門「吱呀」一聲，推了開來。一個老和尚形容枯槁，面色嚴峻，立在門內。

大爺道：「我今天是有一事不明，前來問問。」

那老和尚知大爺是山中村民，後面兩人卻不認識。也不說話，轉身走了進去。

大爺衝兩人努努嘴，當先跟了進去。兩人後面相隨。

張玉見那老和尚仙風道骨，喜不自勝。

廟中院內積骨如山，趙進寶見了，倒吸一口涼氣。又見偌大一個寺廟，便只老和尚一人，更覺毛骨悚然。

四人走進廟內大堂。

趙進寶抬頭看時，見整個大堂全由木料建構，榫卯奇巧。心道張志遠是個木匠，這大堂的木匠功夫如此了得，老和尚必是張志遠的師父，當下更無懷疑。

那老和尚席地坐了，拿起地上的一個骨片，細細觀看，愁眉苦臉，更不說話。

三人面面相覷，大氣也不敢多喘一口。

過了許久，趙進寶見不是頭兒，朝地上看時，見地上零零落落，還散著許多碎骨片。拿起一片，見上面坑坑窪窪，已然不大平整。料想定是老和尚什麼人的遺骨，不知被誰給弄碎了，惹得老和尚傷心。又見好多骨片更像是烏龜的殼子，不明所以，心中疑惑不定。

那地上所放的，正是「甲骨文」。早先曾有人前來問佛，問完之後，便以神藥供奉。老和尚見那神藥都不過是些龜殼骨殖，大為詫異。細看時，見上面尚有刻痕，一刀一鑿，不似隨意所為。那老和尚學識甚是淵博，參詳幾天，已知必是遠古文字，當下廣為蒐集。山中諸人見老和尚不要金銀，只要骨頭，大為歡喜，是以廟中積骨如山。其中不免有許多是剛死的牛羊屍骨來濫竽充數，老和尚也不置言。

趙進寶正自沉吟，卻聽大爺問道：「我今天是來想問，那蘑菇吃起來肉不幾兒的，算是吃肉嗎？」

老和尚正在沉思，被大爺一問，微微皺眉，回道：「蘑菇不是肉，自然不算是吃肉。」

大爺心中大寬，又悄聲問道：「我上次看了一次二柱家媳婦兒洗澡，心中一直有愧，可怎麼才好？」聲音極小，顯是不願讓趙進寶、張玉二人聽見。

老和尚越加皺眉，不耐道：「物來則應，過去不留。既然心有悔意，以後不再犯戒，也就是了！」

大爺大喜，忙道：「以後是絕對不會再看的了！」暗喜幸好今日有此一問，便知道了死後不會再入那阿鼻地獄，實實不虛此行。當下向趙進寶、張玉兩人擺擺手，先自起身告辭。

張玉早已等得大大不耐，手裡拿了大把的糖果，都放在老和尚的骨頭之上，合掌道：「老仙人爺爺，快把我的爸爸媽媽變了出來吧！」

老和尚聽張玉如此問，微微一愣，抬眼向趙進寶看去。

趙進寶忙道：「大法師好，在下趙進寶。不知大法師可識得張志遠嗎？」

老和尚看了看張玉，垂目默然不語。

趙進寶又道：「大法師可識得吳清？」

老和尚仍是垂頭不語。

張玉見老和尚垂頭半晌，只看得望眼欲穿，不住催促：「仙人爺爺快快把我的爸爸媽媽變了出來吧，我把糖果都給你！」

老和尚抬頭問趙進寶道：「志遠因何出事兒了？竟至於此？」

趙進寶見老和尚此問顯然便是承認自己是吳清了，心中大慰，指著張玉，道：「這便是志遠唯一的兒子，叫做張玉。」接著把如何偶遇張志遠，如何幫助張志遠成婚，張志遠如何發家致富，如何鋃鐺入獄，如何被滿門抄斬，後來又如何救張玉逃命，一一細細講來。講到最後，早已泣不成聲。

吳清一生清傲，只收過三個徒弟。最後收了小徒弟張志遠，教了五年木匠，因見他生性浮華，不成大器，便把他早早遣出門去。此後便潛心佛學，做了和尚。又不喜與人交道，是以廟中也沒有小沙彌，自己既做方丈，又兼理火工、知客等事。

張志遠一案雖早已舉國皆知，但吳清僻處山野，竟然毫不聽聞。今日聽趙進寶說了，默然無語，唸道：「阿彌陀佛！」

趙進寶道：「如今我終於找到您老人家了，張玉這個孩子天資聰穎，若能得您老人家精心調教，日後必能替父報仇！若有需用銀子處，我便著人送來。」

只聽吳清緩緩道：「冤冤相報，何時是了？」

趙進寶一怔。自己日思夜想，便是要如何找到這位世間高人，如何撫養張玉長大，如何找到真兇，報這血海深仇，卻從未想過「冤冤相報，何時是了」這八個字。怒道：「難道這滿門的血債，便就此放過了嗎？」

吳清不答。

趙進寶拿出身上所有的銀子，放在骨頭之上，道：「這些銀子，您老人家先用著，回頭我再去籌策銀子來。」

吳清道：「銀子倒是不必。人我也不收。」

趙進寶本想既然找到了張志遠的師父，自己就算是完成了張志遠的遺願，不枉了相識一場，又使這個可愛的小外孫學得本事，日後尋機報仇雪恨，正所謂君子報仇，十年不晚。不料這老和尚竟然不肯收留張玉。來時的一腔熱情，霎時間化作烏有，只覺渾身發冷，如入冰窟之中。

吳清既然不肯收留，趙進寶無可奈何，想起張志遠一門悲慘被殺之冤，自己顛沛流離之苦，怎能便走，攜了張玉就在廟中住下，每日除了吃飯睡覺，便是在老和尚堂內痛哭。山裡有人想來拜佛，都被趙進寶又哭又打，轟了出去。

張玉也早已看出這老和尚並不是仙人，收了糖果，拿了那老和尚的破碎骨片到處亂拋亂扔，吳清也無可奈何，自在堂中坐禪。

如此過了兩月。一日清晨，趙進寶起床，聽得院中悉悉索索，忙推門一看，只見吳清牽了一頭黃牛，正自餵食草料。

趙進寶見了黃牛，也不著急，心道你便是要騎這黃牛逃跑，我也盡可追得上。大步走進廚房，熬粥煮飯。一邊斜眼看著院中。

只見那吳清磨磨蹭蹭，裝了一個包袱，放在院中石案上。低頭想了一想，喚趙進寶道：「你且過來。」

趙進寶聽了，忙走過去，道：「大法師！」

吳清點點頭，道：「張志遠死不足惜，只是可惜了這個孩子。」

趙進寶聽有話頭兒，大喜道：「大法師所言極是！張志遠死便死了，這玉兒是極聰明的，又乖巧可愛！」

吳清道：「張志遠性格浮華，貪圖富貴，有此下場，得其所哉。」

趙進寶聽得吳清四字一句，抑揚頓挫，好不容易聽完，忙道：「大法師所言極是，張志遠確是死有餘辜！」生怕違逆了吳清的意思，極力附和。

吳清抬眼道：「說他死有餘辜，有些過了！死有餘辜是講罪大惡極，即便處死也不能抵償罪惡之意。張志遠雖然輕浮，也罪不至死……。」

趙進寶諾諾連聲。

吳清續道：「這死有餘辜的，只怕要算是……，唉，不說了！只是這張玉孩兒應該怎生去找個高明的人教養才好。」

趙進寶聽吳清說還要找個高明的人，顯然有推託之意，忙道：「大法師已是最高明的人了，還要到哪裡去找？就讓玉兒拜大法師為師吧！」

吳清搖頭道：「不可！我是張志遠的師父，張玉怎麼能再拜我為師？」

趙進寶慌道：「那就拜做太師父！」

吳清搖頭道：「不可！」

趙進寶失望之極，頓覺手足冰冷。

只聽吳清道：「我兩個月來在堂中批剖張志遠的案子，已得大概……。」

趙進寶奇道：「大法師已得大概？且說來聽聽！」

吳清不答，續道：「可是若要教習玉兒報仇，我苦思數日，殊無把握。況且費盡心機，養了一個心中充滿魔障的惡魔出來，絕不可行！若要教習玉兒泯滅恩仇，你這一般人又定然不能答應。況且又騙了玉兒一世，亦不可行。唉！此事雖然仇人可惡，卻也是因張志遠咎由自取，此仇究竟當不當報，終究不得究竟。唉！冤冤相報，何時是了！」惆悵不已。

趙進寶聽得吳清咬文嚼字，額頭上豆大的汗珠滾滾而下。

吳清續道：「我苦思兩月，於昨日終於在這甲骨文之中，參得答案。」

趙進寶大喜，也不敢說話，生怕驚擾了他的思路。

且聽吳清道：「我思來想去，此事只有我師父他老人家，方才可以化解。」

趙進寶一雙大眼，幾欲從眼角處撕裂開來。那吳清至少已有七十多歲，他的師父卻要高齡幾何？如此高齡，便要能口齒清楚也是艱難，又怎能撫養張玉，教習知識，更遑論報仇雪恨！這老賊分明是想推託了之！想起這些時日在這破廟中所受的窩囊之氣，心中怒極，手中一雙大拳，便要揮將上去。

卻聽吳清續道：「我師父雖然是我的師父，卻要比我年輕許多，學識修養，更加高我百倍。」傾慕之情，溢於言表。

趙進寶的一雙鐵拳，頓時綿軟下來。心道：「如此甚好，那便去尋你的師父。似你這般絮絮叨叨，別把玉兒這一塊璞玉給雕琢廢了。」

吳清續道：「只是我師父雖然傳了我些學問，畢竟不喜我的性情為人，嫌我講話絮絮叨叨，顛三倒四……。」

趙進寶心中樂道：「我也嫌你講話絮絮叨叨，顛三倒四。」臉上卻是一臉恭敬。

吳清道：「我只是跟隨我師父學了些他老人家的皮毛末學，真正的學問他老人家還沒來得及傳我，就對我生了厭惡之心……。」說著，聲音顫抖，顯然對師父厭惡自己之事頗為傷心。

趙進寶看時，只見他一張滿布皺紋的老臉上，居然掛了兩行清淚。

吳清續道：「……後來，他就將我趕了出來，讓我在千里之外，自立門戶，不要再去找他。」說到此處，用手帕頻頻拭淚，肩頭微微聳動。

趙進寶見他傷心，欲待寬慰幾句，卻不知從何說起。

吳清道：「我離開師父，到千里之外，自立門戶，也開始收教徒弟。我也學師父的樣子，只教他們些皮毛末學，教他們一些日子，發現他們有失缺之處，便也把他們攆了出去，到千里之外去自立門戶。」

趙進寶心道：「這老頭兒的心胸也太狹窄！原來張志遠只是學了些這老頭的皮毛末學，這老頭學問之深，當真是深不可測。那這老頭的師父，便當如何？」心下不禁駭然。

吳清道：「後來趕走了張志遠，覺得收徒之事，實在是沒有趣味，就剃了頭，搭建寺廟，潛心學問。」

趙進寶笑道：「大法師研究學問是真，只怕這做和尚是假吧？」

吳清正色道：「佛法大事，豈能兒戲！要當和尚，尚需法師賜法號、取度牒……。」

趙進寶怕他又去絮叨佛法大事，忙岔開道：「咱們卻怎生去找你的師父去？」

吳清遲疑道：「找我師父，我是不能的了。師父當年說過，讓我不要再去找他。」

趙進寶心道：「他說不讓找，你偏偏去找，他還能怎地？」

卻聽吳清說道：「可我見了玉兒，不忍便捨棄我那志遠徒兒留下的一點骨血……。」

趙進寶聽了大喜，心道：「你這老禿賊，終於還不曾四大皆空，六親不認！」

吳清續道：「我雖不能見師父，卻可以告訴你們去找我師父的辦法。」

趙進寶心道：「如此甚好！和你同行，非把我絮叨死了不可！」點頭稱善。

吳清道：「但是你智力太差，我若直白相告，必會被我師父查察明白，他老人家對我的印象，未免又要差了一層。」

趙進寶大臉甚紅，無言以對。

吳清道：「昨日我看甲骨文，終於想到瞭解決的辦法。我將我師父的姓名、地址，用甲骨文寫了出來，又教給你參詳甲骨文的竅門。將來由你自己參詳出來，看明白了我寫的甲骨文，便不算是我告訴你的。」說著，拿了一張寫好的字條出來。

趙進寶只見上面畫了一道符，溝溝壑壑，像是些樹枝蚯蚓。大驚，忙道：「這卻使不得！我哪裡識得這道符！」

那吳清拿起放在院中石案上的包袱，遞給趙進寶道：「我昨夜通宵未眠，精心為你挑選了這些甲骨，供你參詳。這已是極容易的了。」一面細細向趙進寶講述甲骨文辨識之法。

趙進寶大睜了雙眼，頭痛欲裂。

好不容易聽完，吳清道：「我給你講解的這些竅要，若是上人之智，一天即可通曉；若是中人之智，十天應當明白；若是下人之智，須得三十天方能識得這字條上的幾個字。切記，是你自己參詳出了字條上的字，可不是我告訴你的。你按著字條上的地址，如果機緣巧合，或能尋到我的師父。」

說罷，轉身上牛，飄飄然，南出函谷關而去。

第六回　新方丈識文斷字　美仙姑騙錢斂財

趙進寶提了一包碎骨，欲哭無淚。當下盤膝坐於吳清的堂中，按照吳清所教之法，慢慢參詳。張玉見姥爺也學那老和尚玩骨片，頗為驚訝，倒也不再去亂扔骨片搗亂。有人再去摁響電鈴，張玉便在門內叫道：「今天不開門！」

最早的甲骨文書跡當為殷商時期甲骨所書，內容記載了盤庚遷殷至紂王間二百七十年之事。其書跡隨著年代不同，結構、筆法又自不同。那趙進寶翻來覆去，絞盡腦汁，如何能參得明白？日復一日，忽然腦中靈光一閃，認出那吳清所留字條上的一字當為「絲」字，心中大喜，再去看時，另一個「絡」字便不難認出，欣喜不已，罵道：「奶奶的！又是絲又是絡的，原來這賊禿的師父是個女的，又比他年紀輕，怪道他偌大年紀了，說起師父趕他走就要哭哭啼啼的！」

既然認出了兩字，找到了其中規律，其他幾個字不久便也都一一辨出，用楷書寫了，連起來看時，卻是「道之鬼潭絲絡州林南河」十個字。

趙進寶既久習甲骨文，於文字之義，句讀之法，也都觸類旁通。細細讀來，琢磨道：那「潭、州」兩字似乎是地理之稱，那麼此句便應斷為「道之鬼潭，絲絡州，林南河」。「林南河」便應是那吳清師父的名字。當下欣喜若狂，見張玉正獨自在旁邊把玩骨片，一把抱起來連親兩口。

張玉初時見老和尚不是仙人，也就漸漸斷了讓仙人變出父母之想。後來又見姥爺也著了魔障，變得和老和尚一般只玩骨片，不陪自己，不由得興味索然。這日正在旁邊咬牙切齒，思忖著如何便能將這些骨片投進灶台的火中，烤熟了吃進肚中方好。忽見姥爺來抱自己，倒是嚇了一跳，喜道：「姥爺！我以為你也變了老和尚，不來陪我了！」咯咯大笑。

趙進寶聽張玉說自己變了老和尚，心念一動，拿起了包袱中的度牒。當時吳清臨走時留下的包袱中除了骨片，尚有一套和尚的衣服，一個度牒，一張地圖。自己連日來苦思甲骨文，心無旁騖，竟忘記了這些東西。

當晚兩人洗浴安眠。趙進寶精力耗費過度，今日終於解開謎底，夢中都笑了出來。次晨張玉醒來，伸伸懶腰，起身看時，只見房中不見了姥爺，卻多了個老和尚，大吃一驚，正待要哭時，卻聽那老和尚笑道：「玉兒，看姥爺這身打扮可好？」

張玉定睛一看，正是姥爺，驚道：「你怎麼變作了老和尚？我不喜歡老和尚！」

趙進寶摸摸光頭，笑道：「姥爺也不喜歡老和尚。可是只有姥爺當了老和尚，我的小乖外孫才能住大店，吃好飯。」心想這番改了僧裝，有了度牒，便是大搖大擺地走進北京城去，也不必再怕了。

當下揣好度牒、地圖，抱起張玉，便要起身出發。忽聽門鈴聲大作，開門看時，卻是那位大爺。

大爺見趙進寶著了僧裝，吃了一驚，結巴道：「怎，怎，怎……。」

趙進寶笑道：「老和尚雲遊天下去了，便將這裡的方丈之位讓了與我。如今我也要雲遊天下去了，便將這方丈之……。」本想說「將這方丈之位讓了與你」，忽然心中一動，改口道：「……地托你打掃。」

大爺驚訝道：「你又怎知我此時會來？」

趙進寶道：「我是方丈，怎會不知？」

大爺拜服。

大爺自得了趙進寶的一兩銀子，宛然山中巨富，漸漸地也變得粗聲大氣。每日夜間無人之時，便將那一兩銀子取出，細細摩挲，如今已只剩得九錢七分。於摩挲銀子之時，也常自思，得人厚恩，無以為報。恰逢今日無事，便來看望趙進寶。見趙進寶托以重任，滿口應承。

卻聽趙進寶問道：「現今是幾月間天氣？」

大爺道：「八月。」

趙進寶登時面紅過耳。原來老和尚吳清臨行時，說道即便是下人之智，也只三十天便可參出那字條上的文字。自己竟在堂中參了三月方才勉強明白，實在是下下人之智。卻不知那吳清學問既博，眼中極為淺顯之事，在平常人看來，卻是千難萬難。趙進寶專意苦思，參詳速度已是極快，若是換了大爺，便是苦禪三十年只怕也未必能參詳得出。

大爺見趙進寶紅了臉，心裡羨慕道：「怪道人人都願做官，這大野人做了方丈，也是紅光滿面的！」知趙進寶要下山去，忙回家中牽了一匹瘦馬來給二人騎乘。

趙進寶又拿出一兩銀子要給，大爺慌道：「不敢給銀子了!上次給我一兩銀子，弄得我至今夜夜不能安睡！」堅辭不受。

趙進寶也不勉強，攜了張玉，一僧一童，古道西風瘦馬，飄然而去。

此後大爺說到做到，果然將一座大廟，收拾得纖塵不染。

且說趙進寶是做慣貨賣生意的人，尋思著既是要去求人，少不得銀子。下得山去，便在山腳下採購野蘑菇、松子等貨物，又買了馬車給那匹瘦馬套上。那瘦馬見了這許多的貨物，又被套了馬車，心中老大不高興，苦於不會說話，無可奈何。

到了晚間，一僧一童一瘦馬，大搖大擺，走進一座大店裡去。早有店夥計牽過瘦馬，奉上佳餚。

一僧一童酒足肉飽，躺在軟塌之上，只覺說不出的舒坦。張玉玩鬧了一會兒，徑自睡了。

趙進寶撥亮油燈，取出地圖，細細觀看，尋找那「道之鬼潭、絲絡州」的所在。地圖上密密麻麻，標了無數小字，趙進寶細細看了一遍，並無這兩處地名，又看一遍，仍是沒有。只覺一顆心臟「咯噔」一聲，漸漸沉了下去。回想識字之法，雖然緩慢，絕無可疑，心下大為躊躇。坐在那軟塌之上，心裡說不出的煩惡。見張玉睡熟，便走出房門去散心。

忽聽一處房間內兩人說話。一人道：「聽說那戊戌變法的康有為又創立了個什麼保皇會。」

另一人道：「哼！幾個窮學生，沒兵沒權，又能鬧出什麼故事來。」

一人道：「可惜了那六個被殺了的孩子，真是可憐！唉！人生無常啊。」

另一人道：「且莫說人生無常，聽那算命的講，一個人什麼命，是生來就定好了的，變動不得。」

一人道：「算命的話，多半也信不得。」

另一人道：「不盡然！我認識一個算命的，叫做林南河……。」

趙進寶聽了兩人閒話，本待離開，此時忽然聽到「林南河」三字，渾身一振，耳朵也長了數寸。吳清所留的字條上說，他師父的名字正是林南河。當下側耳細聽。

房內兩人並不知隔牆有耳，續道：「林南河算命百算百中，從來未見失手過，人稱神算仙姑。」

趙進寶心道：「神算仙姑。嗯！我所料不錯！吳清這賊禿的師父果然是個女的。看那賊禿的傷心樣子，倒是個多情種子。」

又聽房內人道：「不妨明天便去找她算上一卦，看看今年的運道如何。」

另一人道：「明天還有事，另選日子吧。她就住在拐兒鎮，離此不遠，想去時，方便的很。」

那人道：「必得去一次，縱然卦不靈，見見美人兒也是靈的……。」

趙進寶聽兩人說話漸不入流，便牢牢記住「拐兒鎮」三字，轉身離開。回房尋思道：「那字條上寫的是道之鬼潭、絲絡州，現今卻怎麼是住在拐兒鎮呢？嗯！吳清所說，算來至少已是二十年前之事了，二十年來，兩人又從未見過。他這個老情人師父，總不會也和他一樣古板，二十年不換地方居住吧？」又笑那房中兩人道：「兩個傻兒，還想去看美人兒，這林南河就算比吳清小些，也總有六十幾歲了吧！一臉的核桃皮，還有什麼好看？」既已得知了林南河的蹤跡，心中大寬，倒頭便睡。

卻說那店家見瘦馬所拉的野蘑菇朵朵肥嫩、乾松子粒粒飽滿，一大早便來找趙進寶商議購買，又約定了今後的買賣。趙進寶大喜，順便連馬車也一起賣了，得了銀子。看看天色不早，攜張玉乘了瘦馬去尋那神算仙姑林南河。

途中問路，提起拐兒鎮時，眾人皆知，紛紛指示明白。又問道「道之鬼潭、絲絡州」時，竟無一人知曉。趙進寶咬牙切齒，暗恨吳清弄人。

拐兒鎮果然很近，路又順，不多時便到。趙進寶見道旁有人在賣餄餎麵，與張玉每人吃了一碗。問店家道：「聽說此地有個叫林南河的，可知道嗎？」

店家忙肅顏道：「怎可直呼仙姑之名？仙姑俗名原是叫做林南河，我們都稱神算仙姑，俗名是萬萬不敢叫的！」

趙進寶點點頭，問了仙姑住址所在，結了飯錢，起身告辭。

路上又遇到賣花兒的、說書的、討飯的，問起神算仙姑林南河之名，皆是恭敬肅穆，說是算卦看相極為靈驗的。

趙進寶見眾口一辭，更無懷疑，暗暗好笑道：「張志遠這一學派，倒是有點意思。一個算命的美女師父，教了個情人徒弟出來，卻是個參佛玩骨頭的，這個參佛玩骨頭的師父教了個小孩徒弟出來，卻是個經商弄木頭的。而且師父不願教徒弟，徒弟不准見師父。哈哈！有點意思！」

不多遠，到了眾人所說神算仙姑林南河門前。趙進寶抬頭一看，那房頂是罩簷四角攢尖，屋面滿覆綠色琉璃蓋瓦，神獸飛立簷角，石獅分列門旁，房屋高大，氣勢雄偉，暗道：「不愧是吳清的師父，張志遠的祖師爺！唉！祖師爺神算仙姑能夠建造如此雄偉的高樓廣廈，她的徒弟吳清老和尚還將就可搭起個奇巧的小木廟，傳到了張志遠手上，也便只能打製些桌椅床櫃了。這一學派真是黃鼠狼下崽，一窩不如一窩。這神算仙姑雖然學問大，卻不懂得傳承之法，唉！這一學派，終究是要衰微下去……。」

正傷感間，忽見大門自開，一對童男童女走了出來，躬身道：「早知貴客光臨，仙姑已等候多時了！」

趙進寶大驚，道：「原來仙姑已知道我來了。」

童男童女當先引路。從大門進去，是一個長長的走廊，走了幾步，漸漸黑暗，伸手不見五指。張玉心中害怕，趙進寶也是暗自打鼓。

忽聽「噹」的一聲響，燈火通明，將一條長廊照得雪亮。長廊兩側牆壁上，描畫著四大金剛，兇神惡煞，舞爪張牙，瞪著兩人。張玉見了這般光景，嚇得也不敢哭泣，緊緊拉著趙進寶，只覺趙進寶的一雙大手，正自嗦嗦發抖。

兩人提心吊膽，好不容易走進院內，假山怪石，奇鳥異獸，皆是聞所未聞，見所未見。兩人心中歎服。

只聽童男道：「貴客參拜仙姑，要知道些規矩。進去之後，不可高聲喧譁，不可失驚打怪！」

趙進寶心道：「那是自然。」

童男又道：「見有他人敬獻寶物金銀，不可出言制止！」

趙進寶暗笑道：「別人要獻寶獻物，我又管得著嗎？」

童男又說了許多規矩，趙進寶、張玉一一應允。

當下童女將二人引進大堂之內，只見裡面已有許多人在等候。趙進寶暗讚此處香火旺盛。

童女將二人引至一尊佛前，命二人參拜。趙進寶抬眼看那佛時，有幾分似如來佛主，有幾分像南海觀音，還有幾分如怒目金剛、夜叉阿修羅，卻是不識。也不敢多問，恭敬拜過。童女悄聲向二人講道：「拜佛本是要上香的，一炷香要一百枚銅錢，很貴的。我見貴客誠心，便為貴客省了這些花費吧。」趙進寶聽了道謝，心中暗暗感激。

童女便引了二人到登記台登記，道：「每日來拜仙姑的人多，須得先行登記。」

趙進寶依言拿過登記簿子看時，見上面已經記錄了許多名姓，後面又詳列了銀錢數目，有十兩銀子的，有五兩的，還有上百兩的，最少的也是一兩。欲待不寫，已到此處，臉面上過不去，便拿出一兩銀子來交給童女，童女微有不屑，便在簿子上寫了「一兩」，又問了兩人姓名。趙進寶摸摸錢袋，兀自肉疼。

那童女收了銀子，見趙進寶小氣，道：「貴客登記了姓名，即便不見仙姑，仙姑也是知道的，今天人多，不妨改天再來。」

趙進寶心道：「我今天是專為見仙姑來的，如何能交了一兩銀子，又不見仙姑？真是豈有此理！」一忙道：「不要緊！既然人多，我多等一會兒就是了。」

那童女道：「貴客既然要等，那也好。旁邊就有茶房，泡有上等好茶，可以稍坐。輪到了貴客，我便去喊來。」

趙進寶心道：「茶雖好，怕是要銀子的！」並不去茶房，拉了張玉，東觀西望。

張玉見人多嘈雜，心中不悅，淘氣不已。趙進寶也自不理。

只等得望眼欲穿，忽那童女來叫二人進去拜見仙姑。

趙進寶連忙整頓僧袍，又幫張玉把一張小臉好生打扮，直如天仙童子一般，看起來可愛無比。攜了張玉，跟著那童女走進內堂。

趙進寶心想此番終於得見真人，張玉能否拜師成功，張志遠一家的血海深仇能否得報，端端在此一舉，一顆心噗噗亂跳。張玉知要見仙人，又把變父母的心思給勾了出來。

兩人見內堂昏暗，幾點燭光搖搖曳曳，也不暇左右細看，見地上鋪了蒲團，恭恭敬敬，便一齊拜了下去。

只聽得前面「噗哧」一聲輕笑，便即鴉雀無聲。

趙進寶等了許久，不聽仙姑說話，偷偷抬起頭來一看，只見面前站了一位妙齡美貌女子，衣著華麗，姿態優雅，端莊肅穆，料來必是神算仙姑無疑，再拜道：「貧僧拜見仙姑！」只覺自己這句話有些不通，一時又想不出不通在哪裡。

又等了一會兒，那仙姑也不說話。抬眼看時，見那仙姑笑著衝自己擠眉弄眼，又往旁邊努嘴。趙進寶見那仙姑美貌，心魂俱醉。忙朝旁邊看去。

只見旁邊一座蓮花高臺，蓮臺上肅穆端莊，盤膝坐著一個更加美貌的女子，不由看得痴了。忽然領悟過來：「只怕這個高臺之上的方是真的仙姑，剛才拜錯了！」一身熱汗，面紅過耳，拉了張玉重新再拜。手忙腳亂，又使得張玉摔了一跤，大為狼狽。

那真仙姑卻並不去笑他，也不言語。

趙進寶拜完，過了許久，聽得四周寂靜無聲，抬眼看時，那真仙姑已在蓮臺上入定。

趙進寶大急，定一定神，想起自己此番是給張玉拜師來的，又想道：「俗話說，真人面前不說假話。今日即見了真人，少不得實言相告。」

又拜了一拜，正欲開言。只聽那真仙姑說道：「你犯了大事，謀了方丈，卻來求我！」聲音如玉，沁人心脾。

趙進寶聽了，卻是魂飛魄散，欲待否認，口齒哆嗦，不能言語。心想這仙姑果然厲害，知道我是朝廷通緝的重犯，又剛剛胡混了個方丈的度牒。穩了一穩，結巴道：「仙姑既知道我是逃命出來的，又是個假方丈，還請幫我一幫。」

原來那仙姑早見這人油光滿面，見了女人神魂顛倒，定是酒肉之徒，雖穿了僧袍，決非和尚。又見他進來時神色驚慌，必是犯了大事，不可自決，方才來這裡求卦。細觀他身上物品，一串木製佛珠掛在頸上，佛珠鬚子卻是拖珠掛法。這佛門弟子雖然六根清淨，萬事不縈於懷，掛念珠卻甚為講究。念珠常為一百單八粒，只有住持、長老等人才可以掛在頸上。掛時，念珠鬚子在右是當家師，在左是知事客，主持方丈鬚子則在背後，叫做拖珠。念珠掛頸上為一圈，持手上則兩圈，置於案上則三圈，方合規矩。此人既非和尚，卻是拖珠掛法，多半不是殺了方丈，便是搶了方丈，故此先嚇他一嚇，一擊而中。卻誰知這趙進寶是跟著吳清照葫蘆畫瓢學來的，哪裡懂得佛珠掛法。

那仙姑嘆一口氣，道：「不過這些兒事，倒也不全是你的過錯。」

趙進寶如聞天音，心中大為欣慰。近來日日遭人捕殺，不想今日得遇知已，哽咽道：「仙姑知我！」

仙姑又溫言道：「只是苦了這玉兒。遭此大難！唉！這孩子從小嬌生慣養，怎能受得了這些罪過！」一面不住搖頭嘆息。

趙進寶見仙姑連張玉的名字都知道，更無懷疑，匍匐在地，嚎啕大哭，道：「仙姑，這孩子正是您老人家徒孫的兒子啊！」

原來那仙姑早已得童女報知來人姓名。見張玉雖然身穿農家衣裳，舉止神態，頗有教養，又細皮嫩肉，必是富家子弟，近來初逢家難的。是以又拍實了一層。不想這假和尚卻忽然說這孩子是自己的徒孫，卻是不知何故。當下也不接話，靜觀其變。

只聽趙進寶說道：「雖然您老人家尊稱神算仙姑，我卻知道您老人家的俗家姓名乃是叫做林南河，您老人家還有個情人徒弟叫做吳清……。」說到此處，突然住口，心道：「這個情人徒弟之事，定然極為隱祕，我卻當面揭人隱私，只怕……。」心中大駭，生怕惹怒了仙姑。偷偷抬眼看時，果見仙姑眉頭微皺。又結結巴巴地道：「仙姑！其實這情人徒弟之事也沒有什麼，只是，只是……。」

那仙姑聽這假和尚反倒替自己算起卦來，又算得離譜，閉目沉思，也不去理他。待了一會兒，見趙進寶仍是一臉驚恐地望著自己，微笑道：「你不必說了，我盡已知曉！」

趙進寶喜道：「您老人家既然已經全都知道了，就請給這可憐的玉兒報了這血海深仇吧！」說罷，連連叩頭。

仙姑沉吟道：「嗯！報仇之事，倒也不難。只是往來花費，數額不小。」

趙進寶聽說報仇不難，喜道：「卻要花費多少？我去盡力辦來！」

仙姑不答，又且入定去了。

趙進寶將一百兩銀票拿了出來，恭恭敬敬地放在地上。抬眼看仙姑時，只見仙姑眼中放出熠熠神光，只不說話。只得伸手入懷，又拿了四百兩銀票出來。

仙姑眼中神光更盛。

只聽仙姑叱道：「你這假和尚！作惡多端，和我那不爭氣的徒兒纏夾不清，又思謀報仇殺人！

又竟敢對本仙姑不實不誠！好大膽！」

唬得趙進寶渾身顫抖，把身上帶的一千兩銀票，二十兩碎銀子和早上賣蘑菇松子馬車所得的五百個銅錢，一齊都拿了出來，擺在地上，不住叩頭。

仙姑怒氣稍息，道：「罷了！」

趙進寶料想這仙姑雖然厲害，畢竟女流之輩，報仇之事，早晚還需著落在張玉長大成人之後，道：「還求您老人家好生養育玉兒，待他成人，報仇雪恨。」

仙姑見趙進寶不但送銀子來，連孩子也要送，倒是出道以來頭一次遇見，大出意料之外，正自尋思怎生把這孩子拒之門外，卻聽趙進寶對張玉道：「玉兒，你今後好生跟著這位仙姑，她便是你爸爸的太師父。我每隔三月半年，就給你送銀子來。」

張玉尚未作答，只聽仙姑說道：「玉兒自然是要跟著我的，跟著你這蠢人，又怎能報仇雪恨？」

趙進寶大為喜悅，連連叩頭。

張玉卻極為不滿，必要跟了姥爺走，不跟這妖女人。早有童女過來，拿了好看的小狗小馬玩偶，又有許多香甜的糕餅，一時把張玉迷得神魂顛倒。

第七回　慕秦瓊當街賣馬　遇真人談論禪機

趙進寶見張玉和那童女玩得正自高興，連忙牽了瘦馬，悄悄地溜了出來。想起自己一年來流離失所，今日終於得償所願，雖然那一千兩銀子花的兀自肉疼，但畢竟給張玉孩兒找到了託付之所。玉兒日後跟著這位通天徹地的美女神仙祖師學得本事，長大成人，查知冤情真相，報了那滿門的血海深仇，也讓張志遠、趙雅秋夫婦一家終得含笑九泉。

只是現今雖然完成了心願，內心卻殊無喜悅之感，反而隱隱感到一種深深的恐懼，不能釋懷。又想玉兒離了自己之後，定然傷心胡鬧，漸漸傷感起來。自己一生行走江湖，千難萬險，何曾流過一滴眼淚，可過去這一年，竟然時常就會大哭一場，真是有些奇怪。

腹中飢餓，拍拍錢袋，已空無一文。左右看看，手中尚牽了一匹瘦馬。趙進寶久做生意之人，看見什麼都是錢財，當即將瘦馬一拴，當街賣馬。只見那瘦馬淒悽慘慘慼慼，被人騎過，又被人賣，垂頭喪氣，泫然欲泣。

趙進寶一生做貨賣生意，向來是貨到財來，不想今日賣馬，直站了兩個時辰，竟然無人問津。本來人家不來買馬，只是因了那瘦馬太瘦，又看著喪氣，怕買了養不活。趙進寶餓得發昏，竟然沒有想到這層，又看著瘦馬傷感，不由得也感傷起來。

因想起古時候有一位大英雄大豪傑，叫做秦瓊秦叔寶，也曾像自己一般，在街頭賣馬。今遭此難，方才領悟了秦瓊當年的心境，只覺得和秦瓊惺惺相惜，不由得旁若無人，在街上唱了起來。

趙進寶常走北京城，這京韻倒也唱得字正腔圓：

「店主東帶過了黃驃馬，不由得秦叔寶兩淚如麻。提起了此馬來頭大，兵部堂黃大人相贈與咱。遭不幸困至在天堂下，還你的店飯錢無奈何只得來賣它。擺一擺手兒你就牽去了吧，但不知此馬落在誰家？」

心道：「提起了這瘦馬來頭也大，蘆芽山大爺相贈與咱。遭不幸困至在拐兒鎮下……果然是英雄所遇略同。」不由得一聲長嘆。

卻聽得不遠處也有人一聲長嘆，緩緩唱道：

「未曾開言淚滿腮，尊一聲老丈細聽開懷。家住在南陽城關外，離城十里有太平街。」趙進寶心道，這人也是愁苦，未語淚先流。

再聽時，卻聽那人續道：

「……將我謀害，他把我屍骨何曾葬埋。」趙進寶想起了張志遠，嘆天下慘事也大體相同。

那人又唱道：

「倘若是把我的冤仇解，但願你福壽康寧永無災。」

趙進寶聽了，再也忍耐不住，大聲叫道：「好！若是把我的冤仇解，但願你福壽康寧永無災！」朝那人望了過去，卻是一個四五十歲的白衣文士，坐在地上，垂頭喪氣，泫然欲泣。趙進寶心道：「這個人倒是和我的瘦馬有些相似。」

那文士一臉滄桑，形容憔悴，衝趙進寶點頭微笑。

趙進寶聽那文士唱詞悽慘，想必也是身負血海冤仇，不由得起了親近之感，說道：「人在世間，竟是這樣煎熬！」

那文士道：「大法師所言，正是我心中所感！」

趙進寶道：「倘若受了冤枉，又被人追來追去，便是人世間第一苦事。」想到張志遠一家天大的冤屈，想到自己平白被官府緝捕，不由得悲從中來。

那文士聽了連連點頭，嘆道：「可是若是被一個女人冤枉了，又不放過你，追來追去，你又能怎樣？」一邊從懷裡拿出一大塊牛肉，一葫蘆酒來。

趙進寶早已餓得發昏，忽然見了酒肉，食指大動，饞唾亂流，哪裡還聽得進文士的話。腳雖不好意思便動，嘴卻離那酒肉越來越近了。

那文士正自思緒紛飛，猛然驚覺到在和尚面前不應吃肉喝酒，忙待要收回去時，卻見那和尚一臉饞相，倒要餓虎撲食一般，便揮動葫蘆道：「大法師，可有雅興？」

趙進寶巴不得這一句話，早已與那文士坐在一處，便似相識多年一般。

那文士把葫蘆遞給趙進寶，又把牛肉撕開，選了一塊大的遞了過來。

趙進寶毫不客氣，一把扯過牛肉，大聲讚道：「好酒！」原來在接到牛肉之前，那葫蘆中的美酒已然下肚。

文士見了，大為高興，接過葫蘆，也是一大口酒下肚。

兩人舉起牛肉，當街大嚼。

酒過三巡，肉足五口，兩人相談甚歡。

那文士讚道：「大法師明白四達，不拘常理，晚生著實佩服！」

趙進寶道：「喝酒吃肉，人之所好！別人吃得喝得，我便也吃得喝得！」

那文士只覺大法師此語禪機深奧，暗暗思索，深自歎服。

過了一會兒，趙進寶吃得肉飽，喝得酒足，興高采烈，隨手在地上畫了一個甲骨文的「絲」字。此字乃是趙進寶禪師在蘆芽山木廟中參詳三月所得，記憶極為牢固，這時酒興大發，隨手便畫了出來。

那文士見了，頗為驚訝，思索片刻，喜道：「此為『絲』字！」

趙進寶點頭道：「對了！」見文士居然也懂得甲骨文，起了賣弄之心，又在地上寫了一個「潭」字。

那文士見了，思索片刻，搖搖頭，又思索片刻，喜道：「此為『潭』字！」

趙進寶見文士連潭字也能認得出，心道：「我便出個最難的考考你！」當下在地上寫了一個「鬼」字，筆法遒勁，揮灑如意。

不想這次那文士想都沒想，道：「這個是『鬼』字！」

趙進寶頗為意外，道：「好才學！請問尊姓大名？」

那文士正自沉思，隨口答道：「鬼之道。」

趙進寶心中老大不滿，心想這人小氣，一個名字有什麼不可告人的，卻說「鬼知道」。只是剛剛吃了人家酒肉，不好意思便即發作。

那文士也不理會趙進寶，又想了片刻，抬起頭來，盯著趙進寶，道：「大法師還識得哪幾個字？」

趙進寶見問，也不和那文士一般計較，便把「道、之、絡、州、林、南」都一一寫了出來，正待繼續寫時，卻見那文士冷哼一聲，拿起一根樹枝，刷刷幾畫，在地上寫了一個「河」字出來。

趙進寶奇道：「咦？你原來也會寫這甲骨文！」

那文士卻並不知道什麼叫做「甲骨文」，只是看了幾個字的結構筆法，便將這些文字的構成規律推了出來。趙進寶參詳了三個月，也只能識得這十個字，那文士卻用一頓飯的工夫，便盡皆通曉了所有文字的寫法，高下自是天壤之別。

那文士用樹枝在地上又寫了一個「佛」字，雙目如電，問趙進寶道：「大法師可認得此字？」

趙進寶大法師圓睜雙眼，只是不認得，笑著認輸道：「還是你厲害！」

那文士見這大法師連「佛」字都不認識，只是對自己的住址姓名精熟，便知來者不善。又見大法師並無才學，定是有人暗中指使而來。當下也不動聲色，問道：「你的師父是誰？」

趙進寶答道：「我從小跟著人跑馬車，也沒有什麼正經師父。要說有的話，村東頭的劉一手應該算是吧？對！就是劉一手。」

文士又問：「方才的這幾個字，你是跟誰學的？」

趙進寶得意道：「這幾個字，是我自己想出來的！」又想到自己這幾個字居然想了三月之久，不覺面紅過耳。

那文士眉頭微皺，沉吟片刻，問道：「你可見到那林南河了嗎？」

趙進寶見那文士提起林南河，精神大振，道：「你也知道林南河？那林南河長得可真是……。」

那文士更加皺眉，道：「你找林南河，卻是為了何事？」

趙進寶道：「這個嘛，嗯！鬼知道！」心道，你既不告訴我姓名，我為什麼要告訴你我的事情？

那文士忽道：「你可知道『道之鬼潭』？」他早已料到這和尚雖然識得了這幾個字，卻不明其意，把順序看顛倒了，故會去找林南河，不想這世上竟然真有林南河其人。那「道之鬼潭、絲絡州」想必他也是知道的了，故此一問。趙進寶卻想不到世上居然還有姓鬼之人，便是打破了腦袋，也不會相信有人會叫做「鬼之道」。

趙進寶笑道：「道之鬼潭，我當然知道！那是……。」說到此處，忽然想起一事，目瞪口呆，看著那文士道：「你，你，你是鬼……。」

那文士道：「我正是鬼之道。」

趙進寶頓如五雷轟頂，驚恐萬分，將半葫蘆的酒都灑在地上，顫聲道：「那，那林南河，那玉兒呢？」聲音嘶啞，一雙大眼，兩股噴泉。便要站起身來去找張玉。

鬼之道拉住他道：「且莫慌！先說了原委，再籌思善策。」

趙進寶心道：「卻不是你的外孫，這當口兒還管什麼圓尾、方尾！」執意要走。

鬼之道道：「你便是去了，也是無用！」

趙進寶吼道：「無用也要去！死了也要去！」

鬼之道冷笑道：「人都死了，還去得了嗎？」

趙進寶忽然瞪著鬼之道，吼道：「你是吳清的師父，張志遠的太師父，一定要救救玉兒！」

鬼之道早已算到這和尚定是那痴呆徒弟吳清派來的，卻並不認識什麼張志遠、玉兒，緩聲道：「你且坐下，慢慢說。」

趙進寶想起這鬼之道才學淵博，定能制服得了那神算妖姑，終於把一線希望，都寄託在鬼之道身上，慢慢地坐了下來。

當下把張志遠全家蒙冤被殺，自己如何救了張玉出來，如何從遺書中得知張志遠的師父吳清，如何遠赴蘆芽山找到吳清拜師，吳清又如何無情離去，自己又如何弄錯了字條的意思，陰差陽錯，以致到了這步不可收拾的田地，一一都細細說了。

鬼之道初時神情憤怒，聽到後來，漸漸微笑。道：「你見了那吳清，每日裡挑水做飯伺候，拜了兩月；見了那仙姑，用盡身上錢財，拜了半天；今日見到了我，卻吃了我的酒肉，不曾拜得一拜。唉！世人昏聵，真是可嘆可笑，妖魔鬼怪尊享香火，佛主真人卻受人冷落！」

趙進寶聽了大窘，便待要拜，鬼之道連忙止住。

鬼之道嘆道：「你去找誰不好，卻去找那林南河！玉兒落在她的手中，只怕是有些麻煩。」

趙進寶道：「那吳清師父的字條太也難懂，我足足用了三個月，方才識得這十個字，只以為林南河是個姓名，卻不想鬼，鬼……。」

鬼之道怒道：「這個痴傻的呆子，過了這麼多年，仍是這樣的痴傻！又去做了和尚！」卻是在罵吳清。

趙進寶只道是在罵自己，忙道：「您老人家罵得是！我實在不該去做和尚！」

鬼之道道：「不是說你，我是惱恨那吳清。」

趙進寶也恨吳清，但卻知其本性良善，道：「吳清師父對您老人家敬仰得很。說是當年您將他趕出師門，要他在千里之外自立門戶。他傷心欲絕，深自檢討，恨自己不該惹師父生氣。後來他收了徒弟，也是教得幾年便趕出師門，讓其在千里之外自立門戶。那張志遠便是被吳清趕了出去，在保定府做了木匠，最後落得個冤死的下場。」

鬼之道沉默半晌，道：「唉！當年之事，也不必提了。張志遠的事情，確是因我教徒無方，歸根結底，是我的過錯。」又道：「玉兒之事，看來我倒是要管上一管！」

趙進寶大喜。忽又想到一事，問道：「那吳清看起來比您老人家大了二十歲都不止，如何卻是您老人家的徒弟？」

鬼之道微笑，反問道：「那吳清卻比林南河大了幾十歲？你卻認定她便是吳清的師父，而且深信不疑？」

趙進寶心中大震。方悟自己自從將玉兒交給林南河，心中就隱隱充滿了恐懼，又想不出懼在何處。現下經鬼之道一問，才想到自己就是隱隱覺得那林南河看起來至多三十來歲，計算吳清拜師時間，無論如何也不可能。又想這麼大的破綻，自己當時如何竟會深信不疑？愣在當地，迷惑不解。

只聽鬼之道道：「『道之所存，師之所存』，又何必在意那年輕年老？孔子曰，三人行必有我師焉……。」其實鬼之道剛才見趙進寶寫了「絲、潭」幾個字，已起了要立刻拜這大法師為師，學習這一門奇妙文字的念頭，只是後來見到這幾個字竟然都與自己的姓名住址有關，方才起了戒心，一問之下，卻問出了這樣一樁大事。見趙進寶兀自神往，嘆一口氣，道：「走吧！找玉兒去！」

趙進寶大喜，跟了鬼之道，一齊向神算仙姑林南河的住處走去。

兩人邊談邊走，不覺已至午夜。將將走近，鬼之道卻不便去，從一扇門處撥動機關，走了進去。

趙進寶跟了進去，只見裡面是一所小院，零零落落蓋著幾間平房。其中一處平房內隱約透出些燈光。

鬼之道帶著趙進寶打開一處平房的門，道：「今天已經晚了，你就在這裡歇息吧。」

趙進寶大急，道：「咱們先去救玉兒！我哪裡能睡得著！」

鬼之道不答，徑自去了。

趙進寶無法，只得躺在床上，痛恨自己蠢笨如驢，竟然花了銀子把外孫送給壞人，哪裡能夠入睡。

過了一會兒，忽聽得遠處兩人大聲爭吵。細聽之下，其中一個正是那鬼之道的聲音，不由大奇。卻也聽不清吵些什麼。

又過了一會兒，爭吵之聲漸漸平息，四周鴉雀無聲。趙進寶輾轉反側，正要睡去，忽聽得院中有人唱歌，聽聲音正是鬼之道。

趙進寶暗暗起身，向窗外望去。只見那鬼之道背負雙手，站在院中一處水塘邊的亭子上，歌道：

紅袖嬌顏，終成黃珠笑，
蓋世英豪，原來亂根苗。
一腔兒真情拋灑，何又被無情惹惱。
斷垣殘瓦，只憑清風鬧。

橫流滄海，錚錚風骨傲，
浩渺煙波，悠悠人漸老。
滿腹兒披肝瀝膽，卻怎敵奇謀詐巧。
綠水青山，一任白雲飄。

歌聲清越，語帶滄桑。趙進寶心馳神往，聽得好不陶醉。

忽聽「嘩」地一聲。趙進寶忙看時，卻是不知哪裡飛來一坨大水，將鬼之道一身一臉，澆得和落湯雞相似。鬼之道身淋大水，居然不慍不怒，處之泰然。趙進寶好生佩服，立志從明日開始，便要著意修行這套涵養功夫。

卻聽一個女人大聲怒道：「大半夜的，嘶吼些什麼！」鬼之道聽了，垂頭喪氣，便即走回房去。

趙進寶大奇，心想這鬼之道既身負絕世才學，無所不知，無所不曉，被張志遠的師父吳清老和尚佩服得五體投地，定然是個能夠上天入地，神通廣大之人，不想今日見了，竟是這樣一個唯唯諾諾，膽小怕事的樣子，連在一個女人面前，也是這樣畏首畏尾。又想剛才那女人聲音粗大，言語粗俗，和鬼之道絕不相類，也不知兩人如何竟會住在一處。真是天下之大，無奇不有！

次晨起床，見鬼之道獨自一人在院中安坐，連忙走了過去。又見鬼之道面前的石桌之上，擺了些油條、豆漿、醬豆腐，也不客氣，徑自吃了起來。一面想道：「原來這大有學問之人，也只是吃些這類東西，倒不如像我這樣，每日裡驅車賣貨，大魚大肉，好茶好酒。」於這學問之事，心下也就不以為然，覺得那鬼之道其人，除了姓名古怪之外，其他方面也就是平平無奇。

忽聽得環珮叮噹，遠處婷婷嫋嫋，一個美婦人走了過來，也不客氣，自坐在桌旁。趙進寶細眼一看，唇紅齒白，皮膚細嫩，未語先笑，神態可人，看著又有些面熟，只是一時想不起來在哪裡曾經見過。

那婦人也不理兩人，端起一碗豆漿，喝了一口，又夾起油條，將要入口時，斜眼掃了一下趙進寶，忽將一口豆漿噴了出來，起身便走。

趙進寶忽然大叫一聲，站了起來，叫道：「你便是那神算仙姑林南河！你站住！玉兒呢！你還我玉兒！」

那婦人也不理睬，三彎兩拐，早已不見人了。趙進寶正遲疑間，遠遠地看見那婦人的背影一閃，捨命狂奔過去。追了一會，又看不見了。心道我一生闖蕩江湖，難道還追你一個婦道人家不上？當下放寬心，調勻氣，向前奔去。

雖然一路上景色怡人，趙進寶也不暇細看。奔了好一會兒，遠遠見路邊有一位白衣書生正在專心苦讀，便想上前問路。及到近處，大吃一驚，那書生竟然便是鬼之道。納罕道：「鬼先生，我奔跑這許久，怎麼會在這兒又遇到了你？」

鬼之道也不抬頭，道：「你奔跑這許久，也只是在我面前打轉，怎麼會不遇到我？」

趙進寶束手無策，心道：「我一生闖蕩江湖，經歷了多少風浪，不想今日遇到了這婦人和文士，竟然毫無辦法。」嘆一口氣，道：「唯女子與文人難養也！」頹然坐地。心知自己再這麼折騰下去，別說找不到玉兒，只怕是自己也要給累死了。學一個乖，也坐在鬼之道身旁，拿過一本書，裝模作樣，觀看起來，心中兀自胡思亂想，卻哪裡看得進去。

過了一會兒，鬼之道輕輕道：「你的書拿倒了。」

趙進寶大窘。忙顛倒了看時，原來是一本《雪虛聲堂詩鈔》，下面又寫道：「楊深秀撰」，也不知楊深秀到底何許人也。再翻下去，一頁接著一頁，都是某某序、某某序，見這些序言密密麻，多有不識之字，略略跳過。忽然翻到一頁，見到一首詩的字自己居然全都認識，心中略喜，當即細細看去，卻見寫道：「餓腸莫與飯，與飯亦須稀。凍腳莫向火，向火亦須微。所以求治人，貴示善者機。」讚道：「好詩！好詩！」把書往桌上重重一拍。

鬼之道見了，連忙拿起，細細查看並無損壞，方舒一口氣，把書合上，輕輕撫摸。輕聲嗔怪道：「怎麼這樣放書？」

趙進寶見鬼之道酸腐之極，大為不樂，心想自己抱了偌大的希望，到頭兒來玉兒丟了，銀子沒了，找到了張志遠的太師父，卻原來竟是這樣的一個腐儒，不由得悲從中來，放聲大哭。

鬼之道見趙進寶大哭，倒是頗為感動，也自流淚，拿出手帕輕輕拭淚。回頭見趙進寶已哭得涕淚滂沱，便是一條大塊毛巾，也非給濕透了不可。當下一邊流淚，一邊親自起身為趙進寶端來一盆洗臉水。

趙進寶見那腐儒為自己打來洗臉水，也不客氣，起身洗臉。

卻聽一個女人大罵道：「你平日裡何曾為我打過一盆洗臉水！卻給這樣的一個糟老頭子打水！」

趙進寶不待抬頭，聽聲音便是那林南河，當下帶著無數水滴，似箭一般地返身向發聲之處射去。透過水滴，隱隱看到一個女子正在前面奔跑，拐過一個彎兒，又不知去向。趙進寶止步不住，又衝了幾步，遠遠地便又看到鬼之道坐在那裡讀書。垂頭喪氣，走過去坐了下來。

鬼之道問道：「大法師可識得楊深秀？」

趙進寶道：「便是那『餓腸莫與飯，與飯亦須稀』吧。」

鬼之道喜道：「正是！原來大法師早已認得。」

趙進寶道：「雖未深知，那人和你倒也相類。」心道：「這人詩中所言，便是捨不得給人家飯，即使要給，也是只給些稀飯，唉！文人之行，好酸啊好酸！」

鬼之道卻大喜，站起身來，顫聲道：「大法師過獎！我與楊深秀兄怎可類比，他是……。」

趙進寶不待他說完，冷冷地道：「便是不可類比，那也差得不多了！」

鬼之道欣喜道：「那楊深秀兄是朝廷忠義之士，我卻只是一個山野匹夫，怎可同日而語！大法師，來來來！隨我去同飲美酒，不醉不歸！」雖然滿口謙詞，顯然是聽了趙進寶之言頗為得意。

趙進寶見自己貶損了鬼之道幾句，鬼之道卻異常高興，又要邀自己飲酒去，倒是大出意料之外。心道：「這書生雖然酸腐，於這涵養功夫，卻是極為深湛。倒是要好好地去學上一學。」心中也深為佩服。

當下鬼之道前面帶路，兩人走進一間精舍之內。

第八回　入精舍推窗輸酒　回山門佛法弘傳

趙進寶見那精舍是純木構造，雖無精雕華刻，各處形態如意，婉轉自如，比之吳清所造的小木廟，功力又不知深了多少。

鬼之道走到窗前，將窗子一拉，那窗子「呼啦」一聲，竟然翻折了下來。

趙進寶急道：「不好！這房子要倒！」便待要逃了出去。

卻見那窗子無聲無息，落在地上，四腿伸出，變作了一張桌子。兩人坐在房內，便與院中裡外相通，外面一切景緻，盡皆收入眼底。當時正是九月天氣，院中柿樹葉子通紅，涼風習習，好不愜意。

鬼之道拿了一盤金華火腿，一盤老醋花生，又取來兩個酒杯，款款坐了下來。

趙進寶見鬼之道沒有拿酒來，料必是酒罈太重，這文弱書生搬之不動，輕笑一聲，道：「酒罈在哪裡？我去搬來！」

鬼之道興致甚好，忙道：「何必勞動法師！」從旁邊拉來一根竹管。只見那竹管曲曲彎彎，打磨得如玉石一般，甚是光潔，輕輕一壓，便流出酒來。原來這竹管連通了一個放在高處的酒窖，內置機關，一壓之下，機關撥動，酒便自己流了出來。

趙進寶於這精巧之器，全無見識，只是見那酒流了出來，一聞之下，大聲讚道：「好酒！這汾酒少說也藏了有三十多年了吧？其中又有些梅花的香氣！」

鬼之道笑道：「大法師好眼力！」既是讚趙進寶善於識酒，又暗讚趙進寶識得自己便如那楊深秀一般是博學忠義之士。心道：「這大法師雖於文字一道所知有限，又不懂得奇門之法，卻是善於識人。而識人之道，又較其他小門小道，更為艱難。譬如我收了那吳清做徒弟，便是識人不明，以致後來追悔莫及！」當下恭恭敬敬，舉杯敬酒。

趙進寶也不謙讓，一口飲盡。又讚道：「真是好酒！好個梅花汾！」

鬼之道見趙進寶高興，也甚是歡喜，因問道：「大法師卻因何識得楊深秀？」那楊深秀是「戊戌六君子」之一，光緒十五年進士，山西聞喜人，官授山東道監察御史，去歲戊戌政變時與譚嗣同等六人一齊被捕遇害。鬼之道與楊深秀兩人在青年求學之時交往頗多，鬼之道喜歡深研廣聞，楊深秀願意澄清天下，雖然志向各異，然而性情相投，互相敬重。不想楊深秀去年變法失敗被殺，鬼之道深為嘆惋，每每以自己雖然博學多知，但也不免流於玩物喪志為恥，常常拿了楊深秀的遺作，認真研讀，學習那一種剛烈不阿的精神。今見趙進寶竟然說自己和楊深秀相類，那即是說自己近來苦學沒有白費，確是學有所成，如何不興高采烈？

趙進寶正要答話，忽然一支水箭劈面而來，滿頭滿臉，盡皆濕了。心知定是那林南河又來了，跳了起來，先去堵在門口。定睛往水箭來處看時，卻是一個小小女童，手裡拿著一把木頭水槍，笑嘻嘻地站在當地。

那女童約莫五、六歲年紀，穿了一件紅裌襖，蔥綠褲，繡花鞋，一雙大眼，似笑非笑，望著趙進寶，問道：「我射得準不準？」

鬼之道叱道：「易兒，不可胡鬧！爸爸正在和客人說話，妳到別處玩兒去！」

趙進寶心道：「這女童原來是鬼之道的女兒。」突覺大腿被人碰了一下，一個小男孩從身後跑了進來，見到了易兒，縱身一躍，將易兒撲倒在地，大笑道：「我可抓到妳了！」

趙進寶定睛一看，大喜若狂，叫道：「玉兒！」上去一把把那小男孩抱了起來，正是張玉。

張玉忽然見到了趙進寶，「哇」地一聲，哭了出來，生氣道：「姥爺！你這些時候藏到哪兒去了？我找不到你了！」

趙進寶也忙流淚安慰。這一天一夜的時間，玉兒失而復得，真是大驚大喜。

那易兒卻急著邀張玉下地來玩，不住催促。張玉好不容易見到了姥爺，哪裡肯便離開。趙進寶也不肯放，抱了張玉，拿了一片火腿，遞到張玉嘴裡。張玉張口待咬，忽然一支水箭，「咻」地一聲，射進了口中，又「咕咚」一聲給嚥了下去。張玉大怒，掙下地來去追易兒。趙進寶見張玉無恙，也就放心讓他去玩兒。

兩人重又歸座。鬼之道道：「小女易兒生性頑皮，大法師切勿介懷。」

趙進寶知玉兒是被林南河騙了去，不知如何又會出現在這裡，日間林南河來過兩次，那鬼之道也似沒有看見一般。只覺這鬼之道府上確是鬼氣森森，按動竹管，接了滿滿一杯酒，一口吞下，心神方定，問道：「那林南河是？」

鬼之道嘆了口氣，道：「那林南河正是易兒的媽媽。」

趙進寶已經隱隱地猜到了這一層，只是見鬼之道與林南河年紀相差甚遠，一時沒有想到兩人便是夫婦。

鬼之道見了趙進寶的疑惑神色，便知其意，昂頭道：「世間理法，又何足道。」又說起自己當年的舊事，道：「我年輕之時，興趣廣博，天文地理、琴棋書畫，無一不學，但知識浩如煙海，我又哪裡能夠窮其究竟？可是做學問本身，就已然是樂趣無窮，我既無意功名，也從未去想過那兒女之事，以為自己此生，便此專心學業，孑然一身而已。七年前，我四十三歲，忽而開始痴迷周易。既知文王拘羑里而演周易，尋根溯源，便到河南安陽的羑里城去探察。途中見到集鎮上有一處書肆，一位妙齡女子正背對著我在看書，身材窈窕。我一生不近女色，可是這次沒想到僅僅只是看到了她的背影，就心旌搖動起來。正巧那女子轉過身來，四目相對，竟然一見鍾情。那女子便是林南河。大凡智力發達之人，凡事不待人言，即已知曉，我自傲智力不輸於人，沒想到那林南河的智力更加高我十倍。也是因了這個緣故，兩人相見，方能一言不發，即心意想通。」說著，臉上微現笑容，似又想起了當年的旖旎風情。

「不久成婚，因我二人年紀懸殊，世間非議頗多。但我和她均非墨守理法之人，也不多去理會。只是她智力過於發達，每天必得去尋找一些能夠釋放她過剩智力的法子，就好比一個體力過於發達的人，每天必要去運動廝殺一般。她開始向我學習易經，幾月之後就能粗通，不久之後卻又喜歡上了替人卜卦，後來竟連卦也不算了，直接憑藉智力，察言觀色，也能料定他人之事，不免去騙了人家的錢財。我和她生活簡樸，並無花費銀子之處，屢次苦心勸她，可她醉心於此，不能自拔。她倒也並非是為了銀子，只是要釋放她那過剩的智力。唉！這也不能怪她。」說罷起身，拿過一個包袱，遞給趙進寶。

趙進寶接過一看，正是當日自己供奉給神算仙姑的錢財，臉色大窘。

鬼之道接著道：「不久有了易兒，她行動不便，不能再出去做那騙財之事，智力無處宣洩，竟而每晚必得與我辯論爭競，方可入睡。想我那點兒智力，又怎能是她的對手，每每落敗。她不甘心，必得要和我再次比較高下。時間久了，我不願再比，只想著能夠安然入睡，她便大發雷霆，大吵大鬧。又常常平白指摘我的不是，惡言相向，弄得我苦不堪言。」

趙進寶想起昨夜聽得遠處人聲大吵大鬧，想必便是這林南河之故了。自己平生闖蕩江湖，從來都是怕被人騙，沒料到這騙人之人，由於智力過於發達，卻也有這般的不如意處。忽見竹管大動，鬼之道早已被酒水噴了滿頭滿臉。只見林南河怒氣衝衝，叉腰站在桌前。

趙進寶已然習慣了這般胡鬧，也不以為意，暗笑道：「這母女兩個於潑水一道，倒是頗為相似。」那鬼之道更加習以為常，酒水滿頭滿臉，便似沒事兒人一般。

趙進寶知是林南河還了自己銀子，又見張玉也安然無恙，心中怒氣微消。看著她容貌秀美，舉止高雅，活力充沛，心中竟然頗生了些好感出來。忽然想起一事，忙道：「還有一事要求仙姑。」

林南河雙眼低垂，道：「有證據而不全，卻來求我！」

趙進寶大驚，道：「正是。」忙把那一封於除夕夜被風吹散，又費了九牛二虎之力拼黏起來、殘缺不全的張志遠遺書拿了出來。心道：「我見到了張志遠的正牌太師父，對他既無恭敬之感，也沒感恩之意，說了許久廢話，卻忘了拿這封重要的遺書出來。怎生見了這冒牌貨太師父，又且已騙過我一次，卻願意立刻又把自己的大事託付於她？」搔搔頭，心知她是騙子，欲待不給，只是一雙大手不太聽話，還是乖乖地遞了過去。

鬼之道早已為林南河搬了椅子過來。林南河坐下，瞇著兩眼看了過去，只見上面寫道：

張玉吾（□）

汝看此（□□□□□□）冤於九（□□□□）

吾被人誣告與康（□□□□□□□□□□）謀篡逆，以（□□□□□）四寶木盒（□□□□）並不知此（□□□□）是女，是老（□□）

作證之木（□□□□□）製，然卻（□□□□□）日之冤，必為此賊所為。吾與此（□□□□□□□□）天！

吾與汝母之（□□□）汝不可（□□□□□□□□□□）之虞。倘能日後昭雪，（□□□）母含笑九泉矣！

吾授業恩師吳清，（□□□□□□□□）緣，可去山西寧武蘆芽山中拜（□□□）

父張（□□□）趙雅秋

原來是一封殘缺不全的書信。林南河雅善猜謎，精於憑空忖度，見了這一封殘信，當下大喜，細細思索，過了半晌，緩緩念道：

張玉吾兒：

汝看此信時，汝父母已含冤於九泉之下矣。

吾被人誣告與康（□□□□□□□□□）共謀篡逆，以吾所製文房四寶木盒為證。然吾並不知此（□）人是男是女，是老是少。

作證之木盒確為吾所製，然卻（□□□□）今日之冤，必為此賊所為。吾與此賊深仇血海，不共戴天！

吾與汝母之冤雖深，汝不可輕舉妄動，以免飛蛾撲火之虞。倘能日後昭雪，吾與汝母含笑九泉矣！

吾授業恩師吳清，學業淵博，汝若有機緣，可去山西寧武蘆芽山中拜他學藝。

父張志遠　母趙雅秋

趙進寶見其中內容大部分已經補全，僅剩三四處缺漏，大喜過望，連連豎起拇指。

鬼之道問道：「你於此案，可曾聽到什麼傳聞嗎？」

趙進寶思索了一會，道：「倒是聽喜奎曾說過，張良平告訴他張志遠是和一個叫做康良壇的人謀反篡逆，方才被官府下獄的。」

鬼之道不語。

林南河白了鬼之道一眼，心知鬼之道原來早已知道，只是怕直接說了出來惹自己生氣，故只出言相問，提醒自己，把這個功勞讓給了自己去露臉。當下不動聲色，又填了幾個字，變作了：

吾被人誣告與康有為、梁啟超、譚嗣同等人共謀篡逆，以吾所製文房四寶木盒為證。然吾並不知此三人是男是女，是老是少。

作證之木盒確為吾所製，然卻（□□）所用，今日之冤，必為此賊所為。吾與此賊深仇血海，不共戴天！

鬼之道搖頭道：「剩下的一個空兒實在太難，想不出了。」

那林南河見鬼之道這回終於不知道了，頗為得意，道：「諒你也想不出！張志遠製了這個木盒，能將此事欺上瞞下的只有官爺一人。此木盒也只有官爺一人才可以上達朝廷，以致朝廷震怒。整個案子中，可以嫁禍與人，又不致使人發覺的，也只有官爺才能做到。因此，這用木盒之人，必是『官爺』無疑！」

鬼之道道：「夫人聰明過人，我哪裡能想得到？」

林南河想了一會兒，忽然大怒道：「你早已知道了，還在這裡看我的笑話！」按動竹管，又是一支酒箭向鬼之道射去。

趙進寶大駭，方知林南河雖然智力超群，能夠玩弄自已於股掌之上，那鬼之道的智力卻又已高出林南河不知多少倍，只是礙於夫妻情分，不忍惹得林南河生氣而已。此人智力之發達，實在是不可思、不可議！方才從內心中對鬼之道深深拜服。當下便提出將張玉託付與鬼之道，將來撫養成人，報仇雪恨。

鬼之道嘆一口氣，道：「張志遠一家慘案，歸根結底，也算是因我之過。撫養玉兒之責，我便來擔了吧。」深自惆悵。

趙進寶大喜。又向夫婦二人拜習竹筒輸酒之法、推窗為桌之法。鬼之道尚未置可否，林南河卻是大喜，只因了要教習眼前這個蠢笨之人學會機關竅要之法，實在是天下第一等難事，而天下第一等難事，便也是天下第一等樂事，當即收了趙進寶為徒。

也不知是師父高明，抑或是徒弟努力，趙進寶學習機關竅要之法竟然進展奇速，三天乃成。林南河師父又教習趙進寶知人心意、詐人錢財之法，趙進寶居然也能在一天之內，便皆領會。師父大喜。

因此若論師承，趙進寶應屬林南河一門。

數日後，趙進寶見玉兒之事終得穩妥，心中放心，於是辭別師父林南河，又去與鬼之道作別。玉兒哭著不許走，趙進寶溫言撫慰，答應過得三月半年，還要送銀子來。師父林南河聽得此語甚熟，暗暗臉紅，早被易兒一支水箭，將那股熱氣給壓了下去。

趙進寶路非一日，回到了蘆芽山上木廟中，見家人妻子都已到齊。原來趙進寶在離山之時，已暗暗囑大爺到太谷縣去搬取家人上山。大爺辦事可靠，一一打理妥當。趙進寶在山上買了一所大宅子，安置家人居住。

此後趙進寶便在蘆芽山上木廟中做了方丈，一改老方丈吳清和尚只顧著玩骨頭，不思累積廟產的積弊，改廟為寺，廣收門徒，大興佛法。

進寶大法師先興佛門貨賣之法。大法師以為，貨賣實乃弘法第一要務，「銀子之中，方見佛法」，「佛法要弘，銀子也要賺」，小到寺內花草香灰，大到佛像廟堂，皆可經商貨賣。又在寺內修建了推窗為桌之所，供人休閒品茶，入座者每人紋銀一兩，遠近的高門富戶，競相前往。又在寺外牆上營造竹筒輸貨之器，善男信女若要購買花草、香灰、佛經、佛珠、木魚等小件器物，不必進寺，只需在寺外牆壁上一個錢孔內投入銀錢，所需物品自動吐出，眾人倍感新奇，爭相購買。種種舉措，既增加了寺廟收入，又消滅了寺內僧多粥少之弊。後世皆謂自動售貨機為西洋人所創，殊不知實為鬼之道發明，又經進寶法師首次用於寺廟貨賣。一時聲名大噪，舉縣之人，都來參觀。大法師因人數過多，少不得按人頭收取門票，以利弘揚佛法。說來也怪，自從收取門票之後，前來禮佛之人，更加眾多，即使是無錢買票的善男信女，也要不遠萬里來到山前，向著寺廟遙遙禮拜。使得蘆芽山上的一座無名小寺，儼然變作了名山大寺，眾皆誠心喜悅。

後來師父林南河、鬼之道來訪，見此寺香火旺盛，又見竹筒輸酒、推窗為桌之法居然尚有如此妙用，日進斗金，遂感嘆技藝無功，端端在人所用，深為欽服。

進寶法師又去廣播法名、寺名，加持護法。原來吳清的小木廟，並無名稱，不利於佛法揚播。進寶法師將自己的法名「進寶法師」印製成傳單貼紙，散發張貼於遠近市鎮的大街小巷，花銀子僱人廣為傳播。又改寺名為「進寶寺」，命門人弟子盡皆下山弘揚寺名。

銀兩既盛，佛法易弘。「進寶寺」、「進寶法師」之名，天下皆知，每日進香的人群，從佛堂一直排到山下。因進香人數實在太多，佛堂空間有限，衝突難免。於是招募了大批護法僧團，在山上維持秩序。饒是如此，每天仍會發生數起鬥毆流血之事，皆因爭相拜佛，互不相讓所起。

進寶法師又去巡迴傳法，聘請高僧入寺。於每月十五日，進寶法師便離開進寶寺，周遊天下，為眾生講佛，弘揚成佛得道之法。凡是前來聽講眾生，皆有飯食供養，又有佛禮相贈。那眾多的善男信女，如何不來？摩肩擦踵，站無虛席。每月又固定一日，將國內有名的高僧大德，輪番請來，都在寺內設了法壇，播講佛法。由於聘禮甚厚，多有高僧大德欣然前往。眾人聽說高僧大德前來，都欲一睹尊容，無限擁擠，熱鬧非凡。

進寶寺興盛之名，後來竟連朝廷也多有耳聞。進寶法師因弘法有功，又多為朝廷籌策善款，常得位列朝班，參知政事。進寶寺也因朝廷護佑，根基益牢，聲名益盛。

進寶法師一生致力佛法弘傳，居功甚偉。後世人所言「招財進寶」，「進寶」二字，當即是言「進寶法師」。

第九回　遭劫難幼童施毒　失愛女仙姑悔過

卻說鬼之道收留了張玉，日日推算張志遠木盒案的來龍去脈，常常扼腕拍案，嘆息不已。林南河仍然每日裡去做仙姑。張玉和易兒便常常作伴兒在院中玩耍。鬼之道夫婦閒時，就給兩人講習功課，說些人情世故。鬼之道並非迂腐古板之人，也不去論師承，便讓張玉叫自己「義父」。

轉眼一年又過。張玉時年八歲，易兒七歲。

這一天，兩人又相約了偷偷跑出門外，到拐兒鎮東頭兒的大槐樹底下去玩捉迷藏。張玉站在樹下，捂了眼，問道：「藏好了嗎？」

易兒答道：「藏好了！」卻又悄悄移行別處。

張玉聽了聲音所在，循聲找去，卻不見人。正自疑惑間，忽見兩人攜了一個女孩急急走過，一看之下，正是易兒。張玉大驚，連忙追趕，喊道：「你們放下易兒！」

兩人聽了，轉身過來，見了張玉追來，大喜，也不說話，伸手擒來。張玉只覺口中忽有一物塞入，不能說話，拚命掙扎，哪裡能掙得下來。

兩人走走停停，也不知行了多遠，到得一處山坡之上，天色已然大黑。兩人東瞧西看，找了一個平坦有水之處，撿了些柴草，生了火來煮身上帶來的牛肉。將張玉和易兒嘴裡的物事取了出來，又把手腳綁了，扔在一邊，讓這兩個小孩兒自由呼吸。

張玉心知這兩人定是人販子，要偷了小孩子去賣，鎮定下來，細細在心中籌思善策。卻聽易兒小聲說道：「張玉哥哥，你旁邊有好多烏頭草，千萬別碰！」易兒雖然身處兇險，但見有張玉相伴，心中倒也不甚害怕。所說的那烏頭草是一種毒草，誤食之後，輕則中毒麻醉，重則身亡，便是皮膚沾上了，也即麻癢不止。此地遍生這種毒草，易兒常見母親裝神弄人時便去採摘此草。

張玉轉頭去看，只見那草紫花綠葉，極為美麗。

只聽一個人販子道：「大哥，帶了這兩個小孩，走路不方便，不如賣掉算了。」

另一個道：「自然是要賣的，可這荒山之上，又去賣給誰去？」

那個道：「我剛才見不遠處倒是有些亮光，想是有人居住的，不如我先去問上一問。」說罷起身，下山去尋找買家。

張玉見那人走遠，大聲對易兒道：「易兒，我猜那人走了以後，便再也不會回來了！」

易兒奇道：「為什麼？」

張玉大聲道：「現在可不能對妳說，咱們兩個說話，會被火堆邊上那個人聽見的。」頓了一頓，又道：「一會兒就會有人來救咱們了！」

那人正在煮肉，聽見了張玉的話，轉過臉來笑道：「誰來救你？他是我兄弟，如何不回來！小孩兒家胡說八道。」

張玉道：「一會兒官府的人就來了！剛才來時，我見路邊貼了一張告示，你的兄弟看見了，你卻沒看見。」

那人幹的是人販買賣，最怕官府，一聽之下，先自怕了。強自嘴硬道：「什麼告示？小孩兒家胡說八道。」

張玉道：「那告示上寫道，誰若能告發人販一名，賞銀一百兩。你那兄弟停下來看了一會才走，你卻匆匆過去了。」

那人低頭思忖，似乎路上確有一次自己的兄弟在後面落下了一段路，後來才又跟了上來。

張玉道：「可惜這告示是給你兄弟看到了，若換了是你看到，你也一定會想著暫時先不吃這肉，馬上去報官領賞銀去。」

那人低頭想道：「這兩個孩子總共也就能賣個四五兩銀子，告了官府，卻可得一百兩銀子。若換了是我，究竟去不去報官？」

卻聽張玉說道：「你心地善良，自然是不會去報官的，可是你那兄弟卻不是良善之輩，不過你自己不知道罷了。」

那人道：「我怎不知道，只不過礙於兄弟情分不說出來罷了。」心道，我那兄弟有時候做事確是讓人生氣。

張玉聽了那人答話，心中暗喜，道：「可是你雖然沒有說出來，你兄弟卻早已都看在了眼裡。」

那人心想，此話倒是不錯，自己心中不喜，臉上的不豫之色有時難免會帶些出來。

張玉道：「待會兒你兄弟若是帶了官兵來抓你，可怎麼是好？唉！算了，我和你非親非故的，又何必管這閒事。」他和林南河相處久了，頗學了些林南河裝神弄鬼時的口氣。

那人不答，心裡卻暗暗著急，擔心那兄弟便真的去報官領那一百兩賞銀，又去帶了官兵過來抓自己，撐起身子東張西望。

卻聽易兒說道：「張玉哥哥，這位大叔是個好人，你還是想法子救他一救吧！」易兒每天看母親弄神，知道在這個時刻，便須有人出面做托兒。眼看四下無人，當即便挺身而出。

張玉卻道：「他將咱們綁了手腳，是個什麼好人？若給咱們解了繩子，我倒是可以想著幫他一幫。」

那人心道，兩個七八歲的孩子，就算給他們解了繩子，有我在這裡看著，難不成還能飛到天上去？倒是要聽聽他有什麼法子。便一言不發，拿了尖刀，「刷刷」兩聲，把兩人身上的繩子劃斷。

張玉先甩脫繩子，又去幫易兒解開，攙易兒跑到火堆旁邊坐下，見鍋裡的牛肉已經熟了，用樹枝從鍋裡撈了一塊牛肉出來，用樹葉包了，先遞給易兒，自己又去撈起了一塊，兩人大嚼，被牛肉燙得直咂嘴。張玉見附近長滿了山韭菜和野蘑菇，過去採了一把放進鍋裡，頓時香氣撲鼻。他曾跟著趙進寶在山中捕食野獸，又在蘆芽山上習得了蘑菇採摘之法，於這野外煮肉吃肉之道，大為精熟。

那人見這兩個孩子膽子如此之大，於這野外吃肉之法竟比自己還要熟練些，不由看得呆了。

張玉見那人發愣，招呼道：「你兄弟去報官，待會兒才能來呢。你先過來吃啊！」

那人聽了，鼻子裡「哼」了一聲，心道：「倒好像我是客人似的！」也自去挑了一塊肉出來，卻用樹枝叉著，汁水流了一地。

張玉邊吃邊道：「待會你兄弟來了，你且不要說話，待我來問他，你在旁邊聽著便是。」

那人點頭。

張玉又道：「如果只是由我問呢，只怕他不說實話，我有一個法子，可以讓他說實話。」

那人奇道：「什麼法子？」

張玉指著那邊的烏頭草，道：「你看見那邊的花兒了嗎？吃了這花，人便只能說實話了。待會你把這些花兒放鍋裡些，他吃了自然會說實話。你卻不可以吃，否則你也說起實話來，又說想要打他，又說想要殺了他，那便大大不好！」

那人心道，我倒是真的想過要打他，殺他的話，卻是從沒想過。一邊依言去採了些花，放進鍋裡。

張玉趁那人去採花時，早又撈了一塊肉出來，藏在身旁。

那人把烏頭草花放進鍋裡，想要撈肉吃時，忽然想到吃了這肉，便要說出實話來，只好硬生生忍住不吃。

張玉和易兒吃得肉飽，大為愜意。易兒見張玉信心十足，便也不去害怕。

一會兒只見那兄弟急急地走了回來，一臉的失望之色。

張玉便知他沒找到買家，問道：「沒有找到吧？」

那兄弟見大哥和兩個孩子坐在一起，微覺奇怪，含糊答道：「沒找到。」

張玉道：「先吃些肉，好說話。」

那兄弟暗暗好笑，心道：「他倒像是主人似的，這小孩兒有點意思。」腹中飢餓，忙從鍋裡拿了一塊肉大嚼，汁水流了一身。

張玉緩緩道：「別著急！沒找到也不要緊，等到天亮了就好找了。你得了銀子，好去買房子、娶媳婦兒去。」故意不說「你們得了銀子」。

那兄弟見這小孩兒說大人話，哈哈大笑，心道：「你倒是比我還著急！」指著易兒笑道：「我得了銀子，先娶了這小妮兒！」

那大哥剛才聽張玉說「你得了銀子」，此時又聽兄弟說「我得了銀子」，心中暗暗生疑。

張玉又道：「你得了銀子，便不該先娶媳婦，應當先給你大哥送些好吃的、好穿的！」

那兄弟聽了，見大哥正在一臉嚴肅地望著自己，忙道：「那是自然！得先給大哥送些好吃的、好穿的。」

那大哥心中怒極，暗道：「你告了官府，自己得了一百兩銀子，把我下獄，卻假情假意地來給我送些好吃的、好穿的，虧你還好意思說出來！」鼻子中「哼」了一聲，臉色極為難看。

張玉見那大哥已經生疑，站起身來厲聲道：「你背地裡自己幹的好事！你大哥都已經知道了，你還兀自在這裡裝模作樣！」

那兄弟嘴裡正含著肉，聽了這話，大吃一驚，眼望大哥，果見大哥神色嚴厲，心中大駭，「噗通」一聲，跪倒在地，連連磕頭，道：「大哥原來早就知道了！我和嫂子是那天趁大哥不在家，就，就……實在是兄弟不該！大哥恕罪！」突覺腹中一陣疼痛，驚道：「你，你下毒……。」掙扎幾下，暈了過去。

張玉本是要去攀那兄弟背地裡去官府告大哥之事，不想那兄弟卻招出與嫂子的事兒來。他年紀幼小，也不知道他與嫂子到底何事，一時愣在當地，不知該如何發問。

卻見那大哥已是勃然大怒，見那兄弟暈倒，又上來重重地踢了幾腳，怒道：「怪道你要去官府告我！哼！你們背地裡幹的好事！」忽然想道：「這惡棍剛才說肉裡有毒，難道鍋裡的肉被下了毒？」眼神疑惑，望著張玉。

張玉見那大哥對鍋裡的肉生疑，不慌不忙，伸頭朝鍋裡看了一眼，道：「那兄弟是被你給嚇死了！這加了花的肉吃了只是說實話，卻不會死人的。別可惜了一鍋好肉！」一面用樹葉包了事先撈出來的那塊肉，拿到鍋上，又用樹枝夾了一塊有毒的肉放在上面，卻只去吃那塊沒毒的，道：「我就是說實話也不打緊，先吃飽了肚子再說！」

那大哥剛才只吃得一塊肉，因後來鍋裡放了花兒，怕自己說實話，便不敢再吃，此時早已餓得肚子咕嚕亂叫，見張玉撈了一塊肉吃著沒事兒，心道，那兄弟已經被自己給嚇暈過去了，現在就是說出些實話來也是無妨，當下也撈出一塊，吞入肚中。覺得香甜，又吃數塊。

張玉見那大哥吃了肉，心中大定，且待毒性發作。因道：「這傢伙太也惡毒，竟然和嫂子，嗯，太也惡毒！」他實在不知和嫂子究竟怎樣，只是看剛才那大哥聽了這話就怒不可遏，便想借此激起那大哥的怒氣，以便毒性行得更快。

那大哥聽了，果然大怒，又大哭起來，傷心無限。

張玉見了，柔聲道：「事已至此，你也不必過於著急。嗯，此處便是沒有酒，嗯，若有些酒就好了。唉！」胡亂說著，拖延時間。

那大哥身上卻帶得有酒，聽了張玉之言，猛然想起，一邊哭，一邊從懷中摸出酒葫蘆來，仰起頭，一口喝乾。忽然口歪眼斜，倒在地上。

張玉大喜，且不便動，叫道：「大哥！大哥！」又過去拍了幾拍，那大哥便如死豬相似。急忙攙了易兒，往山下奔去。

易兒一路「咯咯」嬌笑，道：「張玉哥哥！這兩人吃了好些烏頭花兒，也不知是死是活。今天出來，果真好玩兒！」

兩人一路狂奔，也辨不清方向，眼見前面隱隱泛出火光，像是一處村莊，便向那邊奔去。奔到近處，卻見山坡下面是一個極大的廣場，裡面層層疊疊，站滿了人。

易兒見了大喜，道：「這個怕是要做法事的，我媽媽常常就做的。」

張玉道：「咱們偷偷看看去！」

兩人悄悄靠近，藏在一顆大樹後面向下偷看。

身下是幾塊巨石，從巨石上方看過去，只見眾人上首放了幾張桌子，坐著五個人。居中的那人大聲道：「帶那兩人上來！」

有兩人就被幾個背著大刀的人押了上來，到了桌前，被一齊推著跪下。一個背大刀的黑衣人道：「劉陽大哥，就是這兩人劫走了張玉！」

張玉大驚，心道：「這裡怎麼會有人知道我的名字？」當下側耳細聽。

劉陽大哥是那上首居中之人，一臉落腮鬍子，怒道：「周九，此事機密，張玉怎會被這兩人劫走？這兩人是什麼來頭兒？」

周九道：「剛才審過了，就是兩個拐帶小孩兒的。碰巧在咱們動手之前偷了張玉和那鬼之道的女兒，不知怎的又被兩個孩子給毒翻了。」

那劉陽大怒，道：「胡說八道！天下怎會有這般巧法？又怎會有偷了孩子又被孩子毒翻之事！拉下去，重重的打！」

那兩人正是被張玉毒翻的大哥與兄弟，原來兩人中毒未深，雖然昏迷，卻並不致命。兩人在台前齊聲喊冤，又相互怒目而視。

劉陽哪裡肯聽，喊道：「把那個盒子拿上來！」

有人便捧了一個紅布包袱上來，放在劉陽面前。劉陽打開包袱，裡面又包了一層綢布，打開綢布，露了一個木頭盒子出來，如瓷如玉，輝光熠熠。

眾人見了，都踮著腳尖兒，引頸觀望。

張玉看了，便差點叫出聲來，這盒子正是父親當年所做的那個文房四寶木盒，當時自己曾想拿起來玩兒，被父親嚴厲地斥責了一次，所以記憶猶深。

劉陽大聲道：「大傢伙兒請看！這就是傳說中的龍盒！」頓了一頓，待人聲稍息，又道：「這是我聖武壇剛從洋教堂手裡奪來的！總壇有令，誰奪得此盒，其他壇的兄弟便須聽從我壇號令！」

話音未畢，周九喊道：「好！我們便都聽從聖武壇劉陽壇主的號令！」眾皆山呼叫好。

卻聽一個尖細的聲音道：「劉壇主從洋人那裡搶了個木頭盒子來，不願意還給人家，也就罷了。現在卻要拿這麼一個盒子來號令別的壇口的兄弟，就沒有什麼道理了。據我所知，總壇倒是曾說過誰得了木盒便要立即交到總壇去，號令別壇的事兒卻沒聽見過！」眾人看時，只見說話之人身材乾瘦，兩撇鼠鬚。

劉陽怒道：「這是龍水壇的馮立大哥吧？李鎮南壇主尚不反對，倒是閣下意見不小。得了此盒便號令諸壇，眾所周知，如今本壇得了，你卻來拔火填亂，恐怕李壇主必不會容你！」

那李壇主並不接話，卻聽馮立道：「一個木頭盒子，怎麼可以號令他人？倒要請教明白。」

劉陽更怒，道：「你明知故問！此盒本是總壇主執掌，後來不知什麼緣故丟失了。總壇主說過，此盒中藏了一件大祕密，關乎眾位兄弟的生死存亡。總壇主在今年保定府的八壇大會上曾經說過，哪個壇得了這個盒子，便要給記大功一件，官級更比其他壇口高了一級，馮兄弟好大忘性！傳說此盒是保定府有名兒的張木匠張志遠所製，現張志遠已被砍頭，其子張玉又下落不明。想那張志遠已死，唯一可能知道這個木盒祕密的人便只有其子張玉一人了。我壇本已查明張玉下落，欲在今日之會上將這寶盒的祕密布於天下，不料卻被兩個小毛賊攪了局。」

張玉卻並不知道這盒子的祕密，此時聽劉陽說起父親被砍了頭，心中大慟，眼淚早已流了下來。這一年的時間，他已能漸漸明白父母的死亡，並且接受了這個現實。忽覺臉上一熱，卻是易兒見張玉哭了，伸手過來替他擦去淚水。

易兒見這些人全不認識，悄聲道：「張玉哥哥！咱們回家吧！」

張玉道：「等一等，看他們還說些什麼？」

只聽馮立道：「劉壇主神機妙算，卻推說被兩個小小毛賊壞了好事。也不知道是劉壇主算得太準呢，還是毛賊太笨？」這句話分明是譏刺劉陽連兩個毛賊都不如，還想號令別壇兄弟。

有幾人便大笑起來。

馮立又道：「照劉壇主的意思，若是我現在搶了這木盒去，劉壇主就要聽我的號令了？」

許多人便鼓躁起來道：「對！馮立兄弟若是搶到了這個木盒去，我們便都聽你號令！」

劉陽怒極，鬚髮皆立。周九帶了幾十個人便衝過去要向馮立動手。龍水壇眾人皆都拔刀出鞘。雙方互相指謫對罵。

忽然有人指著夜空驚叫，眾人抬頭看時，只見一隻奇大無比的怪鳥正在夜空之中盤旋。整個廣場頓時雅雀無聲。

忽然有人喊道：「神鳥！」「嘩啦啦」跪倒一片。眾人默然不語，過了一會兒，陸續都跪在地上，低聲念道：「弟子同心苦用功，遍地草木化成兵。金剛之體仙人助，掃盡洋人天下平。」齊都向那大鳥磕頭。

那大鳥在夜空中又盤旋數圈，猛然俯衝下來，直向那個木盒飛去。看看將近，突然伸出一爪，將木盒抓去。如鬼似魅，快如閃電。劉陽急待去搶時，哪裡來得及，那大鳥早已去得遠了。

眾人見大鳥飛遠，都站起身來，看著大鳥遠去的方向，目瞪口呆。劉陽忽然喊道：「那不是神鳥，那是一個人！」

馮立怪聲笑道：「兄弟們見過會飛的人嗎？劉壇主好大見識，盒子被神鳥拿走了，神志有些不清楚了吧。那神鳥定是見劉壇主神機妙算，怕他搶了神仙的飯碗，把盒子收回天上去了。」眾皆哄笑。

那龍水壇李鎮南壇主微微一笑，一揮手，龍水壇眾人都跟著走了出去。眾人見了，也都一哄而散。劉陽本待借了這個大會，將龍水壇眾人併入本壇，眼見局勢突變，寶盒又被人擄走，又驚又怒，隨後也帶領了聖武壇眾人離開。

張玉和易兒怕被人發現，不敢稍動。好不容易見廣場上眾人都已散盡，正要離開，突覺後領一緊，雙腳已然離地。張玉大驚，忙去拉易兒，卻見另有一隻大鳥正在抓了易兒飛起，易兒卻毫不驚慌，滿面笑容。忽聽得耳邊有人輕聲道：「玉兒別怕！我是義父！」竟是鬼之道的聲音。

那大鳥正是鬼之道。鬼之道深通百藝，於飛行之學，自也所知甚多。其實在古代中國，飛行之學已經相當發達。史書記載墨子曾用三年時間製作了一隻竹木結構的大鳥，並且試飛成功。而在明代洪武年間，有一個叫王古的人同時點燃了四十七支火箭將自己連同椅子送上天空，再利用風箏持續飛行。如今月球上的一座環形山即命名為「王古山」。那鬼之道深究學理，又通曉西洋之學，穿上造出的飛行衣已可在天空中連續盤旋千里。

張玉大喜，緊緊抱住鬼之道，心想另外一隻大鳥定然便是林南河了。

鬼之道將張玉放在背上，張開雙臂，在山林之間穿行，忽而低低掠過，幾欲觸地，忽而拔地而起，直衝雲霄。

張玉只見山林呼嘯，高山大河越變越小，與在地面上所見到的景緻大不相同，心中欣喜，見林南河也馱了易兒飛了過來，便大聲招呼，易兒也大喊大叫，高興異常。

飛不多時，鬼之道忽然俯衝下去，林南河緊緊相隨。張玉眼看即將觸地，大聲驚叫，卻覺身體忽然一輕，又飄起尺許，輕輕地落在一條大道上。

早有一輛馬車藏在道旁樹叢中。鬼之道示意三人不可說話，悄無聲息的坐進馬車。鬼之道坐在車前，一揮轡繩，馬車漸行漸快，漸漸飛馳起來。

易兒在林南河懷裡「嘰嘰咯咯」，將兩人如何被人抓走，張玉哥哥如何將兩個人販子毒倒，又如何見到廣場上眾人等事一一說了。一面又要讓媽媽再飛一會兒。林南河開始尚且靜靜聽女兒講述，過了一會兒，竟然淚流滿面。

易兒見了，奇道：「媽媽！你怎麼哭了？」

林南河哽咽道：「易兒！媽媽從前幹了許多壞事，才讓你受了這些苦。媽媽以後再也不幹壞事了！」

易兒一邊給林南河拭去淚水，一邊道：「媽媽不哭，媽媽從來都沒幹過壞事兒，易兒最愛媽媽。」

林南河聽了，哭得更加厲害，不可遏制。易兒見媽媽這麼傷心，不知是為了何故，安慰了一會兒，連自己也傷心起來，跟著大哭。張玉忙去安慰。

林南河哭了一會兒，漸漸止住，見易兒也滿臉是淚，便把易兒緊緊地抱在懷裡，道：「易兒，從前媽媽幹了好多壞事，騙了人家好多的錢，裝神弄鬼，以此為樂。昨天你被人擄走了，媽媽才明白了被人傷害是多麼痛苦，媽媽原來從不信神佛鬼怪，可是從昨天開始，媽媽開始相信了，拜了好多神、好多佛，想求求他們把你給送回來。原來我假作神佛，別人來求我，我便戲弄別人，如今我也丟了女兒，我也開始求神拜佛，如果那時有人來騙我，我必也把自己所有的錢財珠寶都拿出來去換你。原來你爸爸總是勸我不可裝神弄人，我根本聽不進去，直到昨天找你不到，我才忽然明白了那些曾經被我欺騙愚弄的人的心境。易兒，媽媽從今而後，絕不再去騙人弄人，媽媽要扔掉這些不乾淨的錢財，好好養育我的易兒。」說著，哭聲又起，一邊拿起身邊的金銀珠寶，向窗外拋去。

第十回　林南河洞中避難　鬼之道開解奇冤

馬車忽然停住。

鬼之道下車，掀開車窗上的簾子，向林南河柔聲說道：「南河，不必這樣。將這些金銀丟在路上，讓那些壞人追蹤起來更加容易了。」一面將扔在外面的金銀珠寶撿起，仍舊放回車裡。

林南河兩眼怔怔的，也不答話。過了一會兒，林南河忽然道：「這些金銀珠寶，得來不義，留著有些什麼用處？」

鬼之道道：「不義的，是靠著不義之舉得到金銀珠寶的人。金銀珠寶本身，卻並沒有義與不義。逆取順守，天之道也。若是你今後用這些金銀積德行善，有什麼不好？我勸了你那麼多回也不見效，不想你經此一事，竟然就此幡然醒悟了。」頓了一頓，又低聲沉吟道：「積德行善之事，也難說得很。這一件事，我自以為是在做善事，於另一個人看來，卻未必便覺得我做的是善事。行善之事，也難說的很。」一邊嘀咕，一邊上車策馬而行。

林南河也深自沉思，都不說話。

張玉見馬車越走越遠，路途兩邊的景色都沒見過，問鬼之道道：「義父！我們這是要去哪裡？」

鬼之道道：「我們的家已被那些義和拳的匪徒霸占了，現在帶了你們到一個更好玩的地方去。」

張玉心中一直以為義父便是當世最為厲害的人，聽得說義父的家居然也被人霸占了，頓覺不可思議，道：「義父這麼厲害，將他們趕跑不就好了嗎？我們還住回那個原來的家裡去。」

易兒聽得不回家了，也急道：「爸爸，我們還是回原來的家裡去吧。」

林南河道：「千萬不可回家，你們兩個若是再被擄走了，可不一定便有今天這麼幸運了。」

張玉問道：「您和義父是怎麼找到我們兩個的？」

林南河道：「也算是你們兩個命大。若不是你們被那兩個人販子擄走，咱們一家四口，這會兒怕是要在陰間相會了，我只怕這會兒已經變作了真的神，你的義父變作了真的鬼，再也不用裝了。」

易兒笑道：「那我變作一個小鬼，張玉哥哥變作一個大鬼。」她從小見媽媽裝神弄鬼，從來沒有覺得鬼有什麼可怕。

張玉道：「難道還得感謝那兩個人販子不成？」

林南河道：「昨天你們偷偷跑出去玩兒，我和你義父久等你們不回家，又到處找不到你們，都快要急死了。我左思右想，突然怕了起來，害怕的是神佛見我每日裡裝神弄鬼，此番定然是要來懲罰我了，便在家裡哭著求神拜佛，求神佛饒了我這次，以後再也不敢裝神弄鬼了。後來你義父聽人說起見過你們在大槐樹下面玩兒，叫了我一起去查看你們的足跡，方知你們是被人擄走了。急忙回家去取了飛行衣，剛上得屋頂，卻見一幫人突然闖了進來，翻櫃砸屋，見沒有人，便偷了些珠寶金銀之物，四處放火。若是那時咱們四人都在家中，定然難逃毒手。」

張玉道：「那些人砸咱們的家是為了要找我嗎？可是我壓根兒不知道那個木盒的祕密啊！」他曾聽廣場諸人說起抓到自己是為了要探查木盒的祕密。

林南河不答，道：「我和你義父見了，知道來者不善，便不去理會他們，先去尋找你們兄妹兩個要緊。後來在山上發現了那兩個被毒倒的人販子，正待要上前查看，卻見那幫衝進咱們家的壞人們也趕了來，急忙躲在一旁。那幫人上前去拷問那兩個人販子，我們都一一聽在耳朵裡，知道你們兩個已經逃走了。」

易兒道：「多虧了是我告訴張玉哥哥那裡長有烏頭草，才把他們毒倒的！」

林南河笑道：「還是我們易兒聰明！」易兒大喜。

林南河續道：「後來我和你義父發現你們兩個躲在樹後看那些人聚會，我們便也在一旁聽他們說些什麼，及到看他們起了內訌，你義父才趁機去取了木盒回來。當下由我守護你們兩個，你義父又飛回家去收拾，備了馬車藏在這裡，再又回來接咱們。咱們這一次離開，便不能再回來了。」

易兒從小在這拐兒鎮長大，聽說以後便不能再回來了，大不高興。張玉也頗為惆悵。

鬼之道驅車之法甚為高明，馬車行駛極快。張玉只見道旁山石樹木倏忽而過，睏意襲來，不由得睡著了。

待到張玉醒來，只覺車窗外陽光刺眼。馬車忽然「吱呀」一聲停了下來，鬼之道的聲音便在外面響起：「都下車了！」

張玉隨林南河、易兒跳下車來，見了眼前的景色，不由驚得呆了。

四人腳下是一個深潭，潭水碧綠，微波蕩漾。潭水之上，幾座危峰突兀，岩石層層疊疊，累積而上。一座涼亭躍然石上，四角飛翹，青頂紅柱，既險且妙。

循深潭而上是一線峽谷，一條瀑布從峽谷斷崖處飛流而下，直入深潭，猶如蒼龍入海。

鬼之道見張玉看得入神，笑道：「此處可好？」

張玉喜悅道：「好！」易兒也拍手叫好。

鬼之道見兩人高興，也自喜悅。

張玉攜了易兒，待要尋路而下，卻哪裡有路？

只見鬼之道把車上的東西都搬了下來，然後用一根細竹竿縛了一捆青草，將竹竿插在馬脖子上，那青草便離馬嘴只有一尺來遠。

這馬走了一路，正自飢餓，忽然見了青草，便拉了馬車，伸嘴去咬，又咬不著，少不得挪動四蹄向前，誰知自己走，那草也跟著走，便又加快步伐追趕，仍舊追之不上，心中大急，越跑越快，一路和那捆青草賽跑去了。只把張玉和易兒看得哈哈大笑。

鬼之道道：「你們可知為何要放走馬車？」

張玉本來不曾去想，見鬼之道問，忽然明白，道：「放走了馬車，若有人隨著車轍來趕咱們，便不知咱們是在這裡下了車。他們就會向那馬兒追草一樣，去追那馬車了。」

易兒聽了，拍手大笑。

鬼之道也略略讚許，又問道：「那你們可知馬兒為什麼會去追趕青草？」

張玉道：「因為馬兒餓了，想吃青草啊！」

鬼之道又問道：「那些人為什麼又會去追趕馬車呢？」

張玉低聲道：「為了抓到咱們。」

鬼之道道：「他們也是在追趕著心中的青草。」

張玉奇道：「他們也是在追趕青草？」

鬼之道道：「對！他們心中的青草便是功名富貴。只要把功名富貴放在一個人的眼前，這個人便會無休無止地追逐下去，就像那馬兒追逐青草一樣。」

張玉道：「照那個劉陽壇主的說法，他若是抓住了咱們，解開了木盒的祕密，便可以號令別人，得到功名富貴。那麼咱們幾個，便是那些人所追逐的青草了？」

鬼之道點頭道：「正是。」

易兒聽說自己做了青草，心中老大不樂意。

卻見鬼之道和林南河都穿了飛行衣，拿了車上卸下來的東西，又將兩人背在背上，從崖山上縱身而下。

深潭之上雲氣繚繞，四人穿梭其中，如入仙境。

須臾落地，見那山岩深處是一個極大的天然石洞，洞口流水潺潺，卻是一眼清泉，泉水不斷湧出，流入下方一處石池之內，清澈見底。

張玉和易兒在洞內跑來跑去，到處看看摸摸。鬼之道和林南河便開始收拾洞子，擺置用品。

張玉問道：「義父，這裡叫做什麼地方？」

鬼之道道：「這裡便是你那姥爺趙進寶當年要來尋找的地方，叫做絡絲潭。幸好你姥爺讀反了字條，若是果真找到了這裡，又怎能找得到我？」

張玉道：「我怎麼覺得好多事情，本來是想要做對的，後來卻偏偏做錯了。又有好多事情，本來是做錯了，結果卻誤打誤撞，偏偏是對了。想當年我的父母是要去做木匠賺錢，想的是和睦富貴，可是後來卻丟了性命。姥爺帶了我來找您，讀錯了字條，反而倒找到您了。世間的事情，怎麼會這樣奇怪？」

鬼之道讚許道：「你小小年紀就能想到這些問題，孺子可教！」又道：「若是你姥爺帶了你，一下子便找到了我，我生性散漫，不喜多事，是決計不會把你留下的。偏偏你姥爺讀錯了字條，非要去找神算仙姑林南河，被仙姑騙盡了錢財，才又遇見我，我見是林南河犯了錯在先，心中有愧，也只好收留了你。你姥爺雖然事情做得錯了，卻歪打正著，完成了心願。可見對與錯，是不容易分辨明白的。」

林南河聽了，道：「對與錯，善與惡，福與禍，誰又能說得清楚？」

鬼之道點點頭，笑道：「神算仙姑此言有理！」

林南河笑嗔道：「我再不會去做仙姑了，你以後不許再這樣取笑我！」

易兒拍手道：「我媽媽不做仙姑了，要做仙女！」

四人一齊大笑，石洞之內，其樂融融。

絡絲潭四周多有松柏，鬼之道弄來幾棵，開剖木材，製作用具，一月齊備。洞內石壁滿用柏木貼滿，防潮隔水，又有柏木的異香撲鼻。洞口用帶皮松木做門，又用光學移形換位元之法，隱藏洞口，使外人不能看見。小到碗筷，大到床桌，無不精巧細緻。鬼之道嫌外面的涼亭不夠精巧，閒時無事，便又重新造了一個出來，遠遠望去，有如瓊樓玉宇。

四人在此打漁獵鳥，過得好不快活。需要外出採購貨物時，鬼之道便穿了飛行衣出去，來去無蹤。當地的百姓見了，莫不驚訝，又聽鬼之道自稱姓鬼，便叫鬼仙人，後來傳得訛了，便都叫了龜仙人。又因這龜仙人在深潭之中救過幾次人，又常常拿出財物賑濟百姓，深得當地百姓敬仰，每年端午節時都要來這裡遙遙祝拜龜仙洞，香火頗盛。

鬼之道每日裡引了張玉，一同去打漁或者砍伐樹木，做些奇巧用具。

鬼之道對張玉說：「你父母全家被壞人害死，此仇豈可不報？但為人一世，除了報仇雪恨之外，尚有許多事情要做。」又道：「我生性疏懶，雖然粗通百科之學，然而既不能容於世，便也於世無補。聊可修身養性，照顧家人而已。你年紀幼小，不可學我。」

這一日，鬼之道與張玉在潭邊靜坐，兩人同看天邊雲捲雲舒，隨風聚散，變幻莫測，一起說些兵法之學。鬼之道忽然問道：「張玉，你可知捕魚之法？」

張玉道：「我常見您叉魚，應該算是知道吧。」

鬼之道道：「你且說來看看。」

張玉道：「您常用竹子做成魚叉，見了大魚，瞄準了一叉下去，便即叉起，我們就有香噴噴的魚肉可吃了。」

鬼之道聽了，取來一些竹片，幾下綁紮，做成了一個籠子，籠口又用細竹片紮成一個向內的喇叭口，然後放了些碎肉在內，用細繩縛了，遠遠地拋入潭中。

張玉問道：「義父，這是要捕什麼？」

鬼之道道：「待會兒便知！」

兩人又在岸上說些兵法、器物之學，張玉聽得津津有味，不住提問。

待了一會兒，鬼之道提起竹籠，只見沉甸甸滿滿一籠魚。張玉大喜，道：「義父！有這樣的好法子，為什麼每天還要辛苦叉魚？」

鬼之道將竹籠中的魚倒了出來，撿了兩條大些的留下，其他的都丟進潭水中放生。道：「這潭水中魚兒肥美，咱們四人，每天只兩三條盡可夠吃了，又何必貪得無厭，捕了這許多魚上來。」又問道：「你覺得叉魚和用竹籠誘魚，哪個法子更厲害些？」

張玉道：「竹籠之法更厲害些！叉魚既費力氣，收穫又少。」

鬼之道點點頭，道：「你說得對。剛才所說兵法，你覺得是強攻硬拚好呢，還是誘敵入籠好呢？」

張玉若有所悟，道：「誘敵入籠之法，又不必費力氣，又繳捕得乾淨。」

鬼之道道：「不錯！可誘敵入籠之法需要一個最基本的條件，少了這個條件，敵人便無法誘惑。這個條件是什麼？」

張玉道：「需要有誘餌。」

鬼之道道：「若是捕魚呢，就用些碎肉，哪麼若是要捕人呢？」

張玉道：「捕人當用牛肉！上次毒翻兩個毒販子，便是以牛肉為餌！」

鬼之道微笑道：「上次你毒翻兩個人販子，所用之法甚為巧妙。所用之餌，卻並非牛肉。」

張玉奇道：「不是牛肉？難道是烏頭草？」

鬼之道道：「都不是！牛肉與毒草，便是你做好的竹籠，那兩個人販子的身家性命，才是你布下的誘餌。」

張玉奇道：「如何兩人的身家性命，反而卻做了他們自己的誘餌？」

鬼之道道：「對一個人來說，自己的身家性命是最為寶貴的。那天你騙他們自相下毒，是謊稱他們之中有一人要去報官。另一個人便是怕自己的身家性命受到威脅，因此才會起了猜疑之心，你的一派謊言假語，才會收到奇效。」

張玉恍然大悟，道：「竹籠口上裝了向內的竹片，魚兒便不能脫身。人有猜疑嫉妒之心，便好似那籠口裝上了竹片，一但起了猜疑嫉妒之心，便會把自己困住，再也脫身不得了。」

鬼之道點頭讚許。問道：「魚兒入籠，是因為腹中飢餓。那麼人入局中，又是為了什麼？」

張玉道：「是因了他自己的貪婪本性。」

鬼之道微笑道：「對啊！是人皆有貪婪之心，不過是有貪金珠的，有貪名聲的，有貪性命的，不同的人，所貪的東西不同罷了。所以在《孫子兵法》九變篇中講道：『故將有五危：必死，可殺也；必生，可虜也；忿速，可侮也；廉潔，可辱也；愛民，可煩也。凡此五者，將之過也，用兵之災也。覆軍殺將，必以五危，不可不察也。』不論你是貪什麼，只要心有所貪，便足以覆身失命。」

「正是！當日我做仙姑之時，凡有來求保命救命之人，我只要微加恐嚇誘惑，無不乖乖地把錢財奉上，所奉唯恐不厚，神態唯恐不恭。」卻是林南河聽了兩人說話，湊了過來。

張玉道：「義母說過了不再去做仙姑的！」

林南河道：「這都是過去的事情了，以後自然不會再去幹那些營生了。」

鬼之道笑道：「你的義母於仙姑一道，功力大大深湛，我是自愧不如的。」

林南河聽了，拿起手中布帕，向鬼之道臉上揮去。

鬼之道一笑躲開，道：「可以為人誘餌的，除了生死，功名、利祿、愛恨，皆可為餌。世間一切奇謀密計，無不由此而生。」

林南河道：「玉兒，你身負血海深仇，更當慎戒恨字。」

張玉點頭稱是，眼望天邊晚霞，若有所悟。

鬼之道和林南河看看天色不早，起身回洞裡做飯。見張玉獨自沉思，也不去擾他。當夜明月當空，張玉沒有倦意，獨自在洞外細思竹籠捕魚之法，又品咂義母林南河裝神騙財之法，又細細校對古今兵法、政商勝敗興亡之事，深自揣摩。忽然想到那日被義和拳諸人追蹤之時，若是提前設置了竹籠，引誘他們入套，大可便將他們盡數捕捉，不禁心中大樂。

潭中日月倏忽，暑去寒來，又已度過二年，張玉已經十歲了。鬼之道每天向張玉講些數學計算之法，講述古今中外的歷史，講解天文地理之學。張玉聽到地球竟會自轉並繞著太陽公轉，大為驚訝。他以前只見白天太陽從崖山背後升起，晚上又落入崖山背後，始終以為是太陽在動，甚至想像著太陽也有一個山洞居住，每晚便回到洞裡去。鬼之道畫地為圖，說明日月星辰的運轉，用易經八卦排列方位，劃分節氣。張玉知鬼之道所言不虛，一一受教。鬼之道又深通圍棋之道，潭中日月悠悠，無人對弈，便每日教習張玉對弈之法，張玉頭腦聰敏，進步飛快，到得後來，竟然偶爾能與鬼之道一爭高下，棋力已是不凡。

一日晚間，張玉又想起父母之事，不能入睡，便悄悄溜出洞來，來到崖石之上，無意中向腳下潭水中望去。只見明月之下，一葉小舟橫於潭上，舟中一人，托著一個木盒，默然不語。那人正是義父鬼之道。張玉知義父又是在推算木盒之事，想到自己一家慘遭滅門，只留自己一人活了下來，眼下又被官府通緝，拳匪追捕，亡命天涯，別說報仇雪恨，便是能夠活命，都是一種奢望。張志遠夫婦被冤殺之時，張玉年紀幼小，還不知仇恨之事，這幾年隨著趙進寶逃命，又跟著鬼之道藏身，眼見鬼之道一家因了自己被人毀房砸屋，遁跡山野，心中的仇恨也是一點點與日俱增。當下也不去打擾鬼之道，起身便想走開。

卻聽鬼之道在舟中喚道：「玉兒，你下來！」

張玉聽了，轉身走下石崖，來到潭邊，鬼之道已經划舟靠岸。張玉輕輕跳上小舟，小舟微微一沉，晃了幾晃，向潭中駛去。鬼之道在潭心停了舟，取出那個從義和拳眾人手中搶來的木盒，撫摸良久，道：「玉兒，咱們在這絡絲潭中居住，轉眼已經快到三年了，朝夕相處，就像是一家人一般。當初你的姥爺趙進寶送你來時，你剛剛六歲，現在已經算得是一個小夥子了。這幾年來，我一直在推算你父親之事，現在已知大概了。」

張玉抬起頭來，道：「您已經知道了？」

鬼之道道：「當時你的姥爺趙進寶來時，約略給我講了當時的經過，後來你義母又推出了你父親張志遠留給你的遺書內容，你父親的案子，真相已然大白。只是你年紀幼小，欲要報仇雪恨，卻是千難萬難。況且幾年來我一直在想，你若立志報仇，此生難免便要墜入惡欲深淵，萬劫不復，不如且悠閒度日，似我一般，逍遙快樂。」

張玉見義父每日籌思推算案情，這時又說出這些話來，咬牙道：「父母深仇，豈可不報。縱使粉身碎骨，也是要去！」

鬼之道搖搖頭，默然片刻，道：「你執意如此，我和你師母也願助你一臂之力。我今天便把你父母蒙冤被殺之事講了給你聽吧。」

張玉頓覺呼吸急促，心口不禁「噗噗」亂跳，手心出汗。

鬼之道道：「你父親為人圓融，待人和氣，左右又沒有仇人，最後被人陷害，只是為了一個木頭盒子。」

張玉憤怒道：「只不過是為了一個木盒子，為什麼要殺了我們一家六口人的性命？」

鬼之道取出那個木盒，輕輕打開，道：「這個木頭盒子立意雕鑿俱佳，所用材料又好，確是一件稀世珍品。但無論多貴的盒子，都不至於取人性命。我那晚將這木盒子搶了回來，仔細觀看，並沒有發現什麼特異之處。我知道這盒子和你父親之死關係極大，連續幾天翻來覆去查找其中奧祕，發現木盒外殼浮刻的飛龍體態威猛，於龍頭處伸出殼外，龍口卻是低垂。我用長線探入龍口，竟然深不見底，心知有異，又將盒子底部磨去漆膜，便發現了一條極細的接縫。我研習木藝已久，一見便知其中關竅，輕輕脫開榫卯，就把這條接縫以裡的套層整個兒拿了出來。原來木盒外面用整塊木料雕成，正是為了將這個套層封在裡面。」

張玉奇道：「將這套層封在裡面，又有何用？」

鬼之道道：「我拿了出來一看，見這套層的外面，密密麻麻地刻滿了字，讀來卻是語句不通。我知這些字必是暗語所寫，冥思苦想，終於全部解了出來。暗語中『三』作『睡川』，『石』作『無山岩』，『洞』作『通三水』，如此等等，若無解語祕本，一般人便是看見了，也必難以明白。」

張玉聽了笑道：「這些暗語倒是寫得有趣。」

鬼之道道：「我將暗語解了出來，一看之下，不禁大吃一驚。」

張玉心道：「義父早已於功名富貴之事不縈於心，又深通命理之學，又有何事要大吃一驚呢？」知道此事定然關係重大，不由得心跳加速。

鬼之道續道：「原來那暗語所寫的，乃是一道光緒帝告知袁世凱聯絡義和拳眾人，包圍頤和園，控制慈禧太后，擊殺慈禧太后寵臣直隸總督榮祿，速速起兵救駕的密令。」

張玉於這幾人，一概不知，聽得一頭霧水。

鬼之道又道：「可是這樣一道密令，又怎會交給你的父親去寫呢？我深為不解，便去查知當初讓你父親做木盒的那位官爺名姓。我來到保定你父親曾經居住的地方，原來是在涿州府，查知時任知府，乃是龔陰業。料來你父親所說的那位官爺，便是這龔陰業了。」頓了一頓，續道：「我走訪了當地的百姓，才知道這位龔知府，不僅貪得無厭，又且鮮廉寡恥。聽說後來義和拳拳民三萬人曾霸占了涿州府，這位龔知府既無力守城，又不敢棄城，更加不敢殉城，最後終於想出了一個絕食的聰明辦法。按照清制，知府守土有責。城池若是失守，知府例當殉職。若不死節，其結果也是正法砍頭。這位龔大人便來了個可死可活的絕食抗議，既可對朝廷交代，又不得罪拳匪，實在是個無恥之極又無賴之極的官爺！」

張玉道：「那麼這個無恥之極的官爺，又為何要讓我父親將這道密令寫在木盒之內？」

第十一回　小舟上父子論寶　大山中生死苦禪

鬼之道仰天嘆道：「你父親若不是遇到了這位無恥又怕事的無賴官爺龔陰業知府，又怎麼會命喪黃泉？我既解開了密令，又瞭解了龔知府為人，此中曲直，便不難推斷。雖然不免偏頗之處，大致情由卻不會錯。」

張玉急道：「那義父快說啊！」

鬼之道道：「那龔知府頭腦既活，必然是個左右逢源，不願在一棵樹上吊死之人。而當時光緒帝與康有為、梁啟超、譚嗣同等人組成的帝黨想要變法維新，鞏固帝位，與慈禧太后、諸位大臣組成的后黨各有利益，勢成水火。其時袁世凱重權在握，左右觀望。國內義和拳拳匪又四處鬧事，紛擾不安。若你是那龔知府，便要怎樣？」

張玉雖剛十歲，但自小歷經磨難，心思已頗為縝密，想了一想，道：「當此時，便是幫了哪一方，都難免殺身之禍。不過如果幫對了，又可青雲直上。」

鬼之道道：「對啊！但那龔知府既貪財，又想做官，若是不能幫對了方向，又怎能官運亨通？可是未來之勝敗，如何能夠提前知道？這位龔知府便想出了一個法子，那就是做牆頭草，兩邊倒——誰都幫！」

張玉奇道：「誰都幫？那豈不是要幫出亂子了？」

鬼之道道：「這種事，忠直之士，自然不肯為。愚笨之人，必然不能為。那龔知府既非忠直之士，又非愚笨之人，當然可以為得。他一邊取得康有為、梁啟超、譚嗣同等書生的信任，一面又恭順慈禧太后，與袁世凱、義和拳眾人，也必都有聯絡。」

張玉聽得世上居然還有如此之人，一張嘴張開來，不敢相信。

鬼之道續道：「在這種局勢之下，有龔知府想法的人，也必不在少數。那康、梁、譚等人雖有一腔報國熱情，無奈涉世未深，輕信了袁世凱，以為袁世凱可以為己所用，既得了光緒帝的密令，便要派譚嗣同將此密令送與袁世凱，以成大事。可是密令如何才能安全攜帶進袁世凱府，便是一個難題。那龔知府定是得知了此事，想要在譚嗣同面前立功，自告奮勇將此事接了下來。又知道你父親木工手藝高超，想到若是將這道密旨藏於木盒之內，定然不會引人注意，即使搜查，也是難以發現。譚嗣同見此法妥當，又恐龔知府洩露機密，便將密旨寫成暗語，交與龔知府。龔知府拿了暗語寫就的密旨，便去請你父親連夜製作文房四寶木盒，以便使譚嗣同拿了這個木盒混入袁世凱府邸，這文房四寶木盒符合譚嗣同身分，無人懷疑。你父親得了這篇文理不通的文章，定然是不明所以，傻乎乎地讓工匠日夜趕工，做成木盒。刻字一節，我推思你父親必不敢讓工匠去刻，應是自己操刀。」

張玉道：「正是。我記得那時夜裡父親點著油燈在木盒上刻字，我過去動了一下，就被父親狠狠訓斥了一回。」

鬼之道皺眉道：「便是此節，稍有不明。我比對木盒上所刻字跡，與你父親遺書字跡，略有不同，不知是什麼緣故。」

張玉道：「在木頭上刻字，與在紙上寫字，有些不同，也是難免的。」

鬼之道不答，續道：「大概你父親並不知道為什麼要在這木盒內刻字，想要巴結龔知府，加意顯露手藝，竟然將這木盒刻字之處封閉得毫無痕跡，工藝既繁，少不得拖延了些時間。做好了木盒，匆匆交了給龔知府，龔知府又連忙去送給譚嗣同。定是當時事急，譚嗣同也不及檢視木盒所刻之字，晚間攜了木盒，祕密潛入袁世凱所居住的法華寺，去說動袁世凱出馬。想這木盒內所刻暗語的解語，定是譚嗣同隨身攜帶，即便被查，也不著痕跡，不會落人把柄。那譚嗣同一介書生，臨此大事，難免做事百密一疏，見了袁世凱，只顧慷慨激昂，勸說袁世凱出兵，圍園劫太后，於這木盒內密旨之事，並沒有交代清楚。此節也不難想像，譚嗣同當年三十三歲，平時即以科舉為業，每日所思所想便是廢科舉、興學校、開礦藏、修鐵路、辦工廠、改官制，心心念念要變法維新，哪裡又能夠揣度得到一代梟雄袁世凱的想法？」

張玉道：「那袁世凱又是什麼想法？」

鬼之道道：「我為了查知此事，尋訪了很久，終於打聽到保定府獄中有個因犯，是一名犯了過失被袁世凱下獄的親兵，便用重金將他贖出。他感我救命之恩，便向我講述了那晚的事情原委。原來那袁世凱重兵在握，虎視眈眈，鑽營謀巧，無不精通，朝廷上下，都遍布耳目，早已知道了慈禧太后馬上就要發動政變，拿下光緒帝的消息，權衡左右，自己的實力自然拗不過慈禧太后去，又豈肯為了這幾個書生賣命？光緒帝也早已料到了這一點，在密旨中更許給袁世凱重金，說明埋藏地點，要袁世凱自取，以為軍費之用，又許以事成之後，賜給高官厚祿。那譚嗣同一番慷慨陳詞，講述變法圖強之語甚多，於這重金高官之語，只是輕輕帶過，將隨身帶著的那張密旨的解語放在盒內，只說密旨便在木盒之內。

「袁世凱打開木盒一看，拿起那一張紙，見紙上密密麻麻的寫了些『睡川、岩去山、通三水』之類不知所云的話，又是情勢危急之際，哪裡還顧得上去細想其中道理，又知這些書生紙上論道自然是滔滔不絕，臨機決斷，陰謀詐巧，又怎能是慈禧皇太后的對手？自己手中只能提調七千名新軍，又怎能是榮祿九萬虎狼之師的對手？若是聽從了這些書生，事情一旦敗露，必然落得個碎屍萬段的下場。那親兵道，袁世凱沉吟良久，終於拿定了主意，一刻不停，火速將這木盒交與榮祿，告發光緒帝與康有為、梁啟超、譚嗣同等人謀逆作亂。

「其後慈禧太后大怒，追查為亂之人，光緒帝被廢，軟禁於西苑瀛台，康有為、梁啟超逃難，譚嗣同等人被殺。可憐我那少年時的知己楊深秀，一身才華，也是死於此禍。

「慈禧太后事後追查這文房四寶木盒的來處，由此查到了保定涿州府。那龔知府見帝黨倒臺，木盒之事敗露，便急忙將此事推得一乾二淨，只說是你父親張木匠與譚嗣同等人結黨，將你父親屈打成招，速速殺頭了事。

「可憐你那父親只不過是一介木匠，為了巴結上官做了一個木盒子，最後竟然不明不白的死於此案。便是那袁世凱的親兵，也只是因了袁世凱害怕事情洩露，被保定府監獄終身監禁，若不是我用重金贖出，便要終老獄中。」

張玉聽得渾身汗水淋漓，不想父親之死，竟然牽涉了這許多人，小小的心中，已經隱隱明白了官場的險惡。

只聽鬼之道道：「你小小的心中，便是要報仇雪恨，可是此仇此恨，卻要從何報起？」

張玉咬牙道：「那無恥的龔陰業，便是第一可恨之人，若不是他，我父親便好好的做自己的木匠，又怎麼會攤上這個禍事？」

鬼之道沉吟道：「世間萬事萬物，牽一髮而動全身。你的父親雖然只是一個木匠，可是上通天子，下及乞丐，與世間的每一個人都有因緣聚合。好在禍福之事，本就難說。你父親因為此事而死，卻也為你留下了一個大大的寶藏。」

張玉奇道：「我父親為我留下了一個寶藏？卻在哪裡？」

鬼之道微笑道：「那光緒帝給袁世凱的密旨中，將一筆軍費交與袁世凱使用，埋藏在一個祕密地點。這筆軍費數額，密令中並未提及，但此事關乎光緒爺兒帝運成敗，為數定然不小。此密令當時只光緒帝、譚嗣同兩人知道。我得到這木盒之時，漆封完好，便可知這道密旨，再無第三人看過。想是當時袁世凱知道慈禧太后就要動手，怕事情敗露，不敢稍待即去告密，以便使自己脫清干係，並沒有時間費心去尋找那密旨，況且那密旨只因你父親加意巴結上官，被封得嚴嚴實實，袁世凱即使要找只怕也未必便能找到。慈禧太后、榮祿等人又見這木盒精緻，本身就是一個寶物，想是那譚嗣同書生氣，弄了這個盒子去行賄，都沒有想到木盒之內尚且藏了密旨。」

張玉道：「這筆軍費是光緒帝要用的。現在光緒帝被軟禁在西苑瀛台，譚嗣同又被砍頭……。」

鬼之道道：「正是，這個祕密光緒帝自己自然不會說，譚嗣同已死，死人自然也不會說話。那麼世間便再也無人知曉了。你若是將來取了這筆軍費，倒是可以大有作為。」

張玉搖頭道：「這是光緒帝的軍費，我怎可去取來用？」

鬼之道不答，托起那個木盒，道：「密旨中所說，那筆軍費便藏在易縣永寧山上鬼谷洞中，取軍費時只需呼喚『鬼谷』二字便可知洞之所在，此節我思忖許久，也是不甚明白，想是那藏寶的山洞安裝了極為高明的機關，可以根據呼喚的聲音開啟洞門也未可知。洞底最深處離地三米有一處筍狀凸起，用力外撥，向右旋動三圈，向左旋動六圈，再用力推入，然後速向後退百步，跪拜，方可打開洞門，裡面就是那筆軍費了。」說罷，將木盒內的套盒抽出，用鐵器將刻在上面的字跡一一磨去，復又裝回去，用漆膜封口，須與風乾，遞給張玉。道：「這盒子是你父親留下的，便給你留個紀念吧。我將盒內密旨去除，以免日後又復被人奪去，洩露了機密。剛才我對你說的話，你務必要牢牢記在腦中。」又讓張玉再三複述。

張玉記性頗佳，依言複述。暗暗思量道：「這筆軍費是光緒帝的，我怎能拿來用。不若將來取了出來，再去還給他。」

鬼之道見張玉複述幾遍之後，已經記得一字不差，舒一口氣，道：「此事的前因後果，你盡已知曉。這筆軍費，你用也好，不用也罷，待你將來長大了，自行決定吧。」

張玉久久地撫摸著父親留下來的木盒。當年與父母在一起時，張玉年紀尚且幼小，只是能依稀記得些父母的容貌。後來義父不知從哪裡尋來了一張父親的照片，才知道了父親的長相。撫摸著木盒上的龍紋，只覺得父親的聲音就在耳邊迴蕩，兩行眼淚已經不知不覺地流了下來。幼年喪父，張玉心中的悲苦，又有誰人能解？

得知了父母冤案的真相，接連幾天，張玉都是神情恍惚，連易兒來邀他玩耍也是心不在焉。

鬼之道每逢周圍無人之時，便把張玉叫過來，讓他複述密旨的內容，張玉每每複述無誤。鬼之道見張玉記性頗佳，放下心來。

這日晚間，天氣陰沉，不見月亮。張玉睡不著覺，又坐在洞口的泉池邊撫摸那木盒。那木盒本就已打磨得異常光潔，被張玉這許多天的撫摸，更加亮的要照出影子來。正在沉思間，忽覺腳下冰涼，縮了縮腳，一會之後又覺得冰涼，頓時從沉思中驚醒了過來，用手一摸，發現是泉池裡的水都湧了上來。

張玉知那泉池下通深潭，便是泉水湧得再快，也盡可以流了下去，如何竟會湧出池子？大惑不解，急忙返身回洞裡取了一根正在燃著的柴火，向外一照，不由得驚呼一聲。

只見洞外瀰瀰漫漫，盡皆是水，一望無際，腳下水位漸漲，馬上就要湧入洞裡來。急忙大喊著跑回洞裡去叫鬼之道。

鬼之道剛才聽到張玉驚呼，已然起身要出來查看，正走之間，與張玉撞個滿懷，見了漫天的大水，也是大吃一驚，見那大水依舊上漲不停，心念電轉，便讓張玉去叫醒林南河和易兒，又從牆壁上拆下了幾塊護壁的大柏木板。

那林南河和易兒睡眼惺忪地起身，見張玉一臉焦急，心知不好，出來見了大水，都嚇得抱作一團。林南河幾年來在絡絲潭居住，每日懺悔，遇有災禍，便以為是上天在責罰自己從前的罪過，獨處之時，又常常會失驚害怕。今天見了這滔天大水，自知罪責難逃，只是易兒年紀尚幼，怎能便就此葬身於這潭水之中？當下便要回洞中取了做仙姑積攢下的錢財，撒向潭水之中，祈求神佛放過易兒。

卻見鬼之道早已用防水的背包背了銀子，見了林南河，已知其意，道：「這些金銀，早晚會幫你用出去的，卻不忙著送給河神。如此大水，定是有人作怪，再不快跑，就來不及了！」此時潭水已漲入洞中，四人都泡在水裡，忽聽得遠處人聲嘈雜，呼喊甚急。四人心知定是有人前來抓捕，連忙拿起鬼之道拆下來的柏木板，縱身入水。鬼之道抱了易兒乘一塊，林南河乘一塊，張玉抱了木盒乘另一塊，齊向下流划去。林南河見原來是人在弄鬼，心中大定，反而不如先時害怕了。

那水越漲越快，水流也越來越急。後面追趕的人群似乎是乘了木船，行駛甚速。

張玉忽覺身後「噗通」一聲，回頭一看，卻是追趕之人從船上擲下了木樁，來砸四人。一人舉著火把在船上大喊：「別砸死了！抓活的！」

張玉向火光處望去，一張臉被火映得通紅，正是那日在廣場上聚會的龍水壇壇主李鎮南。

張玉見義父一家眼看就要被追上，知道這夥強盜是想要自己手中的木盒，一咬牙，將木盒奮力向別處遠遠拋出。

那李鎮南見了，果然立刻指揮船隻向那木盒駛去。

鬼之道在後面大聲叫道：「咱們分開划水！玉兒向左，南河向右，回頭在……。」一個大浪打來，早已不知影蹤。

張玉見前方河道分岔，當即辨辨方位，依言向左邊河道划去。隱隱聽得後面李鎮南的聲音又漸漸響亮起來，心中大急，也不顧死活，拚命划水。直游到東方漸白，已聽不見後面追趕的聲音，又累又餓，突覺頭上一痛，已昏了過去。

這一年是一九〇三年，光緒二十九年。

其時，英、俄、法、美、意、日、德、奧八國聯軍已經禍亂中華，逼得慈禧太后幾欲跳水自殺，中華大地，猶如百蠶齧咬的桑葉，千瘡百孔。

期間義和拳運動興起，因為組織混亂，良莠不齊，只是一群烏合之眾，被多方利用。他們設神壇、畫神符，祕密聚眾，本來是大講「反清復明」，後見西洋教派軍商入華，對國人多所侵擾，又改換了「扶清滅洋」的大旗。

慈禧太后初時見拳民暴亂，本擬解散義和拳，不料恰在此時又收到了西洋人要求她歸政於光緒的情報，於是轉而開始利用義和拳，向西洋人宣戰，以致八國聯軍入華之亂。

義和拳既為官用，一些別有用心之人難免就會投壇附和，欺壓良善。義和拳共設八壇，規矩甚嚴，「毋貪財、毋好色、毋違父母命、毋犯朝廷法，殺洋人、滅贓官，行於市必俯首，不可左右顧，遇同道則合十」。當時的拳民自備兵器，吃小米飯玉米麵，不圖名，不為利，只殺洋人與教民，並不傷害善良百姓。但是到了後來，組織紀律漸漸渙散，甚至有了寡婦組成的「黑燈照」，妓女組成的「花燈照」，強盜土匪，紛紛加入，搶奪民財，戕害良善，爭權奪利，無所不為。當時義和拳殺害的良善百姓、無辜民眾遠遠多於洋人教民，姦淫擄掠，野蠻殘暴，遠比八國聯軍為害更甚。

事情就是這樣奇怪，常常是自己的同胞，卻比外人更加兇殘無情。

生活在這片土地上的百姓，眼看著這片土地被洋人無情地踐踏，鮮血淌滿了溝渠，眼看著被義和拳的暴徒肆虐，鮮血濺滿了屋舍，接著又被朝廷的官兵洗掠，鮮血浸泡山河。中華大地，鮮血乾了又流，流了又乾，然而災難永無止境。

西洋的強盜、義和拳的匪徒、朝廷的鷹犬，輪番蹂躪著他們，身上的枷鎖去了又來，家中的財物被搶了又搶，善良的百姓們被任意殺戮、奴役的命運卻始終沒有改變。他們忍受著欺凌，忍受著殺戮，被一撥又一撥的人反覆踐踏，他們眼神渙散，毫無尊嚴，他們把自己唯一的希望，都寄託在神佛身上。

他們眼睜睜地看著自己的妻兒子女被拖離身邊，眼睜睜地看著家中的豬羊糧米被搶掠一空，仍然面帶微笑。這是世上最悲哀和最惡毒的微笑，他們相信，神佛終有一天，會嚴懲這些惡棍，厄運終有一天，會降臨到這些惡人的身上。

然而，年復一年，那救世的神佛始終沒有來。他們的生活越加屈辱，他們沒有反抗，沒有大罵，只是默默地在心中更加堅定了自己的信念：「神佛終有一天，會嚴懲這些惡人，厄運終有一天，會降臨到這些惡人的身上。」他們堅忍地相信，神佛之所以還沒有到來，是因為自己的奉獻還遠遠不夠充分，對神佛的信仰，還遠遠不夠虔誠。於是，他們更加虔誠的跪拜，以至於狂熱不能自已。

這時的一座深山之中，也正有一個人，面帶微笑，雙目低垂，盤膝坐在一塊突出懸崖的巨石之上。無論烈日當空，還是暴雨如注，他始終呆呆坐立，不發一言。

他長髮垂肩，衣不蔽體，形容枯槁，好像隨時都會倒下去一般。幾隻禿鷹盤旋於高空，耐心地等待著這個人的倒下，幾次都要俯衝下來，終於又高高揚起。一隻和他同樣枯槁的黃色野狗，靜靜地蜷縮在他的身後，緊張地看著那幾隻禿鷹。

這一日，月亮西沉，日頭剛剛從東方升起，天邊霞光一片。那人突然哈哈大笑，搖搖晃晃，從巨石上站了起來。此人正是張玉。

張玉自那日從絡絲潭逃出來之後，與鬼之道一家人失散，在水中游了一晚，體力不支，被大水沖到岸邊，頭部撞上了岩石，昏了過去。

也不知過了多久，他終於悠悠地醒了過來。爬起身，見此山高大，林木繁茂，極易藏身。心中害怕李鎮南等人再追到這裡來，乾脆就遁入山中，餓了採摘野果，捕獵鳥獸，將鬼之道傳授的竹籠捕魚之法略加變化，用來捕鳥、捕獸，也是一般靈驗。

初時除了尋找食物，便開始思索如何去尋找義父鬼之道一家人，後來又想到鬼之道夫婦有通天徹地之能，天下能夠難為他們的人也實在不多，況且若不是因為自己，他們一家人本可以幸福度日，自己去了也只是添亂而已，便漸漸地斷了這個尋找的念頭。這山中食物充足，足以自保，就暫且安頓下來。

閒來無事，他又去反覆回憶義父推算的父母冤案，越想越覺得無奈，但憑自己小小年紀，要想報仇雪恨，無異於蚍蜉撼樹，徒然去送了性命。

他用鬼之道曾講授過的日晷計算時間，但是不久之後就放棄了。因為山裡只有他一個人，時間對於他來說，並沒有實在的意義。晚上、白天，白天、晚上，如此而已。

他開始想到自己一生中遇到的每個人。最開始想到的當然是父母，他的父母疼愛他，他也愛自己的父母，可是他們卻被砍了頭。後來被三閨女和喜奎救了出來，他感激他們，可是後來聽姥爺趙進寶說他們也被抓進監獄了。姥爺本來生活如意，將他抱了走逃命後，便歷盡艱辛，變得如乞丐野人一般，直到將自己送到義父鬼之道手中，才微微脫離苦海，卻也不敢回家，在寺中隱姓埋名。即使像義父這樣通天徹地的人，還是因了自己的緣故家破人散，不知所終。他覺得每個疼愛過自己的人都遭到了厄運，他憤怒了，怨恨老天的不公，他的心中充滿了怒火，在山中大喊大叫，聲音嘶啞。

他看到山下有村莊，然而卻不敢靠近一步，因為他不再相信世上之人，以免再一次受到無盡的傷害。也不再指望獲得任何人的疼愛，因為每個疼愛他的人都遭受了苦難。

他獨自坐在巨石上，苦苦思索。他無休無止地咒罵老天，精疲力竭。終於有一天，他沉靜了下來。因為他忽然感覺到只有老天才能夠救贖自己，他開始虔誠的向老天跪拜，就像當時姥爺趙進寶向林南河虔誠的跪拜一樣。他請求老天寬恕他那些本不算是罪惡的罪惡，深深地發自內心的懇求。但是老天始終不發一言，甚至連一些暗示都沒有。

不知道到底祈求了多長時間，他徹底崩潰了。他常常在巨石上站起來，搖搖晃晃地向下面望去。他的神態非常安詳，停止了憤怒，也不再祈求上天，他甚至開始仔細地整理自己的衣裳，梳理自己的頭髮。

他想結束這一切，方法是結束自己的生命。只有結束了自己的生命，這些仇恨，這些無法還清的恩情，才能統統結束。這真是一個不錯的辦法！

他發現他的用樹皮搓成的黏鳥網上又黏上了一隻山雞，於是平靜地走過去取下來，吹旺石洞中的柴火，仔細地燻烤一番，大口咬嚼起來。

他想在明天便結束這一切，所有的一切。

第十二回　救阿卷殺豬悟道　辨精微斷案尋財

張玉晚上用竹筒燒了熱水，洗了澡，把頭髮紮挽起來，穿上衣裳，收拾利索，坐在巨石之上，等待著天將拂曉的那一刻。

他的生命短暫而歷經磨難，他仔細地回憶著自己生命中的每一個細節，想起了母親的微笑、父親的慈愛，想起了姥爺、義父義母，想起了易兒甜甜地叫「張玉哥哥」。

太陽終於升起來了！他站起身，緩步走向巨石邊緣。父母的深仇大恨，從此就將歸於塵土，光緒帝山洞裡的軍費，也便讓它們從此沉寂吧。

他回頭向身後望了一眼，向那個居住了不知多長時間的山洞作最後的告別。雲天慘澹，草葉低垂。

突然聽得「汪」地一聲慘叫，一隻黃色的小狗不知從什麼地方摔了出來，連滾帶爬地從洞口前跑過，後腿一瘸一拐，鮮血直流，緊接著一頭黑色的長嘴獠牙野豬從後面追了過來，哼哼直叫。

張玉自己從小就被人追得東躲西藏，這時見了那小黃狗，不由得起了同仇敵愾之心，且不忙便死，先返身回去救那小黃狗。張玉回洞裡拿了一根大木棒，剛待要追去，卻見那小黃狗又折了回來，野豬依然緊追不捨。

張玉看看野豬跑近，奮力當頭一棒。野豬吃痛，棄了小黃狗，張口便向張玉咬來。張玉急忙跳開，心道：「我便要死，最好也是跳崖而死，不可被這野豬咬死，死相難看！」一面發足便奔，路過幾根樹枝，一躍而過。野豬哪裡肯捨，四蹄如風，飛也似地撲來，前蹄正好落在樹枝之上，只聽「噗通」一聲大響，緊接著便是一陣狂野的豬嚎從地下傳來。

那野豬正是落入了張玉預先挖好的一個陷阱。原來早些時候，張玉曾發現此處有袍子的足跡，便在這必經之路上挖了陷阱，誰知那袍子從此以後就再也不來了，陷阱也就廢棄。不想今日竟然立下如此奇功。

張玉見那小黃狗蹲在不遠處，且先不管野豬，回洞裡取了昨天吃剩下的野雞肉，撕了一塊，扔給小黃狗。

小黃狗也不懼怕，上前聞了聞，搖了搖尾巴，一口便吞了下去。張玉大喜，把剩下的雞肉全都拿了過去，遞給小黃狗，霎時間又風捲殘雲。張玉再無雞肉，蹲在地上，手足無措，卻見那小黃狗跑了過來，輕輕地去舔張玉的手，似是感謝張玉的救命之恩。張玉笑道：「咱們倆個也不知到底是誰救了誰！」竟便將那跳崖的念頭兒拋到了九霄雲外。

和小黃狗親熱了一會，見那狗一身捲毛，便取名做「阿卷」。

又過了一會兒，張玉聽得野豬的慘叫之聲漸歇，走過去到陷阱邊上查看，阿卷在腳邊緊緊跟隨。只見那野豬頭下腳上，一根削尖的木棍從口中插入，從腹部穿出，一動不動，已然死了。那木棍卻是張玉預先埋在陷阱內用來刺袍子的。

張玉用木頭鉤子勾住野豬下頜，掂掂沉重，至少有一百多斤，奮力拽了出來，拖向洞內。阿卷初時尚和張玉一起奮力拖拽，後來突發奇想，便一躍跳上野豬，把野豬當作了雪橇乘坐。張玉見了阿卷的慵懶模樣，不覺大樂。

當晚山洞中燃起了熊熊烈火，搭起木架，烘烤野豬肉，香氣四溢。一人一狗，相依相偎，大吃大嚼。

既有阿卷相陪，張玉的輕生之念日淡。阿卷看起來年紀尚幼，既不會捕獵，又不會說話，還常常會闖了一些禍事出來，惹得張玉狼狽不堪，張玉卻仍然興高采烈，對阿卷疼愛有加。過去不想捕獵時，就蜷在洞中昏睡一天，隨便抓些蟲子來聊且充飢，現在卻為了阿卷，每天都要外出去精心捕獵。

為什麼自己受了父母的生養之恩，得到了姥爺趙進寶、義父鬼之道一家的無私之愛，卻仍然要去輕生？為什麼和這小黃狗阿卷非親非故，甚至並非同類，卻能在突然之間親密起來，讓自己重新燃起了生的希望？世間之事，有時候真是有些莫名其妙！

張玉坐在巨石之上，靜靜地看著日昇日落，花枯花榮，寒來暑往，萬物生滅，回想義父曾經講過的歷朝歷代故事，天文地理之學，終於在一天早晨，霞光滿天之時，豁然通達，哈哈大笑，也不回山洞，徑直走下山來。一隻雖然枯瘦但卻精神健旺的大黃狗亦步亦趨，跟在身後。

這座大山之下，水流潺潺，正是當年張玉被李鎮南追逃到此的大河。此河名為漳河，水面極寬，河面上霧氣蒸騰，浩浩蕩蕩，向南流去。

張玉站在河邊，眼望滔滔逝水，身材瘦長而不失健碩，面容枯槁而不掩俊美，眼神疲倦而不失神采。

忽然，他聽到了一個人的怒吼，每一句話都如獅虎般的咆哮，又好似天邊的滾滾驚雷。

「你們來懺悔吧！懺悔吧！」那人喊道，聲音攝人心魄。

「來懺悔吧！你們充滿了罪惡！充滿了汙穢！」

「你們無比的墮落！一個被女人禍亂的國家，正在無盡的腐化！天神將要到來，必將嚴懲這些罪惡！汙穢的人們，快來懺悔吧！」聲音嘶竭，如強風過隙，如驚濤拍岸。

張玉站在高處，遠遠地看著那個人。

那人就站在一個河道轉彎處。此處河道頗寬，水流平緩。他站在一塊開闊的平地上，赤腳踩著那被太陽烤得熾熱的鵝卵石，身材魁梧，滿面鬍鬚，頭髮便似雄獅一般隨風飄揚，一件粗布褐色長衫鬆鬆地套在身上，已被汗水浸透。他的眼睛裡充滿了憤怒，出離的憤怒，整個人似乎都要噴出火來。

「你們來懺悔吧！來迎接你們的末日！」他狂吼道。

一位老者蹣跚著向他走去，臉上滿布淚水，匍匐在他的腳下，哭著喃喃道：「來懺悔吧！我來懺悔了！」

那人嘶啞著嗓子吼道：「起來！站起來！你這罪惡的人！到河裡去！」

他讓那老人站起來，將老人推進河裡，用手掬起河裡的水，淋在老人的頭上。

「讓這漳河的水，來洗清你們身上的罪惡！天神就要來了！天神已經忍無可忍！」他就像一團烈火，即使站在水裡也在熊熊燃燒。

那老者任由他將河水弄得一頭一臉，然後跟著他又回到了岸邊，虔誠地跪在地上，臉色竟是無比的平靜，連臉上的皺紋都好像要舒展開來。

那人依舊在不停地怒吼：「來懺悔吧！無知的罪人們！」

忽然之間，人們從四面八方湧來，三個，九個，百十個，千萬個，以至於不可計數。他們中有老人，也有小孩，有男人，也有女人，有窮人，也有富人。他們每個人都覺得自己忍受了無盡的屈辱，急不可耐地想要得到神靈的庇護，而現在，他們終於發現自己盼望了無盡歲月的神就在眼前。

張玉站在高處，身邊不停地有虔誠的人群走過。見一個中年男子走來，張玉上前微微點頭，問道：「大哥好，請問下面那個不停怒吼的人是誰？」

中年男子見一個衣衫奇小且又破爛的年輕人向自己提問，待要不理，只覺那年輕人的雙眼有如閃電一般，倏忽間便已刺入了自己的心臟，不由得抬起頭來道：「你不曉得他嗎？他在這裡已經有好幾年了，每日裡就是瘋狂地嘶吼，百姓們都傳說這是上天派來的神仙，到這裡來拯救萬民的。誰也不知道他的名字叫什麼，他自稱石匠，我們都叫他石仙人。」

張玉點點頭，問道：「今年是光緒幾年？」

那中年人驚訝道：「今年是宣統三年啊！光緒爺兒已經崩了有三年了！小哥兒是從哪兒來的？怎地連這些都不知道？」

張玉點頭不語。

那中年人看了張玉半晌，笑道：「我看你和那石匠倒是有些神似，不知道小哥兒怎麼稱呼？」

張玉心中一動，道：「我叫木匠。」

那中年人大笑道：「你叫木匠？怪道和那石匠相似，你們兩個合力，倒是能蓋個好房子！」

張玉微笑道：「你們為什麼要去拜這石匠？」

那中年人見問，道：「我們要去求求這石仙人，給我們免除災難，祈求福安。」

張玉問道：「你們卻又有些什麼災難需要免除？」

那中年人道：「這些年遇到的災難還少嗎？八國聯軍亂我中華，燒殺淫掠，村中人口十去其一，這算不算災難？後來義和拳的匪徒們聚起來，說是要去打八國聯軍，八國聯軍沒見打著，禍害鄉鄰，欺男霸女的惡事，倒是幹了不少，我們鄉里的幾個地痞加入了拳匪，在鄉里飛揚跋扈，打家劫舍，村中人口十去其三，這算不算災難？官家派了兵馬，說是要趕走八國聯軍，又要剿滅拳匪，仗一次沒打，先來要錢要人，苛捐雜稅，攤派錢糧，村中人口十去其五，這算不算災難？我的父母為了保住家裡唯一的一口豬，被拳民活活打死，我的妻子被八國聯軍擄走，我的兒子被活活餓死，這算不算災難？」說著，眼圈兒漸紅，嚎啕大哭起來。

張玉聽了，默然不語。其時中華大地，滿目瘡痍。張玉家中所遇的冤案已是極慘，但社會紛亂之害所造成的後果比之冤案之害更加慘烈，遍地都是流離失所的人，數不勝數。

張玉柔聲道：「大哥！且不要悲傷！現如今可還有拳民、官員欺壓百姓的事嗎？」

那中年人聽木匠的聲音沖和恬淡，心中頓感溫暖，抽泣幾下，止住了哭，道：「現如今官府緝捕義和拳人眾，早已沒有了義和拳的名號了。但原來義和拳的那些人，依舊結成了幫派，在鄉里為非作歹。此地有一個叫做龍水幫的，就是當年義和拳的一個壇口，幫主叫做李鎮南。」

張玉聽了李鎮南的名字，身子不禁一震，問道：「這李鎮南，又是個什麼來頭兒？」

那中年人道：「李鎮南並不是本地人，他自稱是河南人，不過我聽他口音倒像是保定府人。初時是當了義和拳的一個壇主，手頭闊綽，又心狠手辣。義和拳的宗旨，一是殺洋人，二是殺教民。但這李鎮南當了義和拳壇主，卻是一不打洋毛子，二不殺教民，專門結交官府，搶掠百姓，橫行霸道。手下有一個乾瘦的師爺，叫做馮立，詭計多端，作威作福，為害四方。」

那李鎮南當年曾在漳河之上追趕張玉，搶奪木盒，張玉知道此人與自己關係極大，刨根問底，想要弄個明白。問道：「李鎮南平日在哪裡居住？」

那中年人道：「李鎮南為人極為狡詐，居無定所，每隔幾天就要換個地方居住，我們也都從沒見過。」

張玉見那人所知不多，微微點頭，暗自思索。

那中年人見張玉年紀輕輕，衣不蔽體，道：「我道我的命不濟，你比我還差。石匠那裡有許多眾人供奉的衣裳，你可以過去挑選一件合身的穿上。」說罷，隨了眾人，一同向石匠那裡走去。

石仙人處聚集的人群越來越多，到了晚間也不散去。人們點起一堆一堆的篝火，圍成了一個大圈兒，石仙人便坐在中間最大的一堆篝火旁。他依然充滿憤怒，依然在怒吼，似乎永無止歇。

人們一群一群地圍坐在篝火旁，聽著石仙人的怒吼，都在喃喃的懺悔、哭泣。他們聽到了石仙人對朝廷的怒罵、對貪官的詛咒，對匪徒的痛斥，無不覺得酣暢淋漓。他們一個個受盡了欺凌，被壓抑得太久，現在終於找到了心中的慰籍，就像一個迷路多時的幼兒忽然見到了自己的媽媽一樣，嚎啕大哭。

嘈雜聲中，忽聽一處歌聲響起，卻是石仙人在大聲唱道：

此事楞嚴曾露布，梅花雪月交光處。
一笑寥寥空萬古。風甌語，迥然銀漢橫天宇，
蝶夢南華方栩栩，斑斑誰跨豐干虎？
而今忘卻來時路。江山暮，天涯目送飛鴻去。

歌聲乾澀悲傷，眾皆下淚。

幾天後，聚集在河畔的人群越加眾多。人們都在竊竊私語，說這石仙人應該是火神轉世。又傳說另外還有一個木仙人，整天在村子裡遊逛，替人排憂解難，分辯如神，尤其是善於尋財，應該也是天上的財神轉世的。

那個木仙人正是張玉。

只見那木仙人衣衫襤褸，邋遢不堪，後面還跟隨了一條大黃狗，東遊西逛，隨處坐臥。細觀臉龐，年紀卻很是年輕，無論如何也不像是財神模樣。

這天傍晚，木仙人正在閒坐，忽有一男一女兩人，一邊對罵，一邊走了過來。

那男的見了木仙人，向那女的道：「荷花，你先別胡亂攀扯，來請木仙人斷一斷去！」便向木仙人道：「木仙人，且有一個案子，請您老人家來給斷上一斷！」臉色甚是焦急。

木仙人看了看兩人，見那叫做荷花的女子一臉悲色，皺眉道：「若是尋財呢，我便算上一算。其他閒事，本仙人卻是不管的。」

那荷花急道：「仙人行行好！我這事兒雖然不是尋財，也和財有些關係，他們說我謀殺親夫，便是為了貪圖家產，還說我……。」急得一口氣接不上來，大聲咳嗽，緩了一緩，續道：「還說我花心在外面找了男人。仙人若是算對了，我把家產都供奉給你老人家。看到底是誰貪圖家產！」一面指著那男的道：「定是這張武貪圖錢財，殺了我男人！」又向著張武撒潑喊道：「你且賠命來！」

木仙人皺眉道：「既要供奉我錢財，我便給你們好生算上一算，且莫要吵鬧！先讓張武講來！」兩人見木仙人肯算，都大為寬慰。張武道：「這荷花的男人名叫李凡，平時偶爾做些牲口的貨賣生意，一生懼怕老婆。」

荷花怒道：「你才一生懼怕老婆！」

張武不理她，續道：「五天前，李凡和我準備到臨近的縣裡去買了馬匹販賣，雇好了張老大的馬車，定準了昨日五更到張老大的馬車上見面，一起出發。誰知那荷花不讓李凡去，說李凡每次做貨賣生意都賠錢，不如好好種地去。

「我又不知情，那天我急急趕到張老大的馬車上，不見李凡，問起張老大，張老大也說沒見過來。我就和張老大一同到李凡家去叫李凡。

「到了門口，張老大上前拍門，喊道：『荷花，李凡說好了今天要出門，怎麼現在還沒有來？』

「誰知荷花卻應道：『李凡天沒亮就出門了！怎麼你們還沒見到？』

「我聽了大吃一驚，急忙和張老大、荷花三人分頭去找，至今生不見人，死不見屍。」

荷花聽了，哭道：「你們不好好在家待著，非要去販什麼馬，如今卻到哪裡找人去？」又哭鬧起來。

木仙人雙眼澄澈，目光炯炯，待兩人都靜了下來，緩緩問道：「李凡身上，總共帶了多少銀錢？」

荷花見木仙人問，止了哭，道：「帶了五十兩銀子，一貫銅錢。家裡總共只有六十兩銀子，這個天殺的……。」說著又哭。

木仙人道：「抓到了兇手，你們便待怎樣？」

張武道：「那便押了報官！」

荷花哭道：「報什麼官！我一刀殺了他！」

木仙人笑道：「你殺氣騰騰的，倒還真有謀殺親夫之相。」

荷花咋舌不語。

木仙人道：「張武便去請幾個有武力的人帶了繩索來。再去請張老大，就說本仙說了，李凡是被惡鬼拘住了，不得脫身，請他一同來看捉鬼。」又道：「荷花便回家去取了李凡慣常穿著的舊衣裳來，待本仙作法。」

兩人不明所以，但見仙人神色鎮定，一身破衣飄飄欲仙，自去一一辦理妥當。

不多時，村裡眾人聽得木仙人要作法捉鬼，都來觀看。其時天色已黑，當街點起火把，搭起木台。木仙人端坐其上，煞有介事。

張武請來了十幾個壯漢，個個都如怒目金剛一般。張老大也湊了進來，瞇著眼睛看木仙人捉鬼。荷花遞上舊衣，在台下躬身跪拜。大黃狗跑來跑去，不時去嗅那舊衣。

木仙人向那十幾個壯漢道：「待會兒聽我號令，捉拿惡鬼！」

那十幾個壯漢心下都自惴惴，心道：「平日裡打架放火倒是不怕的，捉鬼之事，畢竟未曾幹過，萬一捉之不住，反把自己變作了惡鬼，那便大大不妙！」

卻見木仙人一不焚香，二不下神，直接一聲虎吼，道：「把那張老大綁起來！」

那十幾個壯漢見是捉張老大，不是捉鬼，心下大定，張牙舞爪，一擁而上，將張老大五花大綁。

眾人見木仙人捉鬼，果然與眾不同，盡都呆了。

只聽木仙人在臺上厲聲喝道：「張老大，你可伏罪？」

張老大道：「我又不是鬼，為何伏罪？」

木仙人喝道：「你殺了李凡，圖了銀子，又將李凡的屍首埋在去往縣城路上的河邊柳樹之下，當時涼風陣陣，鴉鳥哀鳴，本仙俱已知曉，你還敢抵賴！」

那李凡確是張老大所殺，只是他當時心中慌亂，哪裡曾去理會過什麼柳樹涼風鴉鳴之事？這時細細回憶當時情景，自己確是將李凡屍首埋在了河邊一顆柳樹的下面，再仔細想想，當時似乎真的有涼風吹來，烏鴉鳴叫。他只覺自己所做之事極為隱祕，不想這個木仙人便如親眼所見一般，心中大為震驚。抬眼望去，見那木仙人雙目如電，直射過來，頓時方寸大亂，渾身篩糠似的發抖，當下認罪。

木仙人又率了眾人，去往縣城路上，果然走不多遠，大黃狗便一個箭步竄向一棵柳樹，汪汪直叫。十幾個壯漢一擁而上，三下五除二，把李凡的屍體刨了出來。又從張老大的家中搜出了李凡所帶的銀兩。

眾皆拜服，自此稱頌木仙人恩德，讚為尋財第一仙人。

又有一天，兩個婦女爭搶一兩銀子，都說是自己每日幫人家漿補衣服所得，互相扭打。眾人不能解，又見是為了錢財之事，便帶了兩人來找木仙人。

不想木仙人聽了大怒，道：「這一兩銀子分明是我的，你們兩個卻來搶奪！」喝一聲大黃狗阿卷。那阿卷呲牙咧嘴，便要上前撕咬。

眾人見了，目瞪口呆。

其中一個婦女見阿卷兇惡，魂飛天外，掉頭便跑，另一個婦女雖然眼中滿是驚恐之色，卻仍是死死地拿了銀子不放。

木仙人見了，叫回阿卷，溫言對那死命搶銀子的婦女道：「這一兩銀子不是我的，是你的。」那婦女千恩萬謝。眾人卻都不服，道：「難不成誰的膽子大，就把銀子送給誰？」

木仙人雙目低垂，緩緩說道：「替人漿補衣物，所得微薄，掙這一兩銀子，少說也要十年八載。得來辛苦，自必珍惜，豈肯被狗一嚇，掉頭便跑？」

眾人方才恍然大悟。

木仙人善於尋財之名遠播，又得了眾人供奉，資用日饒，遊道日廣。於是換了淡藍色的棉布長袍，腰間繫了絲條，腳下登了白底厚靴，豐神瀟灑，玉樹臨風。大黃狗也著了衣裳，打扮得宛如天狗下凡一般。

眾口相傳，縣裡衙門也都知曉了木仙人善於尋財又能捎帶斷案之能，派人前來延請。

木仙人攜了黃狗，欣然前往。

第十三回　巧布局馮立中計　拙答問幫主吐實

木仙人仙風道骨，飄然入衙。縣令李才高親自迎接。

李才高見木仙人氣度不凡，肅言道：「聽說木仙人巧斷李凡一案，頗有不明，還請詳解。」

木仙人微微點頭。

李才高問道：「李凡之死，仙人如何便能判斷是張老大所為？」

木仙人微笑道：「其實容易之極，依常理推測即可。李凡身上攜帶了大筆銀子，被人圖財害命的嫌疑極大。那張老大去李凡家拍門之時，應該並不知道李凡不在家，按常情應該呼叫李凡之名，他卻直呼荷花之名，可知張老大當時已經知道李凡並不在家中，不合常理。」

李才高點頭，又問道：「在審問張老大的時候，你又如何能將張老大埋人之地，甚至當時的風吹鳥鳴之事，都說得一清二楚？」

木仙人笑道：「張老大謀害了李凡，必然要去埋藏屍體。村中通往縣城的路只有一條，張老大駕了馬車，又怕張武趕來，必不敢走遠。慌亂之中，見路的一邊是石山坡，不能開挖，只好在路的另一邊，即河岸邊埋藏。河邊遍生垂柳，不論他埋在何處，都是埋在了柳樹之下。當時又是初春五更天氣，自然會涼風陣陣，適逢早晨，烏鴉醒來，自然鳴叫。這些都是常理，只不過張老大做賊心虛，聽了自然害怕。」

李才高歎服。因道：「我有一個至交好友，名叫李鎮南。」

木仙人聽得李鎮南之名，精神為之一振，卻不說話。

李才高續道：「那李鎮南為人仗義，近日卻有人誣告了他一紙密信，說他欺壓百姓，搶奪錢財，無惡不作。不知仙人能否查到寫這密信之人？」說著，將那封密信遞了過來。

木仙人心道：「說李鎮南欺壓百姓，搶奪錢財，無惡不作，倒是並非誣告。」一面接過密信查看，見那信中列舉李鎮南大罪十條，其中一條便是「挾木盒以令群雄」，信中文筆流利，旁徵博引，多用老子之言，什麼「不知常，妄作凶。」，什麼「國家昏亂，有忠臣。」賣弄文學。凝神半晌，想起幼時和易兒毒倒人販子後一同看廣場眾人聚會時，曾聽說還有一個聖武壇，問道：「不知此處可還有個聖武幫？」

李才高見問起聖武幫，微覺奇怪，道：「前些年是有一個聖武幫，後來被這李鎮南的龍水幫合併了，幫主李陽等人都已被殺。」

木仙人道：「此地各幫主之位元是否需要縣令任免？」

李才高笑道：「這些幫派本是朝廷不容的，只是大家平日裡相處得不錯，也便將那些朝廷法令睜一眼閉一眼而已。那些幫派頭目，當然談不上任免，不過若是不得我歡心，嘿嘿！倒也是混不下去的。」

木仙人聽了，笑道：「縣老爺威震一方，實在是百姓之福！這個案子，並不難斷。」

李才高問道：「如何斷法？」

木仙人便讓李才高散布傳言，宣稱要在民間重整聖武幫，選拔能人才士，最好是深通老子《道德經》之人。

此事不宜在衙門辦理，李才高便與木仙人找了一處民宅，招賢納士，又去暗中約了李鎮南前來。一時前來應聘之人寥寥無幾。

當時科考，只考孔孟之學，這裡又是窮鄉僻壤，故老子《道德經》之言，所知者屈指可數。李才高讓來應聘者每人寫一篇文章，闡述老子之意。挑來撥去，只有三人勉強算是粗通。木仙人看那三人名字，其中一人赫然便叫做馮立，另外兩人卻不認識。

那馮立是李鎮南的屬下，當日曾在廣場大會上與聖武壇眾人爭辯，張玉尚且記憶猶新。張玉見那密信之意，顯是要攀誣李鎮南，以便搶奪幫主之位。今日見馮立前來應聘聖武幫幫主之位，便知此人利慾薰心，拿來馮立所寫的文章與那封密信比對，字跡果然一致。

李才高大怒，將馮立綁縛起來，押至堂前。木仙人便陪伺在側。李鎮南早已前來，見了馮立，怒氣勃發。

那馮立心思縝密，只是利字當頭，一時疏忽，中了圈套。這時見突遭變故，心念電轉，急忙籌思脫身之計。

李鎮南不待李才高和木仙人發話，先自大喝道：「馮立，你好大膽！為什麼要誣告於我？」說著，把那封告密信與那篇解老子的文章，一同扔在馮立面前。

馮立面不改色，道：「不過是有人仿我筆跡，又何足為奇。」

木仙人連忙止住，道：「這事兒極易分辨明白。」便叫把那李高才選上的另外兩人也叫了過來，每人面前放了一個大大的玉米麵窩頭。眾人愕然。

李鎮南怒極，便欲要上前動手毆打。

木仙人道：「舉頭三尺，便有神明。這封信是誰寫的，吃玉米麵窩頭時神明便會讓他難以下嚥。不是他寫的，神明自會讓他吞嚥順暢。你們三人誰也不許喝水，這就開吃吧。」

那兩人是本地窮酸的鄉村秀才，只因見人傳說解得《道德經》便可做幫主，便想著做了幫主能混口飯吃，故都前來。交了答卷，半晌沒人管。此時已近中午，早已餓得發慌，見了窩頭，口水直流。狼吞虎嚥幾口吃完，尚且未飽。

那馮立聽人傳說解得《道德經》便可做幫主，卻想的是縣令李才高愛惜人才，滿心歡喜，在家中著實準備了一番，想著借此機會便要出頭。這下眼見中計，又見了李鎮南氣勢洶洶地前來，嘴上雖然強硬，心中卻早已是恐懼之極，渾身冷汗橫流，口乾舌燥，那窩頭咬在嘴裡，哪有味道？吃了幾口，便即噎住。想起木仙人說誰嚥不下去便是寫那告密信之人，心下大急，越發用力下嚥，突然覺得肺部生疼，氣為之滯，「咚」的一聲，暈了過去。

李鎮南見了馮立的狼狽模樣，更無懷疑，拔出尖刀，便要刺去。

木仙人急忙止住，道：「且不要急，聽聽他說些什麼。」

李鎮南見這木仙人是縣令座上之客，聲容威嚴，目光凌厲，當即住手，派人去將馮立救了過來。

馮立嘴裡的窩頭被人摳出，又用涼水灌了幾口，拍後背，掐人中，過了一會兒，終於緩了過來。這一次死裡逃生，也不再狡辯，垂頭喪氣，面如土色。

木仙人見馮立醒轉，問道：「李鎮南幫主待你恩重如山，你為何要去告密？」

馮立道：「我跟了李鎮南十幾年，鞍前馬後，多有苦勞。可是近年來幫裡這些老兄弟被趕的趕，殺的殺，卻用些年輕不懂事的娃娃來管事……。」抬眼一望，見這問話的木仙人顯然也是年紀輕輕，當即住口。

李鎮南「哼」了一聲，道：「我趕了殺了那些老傢伙，只留了你在身邊，可你卻來官府告我！可知我趕殺你們這些老傢伙卻是對的！」

馮立心知今日之事定然難以善罷，冷笑道：「你雖然讓我留在你的身邊，可是你聽信妖言，不聽忠告，又強占了我的宅子，逼我唯一的兒子去幹那殺人放火的勾當。我雖然一生隨著你殺人放火，卻希望你能讓我的兒子清白！」

李鎮南道：「你的兒子清白了，誰又來為幫裡出力？」

馮立冷笑道：「你讓我的兒子為幫裡出力，為何不讓自己的兒子也為幫裡出力？卻暗地裡送了他進官府當差？」

李鎮南怒道：「你好大膽！」

馮立又道：「你宅子裡供奉的三位神仙，花得都是幫裡大傢伙兒辛苦打拚來的銀子。弟兄們都吃不飽飯，你卻還要去花費這些閒錢！」

李鎮南喝道：「你懂得什麼！」

馮立豎眉道：「我懂得什麼！你每天捧了一個破木盒子，便當……。」一句話尚未說完，早已被李鎮南一刀刺入心臟。

木仙人急道：「你太也魯莽，怎可隨便在縣太爺面前殺人？」

那縣令李才高見死了人，連忙驅散眾人，打個哈哈，對李鎮南道：「李教主太也魯莽，怎可當了仙人之面胡亂殺人？今天木仙人替你抓住了內賊，你且快去安排酒席，好好謝過木仙人！」

李鎮南怒氣未歇，道：「好！咱們便去醉仙樓。」

木仙人道：「醉仙樓！這個名頭不好，不去！不去！」

李才高不解，道：「這個名頭卻怎麼不好？我們都慣常去的，那裡的廚子炒得一手好川菜！」

木仙人正色道：「你們去自然是好的，可是我是仙人，那樓叫做醉仙樓，我卻是不能去的！」

李才高、李鎮南兩人聽了，哈哈大笑，強拽了木仙人，一同向醉仙樓走去。阿卷前後蹦跳相隨。

上得樓來，三人分賓主坐定。那樓靠近漳河邊，抬眼望去，窗外流水滔滔，山清水秀，景色怡人。不多時端上酒菜，果然是色香俱全。木仙人怕醉，堅持不飲酒，兩人也不強求。

酒過三巡，菜過五味。三人說些風土人情，家鄉長短。

李才高因說道：「看木仙人年紀不大，斷案的本事可著實厲害！今天若不是木仙人，李教主只怕是想破了頭，也不會想到是被自己手下人給告發了。」

李鎮南舉杯相謝。

木仙人忙端起茶水，笑道：「今天不過只是斷案，並非本仙所長。本仙真正修煉的本事卻是尋財。」

李才高聽了，道：「木仙人尋財的法子，更是高妙！」於是把聽來的木仙人種種尋財故事，一一向李鎮南講起。李才高當縣令已久，口才甚好，只說得天花亂墜，唾沫橫飛。

李鎮南聽罷，若有所思。

李才高又問道：「今天那馮立說你在家中供奉了三位仙人，卻是為何？」

李鎮南謙道：「哪裡是三位仙人，不過朋友罷了。」

木仙人心中一動，道：「凡是仙人，我都是識得的。那三位仙人，大概是以女仙為尊。」

李鎮南大驚，道：「木仙人果然識得他們？確是那女的方是頭領。」

李才高聽了，也是暗暗吃驚。心道自己在此地多年，又和李鎮南交好，他家中供奉了仙人的事情，今天也是頭一次聽說，如何這年輕人卻會認識？

卻聽木仙人道：「李教主此話說錯了！你必不懂得仙家之事。」

李鎮南愕然道：「我怎的不懂？」

木仙人道：「仙人不叫頭領，叫做主仙。仙人又分一家仙，又分孤仙。」

李鎮南第一次聽人說「主仙、一家仙、孤仙」之說，半信半疑，道：「若是這樣說的話，我家裡供奉的便應當是一家仙。」

木仙人心中狂喜，料定這三位仙人必是鬼之道一家三口兒。那日四人被李鎮南追襲，自己僥倖逃脫，鬼之道一家難免便被李鎮南抓到。必是那林南河後來不知又施展了什麼手法，竟然騙得這殺人不眨眼的李鎮南心甘情願地供養。三人要想裝神弄鬼，自非林南河出面主持局面不可，故而推斷三人必以林南河為尊。定一定神，道：「仙人所持仙術，也是各各不同。譬如那河邊的石仙人是專善聚眾的，那一家仙是專管護院保平安的，本仙則是專管尋財的。」

李才高奇道：「你和那石仙人也相識嗎？」

木仙人支吾道：「就算作認識吧。只是他是石仙人，屬土，我是木仙人，屬木，木有些克土，見了面總之是不好，故此不願見面。」

李鎮南嘀咕道：「我家裡那一家仙也說自己善於尋財，這就怪了！」

木仙人道：「便是尋財，也是術有專攻！我叫做木仙人，專善尋木中之財。」

李鎮南大喜，道：「原來如此！怪道我家裡的仙人總也不見顯效呢。木仙人可願隨我到家中一趟嗎？」

木仙人心中急欲要見鬼之道一家，嘴上卻說：「我每天在村中繁忙，又蒙縣太爺賞識，專務尋財，別的事情也不想做。還是不去了。」

李鎮南忙道：「到我家中，也有好大一筆木中之財要尋，正好對木仙人胃口。」斜眼見李才高在側，又道：「財雖不多，也足可觀。」

李才高見這木仙人雖然裝神弄鬼，但每有奇效，也不知他這次葫蘆裡面又裝了什麼藥，微笑不語。

木仙人聽得李鎮南家中也有好大一筆木中之財要尋，方才提了些精神起來，道：「這木中尋財之事，講究頗多。要從主人籍貫，營生事業開始算起，若是正道營生，找起來便容易些，若是一生殺人放火，算起來就要加倍困難。」

李鎮南支吾道：「今日且先飲酒，等回家去再慢慢算來不遲。」

三人又說起那漳河邊上的石仙人近來聚集的人眾越來越多，時日長了，只怕要出亂子。李才高便說要使些厲害的手段出來，驅散眾人，以便經營生產，又說定要叫那石仙人好看。木仙人也不搭言。

阿卷在一旁吃些殘肉冷飯，也不去管三人閒事。

飯後李鎮南便力邀木仙人一同到家裡去，李才高也不攔阻。木仙人欣然應允。

木仙人隨了李鎮南，一路走向村子深處。那龍水幫原來只是占了七八間民宅，作為聚會之所。

李鎮南道：「我平素居無定所，咱們且先去看看那三位仙人可好？」

木仙人點頭答應。

兩人走進一間屋子，那屋內晦暗無光，除了一張八仙桌、一把籐條椅、一張雕花木床之外，更無別物。

木仙人站在當地，目不斜視，泰然自若。

李鎮南伸手到門後一陣摸索，忽然聽得「咯吱吱」一陣響，只見雕花木床旁邊一處地面便凹了下去，露出一個方口的大洞，下面隱隱泛出燈光。

李鎮南當先從洞口爬了下去，木仙人也隨之而入。阿卷見主人要下到地下去，自己又不敢下，在地上繞來繞去，急得大叫。木仙人也無暇多理。

約莫垂直下了有五米多深，終於踏上了一個狹窄的通道。通道頂高兩米，地面鋪了青磚，兩側牆上點了油燈，看來頗已有了些年頭兒了。

走不多遠，進了一個小屋。李鎮南「哧」一聲響，點著了一盞油燈。木仙人見這小屋內桌椅齊全，那盞油燈就放在桌上。

李鎮南道：「便請木仙人在此施展仙法尋財可好？」

木仙人見此處黑暗，萬一這李鎮南翻臉，便是要跑也是困難，道：「此處深入地下，不接財氣，還是到地面之上好些。」

李鎮南哈哈大笑，道：「我這人有些壞脾氣，倘若有仙人施展了好些法術，卻又找不到財物的話，便難以走出這龍水幫。那『一家仙』至今尚未找到財物，因此一直便關在此處。」

木仙人也不驚慌，笑道：「那倒不妨先見一見那『一家仙』。」

李鎮南道：「好！」

兩人離了屋子，走不多遠，來到了另外一間屋子之外。屋外兩人垂手站立，門口點了蠟燭，供奉了水果、饅頭等物。李鎮南用力推門，那門開啟時聲音尖銳，原來是用鐵鑄成的。

李鎮南開了門，當先入內，屋內燈火通明，卻是空無一人。李鎮南大驚，喝問門口站立的兩人，兩人都懵然不知，戰戰兢兢。

木仙人見了，哈哈大笑，道：「你這屋子，要關人可以，要關仙人，還太簡陋了些。」他心中本來就想著鬼之道等人知識既然淵博，見事又快，必有脫身之道，又怎能被這李鎮南關住？現在見鬼之道一家果然已經逃走，心下大喜。

李鎮南一頭冷汗，四處查看，並沒有發現異樣。見牆角放了一捆乾柴，足有一米多高，狂躁之下，也沒去細想哪裡來的乾柴，只覺雙腿乏力，便往柴垛上一坐。不想一坐之下，卻是空的，收勢不住，一跤坐在地上。

木仙人上前用手一摸那捆乾柴，觸手綿軟，卻是一塊稠布。原來那捆乾柴是畫在這塊綢布之上的，維妙維肖，便和實物沒有兩樣，僅憑目力，絕難分辨。

掀開綢布，露出後面一個大洞，鑽進去，只見一個通道斜斜向上，踏步上前，腳下居然還修了臺階，遇有坡陡之處，兩側都有扶手。木仙人見了，不由得歎為觀止。返回身來，向李鎮南笑道：「仙人已乘黃鶴去，此地空餘煩與憂！仙人不見了，還是且回去看看那木中之財吧。」

李鎮南「哼」了一聲，當先走出屋去。屋外兩人都跪在地上，面如土色。

兩人來到原先的小屋，木仙人剛剛坐下，便有人走了進來，手上端了一個木盤，盤上血淋淋地放著兩個人頭，正是剛才站在鬼之道房門外的兩個看守。那人待李鎮南看過人頭，一言不發，又退了出去。

木仙人只覺得渾身的毛髮都立了起來，臉上卻是微微一笑。

李鎮南若無其事，道：「兩個不中用的東西。木仙人稍坐，待我去將那尋財的東西拿來。」說罷，轉身出門。

木仙人在屋中上下打量，並無異常之處。便又坐回椅子，將那盞油燈移向桌子的另一端，以便讓自己隱身於黑暗之中，靜待李鎮南到來。

過了許久，忽聽得腳步聲響，越來越近，終於李鎮南一步踏了進來，手中託了一個木盒，便正是張志遠當年為之喪命的飛龍在天龍紋文房四寶木盒。李鎮南一屁股坐在椅子上，油燈忽的暗了一下，復又亮了起來。

李鎮南道：「木仙人請看，便是這個木頭盒子，其中可有財氣？」說著，將木盒置於油燈之下。

木仙人端詳了一會兒，突然喝道：「你這盒子怕是搶來的吧！」

李鎮南大吃一驚，倏地收回木盒，停了一會兒，一雙眼睛惡狠狠地盯向木仙人，卻又看不清楚，道：「木仙人此話怎講？」

木仙人微笑道：「這盒子果然是財氣十足，雕刻華美，頗有皇家之氣，豈是你這等小摸小盜之徒能夠買得起的？故我知道定是你搶來的。」

李鎮南聽了，心中稍定，哈哈一笑，道：「你且莫管是不是搶來的，只管算那財氣卻在何處？」

木仙人道：「李幫主有所不知，要算財氣，必先得知道主人家的來龍去脈，又得知道蘊財之物所從由來。我來問，你來答。若有半句不實，休怪我算得不準。」

李鎮南道：「好！」

木仙人道：「李幫主一生想必是殺人如麻，這倒是不打緊。本仙要問的是，李幫主今生曾殺過多少女人？」

李鎮南本來全神貫注，繃緊了筋骨，怕那木仙人問出什麼大事來，卻見是這麼一個問題，不由得哈哈大笑，道：「殺男人殺女人，卻又有什麼分別？何必有此一問？」

木仙人聲音嚴肅，道：「分別甚大！本仙專門擅長算求財之事，精研這些道理，故要細問。像那『一家仙』之流的旁門左道，想必是不會問的。」

李鎮南見木仙人說殺男殺女之事事關重大，想了一想，道：「我平生雖然殺人如麻，細想起來，卻並沒有殺過一個女人。」

木仙人森然道：「果真不曾殺過一個女人嗎？」

李鎮南想了想，道：「有些時候是奉了官家之命，殺過幾個女人，可有妨礙嗎？」

木仙人沉吟道：「雖然有些妨礙，但既是奉命殺人，不是出於本心，還可略去不計。」又道：「既是這樣，這求財之事，先就成了一半！李幫主有所不知，這其中大有道理。俗語說：搶得一挑水，一年不受貧。這水便是財。水屬陰，女也屬陰，所以說女人如水。你若殺女人過多，便會傷水，傷水則失財。若是那樣的話，便是請神仙來也沒有用了。」

李鎮南聽木仙人說得有條有理，心中大喜，道：「今日受教，以後殺人時，倒是也要想上一想，若是女人便不去殺。」

木仙人道：「若是如此，定會財源滾滾。」又問道：「不知幫主老家在何處，若是在南方呢，就有些失財之虞，若是在北方呢，那真是財氣衝天。」

李鎮南聽了，忙道：「我平日對人說，我家是河南的，其實我老家是在保定府，算得是北方人。」

木仙人道：「若果真是保定府的，倒是正北方，財運甚旺，嗯！只怕是有天大的財源！許是你弄錯了吧？我看你的氣色，你的財運至多也就一二十萬兩銀子，不會這麼多。」

李鎮南顫聲道：「絕不會錯！我家世世代代都是住在保定府，我早年是在保定涿州衙門當差，是個捕快頭兒，怎麼會錯？這筆財果然就是天大的大財，請仙人再仔細算算！」

木仙人心中大亂，用手擦去額頭汗水，停了一會兒，道：「若你家真是在保定……。」

李鎮南道：「確實是在保定！」

木仙人道：「嗯！那這筆財可來頭不小！」掐指又算，搖頭嘆息道：「可惜啊，可惜！」

李鎮南顫聲道：「仙人可惜什麼？」

木仙人道：「果然是好大一筆財！只是你的姓氏不好，將來縱然得著了，也必命喪黃泉。」

李鎮南道：「這又是為何？」

木仙人不答，只是搖頭嘆息。

第十四回　密室中述說往事　高亭上昭雪前仇

李鎮南見木仙人搖頭不答，越加著急，催問道：「木仙人請講！」

木仙人道：「李幫主不殺女人，行為既端，家在保定，財位又正。只可惜姓李，李同『離』音，便是離財，縱然得到，也會失去，不是失財，便要喪命，不如且不用費這力氣了吧？」

李鎮南聽了，哈哈笑道：「我真名本不姓李，乃是姓劉，叫劉孟達。」

木仙人聽了劉孟達之名，心口「噗噗」亂跳，掌中出汗，心道，千真萬確，果然便是他！當年姥爺趙進寶攜他逃亡之時，曾將張志遠之事不斷向他講述，囑咐他牢牢記住，將來報恩雪仇，後來又得鬼之道仔細推敲，詳解案情，劉孟達、張良平等人的名字，許多年來無時無刻不銘記於心。當下冷言道：「李幫主何必自欺欺人，天下怎麼會有這樣的巧法？什麼好，你就是什麼？你若是說了假話，我的卦也就算得不準了！」

劉孟達笑道：「真是無巧不成書！今日之事，偏偏便是這樣巧法。」

木仙人道：「既然如此，你當時怎麼會知道有這麼一個木盒？怎麼能得到的這個木盒？又怎麼會知道這其中藏了一筆大大的財富？事關重大，還請一一講來。」

劉孟達得意道：「想當年我在保定涿州府，也是捕快班子的頭兒，當時有個朋友，叫做張志遠，是個木匠，家中豪富。

「可有一天，官府說他因了一個木盒，犯了死罪，差我前去捉拿。他和我相熟，就拉了我，還有另外一個人叫做張良平的，同進內堂。他從床邊一個暗格裡拿出了一萬兩銀票，分給我與那張良平一人一半。

「過了幾天，知府龔陰業與那張良平兩人蠅營狗苟，取了假口供，將張志遠屈打成招，被判了死刑，一家六口當街砍頭，我便是那行刑之人。後來知府龔陰業帶我們去抄家，床邊的暗格我故意不說。到了晚上，我悄悄進入張志遠家，打開暗格查看，見裡面竟有銀票十萬兩，又有若干珠寶，便是我再當十輩子捕快，也掙不了這許多銀子！於是我拿了銀票珠寶，遠走高飛。事後被龔陰業發了海捕文書緝捕。

「後來我偶然在其中一張銀票的背後，看到張志遠用極小的字寫了『木盒中定有大筆錢財，只是參詳不透』幾個字，從此便開始留心這木盒的下落。

「當時一路躲避緝捕，來到了這個地方。手中既然有錢，我又有些本事，混了個土匪的頭子做著。再後來義和拳興盛起來，我便入了義和拳，當了龍水壇的壇主，趁機帶著弟兄們弄些錢財。近幾年來，朝廷又要剿滅義和拳，我和那知縣交好，他便讓我改成了龍水幫，由我來做幫主，也是一樣。

「也是一次偶然的機會，說起來那還是在義和拳做壇主的時候，我終於在聖武壇大會上見到了這個木盒，只是當時不好下手。後來我派人多方尋找，查知這木盒是被一個叫做鬼之道的人拿到了，他帶了家人隱居在絡絲潭。

「我想帶人去搶木盒，卻見絡絲潭四面與世隔絕，常人根本無法進入。那鬼之道身懷法術，竟然能在天空中飛來飛去，來去自如。

「後來還是馮立出了個主意，將絡絲潭上游的水流截斷，蓄積起來，待到水多時，突然放水，使絡絲潭水位上漲，我們便都可以乘船而入。

「我依計而行，果然得手，得了木盒，後來又抓到了鬼之道一家，只是跑了張志遠的兒子張玉。唉！那張玉小時候我也是抱過的，長得倒是惹人喜愛。

「我把鬼之道一家關了起來，本待拷打一番，逼問木盒之事。不料那林南河倒是有些門道，能掐會算，而且極準，將我的前世今生都評說了一番，真是令人信服！這一家人，倒是真的有些神仙之氣。不過林南河幾年來一直說要算出這木盒中的祕密來，又是要錢要物，花費無數，可是至今也沒能算出來。今天居然又發現他們已經逃走了。」想起林南河曾經花去的銀子，尚自肉疼。

木仙人默然半晌，道：「若是你的話句句是真，這筆財運真是不可限量！本仙替人尋財多年，似這樣的大財，也是從所未見！」

劉孟達大喜，搓手道：「那便請木仙人給好好地算上一算，將來尋到了這筆大財，定然也少不了木仙人的一份兒。」上身前傾，兩眼緊緊盯著木仙人，頭髮幾欲被油燈點著，一張大臉貪慾無限，讓人無比厭惡。

木仙人道：「可否借那木盒過來看上一看？」

劉孟達見這木仙人所算處處合自己心意，欣喜無限，連忙遞上木盒。

木仙人拿起木盒，眼淚奪眶而出。心道：「這盒子是父親留下的唯一遺物，我竟然也不能夠保全！」怕眼淚被劉孟達看見，連忙低下了頭。幸好劉孟達身在亮處，張玉處於黑影之中，雖然淚流滿面，也沒被發現。假意舉起木盒端詳，飛快地用袖子將眼淚拭去。

劉孟達只見木仙人左右看了幾看，「咦」的一聲，將裡面套著的一個內盒脫了出來。

這木盒劉孟達幾年來日夜苦研，連每處木頭的紋理都已經看得滾瓜爛熟，卻萬料不到裡面竟然還套著一個盒子。眼見木仙人果然神力無邊，心中大喜過望，連忙湊上去看，忽然覺得頭上火辣辣的疼，頭髮早已被燒著了一大半，急忙起身撲滅頭上的火，一面喊疼，一面大笑。

木仙人便似沒有看見一般，只顧細細撫摸木盒，眼神憂傷，低頭不語。

劉孟達見木仙人沉思，生怕萬一驚擾了木仙人的思路，從此便斷送了自己的財路，連忙忍住痛，呲牙咧嘴，不敢出聲。

過了許久，木仙人抬頭道：「這木中之財，本仙皆已算定，只是還需做些法事，以便確定這筆大財的精確方位和數量多少，方可前往求取。」

劉孟達大喜，忙道：「便請仙人快做法事！」

木仙人道：「這求財的法事，又與別的法事不同。做別的法事，是人越多越熱鬧越好，場面唯恐不大。做求財的法事，卻是最怕被別人看到。」又湊近劉孟達的大臉神祕道：「倒不是有什麼別的原因，只是恐怕別人看到之後，將這天大的機密給洩露了出去，走了財運。」

劉孟達連連點頭贊同，說道：「求財的法事，自然與那些法事不能一樣！我這麼多年改換名姓，也是為了怕人知道，走了財運。」眼見這木仙人做事處處合規合矩，心中的歡喜，真真是無法形容。

木仙人道：「既然如此，便請準備木料灰石，再備些爆竹。我來時見這院落後面便是一座大山，我明天上山，尋找財源旺盛之地，早作準備。此事機密，不能讓第二人知曉，便是你本人也不能偷看，以免財運走失。」

劉孟達一一應允。

兩人同出地道。阿卷正在洞口望眼欲穿，忽見主人平安歸來，大喜過望。龍水幫眾人見李幫主頭髮少了大半，頭皮被燒得血肉模糊，卻是一臉欣喜若狂的神色，又透著神祕，畢恭畢敬地跟在張玉的身後，都覺奇怪。只因李幫主平日裡脾氣暴躁，動輒殺人，眾人都不敢問。

劉孟達也不理眾人，一面安排酒飯，一面祕密吩咐手下人眾將木石、灰土、爆竹搬運上山。

次日一早，木仙人與劉孟達一同登上後面的那座大山。

木仙人見這山山勢險峻，林木茂盛，連聲讚道：「此山凹陷處極多，易於聚財，又多林木，可知財運極為旺盛。」

劉孟達聽了大喜。

木仙人選定一處山地，便要在此動工求財。

劉孟達見此處兩座山峰聳立，兩峰之間僅隔兩米多寬，中間是一條極深的峽谷。

木仙人喜道：「這裡峽谷極深，須得將峽谷兩頭圍起來，好將財氣聚在其中。」

劉孟達聽了點頭贊同。眼見那峽谷深邃，將兩頭圍起來之後，便像是一個大大的聚寶盆，又是大喜。

木仙人道：「便請李幫主封閉山林，無關人等，不得擅入。便是李幫主本人，也不可擅自前來。這些時日，我便住在山上，待到功成之日，我在山上放爆竹為號，請李幫主攜了木盒，上山來一同見證財源所在的精確方位。」又神祕道：「這財源之地，李幫主若是不想讓第二人知曉，便不要多帶人來。」

劉孟達連忙點頭答應，又道：「既然如此，我每天派人送飯上來。」

木仙人道：「我不食人間煙火久矣！不必送飯來。」

劉孟達見木仙人連飯都不用吃，又省去了許多花費，不由佩服得五體投地，更無多言，獨自下山而去。

自此山林封閉。左近的獵戶不能上山捕獵，紛紛改做了殺豬生意，村中之豬，幾乎絕跡。木仙人當年因殺豬而開悟得道，得道之後，又逼得獵戶大開殺豬之風，對豬不免有些不大公道。但木仙人言道，豬性最貪，又最懶，且又膽小怕事，極像那官爺龔陰業之流，便是多殺一些，也是不妨。

劉孟達回到家中，坐臥不寧，一連兩月，每天站在院中側耳傾聽，別說是爆竹之聲，便是連大些的響動也沒有聽到過。焦躁難耐之時，便悄悄爬上山去，遠遠望見木仙人一身土灰，正自忙得不可開交。心中暗喜，又怕誤驚了財氣，獨自再悄悄折回，強自按捺。

又待了數日，仍是不見動靜。劉孟達又焦躁起來，看看日期，已是十月十五日，木仙人上山已經三月有餘。忽然聽得山上一聲大響，似是爆竹之聲。劉孟達初時懷疑是自己聽錯了，連忙跑出門去，側耳傾聽，卻聽見山上「劈劈啪啪」，連珠炮響，震耳欲聾。

劉孟達大喜，連忙回屋，穿上自己早已做好的求財新衣，衣裳上滿繡了金銀財寶的圖案，肚子上更有一個大紅的聚寶盆。攜了木盒，出門來囑咐手下眾人謹守山門，任何人不得擅入，違令者斬。眾人見幫主裝束怪異，都不敢問，更不敢笑，一一遵命。

劉孟達知木仙人做事法度謹嚴，諸事自必一一妥當，心情暢快，搖搖擺擺，走上山來。沿途見滿山柿樹葉子通紅，秋草枯黃，蝗蟲螞蚱遍地，正是深秋美景，詩興大發，搜腸刮肚許久，又想不出一句詩來，只好暫且作罷。興致盎然，一步步地走向當日木仙人選中的聚財之地。

抬頭遠遠望去，只見山上隱隱多了一座涼亭，造型奇巧，色彩絢麗，看著有些面熟，卻忘了是在哪裡見過，也不及細想。

及至走近，眼前為之一亮。那兩峰之間的峽谷，已被木仙人用木料封閉得嚴嚴實實，別說財氣，便是空氣也跑不出一丁點兒去。峽谷之上，兩峰之間搭了一座木橋，橋中間是一個蒲團，木橋盡頭，便是那個涼亭，紅柱青頂，甚是精緻，亭上一塊匾額，上書「祈財亭」三個大字，金光燦燦，熠熠生輝。亭中一人低眉垂目，正襟危坐，正是木仙人。

木仙人見劉孟達穿得金光燦燦，肚子上更畫了一張饕餮的血盆大嘴，心中更增厭惡。

劉孟達見木仙人在三月之中，竟然完成了如此工程，大為驚讚，心道此事除了仙人，世間更無第二人可以做到。見木仙人示意自己跪在橋上的蒲團之上，更無猶豫，當即依言跪下。將手中木盒端端正正，放在橋頭。

正待要拜，突覺那蒲團陷了下去，疑惑之間，身體急墜，大聲驚呼。忽然「呼」的一聲，身體已經重重地摔在一塊木板之上，小腿劇痛，已然骨折。木盒卻留在了橋上。

劉孟達一生作惡多端，手段殘忍，於陰謀詭計之學，實已登峰造極，這次只是過於財迷心竅，方才中了圈套。遭此變故，一轉念間，便知中計。發現自己已經置身於一個深深的木井之中，想來正是在那峽谷的半空，不由得驚出一身冷汗。抬眼一看，面前木板上寫了一行字，藉著裡面昏暗的光線仔細看去，卻是「張志遠之子張玉為父報仇處」幾個大字。

劉孟達大驚，喊道：「你便是那張志遠的兒子張玉嗎？」腦中電光一閃，方想起這木仙人所造的涼亭，便和當日鬼之道在絡絲潭所造的涼亭一模一樣，心下恍然。

張玉在上面冷冷地道：「正是！」

劉孟達忽然柔聲道：「我這幾年來遍尋你不到。你可記得嗎，小時候叔叔經常去抱你的！你都忘記了嗎？」

張玉道：「小時候你倒確是抱過我的，不過也是因了我父親那時有些錢財。等到我父親被冤屈殺害，你便偷了我父親的錢財，又到處追查木盒，哪裡還有些許情分？你說你這幾年遍尋我不到，若是尋到了，便要怎樣？」

劉孟達道：「若是尋到了，我便要好好撫養你成人，找到那龔陰業報仇！」

張玉道：「那龔陰業與我有什麼仇？」

劉孟達道：「你父親之死，全都是拜龔陰業所賜。我聽說這木盒是他讓你父親做的，後來出了事，便把罪責全都推在你父親身上，將你父親一家六口全部砍頭。他便是你父親的第一個仇人。」

張玉道：「那龔陰業固然是個惡人。你落井下石，也不是什麼好人！當日在絡絲潭追我之時，哪裡有半點情分？你見我扔了木盒，便急忙追去，對我不管不顧了。」

劉孟達道：「那木盒是你父親留下的唯一遺物，將來替你父親伸冤報仇，便要著落在這木盒之上尋找證據，當然至關重要。我拿到了木盒，便急忙趕來尋你，卻到處找你不到了。」

張玉聽劉孟達不斷提及父親，心中悲痛，又聽他所說似乎也在情理之中，心中暗自疑惑。

劉孟達仰起頭來，滿臉是淚，哭道：「玉兒，我雖和你父親非親非故，可是畢竟相處了多年，怎麼能毫無情分？當年見那龔陰業冤枉你父親，殺了你一家六口，我便決定不再幹那捕快頭兒了，來到這裡落草為寇，苦苦尋找你的下落，尋機替你父親報仇。」說著，放聲大哭，道：「沒想到你卻把我當成了狼心狗肺之人……。」

張玉見劉孟達哭得傷心，也自亂了方寸。劉孟達這一篇話其實說得是漏洞百出，但句句不離張志遠。張玉想起了父親，心中悲痛，竟然一時不能分辨真假，垂了一條繩子下去，讓劉孟達爬上來。

劉孟達一邊爬，一邊大哭，爬到中途，更是哭得傷心欲絕，幾次都幾乎要摔了下去，費勁力氣，才終於爬了上來，趴在了亭子之中。

亭中的張玉早已哭成了淚人兒一般。

劉孟達趴在地上哭了一會兒，定了定神，見張玉兀自在哭，想到張玉騙自己空歡喜了一場，又費了許多銀錢來修這木亭羞辱自己，又摔斷了一條腿，心中怒氣勃發，掄起亭中的椅子，向張玉砸去。

張玉忽然見椅子砸來，方才猛地醒悟過來，知道是中了劉孟達的苦肉計，右手掀動身邊的機關，兩人同時陷了下去。

劉孟達感覺腳下一空，心知不妙，連忙拋出椅子，雙腿已然落地，一陣劇痛，另外一條腿也已折斷。睜眼一看，又回到了剛才的木井底部。

原來張玉在設計機關的時候，怕劉孟達不易就範，故在橋上、亭中都設了陷阱，原本是想著看情況臨機選擇一處方便使用，沒想到這樣一來，竟然兩處機關都派上了用場。

劉孟達抬眼一看，見張玉攀了繩子，已經爬了上去。兩人雖是同時落井，張玉心有準備，掀動機關之時已經抓緊了繩子，劉孟達卻是毫無準備，直接落到了井底。

劉孟達急忙忍住雙腿劇痛，爬起來抓住繩子，忽覺繩子一鬆，軟軟地掉了下來。原來是張玉已經從上面割斷了繩子。

張玉在上面喊道：「劉孟達！你如今還有什麼話可說？」

劉孟達哭道：「玉兒，你且聽叔叔解釋……。」話音未落，突然覺得身體忽然空了起來，往下一看，下面竟是無底深淵，頓時魂飛天外。卻是張玉按動機關，打開了劉孟達腳下的木板。

那峽谷下部甚是狹窄，劉孟達在峽谷兩側磕磕碰碰，突覺屁股一疼，終於停住不動。張玉早已在峽谷底部裝了尖頭向上的尖木，劉孟達便像當初張玉誘入陷阱的野豬一般，插在了尖木之上，在谷底「嗷嗷」直叫，動彈不得。

張玉重新裝好橋上木板，走過木橋，在身前焚了香，向著北方遙遙祭拜，告慰家人在天之靈。便以劉孟達在谷底的嚎叫聲，作了祭奠的祭品。

劉孟達在谷底嚎叫了足有半個時辰，聲音才漸漸低了下去。

張玉向下望去，見劉孟達垂頭在胸，已經一動不動，便用力搬起山上一塊大石，向谷底扔了下去。

那大石「隆隆」之聲不絕，到了谷底，正中劉孟達頭部，頓時腦漿迸裂。

張玉喃喃道：「你在我父親死後，尚且落井下石。今天便讓你也知道落井下石的滋味。」

覺得渾身虛脫無力，在橋邊坐了一會兒，又取出昨天吃剩下的野雞肉，狠狠地咬了幾口下肚，方才有了些精神。站起身來，將山上的亂石土塊，一齊向木井中填去，一邊填土，一邊哭。哭一會兒，又仰天大笑，狀如瘋魔。

填了許久，方才填了三米多高，劉孟達的屍體已被嚴嚴實實地埋在下面。又細細除去亭中機關，以免日後有人誤碰，摔了下去。一切收拾停當，舒一口氣，緩緩向山下走去。

其時天色已晚，龍水幫眾人見幫主上山去一日未歸，難得無人管束，都三三兩兩地聚在一起喝酒賭錢，又恪守幫主嚴令，誰也不敢擅自上山一步。忽見張玉搖搖擺擺地走下山來，有幾個人便圍過去探問究竟。

張玉道：「你們幫主正在山上大做法事，以便求取巨財。讓我轉告你們，若有人膽敢上山半步，格殺勿論。」

眾人見張玉口氣與幫主上山時所說一樣，無不凜遵。

張玉待要去尋大黃狗阿卷，早有人給牽了過來。張玉見阿卷這幾日被龍水幫眾人加意供養，長得肥肥胖胖，一身捲毛油光發亮。只是近墨者黑，身上隱隱地增添了不少匪氣。於是辭別眾人，揚長而去。

眾人素知李幫主平日裡極為貪婪好財，用幫中的錢在家中供養了仙人作法，又有參拜木盒的怪癖，講究甚多。這次見幫主上山求財多月未歸，也毫不見怪，習以為常。一個個都凜遵幫主嚴規，絕不放一人入山。只養得那大山上草木繁茂，狼蟲猖獗。

這一下只是苦了當地的眾多獵戶，見龍水幫封山之令遲遲不解，本村的大豬小豬，都已經屠殺殆盡，又開始去殺鄰村的豬，直弄得一縣之豬，盡皆聞風喪膽。

幸喜縣令李才高，生性喜愛養豬，平日裡公務之餘，便屈尊去親自餵豬。縣令所好之物，誰敢來殺？方才使得漳水河畔，悠悠然為豬兒續留了一脈香火。

這些殺豬餵豬之事，張玉自然是毫無所知。帶了阿卷，沿著漳水河畔，曉行夜宿，迤邐向北。

又聽說當時在漳河邊聚眾的石仙人已被李縣令治罪，後來不知怎生又從獄中逃了出去，不知去向。

第十五回　談虛空軍官拂袖　論禪機兄妹重逢

時一九一三年，民國二年，袁世凱做了民國臨時大總統。

張玉在途中尋思道，光緒帝已死，那筆藏在永寧山山洞中的軍費已然成了無主之財，自己倒是不妨先去取了來。又想義父鬼之道一家人也不知現在到了哪裡。

一個人獨自行色匆匆，這天來到了一個城市，卻是河北邯鄲地界，市面極為熱鬧。張玉久居深山，後來又在一個小山村中裝神弄鬼，廝混了幾年，忽然來到了這繁華風月場中，頓覺大不自在。見旁人都是短衣長褲，自己在人群中這一襲長袍實在有些不倫不類。別人看到他時，都知道是鄉下來的土氣小夥子，有的人便指指點點，諷笑幾句。張玉雖然神態自若，心中也覺不大舒服。

幸喜前些日子幫人尋財，頗積攢了些碎銀子，去找個剃頭師傅理了短髮，又走進一家店內，照著別人的樣子，買了一身青布長袖衫，一件襯衣，一雙皮鞋，打扮得煥然一新。阿卷的衣服也嫌土氣，又去找人重新做了一件換上。街上眾人見張玉長得一表人才，精神飽滿，衣著入時，紛紛側目，都去誇讚阿卷帥氣。

張玉見街上銀行、郵局、工廠、店鋪，一應俱全，甚是新奇。

抬眼看見一家飯店，覺得腹中飢餓，便邁步走了進去。原來是一家燒賣館。於是點了一屜燒賣，一碗蛋花湯。不多時，夥計把燒賣端了上來，張玉蘸了辣椒、老醋，吃將起來，入口很是美味。正吃得半飽，忽見門口走進來一個年輕女子，約莫十八九歲年紀，穿了一件白色短褂，一條青藍色長褲，留了短髮，婷婷嫋嫋，走到張玉對面坐下，也點了一屜燒賣，一碗蛋花湯。

張玉嘴裡含了一個燒賣，看著那女孩兒唇紅齒白，皮膚若雪，不由得呆了。張玉雖然已經二十來歲，可是從小就過著顛沛流離的生活，自打懂事以來，便是要學知識，報深仇，於兒女之事，從未想過。這時忽然見到了這個女孩兒，只覺得一顆心「怦怦」直跳，臉上已經紅了。

那女孩兒覺察到張玉在盯著自己，也不在意，落落大方，向著張玉嫣然一笑，目光清澈，自有一股威嚴之氣。抬眼見張玉眼神深邃憂鬱，表情剛毅，不由得多看了幾眼。又見阿卷蹲在地上，便吐吐舌頭，向阿卷扮個鬼臉。阿卷目光冷峻，十分嚴肅。

張玉自知失態，當下只顧低頭吃燒賣，不再向那女孩兒多看一眼。不多時吃完，和店家算了賬，站起身來走出店去。心中卻隱隱有些悵然若失。

走在大街上，商販走卒絡繹不絕，人聲嘈雜。張玉了無心緒，只顧低頭趕路。

忽見前方一處建築高屋尖頂，最高的尖頂之上又有一個大大的十字，原來是來到了一個教堂前面。

張玉自在燒賣館見了那個白衫女孩兒，那個女孩兒的樣子便在腦海中久久揮之不去。心裡雖然想著要趕路，無奈腳下不聽使喚，遲疑著不願意離開這個城市，這時見了教堂，便隨了人群，信步走了進去。

走不多遠，隱隱聽到一陣狂吼從教堂內傳來：「你們來懺悔吧！」張玉聽了，不禁莞爾，這聲音很是熟悉，聽來極像是那日在漳河邊聚眾的石仙人。

走入教堂，裡頭屋頂極高，牆面上繪滿了神話人物。教堂盡頭是個講壇，下面堂內密密麻麻，已經坐滿了人，許多人便站著聽講。講壇上居中站著一個人，滿頭長髮，一臉的鬍鬚，活像一個怒目金剛，正在長聲嘶吼，正是石仙人。

張玉找了一處空隙，站著聽石仙人講話。

卻聽講壇上石仙人的語氣忽然溫和了下來，講道：

「世間事物，盡皆虛空。除了虛空，便是虛空的虛空。人生一世，忙忙碌碌，形銷骨立，斗轉星移，轉瞬間便已老去，這一切，又有些什麼用處呢？」

堂中諸人，本來都被石仙人吼得寒毛直豎，一個個低了頭深自懺悔，喃喃自語，聽了這番話，又都默默不語，陷入沉思。教堂內頓時安靜了下來。

石仙人道：「我們走了，留下了子孫，乃至於子子孫孫，生滅不已，而天地則亙古長存，日昇日落，四季交替。萬事萬物，終必將周而復始，輪迴不已。江河入海，海納而不盈；生靈駐世，世受而不厭。如今世人，所聽所見，皆是臣欺君，弟弒兄，紛亂不堪，令人作嘔。」

張玉心道：「聽說光緒帝只活了三十八歲，是被人下毒害死的，也不知是不是真的？那袁世凱將清朝皇帝趕下了台，自己卻做了大總統，和清朝皇帝，又有什麼不同？」

那石仙人卻語不停歇，續道：「今日之事，在未來，乃至於未來的未來，必再發生。今日之事，在過去，乃至於過去的過去，必已發生。皇帝被弒，忠臣被殺，乃至於販夫走卒，樵夫農婦，或含冤致死，或貧苦而亡，一個個最後都了無痕跡，在座諸人，又有誰曾去分辨，又有誰曾去記懷？故可知今日之事，後來之人也必不會去分辨，必不會去記懷。一切事都屬虛空，皆如夢幻泡影。智慧越開，煩憂越甚。正所謂巧者勞而智者憂，無能者無所求。」

張玉聽了，暗暗點頭。

堂中忽有一人站起，亢聲問道：「難道弒君殺人之事，就終將消於無形無跡了嗎？」

眾人齊向那人看去，卻是一名軍官，約莫四十來歲年紀，精神健旺，神色中卻隱隱透出一股乖戾之氣。

石仙人向那軍官看了一眼，微笑道：

「上帝神明，必然懲惡揚善。善人終有好報，惡人終被嚴懲。

「但萬事萬物，皆有定時。人皆以為自己是萬物之尊，然而在天地之間，眾生平等，人與獸，並無分別。一切都是虛空，都歸一處，出於微塵，歸於塵土。人的靈不一定便是升上了天，獸的魂也不一定便是降入了地。故當各樂其業，各依本分。身後之事，又有誰能回頭來看呢？

「所以，我們只需心中有愛。愛是恆久的忍耐，又有恩慈；愛是不嫉妒，愛是不自誇，不張狂；不作害羞的事，不求自己的益處。不輕易發怒，不計算人的惡；不喜歡不義，只喜歡真理。凡事包容，凡事相信，凡事盼望，凡事忍耐。愛是永不止息。」

張玉看看阿卷，心道：「我與你，原來都是一樣的。將來咱們兩個誰上天，誰入地，暫且還說不清楚。」阿卷甚是得意。

那軍官聽了，高聲笑道：「一切都是虛空！人生好生虛幻！請問神父尚還需要吃飯嗎？」

石仙人微笑道：「我也是人生肉長，當然需要吃飯。」

那軍官道：「天上既有神靈，神父又代神靈傳道，想必是有些神通的。此時此刻，大傢伙兒都有些餓了，便請勞煩神父將那些經書，變作了饅頭大餅，好讓大家分享。」伸手便向講壇旁邊一指。

眾人順著軍官的手指看去，只見在講壇旁邊，擺放了一大摞經書。大家見那軍官神態倨傲，都是微微皺眉。

石仙人聽了，過去拿起了一本經書，輕輕撫摸，就像是張玉撫摸父親的木盒一樣，久久不語。

那軍官大聲道：「你說愛是恆久的忍耐，說愛是永不止息。可是你卻忘記了愛是需要填飽肚子的！他們吃飽了肚子，才會來聽從你的上帝，才會永遠服從於你。這個世界上充滿了飢餓，缺乏的是食物，而不是上帝。你給了他們食物，讓他們填飽了肚子，他們才會相信你那上帝的愛。」

石仙人撫摸著書，雙目凌厲，向那軍官道：「如果我沒有認錯的話，您應該是姓張吧？那麼讓我來告訴你事情的真相吧。上帝已經給了眾生足夠多的食物，軍官先生。」

張軍官道：「既然上帝已經給了他們足夠多的食物，那街頭上受凍挨餓的人，又是怎麼回事？」

石仙人突然吼道：「你見過鳥獸魚蟲的食物是由神父供給的嗎？鳥獸魚蟲，不種也不收，只是取食大地本來就有的食物，一生便也自得其樂。他們可曾去擔心過什麼嗎？

「可是軍官先生，您的食物又是從何而來的呢？是您親手種下的嗎？是您親自從山中水中捕獲的嗎？為什麼您卻吃到了比街頭挨餓眾人更味美更精緻的食物，穿上了比街頭眾人更昂貴更有尊嚴的衣服呢？

「爾俸爾祿，民脂民膏！

「您現在知道為什麼他們會挨餓了嗎？您現在知道，他們為什麼要聽從上帝的聲音了嗎？因為他們想要從上帝那裡，來取回本該屬於自己的食物，軍官先生！」

教堂中眾人聽了，紛紛點頭，都開始嗡嗡議論。

那張軍官卻不為所動，道：「我知道你並不能給予你的信眾食物，使你的信眾富足起來。信眾們，你們又何必巴巴地跑了來聽他的蠱惑？」

石仙人道：「我的信眾與眾生都是平等，我不能取了眾人的食物，來分給我的信眾。」

張軍官道：「神父先生既然不能給予眾人食物，不妨讓我們大家看看你的神通吧。你站在這教堂的屋頂上，如果跳下來時安然無恙，我們就會真誠地相信上帝的存在，我們大家即使餓著肚子，也會匍匐在地，信服於你。可是如果你不敢跳，那就說明上帝連他的神父都保護不了，既是這樣，我們又怎能相信上帝能夠保護眾人呢？」

眾人又開始議論紛紛。

石仙人微笑道：「上帝不可窺探，神通不可輕顯！」

張軍官道：「神父先生既不能給我們食物，也不能給我們顯示你那高妙的神通。請問你還有什麼權力讓我們去信服你呢？來展示你的權力吧，你若能當上這民國的總統，或者只是一個省的官員，或者能夠提攜在座的各位陸官發財，我便帶頭兒匍匐在你的腳下！」

石仙人聽了，突然怒吼道：「袁世凱竊國，當上了總統，你以為可以長久嗎？機謀詐巧竊國，必以機謀詐巧失權！強梁者不得其死！一切信奉權力的人，終將敗在權力的腳下，萬劫不復！」

張軍官也大怒道：「你膽敢詆毀當今大總統，大逆不道！倒要看看是誰終將敗在權力的腳下，萬劫不復！」說罷，滿臉怒氣，拂袖而去。

教堂內眾人，盡皆尷尬。

忽聽堂下一人高聲吟道：

自從大士傳心印，頷有圓珠七尺身。
掛錫十年棲蜀水，浮杯今日渡漳濱。
一千龍象隨高步，萬里香花結勝因。
擬欲事師為弟子，不知將法付何人？

眾人回頭看去，一個青年短髮青衫，神采奕奕，正是張玉。那青年腳邊臥了一條大犬，見眾人一齊回頭，「呼」地一聲站了起來，虎視眈眈。

石仙人所知淵博，聽了張玉吟誦的詩句，讚道：「這是唐朝『宰相沙門』裴休的詩句吧。其人其事禪機深刻，每次讀到此詩，都是深自歎服！不知兄弟高姓大名？」

張玉答道：「我叫張玉。」其時清朝已亡，張玉也不必再去理會那海捕文書了，便以自己的真實名姓示人。

原來剛才張玉見這石仙人廣為布道，信眾良多，又為人正直，有意結交，故當眾吟詩，替石仙人解去方才的尷尬局面。又見石仙人深知裴休故事，便想在眾人面前，更加顯出石仙人的本事。當下朗聲問道：「這教堂內牆壁上畫了好些人，卻不知是誰？」

眾人聽了，哄堂大笑。都道張玉連這些壁畫也看不明白。

那石仙人卻是不笑，正色答道：「乃是天上諸神的相貌。」

只聽張玉接著問道：「諸神的相貌我倒是看到了，卻不知諸神又在哪裡？」

眾人聽了，方知張玉厲害，都不知該如何應對，默不作聲，且看那石仙人作答。

石仙人低頭不語，突然叫道：「張玉！」

張玉道：「在！」

石仙人問道：「又在哪裡？」

兩人相視，哈哈大笑。

眾人只知其中必有深意，卻是不解。原來這是裴休當年的一段禪門公案，眾人不參佛法，故多有不知。

當下石仙人結束講壇，眾人散去。張玉卻站在原地不走。

石仙人待眾人散盡，走下壇來，向張玉喊道：「張玉兄弟，可願隨我到住處一敘？」張玉欣然前往。

石仙人的住處相當簡單，牆上掛了一副西洋油畫，畫裡流水繞青山，意蘊靈動異常，非常逼真。地上一張床，一張桌子，幾本書而已。兩人寒暄幾句。張玉說起石仙人當年在漳河邊聚眾講演之事，又說起自己在村中替人斷案尋財，人稱「木仙人」。石仙人聽了大笑不止。

兩人正說得熱鬧，忽然一人推門而入，叫道：「鄭叔叔！」

張玉抬頭看時，不由得呆了，來人正是在燒賣館遇到的那位白衫女孩兒。那女孩兒見到張玉，也是「咦」的一聲，覺得好像曾經在哪裡見過。

原來那石仙人真名叫做鄭貴，見了兩人模樣，微覺奇怪，道：「我來介紹一下吧，這位姑娘是我師兄的女兒，名叫鬼易……。」

張玉不由得「啊」的一聲，叫了出來。仔細看時，那女孩兒眉眼間果然便是易兒的模樣，只是現在長大了，竟然出落得天仙一般，一時沒認出來。結巴道：「妳，妳是易兒？」

鬼易聽張玉叫自己易兒，不由得一怔，細看張玉模樣，驚喜道：「你是張玉哥哥！」便要像小時候一樣飛撲了上去，忽然臉上一紅，止住了腳步。

張玉霎時間也飛紅了臉，好不自在。

鄭貴奇道：「原來妳們兩個早就認識？」

易兒道：「鄭叔叔，這便是我常常向您說起，和我一起從小長大的哥哥。」只不過易兒向鄭貴講起時，只是粗粗說起事情經過，並沒有提及張玉姓名，故鄭貴並不知道張玉就是那個和易兒從小長大的哥哥。

三人意外相逢，都是大喜過望。

張玉又說起當年自己做「木仙人」之事，易兒聽了，也笑得喘不過氣來。

過了一會兒，易兒好不容易止住笑，問張玉道：「你可知道鄭叔叔為什麼會自稱石匠？你卻去自稱『木仙人』？」問完又笑。
張玉懵然不知，道：「為什麼？」
易兒道：「你可聽說過『共濟會』？」
張玉搖頭。
易兒道：「我爸爸和這位鄭叔叔，便都是共濟會的會員。」
鄭貴笑道：「鬼之道是我的師兄，我們曾同門學藝。」
張玉點點頭，問道：「這共濟會，又是怎麼一回事兒？」
易兒道：「共濟會的英文叫做 Freemasonry。譯成中文，字面的意思就是『自由的石工』，所以鄭叔叔便自稱是石匠。也有的地方音譯成『美生』，也是一樣的。」
張玉聽了也笑道：「那我叫做木仙人，卻不知若是譯成英文，應該叫做什麼？」
易兒又大笑，續道：「在十八世紀的時候，英國最先出現了共濟會，是一個兄弟會組織，宣揚博愛慈善，追尋人類生存的終極意義。」
張玉點點頭，道：「原來是一個國外的組織。追尋人類生存的終極意義，嗯，不錯，這也是所有哲學、宗教的終極意義。」
鄭貴道：「你說的不錯！共濟會博容廣蓄，允許任何宗教和哲學進入，唯一的要求是必須是有神論者。伏爾泰、孟德斯鳩、歌德、貝多芬、華盛頓、佛蘭克林、馬克·吐溫、牛頓，還有中國的李鴻章等人，都曾是共濟會會員。」
西洋的人物歷史，張玉小時候曾聽義父鬼之道詳細講述，這些人名並不陌生，卻不知這些人原來都是共濟會的會員。
鄭貴拿起藏在衣服內的一個徽章，遞給張玉。張玉見上面繪了分規、曲尺和一本厚厚的書，看起來非常奇怪。

鄭貴道：「分規和曲尺，都是石匠使用的工具，共濟會會員之中多有能人異士。」

張玉想起義父鬼之道，道：「我的義父便是一個上知天文下知地理的通天徹地之才。」

易兒聽了，內心歡喜，臉露微笑。

鄭貴點頭道：「我師兄的才學，高我百倍。只是我師兄一生喜愛藏身於山林之中，我卻願意置身於鬧市之內。不過這些都不妨礙我們相親相愛，情義深重。」又道：「共濟會之事，極為隱祕，想是你原來年紀幼小，鬼師兄並未向你提起。你今日既然已經知曉，切勿向外人說起。」

張玉點頭答應。

鄭貴又道：「你們兄妹兩個，多年不見，今日巧遇，實在是一大樂事！你們先聊一聊，我去弄幾個菜來。」

張玉忙搶著要去做菜，鄭貴不允。

鄭貴自去做菜。張玉和易兒兩人對坐。

剛才鄭貴在場時，易兒尚且搶著說個不停，鄭貴一出門去，易兒反而侷促不安起來，也不知該從何說起。

張玉也是心頭亂跳，憋了半晌，道：「義父義母也在附近住嗎？」

易兒道：「近日會中一個兄弟被警備司令部的人給抓去了，我爸媽要去救了他出來，已經去了好多天了。」說著，眉頭微皺，想是擔心父母安危。

張玉答道：「嗯！」又不知該說些什麼。

易兒道：「那天在絡絲潭被李鎮南追趕，我爸爸說好了咱們四人聚會的地點，可是等了幾天，都不見你趕來。爸爸擔心你被那李鎮南給抓去了，急得不得了，便帶了媽媽和我去找李鎮南。

「李鎮南便要把我們都抓起來。媽媽說，我們要的是兒子，你要的是盒子之中的祕密，不如且換一換。

「李鎮南說，那就換一換也好。騙我們進到他的房子裡，卻將我們給關了起來。後來我們才知道你並沒有被他抓住。他的那個黑屋子又怎麼能關得住我們？爸爸媽媽用了幾天工夫就鑿出了一個出入的通道，我們盡可以來去自由。

「可是爸爸媽媽卻不忙便走，他們一邊自己出去到處找你，一邊又去慫恿李鎮南派人抓你，若是李鎮南能把你抓了來，我們自然有辦法帶了你走。

「不想那李鎮南費盡心機，再也找不到你了。

「又過了幾年，爸爸媽媽找你不到，又趕上鄭貴叔叔被縣令李才高抓進了監獄，便去設法救了鄭叔叔出來。此事驚動了官府，就不能再繼續呆在那裡了，只好帶了我離開。」

張玉聽了，熱淚盈眶，思念義父義母教養之恩，哽咽道：「我今生便是粉身碎骨，也難以報答這份恩情！」

易兒忙道：「我爸爸媽媽只要你好就行了，哪裡又要你報答！等我爸爸媽媽回來，見到了你，不定有多高興呢！」

易兒又問起張玉這麼多年是怎麼過來的，張玉便把在山中捕獵，巧救阿卷，假扮仙人，殺死劉孟達等事，約略說了。至於輕生跳崖之事，連自己都覺得有些羞愧，就不說與易兒知道。

易兒聽得李鎮南原來就是劉孟達，大吃一驚。又讚張玉聰明。

張玉聽了，心裡說不出的受用，臉上又有些發燒。

易兒見了張玉模樣，心中也有些窘迫。

忽聽得鄭貴在窗外喊道：「菜好了，你們兩個過來吃飯吧！」

第十六回　聞噩耗投身報社　聽良言臥底張家

易兒聽鄭貴在窗外喊飯菜好了，從椅子上跳了起來，一把抓住張玉的手，道：「吃飯去！我鄭叔叔的廚藝是極好的！」

張玉只覺得一隻手又綿又軟，輕輕地握住了自己，一顆心飄飄蕩蕩，便要融化了去。當下起身，任由易兒牽著手，向外走去。易兒小時候常常便是這樣牽了張玉的手到處跑著玩耍，現在年齡漸長，再像這樣牽著手，兩人心中都有了一種別樣的感覺。

餐廳就在隔壁。兩人走進去一看，一張梨木方桌上已經擺好了四盤素菜，一盤橘香猴菇，一盤蒜香蒸長茄，一盤白果杏仁，一盤油酥羊奶。盤碟精緻，菜品齊整，香味撲鼻。

易兒大喜道：「鄭叔叔，我每天在你這兒吃飯，也沒見你做過這樣的好菜！」

鄭貴大聲笑道：「今天有貴客降臨，不同往日！」

易兒笑道：「什麼不同往日，便是有些偏心！」說罷，小嘴兒一撇，故作生氣之狀。

鄭貴也不去理她，忙招呼張玉坐下。

易兒又道：「張玉哥哥，鄭叔叔平日是不吃羊奶的，我來了才備了一些。今天見你這貴客來了，又加意巴結，居然油炸了出來。」

鄭貴大笑。張玉連忙道謝。

三人一邊吃，一邊說些共濟會的趣事，不時哈哈大笑。鄭貴在布道之時怒氣勃發，這時和兩人相處在一起，竟然也是個生動有趣、愛說愛笑的人，倒是大出張玉意料之外。

鄭貴說起共濟會會員多有在國民政府供職的，又說原來清朝時的許多官員也是共濟會會員，只是近年局勢紛亂，有一些失去了聯繫，不知去向。

張玉說起那個在教堂惡意詰問的張軍官，鄭貴說此人是警備司令部副官，近些天常去教堂聽講，今天他在教堂一鬧，只怕是以後教堂也去不得了。又說鬼之道夫婦去營救的那個共濟會會員便是被這張副官給抓去的。易兒和張玉就都勸鄭貴還是不要再去教堂了，世道混亂，還是先保全自己的性命要緊。鄭貴嘆一口氣，低頭不語。

飯菜甚是香甜可口，一會兒工夫三人已把四個盤子吃得乾乾淨淨了。

鄭貴拿出一套十分精美的骨瓷茶具，泡了一壺碧螺春茶，三人邊喝邊聊。

正閒話間，突然一人跌跌撞撞地闖了進來，見了鄭貴，大叫道：「神父，不好了！不好了！」

鄭貴伸手將那人扶起，緩聲道：「不要急！出了什麼事情了？」

那人跑得急，一時喘不過氣來，拿起桌上的茶壺，一口氣將水灌了下去，跌腳道：「神父，不好了！街上貼出告示，鬼大爺夫婦被警備司令部的人給處死了！」

張玉聽了大驚，忽聽得身後「咕咚」一聲，易兒已經暈倒在地。

張玉連忙將易兒扶起，搖晃著肩膀叫道：「易兒！易兒！」

易兒緩了半晌，才悠悠地醒了過來，睜開眼睛，眼淚便像斷線珠子似的滾了下來，哭道：「鄭叔叔！張玉哥哥，去救救我的爸爸媽媽！」

張玉心中悲痛之極，淚如雨下，便想大聲喊叫。

易兒起身，緊緊地抱住張玉，大哭道：「張玉哥哥，你一定要替我爸爸媽媽報仇！」聲音嘶啞，泣不成聲。易兒從小沒有上過私塾或者學校，一直和父母在一起長大，由父母督促學習，照顧生活，從沒想過有一天父母會離開自己。此時初聞噩耗，心中大急，頓時暈了過去。這時想到父母已然離去，張玉和鄭貴便成了自己最親最近之人。又去抓住鄭貴的胳膊道：「鄭叔叔！去救救我爸爸媽媽！替我爸爸媽媽報仇！」

鄭貴站起身來，大吼道：「上帝的火，終將燒滅這些惡棍！這些惡棍終將受到最嚴厲的懲罰！」一頭毛髮都炸了起來，甚是可怖。一邊吼，一邊大踏步走了出去。

張玉抱著易兒，牙齒咬得「咯咯」直響，用手替易兒拭去淚水，一字一句地說道：「記得原來義父曾經對我講過，『君子報仇，十年不晚』。易兒，先擦乾淚，待我慢慢籌思，義父義母待我恩重如山，此仇必報！」

鄭貴當晚也沒有回來。張玉也沒去問，自去廚房做了飯，端給易兒。易兒紅腫了雙眼，哭著不吃。張玉心痛如絞，呼一口氣，大口吃飯，「嘖嘖」有聲。易兒見了他這般狼吞虎嚥的吃相，心中惱恨不已。

晚上易兒自回房間。張玉便在鄭貴的房間睡覺，聽到易兒整晚都在嚶嚶哭泣，到了凌晨時分，方才迷迷糊糊地睡著。

次日清晨起來，張玉做好了早飯，去喊易兒起床，易兒只是在房間哭泣，不肯出來。

張玉好不容易敲開門，把一碗小米粥，兩根油條，一碟醬豆腐端進易兒的房間裡，道：「易兒，父母之仇，豈能不報！可是若像妳這樣晚飯不吃，早飯也不吃，午飯再不吃，餓得三兩天，就把自己給餓死了。妳餓死了之後，又能指望著誰去給父母報仇？」

易兒聽了，止了哭，道：「我若是死了，你替我爸爸媽媽報仇。」

張玉道：「妳若是死了，我便也不吃晚飯，不吃早飯，不吃午飯，把自己餓死。」

易兒恨極，又便要哭。

張玉柔聲道：「我當時從絡絲潭逃了出來，一個人躲在深山之中，絕望之極，差點就從懸崖上跳了下去。若是我當時跳了下去，那劉孟達從此就長命百歲了，我的父母之仇，又有誰會替我報去？所以從那之後，我就明白了，自己必須要好好活著。自己活得好，才會讓仇人害怕，親人欣慰。」

易兒哭著點點頭。

張玉道：「妳先吃著飯，我昨晚想了一整個晚上，已經有了些頭緒。易兒放心，我必將讓這張副官滿門家破人亡，以告慰義父義母在天之靈！」

易兒聽了，知道張玉從小就足智多謀，必有良策。心下稍寬，端起米粥，喝了一口。

張玉道：「那張副官定然勢力極大，這事兒只能從長計議。昨天我在市裡逛時，見有一家中原報社，樓面很是闊氣，我想上午便去應聘，先做個報社的記者，趁機打探張副官家的底細。」

易兒聽張玉說做記者是為了打探張家的底細，便道：「我和你一起去！」

張玉道：「像妳這樣又不肯吃飯，臉上又掛了兩行清淚，還想要去打探人家的底細，只怕先讓人家打探了妳的底細去！」

易兒抬手打了張玉一下，嗔道：「只怕是你的底細更容易打探些！自去吃你的飯去，吃完了一起去！」

張玉見易兒願意一起去，也極是樂意。當下兩人狼吞虎嚥，將早飯吃得乾淨，收拾出門。鄭貴卻仍舊沒有回來。阿卷自己留在家中，

張玉雖然昨天見了一眼中原報社，畢竟初來乍到，地形不熟。易兒卻早已熟知各處街道，當

先帶路，見張玉走得慢了，一路不住催促。

走不多時，便到了中原報社門口，共有三棟樓，前面是一個大院兒。張玉見易兒臉上猶有淚痕，輕輕上前擦拭，易兒也不躲避。

張玉道：「義父義母被殺之事，已經滿城皆知。妳若是用你的真名，恐怕便要被人打探了底細去！」

易兒見張玉說得鄭重，想想有理，道：「那便改個什麼名字好？」

張玉沉吟道：「名字倒是不用改，仍便叫做易。姓是必須改的，可改個什麼好呢？嗯，嗯，婦隨夫姓，就改姓張吧！」

易兒初時道張玉是在認真說事兒，聽到最後才知他又來作弄自己，大怒，一掌向張玉的後背打了過去，差點兒把張玉打得背過氣去，不停地咳嗽起來。

兩人徑直進了大院兒，見一棟樓門口上掛了編輯、營業、總務等木頭牌子，想想自己應該是去找編輯部，認準了門，推門走了進去。

進去一看，屋裡面又掛了「來電」、「專論」、「要電」、「時評」、「快風」等牌子，每個牌子後面都坐了幾個人，有的奮筆疾書，有的跑來跑去，盡皆忙碌不停。

兩人呆了半晌，也不知道該去找誰，遠遠見有一人端坐桌後，無所事事，便走去相問。

桌後那人五十歲左右年紀，戴了一個黑邊眼鏡，抬眼看了看二人，問道：「你們兩個，想要做些什麼差事？」

張玉道：「可有打探消息，發表文章的差事？我們兩個都想幹這個，最好能夠分在一處。」

那人道：「報社薪酬不高，活兒又苦，你們兩個受得了嗎？」

張玉忙道：「我們兩個吃苦慣了的，只要有活兒幹，有錢掙，就幹！」

那人道：「那便好。你們兩個叫什麼名字？」

張玉道：「我叫張玉，她叫張易。」

易兒聽了，咬牙切齒，狠狠地瞪了張玉一眼。

忽聽張玉「啊」地一聲喊了出來，卻是易兒的腳用力跺在了張玉腳上。

那人正在低頭記錄姓名，聽到張玉驚叫，抬眼道：「怎麼了？」

張玉忙道：「沒什麼！」

那人又寫了片刻，道：「我是這《中原日報》的主編，叫做郝石。張玉到『快風欄』報到，負責出外採訪，張易到『時評欄』報到，負責寫作時事評論文章。你們分別去找各自的欄目主編，若是能夠通過他的考試，便就留下吧。每人每天兩塊大洋。若是幹得好，將來可以漲到三塊，幹得不好，幹滿一月，便就辭退。聽明白了？」

張玉、易兒兩人連連點頭答應，鬆一口氣，各自找到自己的欄目報到。

兩人自小受到鬼之道親自教授，思維敏捷，文筆流利，通過考試自然不在話下，便都留在報社工作。一面不動聲色，細細留心有關張副官的消息。

那張副官是警備司令部頭目，各種消息自然眾多。兩人沒過幾天，便收到有人爆料，說是警備司令部張秉義副官的哥哥因為殺人被逮捕了。

張玉知道了那張副官原來叫做張秉義，便要求去暗訪張家。

快風欄眾人都知道這消息若是屬實，在報紙上一旦公布，報紙銷量必定大增，可那張家勢大，誰吃了熊心豹子膽，敢在太歲頭上動土？見這年輕人主動要去，都暗笑他初生牛犢不怕虎，有些心善的，又暗暗替他擔心。

快風欄的主編叫做張羅，也是剛被郝石提拔，一心想做出幾件大事來，只是苦於沒有機會。

今天見了這個題材，又見張玉願去，兩人一拍即合。張羅道：「你若是這回查得案件屬實，本月薪酬，我每天再多獎你一塊大洋！」

眾人一齊起鬨，要張羅先拿了大洋出來，張玉方可前去。

張玉忙笑道：「受人之祿，忠人之事。我來了幾天，寸功未立，怎可先要了張哥的大洋？若是此行果然成功，便讓張哥請酒飯如何？」

眾人聽了，同聲贊成。

郝石便走過來道：「你們快風欄就是嘴快，要的稿子更似快快的蝸牛，大年初一開始寫，寫到大年三十兒，還沒寫完一半兒！以後便改了名字，叫做快牛欄吧！」

屋內眾人聽了，都一齊大笑。易兒也望著張玉笑。

有人喊道：「在快牛欄的頭頂上，掛上一條鞭子，便叫做『快牛加鞭』！」眾人又皆大笑。

晚上眾人散去，張羅留了張玉商議去張家暗訪的事兒，易兒也留下來等張玉。

張羅道：「我查過了張秉義家的資料。他們家兄弟三個，老大張秉仁，老二張秉義，老三張秉禮。

這兄弟三個，性格又各不相同。老大張秉仁，性情暴躁，為人仗義，好打抱不平，在緝私營隊做事，專管防緝私鹽、保護鹽稅，算是一個小頭目。這爆料稱張秉仁昨天在鬧市裡喝花酒，和鄰桌的一個年輕人一言不合，就打了起來，竟然把人家給打死了。

老二張秉義，精明幹練，為人吝嗇，性情偏狹，在警備司令部做事，任司令部副官，近日又在抓捕教會、幫會人等。

老三張秉禮，好吃懶做，不務正業，每天遊手好閒，架鷹走狗，又好賭博，最不成器。」

張玉聽了笑道：「這兄弟三個倒是有點意思。」

張羅道：「爆料人說張秉仁已被法院判了死刑，現今關押在市第一監獄。我在市第一監獄有個朋友，叫做吳仕，你明天可去找他，見機行事。若是不成，也可以直接找到張家，看門的老錢頭兒和我相熟，你便假作是老錢的侄子，或許也可問出些事情來。」又細細告訴張秉義家的住址。

張玉暗喜一一謹記在心。

次日張玉早早起床，吃了早飯，便趕去市第一監獄。易兒自去報社上班。

張玉到了市第一監獄，一問門崗警衛，果然有個叫做吳仕的。張玉拿出備好的一包菸葉，送給門衛，請門衛去喚吳仕出來。門衛見到張玉懂事，也就樂得去跑一趟腿兒。

不多時，吳仕搖搖擺擺地踱了出來，左看右看。張玉上前將吳仕拉到一邊，提起張羅的名字，請吳仕到附近的茶館去坐。

吳仕見是張羅薦來的，便同張玉一同來到茶館。

張玉點了普洱茶，和吳仕報了姓名，寒暄幾句。道：「我今天前來打擾，是受了張主編的差遣，打聽一些消息。如今報社生意難做，只恐怕消息不實報導了出去又惹出禍事來。」一邊又詳細說了張秉仁入獄的事兒。

吳仕聽了，沉吟一會兒，道：「此事雖然不大，但是人命關天，不好細說。」

張玉心道：「人命關天，即是大事。他怎麼又說是『此事雖然不大』？」想了一想，已然明白，問道：「雖說人命關天，但是張家勢大，又何必怕這區區小事兒？」

吳仕道：「正是因為如此，我才不能細說。我現在告訴了你，明天定會惹得滿城風雨。那張秉仁確是被判了死刑，現下還關押在此。但是或許明天便會大事化小，小事化了，無罪釋放。這只有天知曉！有權有勢之人，翻手為雲，覆手為雨，豈是我等小小職員能夠預料的？我看你年紀輕輕，不知天高地厚，勸你還是不要蹚這洪水。」

說罷，茶也不喝了，起身告辭。張玉苦留不住。眼見吳仕走遠，張玉心道：「老子今番便是專為蹚這洪水而來的！」咬牙切齒，與茶博士結算茶錢。

茶博士見了張玉的咬牙模樣，還道是張玉疼錢，連忙解釋道：「本店茶錢在這城中算是極為便宜的了。」要待找錢，張玉早已去得遠了。

張玉牢牢記得張羅昨日告訴的張家住址，當下向路人問明道路，一路趕去。到得門前，抬眼一看，不由得一聲驚嘆。果然是朱門高戶，富庶人家。其實張志遠當年所居住的房屋比這房子猶勝一籌，只是那時張玉年幼，還不大記事兒。打從記事兒時起，便都是住些破房爛屋，如此富麗堂皇的房屋，還是頭一次見到。

門口兩邊站立軍警，戒備森嚴。張玉上前問好，說是來探望看門的錢伯伯。軍警甚是威嚴，不苟言笑，其中一人轉身向內喊話。

過了許久，大門「吱呀」一聲，開了一個門縫，一個老頭兒走了出來，滿臉皺紋，問道：「誰來找我？」

張玉忙上前道：「我哥哥張羅讓我來看望伯伯。」說著，遞上剛剛從路上買來的永年驢腸。這永年驢腸是當地有名兒的小吃，張玉昨晚曾聽張羅講起老錢頭兒便好這一口兒，故而買了來。

老錢頭兒見了，果然大喜，道：「隨我進來！」

張玉暗喜，向那幾名軍警謝過，跟了老錢頭兒入內。那幾名軍警見了驢腸，一個個垂涎三尺，眼睛便隨著二人，一直探入張家宅內。

老錢頭兒將張玉引進自己值班的小房內，道：「張羅昨晚回去都給我細細地說過了。你想怎麼辦？」

張玉道：「最好是您老能每天帶著我值班兒。」

老錢頭兒道：「那可不行！我過幾天家裡有事兒，剛找了人來接替我，怎能帶著你值班？」

張玉聽了，忙道：「那便由我來接替您老上班，豈不是好？我又不要銀子，回頭張家發了銀子，我都給您送到家裡去。」

老錢頭兒以為是自己聽錯了，問道：「你說什麼？」

張玉又重新說了一遍。

老錢頭兒道：「你說的可是真的？不許耍賴，千萬不能半途溜走，讓我落了壞名聲！」

張玉笑道：「這便請您老人家放心！」取出一兩銀子，遞給老錢頭兒，道：「這一兩銀子暫且押在您老那，您老若是發現我半途跑了，它便是您老的了。可好？」

老錢頭兒忙道：「這怎麼使得？我信你就是了，又要什麼銀子？」嘴上雖如此說，無奈那一雙眼睛不聽話，盯著銀子不放。

張玉把銀子塞進老錢頭兒手裡，道：「您老先拿著用吧。」

老錢頭兒連忙推讓，想要將銀子塞回張玉手裡，無奈自己這一雙老手怎麼也伸展不開，銀子被十根手指牢牢扣住，再也跑不出來。只好作罷。

當下老錢頭兒去找東家張老爺子說明讓張玉代替值班的事兒，又說了張玉聰明肯幹、辦事乖巧、足堪大用等等諸多好話。張老爺子也便應允。

張玉大喜。

老錢頭兒又向張玉交接各項事務，諸多注意事項，張玉一一記下。原來看門之事雖然看起來簡單，真真做了起來，裡面卻有許多門道，十分瑣碎。

張玉從此便帶了阿卷在張家看門，囑咐易兒先暫且在報社上班，關注張家消息。易兒也囑張玉一切小心在意，凡事不可莽撞。

張玉每天就在門房內閒坐，觀察四周動靜。那張老爺子每天上午便坐在院中晒晒太陽，常常凝神思索。張秉義並不是每天回家，有時回來一會兒，便又匆忙出門去了。張秉禮則是每天要高睡到中午方才起床，牽了大黑狗出門玩耍，深夜方回。

張家傭人眾多，雖然都知道換了門房，也並沒有多少人去理會。倒是偶有來張家辦事的人眾，看著張玉年輕，想著是將來用得著的，常常有人送了一隻雞，或者一瓶酒來巴結。張玉一口市井俚語，一一笑納。

這天中午，張玉吃完午飯，正在撰寫有關張家的新聞稿，以便向張羅報送，忽聽得院中有人大罵，卻是張秉禮的聲音。忙把紙筆收拾起來，出去查看。

只見張秉禮拿了皮鞭，一邊抽打一個女子，一邊大罵道：「每日裡養了你們這些沒用的東西，連狗的肉湯都看不好，讓老鼠給偷吃了，還要你們這些人幹什麼用？」

張玉見那女子身上立刻血跡淋漓，心中不忍，剛要上前相勸，卻聽見張老爺子大聲喝道：「住手！你個不爭氣的東西！每日裡養些貓狗，弄些鳥蟲，又來責怪下人！今天這又是怎麼了？」

張秉禮見是父親來了，心中有些忌憚，停了鞭子，罵道：「我的朋友送給我餵狗的肉湯，我讓她給看好了，她卻讓老鼠給偷吃了！你看，湯裡面都是老鼠屎！」

張玉向盛肉湯的罐子裡望去，果然見裡面有好多老鼠屎。

卻聽張老爺子罵道：「你這個愚蠢的畜生！咱們家有的是肉，你都送了給人，卻把別人喝剩的肉湯當作了寶貝！」

張玉見了，走上前去，從肉湯罐子裡撈起一粒老鼠屎，掰開來看了看，道：「張老爺子，這老鼠屎是剛剛才放進去的。您看，鼠屎裡面是乾的，若是老鼠偷吃時掉進去的，裡面必然是濕的。」

張老爺子聽了，越發大怒，便要揮手向張秉禮打過去。張玉連忙攔開。

張秉禮見張玉揭穿了自己的底，勃然大怒，正要發作，又見張玉攔開了父親打來的手，一時也分辨不出此人到底是敵是友，愣在當地。

卻聽張老爺子罵道：「還不快滾！」

張秉禮連忙就走，走了幾步，又回頭來用皮鞭指著那女子道：「下次你若還不從我，看我不剝了你的皮！」

張老爺子大怒。張秉禮一溜煙走了。

張玉上前扶起那女子。女子身上鞭痕累累，不停哭泣。張玉拿出一點碎銀子給她，又從房內取了酒來，替她擦在身上消毒。

張老爺子見張玉懂事，問道：「這位小哥是幹什麼的？」

張玉答道：「我是新來的門房。」

張老爺子點點頭，轉身走了。

第二天，張家的管家來找張玉，道：「從今天起，你就來跟著我上班吧。張老爺子說你聰明有識，看上你了。老錢頭兒家裡的事兒已經辦完了，待會就來，讓他還做門房。你且隨我來吧。」

張玉大喜，謝過管家，跟了管家一同來到上房。管家向張玉交代家中種種事務，張玉一一記住。

第十七回　見暗語查知真相　吝珠寶索回錢財

這天張老爺子又在院中閒坐，見了張玉，便招呼張玉過去，隨口聊些閒話，又拿了一張紙片，翻來覆去地看。

張玉側目看去，見那紙片上寫了許多『睡川』、『無山岩』等字，心念一動，想起了義父當年在絡絲潭的小舟上給自己講過的木盒中的暗語。見這張老爺子約莫六十來歲年紀，不知是從何處得來的這些暗語。

那張老爺子卻是參詳不透，瞇著兩眼看來看去，總是不解，又放不下，待了一會兒，接著又看。

張玉心中暗暗生疑。晚間看著管家心情高興，便邀管家同去飲酒。管家欣然前往。席間張玉大讚管家管理有方，調度合理，家中諸事都被打理得井井有條。管家雖然連聲遜謝，心中卻大為得意，對張玉的好感，又多了幾分。

張玉又道：「咱們的東家張老爺子看起來學識淵博，是個大有學問之人。」

管家道：「那是自然，張老爺子原來是這裡的副市長，去年剛剛退休。文案功夫天下無雙，那是公認了的！」

張玉道：「怪道我看著像是個做過大官兒的！」

管家道：「張老爺子一生為官，人品是極好的。」

張玉問道：「便是一直在這裡做官嗎？」

管家神祕兮兮地道：「聽說張老爺子早年間是清朝的官兒，在保定府一帶的，具體的衙門官職我也不知道。二少爺早年間是在北京城門口當差的。後來張老爺子又當上了民國的官兒，過去的事兒，一概都不讓提起。這事兒今天也就只是和你說說，萬萬不可傳了出去！」

張玉聽了，心口大震，咬牙問道：「卻不知老爺子大名？」

管家道：「老爺子官名叫做張良平，外面人都叫他張市長。」見張玉臉色蒼白，問道：「怎麼？不舒服嗎？」

張玉道：「這酒勁兒大，有些上頭。」

管家笑道：「酒量這麼小還怎麼出來混事兒？看來還得跟著我多磨練磨練！」

張玉連忙稱是。兩人又聊些張家的瑣事，張玉多聽少語。管家見張玉恭謹，心中甚喜。

張玉當晚回去，把找到張良平的事兒詳細向易兒說了，道：「義父義母的仇，我父母的仇，便都要著落在這張家身上了！絕不能輕饒了他！」

易兒聽了放聲大哭，張玉連忙過去安慰，自己的眼淚也忍不住流了下來。

第二天，張玉見張良平又在院子之中看那暗語，便走過去道：「老東家，我聽說大公子張秉仁被人誣告抓了起來，現在關在市第一監獄，可有此事？」

張良平道：「倒也不是誣告，確是他殺了人。」

張玉道：「那也得怎生想個法子啊！我有個朋友在那個監獄當差，不知可有用得上的地方嗎？」

張良平笑道：「那監獄的獄長便曾是我的屬下，又有何用？」不過見張玉關心張秉仁，心下也是高興。緩緩站起身來，向著院中的一棵大樹，躬身拜了下去。

張玉早已見到這院中生了一棵梧桐樹，樹前擺放了香案，頗為奇怪。見他參拜，便問道：「老爺子為什麼要拜這棵大樹？」

張良平極為虔誠，一絲不苟地拜完，起身答道：「這棵樹是我原來的一位官長所贈，許多年來，我一直帶了全家每天參拜。只是這些年來家中事兒多，拜的次數也是越來越少了。」搖頭不已，似是為自己拜樹不勤之事頗為自責。

張玉道：「老爺子連對原來官長所贈的一棵樹都這麼恭敬，為人處事，必是德高望重。」

張良平看了張玉一眼，眼神中大為讚賞張玉的見解，說道：「我生平所遇，也是大大的得益於這拜樹之行。便是後來的官長見了我拜樹，問明緣由，也是對我肅然起敬。都知道我既然對原來的官長念及舊情，對現今的官長也必會忠心耿耿。」得意之色，溢於言表。忽然喊道：「秉禮，你且過來！」

張玉看時，見張秉禮又牽了那條大黑狗，搖搖擺擺地要走出門去。

張秉禮見了父親，垂頭搭耳，走了過來。

張良平道：「你大哥被人下獄，你卻還是整天遊手好閒，全不放在心上！」

張秉禮道：「你平日裡總是誇獎二哥秉義這樣好，那樣好，怎麼家中出了事情，倒是想起我來了？」神態甚是不屑。

張良平怒道：「你怎麼這麼不懂事兒？現今我已經退養在家，你大哥出了事兒，你又整日遊手好閒，全憑你二哥支撐家業。你還在這裡說些不三不四的怪話！現今有一件事，我想了很久，決定派給你去做。」

張秉禮聽父親要派自己事做，倒是大出意料，精神一振，嘴裡卻道：「派我做一件事兒，還需要想了很久！你且說說，倒是什麼事兒？」

張良平道：「你大哥被關在獄中，我左思右想，得了一個主意，或許能夠救了他出來。現今市政府的劉副市長是我原來的同事，為人厚道，你帶了些珠寶去，求他想想辦法，定能把你大哥給救了出來。」

張秉禮道：「這事兒極是容易的。放心交給我就是。」說了，便要拿了珠寶，去找那劉副市長。

張良平忙道：「且不要慌。」用手指著張玉道：「你這次去的時候，帶了這位小哥兒同去。他見事機靈，又有謀斷，可以當你的助手。」

張秉禮看了一眼張玉，撇嘴道：「這點子小事兒，何必大驚小怪。」便想不帶張玉，想要等將來自己獨自辦成了事，讓父親刮目相看。

卻見二哥張秉義腳步鏗鏘，走了進來。見了三人神態，便問父親道：「又出了什麼事兒？」

張良平將方才的話又說了一遍，道：「救你大哥的事兒，我想著交給秉禮去做，比較合適。」

張秉義皺眉不答，又指著張玉問父親道：「這是何人？」一雙眼睛嚴厲無比，向著張玉上下打量。卻見張玉的眼神如絡絲潭上的霧氣一般，氤氳繚繞。張秉義越加皺眉。

張良平道：「這孩子前些天給咱們看門，我見他見事明瞭，所以就叫他隨了管家歷練歷練。這回讓秉禮去救你大哥，我便想差了這孩子和你弟弟同去。」

張秉義問張玉道：「你叫做什麼名字？」神色間頗為嚴厲。

張玉回道：「我叫張玉。」

張秉義眼中精光暴盛，道：「張玉？」眼望張良平。

張良平從未問過張玉姓名，聽了問道：「你祖籍哪裡人氏？」

張玉見兩人起疑，遂道：「我祖籍是河南的，一個叫做林州的地方。」

張良平聽了，鬆一口氣，向張秉義道：「世間同名同姓之人甚多，你又何必多疑？」

張秉義也想張玉這名字極為普通，隨便到哪裡都有好些叫做張玉的，倒是也不足為奇。道：「父親，去救大哥的事兒，還是我去為好。三弟年紀尚幼，平時也沒有歷練，去了恐怕多有疏漏。」

張秉禮聽了，臉色陡變，陰晴不定。

張玉見了，道：「三少爺雖說年幼，倒是每日間結交了不少豪傑，朋友甚多，辦起事來或許還要容易些。不過二少爺乃是警界人士，官來官往，熟門熟路，搭救大少爺之事，也許會更為好辦一些。」他這番話說了，便和沒說沒什麼區別。

張良平聽了，不由得連連搖頭。

倒是張秉義聽了，暗道：「他這番話是先抑後揚，先是說秉禮朋友多，最後還是說得靠我官場混得熟方才管用。」心中暗喜，向著張玉一笑。

那張秉禮聽了，也是興高采烈，想道：「這小子說我每日裡結交豪傑，果然是不錯。父親每天見我出去廝混，罵我沒出息，現在到了關鍵時刻，還不是要靠我那些平日裡交下的朋友嗎？」臉色非常得意，向著張玉擠一擠眼。

張良平沉吟許久，道：「這回去救你大哥，雖說不是什麼難事，但是既要求人，不可小氣！咱們的心意到了，別人自然上心幫忙。我看還是讓秉禮去要好一些。」

張秉禮聽了，高興之極，斜著眼睛向張秉義一瞥。

張秉義卻道：「父親！這回要想救回大哥，政府的官衙故事，人脈往來，都得要摸得精熟了才好辦事。三弟只知道每天架鷹走犬，不知官衙規矩，貿然去辦這樣的大事，定然不妥！」

張玉見張秉義執意要去，又想起張羅說過這張秉義「為人吝嗇，性情偏狹」的評語，微笑不語，當下更不發言。

張秉禮聽二哥與自己爭搶，臉上罩了一層黑氣，卻不敢出言頂撞。

張良平見兩人相爭，頗費躊躇，想了半晌，道：「既是如此，那便秉義去吧。只是這次前去，不可小氣，只要多多奉上珠寶，必能接了你大哥回家來團聚。這個小兄弟也便隨了一同前去吧。」用手指著張玉。

張玉見說，欣然受命。

張秉義本不願帶著張玉去，只是見有三弟秉禮在旁和自己相爭，父親好不容易已經同意自己去了，不想再多惹事端，只好點頭同意。心道：「你便是隨我去了，萬事都不讓你知曉，你又能怎地？」

張秉禮一臉怒容，牽了大黑狗，話也不說，頭也不回，出門去了。

張良平見了，搖搖頭，走入房內。

張秉義向張玉看了一眼，神情倨傲，昂首挺胸，自回房間去了。

張玉卻暗暗高興，心中已經有了計較，在院子中逗著阿卷玩耍。

次日一大早，張秉義已經收拾停當，準備出發，也不去叫張玉。張玉聽得外面響動，連忙穿戴齊整了出來，混入隊伍之中。

張秉義戎裝駿馬，神氣非凡。張玉見了，便上前說道：「二少爺，老爺子說要多帶珠寶，不知您老身上帶了多少？」

張秉義鼻子裡「哼」了一聲，道：「不勞掛念！」

張玉伸伸舌頭，不再說話。

須臾啟程，一行五個人，後面跟著一輛馬車，浩浩蕩蕩，向劉副市長辦公之所行去。

到了劉副市長辦公的大樓前，看見大樓外面已經聚了好多人在等著拜見。張秉義上前向門房說明來意，門房甚是傲慢，說道劉爺今天不在。張秉義搓手無策。

張玉見了，從懷中悄悄拿出一錠小銀子，拉過門房暗暗遞與，道：「我姓張。我們幾個人一大早從家裡大老遠來的，今天見不到劉爺，只怕就要露宿街頭了，還請大爺高抬貴手，幫忙給通報一下。」又道：「咱倆也算是同行，我也是幹門房出身的。」

那門房聽了，嬉皮笑臉，道：「我看你小子也不像是個什麼大人物。你等著，我幫你去問上一問。」收了銀子。

張秉義見了，暗暗鬆了一口氣。

不多時門房回來，喊道：「姓張的那幾個人進去吧，其他人先在這裡等候！」

張秉義聽了，大為高興，昂首挺胸，神氣活現，從眾人面前當先走了進去。張玉在後面緊緊相隨。

進到政府樓內，找到劉副市長辦公室，張秉義剛要敲門，忽聽一人喊道：「你這人怎麼這麼沒規矩？這裡還有許多人在等候著呢，你這剛來的就想先進去？」

張秉義回頭看時，只見一個會議室內零七落八，坐滿了人，竟然連自己的上司，警備司令部的司令也在裡面等候。

張秉義大窘，連忙走過去致歉，又連連向司令問好。那司令哈哈幾聲，也不多去理他。

足足等了四個小時，張秉義一行人午飯也沒吃，餓得前胸貼了後背，後背靠著前胸，前胸和後背兩個相依相偎。

張玉看看不是頭兒，出去給門房打了一聲招呼，買了六份炒飯。回來給了門房一份，剩下的五人每人分了一份。

張秉義平日裡養尊處優，哪裡會想去吃街頭的炒飯，這時餓得急了，見了炒飯，口水直流，正待狼吞虎嚥，忽然瞥見自己的上司，警備司令部的司令正在虎視眈眈，看著自己，只好暫且把口水噝了回去，將炒飯遞給司令，道：「司令，您老先將就著墊巴點兒吧，我不餓。」

司令推道：「你自己吃！我不愛吃這個！」

張秉義道：「知道司令不愛吃，不過這時候也沒有別的，湊合著吃點兒吧！」一面給司令把筷子放好。

司令拿起筷子，一百個不樂意，道：「我最不愛吃這種炒飯，不衛生的！」一張嘴早已狼吞虎嚥，霎時間粒米不剩。又訓斥張秉義道：「你那邊教會的事兒，抓緊督辦！這幾天教民又在市裡鬧事，弄得市長都知道了！」

張秉義連連點頭，餓得頭暈眼花，差點兒栽倒在地。忽然鼻子中聞到一股異香撲來，卻是張玉沒吃，把自己的那份炒飯遞了過來。當下也不客氣，學著司令的模樣，舔了個乾淨。

張玉從懷中拿出餅乾，討了杯水，湊合著墊巴了一下。

幾人吃過炒飯，一個個都昏昏欲睡。

張玉獨自悄悄溜了出去，東瞧西逛，見到一處屋子門口上寫了「祕書室」，推門走了進去。屋內坐著一人，正在奮筆疾書。

張玉湊過去一看，見那人正在寫一篇副市長發言稿，讚道：「好文采！這篇發言慷慨激昂，催人奮進，任誰聽了，都是要熱血沸騰！」

那人正自寫得入神，忽聽耳邊有人說話，嚇了一跳。抬眼見一個和自己年紀相仿的人大讚自己的文章，不由得頗為得意。道：「只是不知這句『清洗洋教派人員，統統趕出市區。』是否合適，只怕說了出去會引起信教之人的非議。」

張玉點點頭，沉吟道：「不如以『滌盪冥頑不化之徒』，一語帶過，即不說是教派人士，又可讓人能夠領會得到，把意思表達明白。」

那人大喜，道：「果然是好詞句，含而不露，就依兄弟的意思吧！」當下幾筆改過，搖頭欣賞，通篇看了一遍，道：「好！這便去讓劉副市長看看去！」又問張玉道：「你可有事兒嗎？請在這裡稍坐，我去去就回。」

張玉忙道：「我也是來找劉副市長辦事兒的，只是人太多，還沒輪上見呢。」

那人笑道：「你怎麼不早說？我去讓劉副市長看了稿子，順便先叫了你進去！你叫什麼名字？」

張玉大喜，連忙把姓名說了。那人一溜煙走了。

張玉連忙趕回去和張秉義說了，張秉義也是大喜，拿出一面鏡子，左看右看地整理衣裝。看看旁邊的司令尚在垂頭打盹兒，也不去驚動。

過不多時，果然那人過來喊道：「劉副市長喊張玉進去！」

張玉連忙站起來謝過，叫了張秉義，一同進去。

張秉義來時本不想帶張玉去見劉副市長，可現今卻是張玉帶了自己去見劉副市長，因而也不好開口阻止。

兩人進到劉副市長辦公室，張秉義說明來意。劉副市長聽說張秉義是張良平的兒子，頗為高興，道：「我與張市長交厚，你的來意我已知曉，不宜在這裡多說，晚上九點鐘你們二位到我家中來細談吧。」說罷，端茶送客。

兩人足足等了四個多小時，到劉副市長辦公室只用了五分鐘，就告辭出來了。張秉義滿臉笑容，帶了原班人馬，向警備司令部司令告辭，搖搖擺擺，走了出去。

那司令見張秉義晚來，卻趕在自己前面見了市長，恨得牙根發癢，暗自說道：「恁的得意，看我回去不好好修理你！」

晚上八點半，兩人讓眾人在外面等候，張玉攜了珠寶，跟了張秉義來到了劉副市長的家中。

劉副市長正在客廳會客，一直等到十點，幾個客人陸續散去，方才見到。

劉副市長道：「下午聽說你大哥被關在市第一監獄，已經判了死刑，此事只怕是不好處置。」

張秉義陪笑道：「看在家父的面子上，好歹給通融一下兒。」向張玉使個眼色。

張玉連忙把帶來的珠寶奉上，笑著向劉副市長一一介紹。

劉副市長見了，哈哈一笑，不置可否。道：「我與你父親乃是同事，你們又拿了這些東西來做什麼？真是見外！此事我再計較一下，你們先回去聽消息吧！」

兩人聽了，只好告退。

過了幾天，張玉在外面聽人說起近日抓捕的教派人士過多過濫，其中多有冤枉的，一些原來判了死刑的犯人也要放了出來，便回去稟告張秉義。

張秉義大喜，連忙去市第一監獄詢問，見要釋放的犯人名單中，赫然便有張秉仁的名字。

張秉義見大哥被無罪釋放，便又開始肉疼那些珠寶，心道：「那些珠寶是父親多年來提心吊膽，弄來的積蓄，這一次送給了那劉副市長，幾時才能掙了回來？大哥現今是無罪釋放，那劉副市長又沒有費一分力氣，憑什麼便得了這些現成的便宜？」便想著要去劉副市長家中取回珠寶。

張玉見張秉義先是大喜，後又籌思，知是張秉義捨不得珠寶，心道：「我要報仇，便先將這張秉仁做絕。」道：「劉副市長真是好運氣，正好趕上政府要釋放死刑犯人，他卻平白得了咱們的珠寶去享用！」

張秉義聽了，更加肉疼，於是決定晚上到劉副市長家去取回珠寶。

兩人又等到晚上九點，悄悄來到劉副市長家，正巧沒有客人。

劉副市長見了二人很是高興，讓人奉茶看座。

張秉義喝了幾口茶，支吾道：「今天來拜見劉副市長，是聽說政府正好要釋放教派人士，我去市第一監獄打聽了一下，釋放人員的名單裡便有我大哥的姓名，所以今天特來向劉副市長告辭。」

張玉站立在旁，眼中燃燒著復仇的火焰，不發一言。

劉副市長聽了，尋思道：「他大哥之所以被釋放，是因為我向市長報說近日市裡抓捕的教派人士過多過濫，嚴重擾亂了民眾生活，不如且都放了回家，慢慢教導，從長計較。市長聽從了我的建議，所以才要去釋放那些被抓捕的教派人士。我又給市第一監獄打了招呼，把張秉仁之案做成是因為教派紛爭殺人，多方周轉斡旋，因此才能夠得以釋放，實在是費了不少的心力。」又尋思道：「這二人就在本市居住，今晚前來不說感謝的話，卻來告辭，又是什麼緣故？嗯，是了，怕是他們聽到那張秉仁被無罪釋放，道是我沒什麼功勞，卻平白受了好處，後悔送了我那些珠寶了。」當下嘴角微微一撇，道：「兩位稍坐，我去去就來。」起身到後堂去了。

不多時，劉副市長取來一個包袱，正是張秉義當初送來的珠寶。劉副市長道：「既然你大哥已經被政府無罪釋放，你又何必再來找我，快快把這些珠寶都拿了回去！都是聽命當差的，掙錢不容易。況且現在上面查得緊，我也不好犯了規矩！」

張秉義見了珠寶，一顆心只覺得無比親近，卻道：「劉副市長這是說哪裡話？既然送來了，怎好再拿了回去！」

劉副市長道：「寸功未立，怎能平白得此厚祿。」堅辭要給。

張秉義也便老實接受，起身告辭。

張玉眼中似乎要噴出仇恨之火，咬緊牙關，跟在張秉義身後出門而去。

張秉義回到家中時，父親已經入睡，便遣散眾人，各自回房休息。

次日張秉義早早起來，去向父親報喜，道：「我這次去，不費一金一銀，便把大哥給救了回來。」

張良平聽了，奇道：「那卻是怎麼救的？」

張秉義得意道：「我們開始送了珠寶給那劉副市長，可是後來一打聽，大哥已經快要被政府無罪釋放了，便又去劉副市長家將珠寶取回，趕了回來。」

張良平聽了，半晌不得言語，忽然一跤坐倒在地，嚎啕大哭。

第十八回　報仇恨墳前祭拜　明恩怨樹下談心

張秉義見父親坐地大哭，不由得愣了，忙去攙扶父親。卻被父親一個耳光，在臉上打了五個指印出來。

張秉義大怒，道：「我去辛苦了幾天，辦妥了事，回來給你報喜。你不念我辛苦也就算了，為什麼又要打我？」

張良平哭道：「你大哥這一回活不成了！」讓人回房去取了紙筆，便在院中奮筆疾書。

張玉聽了院中兩人說話，也便走來觀看。見張良平筆不離紙，洋洋灑灑，寫了好大一篇，湊過去細看時，腦中「嗡」地一聲，便要叫出聲來。只見那字線條乾瘦，結體險峻，正和父親所留遺書上的字跡一模一樣。當下心中雪亮，必是父親的遺書寫了交給張良平時，張良平見遺書中有不可讓別人知曉的內容，故而自己又另外寫了一封假信交給喜奎。當年義父鬼之道在絡絲潭舟中曾說起遺書與木盒內所刻字跡並不一致，只是自己當時並未留意這些細節。心中對張良平的痛恨，又多了十分。

張秉義看了父親所寫的文章，大吃一驚，原來張良平正在為老大張秉仁寫一篇祭文。張秉義急道：「父親，這又是從何說起？大哥過得幾天就可以回家了，怎麼又要寫這祭文？」

張良平老淚縱橫，道：「本來是過得幾天就可以回家了，現如今你把珠寶又討了回來，你大哥只怕會比原來死得更快！」

張秉義見父親傷心，心中也是疑惑，連忙派手下軍警去市第一監獄打探消息。手下軍警見上官有命，一個個奮不顧身，飛馳而去。

不多時，一人回來報說：「監獄已經開始釋放教派人士了，人數眾多，尚且還不知其中是否有大少爺。」

張秉義聽了心中稍寬。這些教派人士皆是張秉義所抓，若是往日聽到這等消息，必定是要氣炸了肺，非去找市長理論去不可。現今監獄中關了自己哥哥，卻巴不得一個不留，把所有的犯人全都放了出來才好。命人接著去探聽消息。

到了中午，一人回來報說：「今天該放的人犯都已經放出來了，卻沒見著大少爺。」

張秉義聽了，心中便有些驚慌，命人再去探問為何大少爺沒有放出來。去看父親時，見父親閉了雙眼，手裡不住地揉著兩個核桃。

午飯後，有人回來報說：「監獄的人說大少爺並非是教派人士，是因了別的事情殺人，情節又特別嚴重，不在被釋放的犯人之內。」

張秉義急道：「怎地就不在被釋放犯人之內，我和張玉親自去打聽過的，內中有大哥的名字！張玉，你說是嗎？」

只見張玉眼中的迷霧更濃，緩緩答道：「是。」

張秉義連忙命人再去探聽，一面又準備金銀珠寶前去打點。見父親午飯也沒吃，依舊在揉著那兩個核桃。又見三弟秉禮坐在院中的籐椅上，腳踩著大黑狗，嘴裡哼著小曲兒，心中更加焦躁。

傍晚，一人飛奔回來報說：「不好了！監獄的人說大少爺已經被處死了，讓家裡前去斂屍！」

張秉義聽了，一跤坐倒在地。顫聲道：「便是要處決，也要走了程序，通知家人，怎地會是這樣快法？」皺了眉頭，憤恨不已。心道：「這個劉副市長如此貪財，不念舊情，竟將大哥害死，此仇不共戴天！」把一口牙齒，咬得「咯咯」作響。抬眼望去，卻見三弟搖頭晃腦，一支小曲兒唱得更加響亮。腹中一陣噁心，便要吐了出來。從張玉房間的窗子望進去，只見張玉正在案前奮筆疾書，也懶得去看他寫些什麼。

第二天，《中原日報》頭版頭條刊出特大新聞，「眾多教派人士獲福音無罪釋放，警備司令部副官之兄依法處決」。

張秉義看了，將報紙撕得粉碎。

其時市民家中，多有信教信佛之人，見到家人無恙歸來，都是大喜過望，家家戶戶買了鞭炮燃放。一市之中，喜氣洋洋，便似過年一般，路人見了，相互稱賀道喜。

張良平一家卻是收了大哥張秉仁的屍體回來，掛起白色喪幡，大放悲聲。

張玉在街上買了些祭品，攜了易兒，來到鬼之道夫婦墳前祭拜。鬼之道夫婦死後，鄭貴派教眾去收了兩人的屍體回來，葬在元寶山之上，立了石碑，上面刻了「石匠鬼之道及夫人林南河之墓」，碑的左上角淺淺刻了分規曲尺，正是共濟會的徽標。共濟會行事極為隱祕，這徽標除了會員，別人並不識得。

張玉將祭品擺好，攜了易兒在墳前磕頭，說道：「義父義母，您二老養育我多年，不料竟然遭此劫難，我和易兒必要為二老報了這深仇大恨！那張秉義的父親，正是張良平，義父所料不差，那張良平當年藏匿了父親的書信，卻又自己假造了一封信交給了喜奎，此人老謀深算，陰險之極。如今老大張秉仁已被處死，特來向二老報喜！」

易兒聽張玉說完，叫了一聲：「爸爸媽媽……。」早已泣不成聲。

張玉輕撫易兒肩頭，柔聲向著鬼之道夫婦的石碑道：「義父義母，再過得幾天，待我把那張秉義除去之後，再來向二老拜祭！」

易兒聽了，抽噎著問道：「張玉哥哥，那張秉義是警備司令部的人，手下有好些軍警，你千萬不要冒險。」

張玉道：「他便是有千軍萬馬，又有什麼用？我自有辦法，你放心吧。」

易兒見張玉說得自信，知道他機謀深邃，也不去多問，將肩膀靠在張玉身上，就用張玉的衣服擦去淚水，柔情萬種。

張玉心中一熱，伸手摟住易兒後背。兩人誰也不說話，在墳前坐了很久，方才收拾起身。

次日，《中原日報》頭版頭條又刊出特大新聞，「張秉義家中居喪」，第二版頭條卻是「全市市民感佩政府善政，爭相走上街頭燃放鞭炮」。報紙一出，市民爭相購買，報社又加印數版，盡皆售完。只把報社主編郝石的一張大嘴，笑得合不攏來。快風欄主編張羅也被連連獎勵，春風得意，知道易兒和張玉交情不淺，每日裡對易兒加意巴結。

張良平拿了報紙，看了一遍，將頭版剪了下來貼在牆上，道：「老大張秉仁雖然生前默默無聞，死後卻登上了《中原日報》的頭版頭條，也是可喜可賀！」

張玉見了，不由得暗暗佩服張良平的涵養功夫。

張家大辦喪事，來祭拜著頗多，帳房先生忙個不停，七日方休。

這天張玉去街上買回了上好的牛肉，回到家中精心烹製。易兒見了，笑道：「又嘴饞了？燉了這許多牛肉！」

張玉撈起一塊兒小的，笑道：「這一塊兒是咱們兩個的，其他的都是阿卷的。」

易兒只當張玉是在開玩笑，笑道：「你的阿卷比我還重要啊！」

晚間吃飯時，兩人果然就只分吃了那一小塊兒牛肉，味道甚美。

第二天早上，易兒見張玉包了剩下的牛肉，牽了阿卷，便要出門，奇道：「這些牛肉真的是要餵阿卷吃啊！」

張玉道：「對啊！」頭也不回，徑自走了。

張玉來到張家，上午忙完了瑣碎事務，吃過午飯便牽了阿卷，來到院中通往門口的小路旁，拿出了牛肉，不時地餵阿卷一小塊。張玉知道張秉禮在每天的這個時候便要帶了大黑狗出門玩耍。不多時，果然見張秉禮牽了大黑狗，搖搖擺擺地走了過來。見了張玉，也不搭理，徑直走了過去。

大黑狗卻拽著狗鏈，用力朝張玉走去。

張秉禮甚是奇怪，抬眼看去時，卻是張玉正在拿了小塊牛肉在餵阿卷。便訓斥大黑狗道：「每天給你吃那麼多肉，怎麼還是和餓死鬼一樣？見了人家的肉就走不動了！」

張玉笑嘻嘻地，拿了一塊肉遞給大黑狗，大黑狗一口便吞了下去，又眼巴巴地看著張玉。

張玉又遞了一塊過去。阿卷見大黑狗過來了，便湊過去和大黑狗玩耍，兩隻狗跑來跑去，互相追咬。

張秉禮見張玉也愛養狗，頗有知己之感，道：「你餵狗的肉燉得倒好！」

張玉道：「煮些牛肉，醃好味道，用柴火烤乾了，帶在身上，出門時餵著方便。這肉卻是不能放鹽的。」

張秉禮見張玉說得頭頭是道，大喜，道：「原來你也是懂狗的！」

張玉道：「多少也知道一些粗淺知識吧，不像三少爺是極精通的。」

張秉禮點點頭，道：「許多人以為狗隨便一餵即可，其實大大不然。狗的食物中肉、蛋、奶必須搭配齊全，營養才得夠用，毛色又能養得好。你方才說不放鹽，這是極對的，狗不能大量吃鹽。又有一條，一般人以為狗愛吃骨頭，也是大錯特錯。」滔滔不絕，一一道來，如數家珍。

張玉聽得甚是仔細，於其中不解之處，必詳加請教，非要澈底弄明白了不可。

張秉禮見張玉聰明好學，當下也不出去玩耍了，搬來椅子，坐下來與張玉一五一十，細加講解。張玉又問道狗窩如何做法，狗鏈又有幾種，甚至於有關母狗懷胎生子之事，也都一一請教。說完了狗，又講起架鷹之法。

那張秉禮淵博之極，分門別類，娓娓道來，絲毫不亂。

兩人談得甚是投機，直到皓月當空，猶未盡興。張秉禮喚傭人備了酒菜，搬到自己房中，又死活拽了張玉，同去飲酒切磋。

張玉拗不過，只好前往。

兩人酒至半酣，張玉道：「來貴府多日，沒想到三少爺竟然如此淵博，談吐不俗！只可惜沒有施展抱負的機會。」

張秉禮嘆了口氣，道：「我父親自小偏心，有事總是讓二哥去做，又是說我還小，經驗不足，不能任事。我今年都二十了，怎麼還小？」

張玉道：「我今年也是二十，咱們兩個原來是同歲！我什麼事情都是自己來做，也都好好的。」

張秉禮道：「所以說像我們這樣的富戶人家有些什麼好處？家裡管得又嚴，這話不能說，那事不能做，活活憋悶死了人。倒不如那些平常百姓，來去自如，日子過得滋滋潤潤的。」

張玉心道：「你不知道平常百姓的苦衷，真的讓你去過那樣的日子，只怕你連三天都撐不過去。」道：「其實你家中也是很好的。」

張秉禮道：「你有所不知。我二哥在外人看來，好像精明幹練的樣子，其實每逢大事，並沒有決斷之才。上次去救我大哥的事兒，若是換了我去，定能辦得漂亮。」說著，臉上神色憤憤不平起來。

張玉道：「上次若不是二少爺執意要去劉副市長家中討回珠寶，大少爺現今正在家中飲酒作樂呢。二少爺還是心疼那幾個錢。」

張秉禮道：「幾顆珠寶，又有什麼用處，便是都送了人，又打什麼緊？真是個沒見識的人！」

張玉道：「哥哥多了，便是不好。你看我沒有哥哥弟弟，我想做什麼，便做什麼，誰又來管我？」

張秉禮切齒道：「早晚有一天，我也要做個沒有哥哥弟弟的人！」

張玉忙道：「三少爺喝多了！」

張秉禮道：「不妨事！」

兩人一直聊至深夜，各自睡覺。

這天張秉義回來，大發雷霆，說是教會鬧事，一個叫做鄭貴的人帶頭，與警備司令部的人動了手。又訓斥秉禮遊手好閒，不做正事，不務學問。

張良平聽見了，過來說道：「幾個人鬧事，又有什麼大不了的？你大哥的喪事辦完了，市裡幾個要緊的人處你還是要去回拜一下，表示一下感謝之意，另外也看看你可還有什麼陞遷的機會。」

張秉義聽了，不耐煩道：「整日裡教會的事兒就夠叫我頭疼的了，哪裡有時間去管這些閒事兒，讓秉禮去辦好了。」

張良平道：「秉禮年幼，少不更事，還是你去為好。」

張秉義不耐，回房去了。

張良平在院中喊道：「幾個教會之人，不過是些平民百姓，把事情鬧大了，正好抓起來砍頭了事，又至於著急上火？」

張秉禮聽父親說自己少不更事，也是一臉黑氣，自回房間去了。

到了晚間，張秉義擬定了要去拜見的名單，又籌思備辦禮物。覺得一陣睏意襲來，便去躺在床上打盹兒。

忽然一個黑影閃進屋裡來，見張秉義睡著了，從懷裡摸出一把牛刀，當胸刺了進去，正中心臟。張秉義大叫一聲，就此不動。

其時管家傭人都還沒有入睡，聽得這邊二少爺一聲大叫，都跑了過來探問。進屋一看，盡都呆了。只見三少爺張秉禮拿了一把牛刀，呆在當地，濺了一頭一臉的血。

一些膽子小的傭人都嚇得瑟瑟發抖，幾個膽大的便過去先奪下了張秉禮的牛刀。

那張秉禮只是憑著一腔怒氣殺人，殺完之後應該如何，卻全未考慮過，故而站在當地，不知所措。

早有人報給了張良平知道。張良平連忙趕了過來，看見了張秉義的屍體，不住跺腳，放聲大哭，幾次暈了過去。

管家問還要不要報官，張良平忙道：「不可報官！現今秉仁、秉義已死，我就只有秉禮一個兒子了，報了官，秉禮也是難逃一死。對外人就說秉義是心臟突然發病死去。先過得幾天，再去發訃告發喪。告訴家人，誰也不可走漏半點風聲。若是誰漏了半點口風，我便要了他全家性命！」

管家渾身顫抖，喏喏連聲。

張玉見張秉義已死，終於報了義父義母的深仇，心中略為寬慰。心想此時若走，別人難免懷疑，乾脆把自己關在房內，起草明天的報社文章。

為了躲過法醫的屍檢，張良平讓管家弄來一具路邊凍死的乞丐屍體，穿上張秉義的警服，又備好了重金，送給前來驗屍的法醫。

那法醫見酬金豐厚，大筆一揮，在驗屍報告上寫道：「因病致死，未見異常」。

一切妥當，張良平見終於可以保得張秉禮性命了，方才鬆一口氣。想起自己一生苦心教育秉義，現今也出落得頗有出息，最後竟然落得如此下場，心中之痛，無以形容。自此便每天有些精神恍惚。

外面坊間便有傳言，說是張家接連死人，定是中了「黑月令」，據說此令是一個叫做黑月的青面獠牙魔頭所發，凡是中了「黑月令」的人，縱是逃到天涯海角，終究也是難免一死。張玉聽了，置之一笑。

當晚，張良平夜不能寐，一個人起來到院中拜樹。張良平一生拜樹有個特點，即是有外人來時方拜，自己居家時，並不參拜。因此今夜拜樹，乃是張良平平生第一次真心拜樹。

張秉禮便每天躲在房中，也不再出去架鷹遛狗。

誰知第二天《中原日報》頭版頭條，又刊出特大新聞，題目叫做「張秉義家中遇害，黑法醫貪財枉法」，其中細述張秉義如何遇害，張家如何偷換了乞丐屍體，法醫如何貪了錢財，胡亂結論判斷等情。那張秉義素常乖戾，欺壓良善。報紙一出，民意譁然。全國幾家大報紛紛轉載，跟進報導，弄得舉國皆知。

市長見輿情洶湧，親自辦案。一番查證，果見報社所載屬實，於是判決張秉禮死刑，判決法醫罰沒家產，永不錄用。念及張良平年事已高，又是政府退休官員，給予警告，不予追究。

過得幾天，張秉禮屍體運回。張良平連喪三子，心力交瘁，再也無心去辦喪事。整天目光呆滯，坐在院中。

家中傭人，見張家勢微，又連日死人，都嫌喪氣，更兼每天活計不斷，累死累活，便都三三兩兩，陸續辭去。

張玉回到住處，把張秉義、張秉禮之死詳細告訴易兒，與易兒抱頭痛哭。第二天，兩人又去置辦了祭品等物，易兒連夜為父母做了一套飛行衣，去往父母墳前燒祭。鬼之道一生與世無爭，只是潛心學業，心無旁騖，林南河雖說前些年裝神弄鬼，騙人錢財，但近年來深自懺悔，家中所留積蓄，都拿出來賑濟了窮苦百姓。這次兩人去營救那名教眾，也有一些救贖前罪的意思在內，不想卻因此雙雙喪命。因此到了易兒身上，家中並無財物。易兒拿了連夜給兩人趕製的飛行衣，拋入火中，雙手合十，祈祝父母在天上自由快樂。張玉想起自己因了這些惡人，從小便無父母疼愛，受盡世人白眼，孤苦無依，又在山林之中與野獸為伍，滿腔憤怒，無處宣洩，雙眼通紅，心中的仇恨之火越燒越旺，無法自制。

家中傭人將將散盡，張良平見張玉數天不來，也不以為奇。

這日晚間，張良平吃過了晚飯，獨自閉目養神。想起近來家中接二連三，出了這許多大事，人至晚年，痛失三子，人生慘境，莫過於此，欲哭無淚。又想起太史公所撰的《史記》中，有一篇《陳丞相世家》，其中陳平曾說：「我多陰謀，是道家之所禁。吾世即廢，亦已矣，終不能復起，以吾多陰禍也。」張良平自謂與漢代陳丞相機謀相似，平日裡多讀陳平之事。想道：「我一生之中，也是多有陰謀，不想晚境果然如此。」不覺精神恍惚，竟然睡著了。

一覺醒來，眼前油燈閃爍，隱約看見對面坐著一個人。揉揉眼，細細看時，原來是張玉。

張良平道：「這麼晚了，你又來這裡做什麼？」

張玉道：「特地來看看你。」

張良平道：「深夜來這裡看我，必有要事吧。」

張玉道：「是有一件非常緊要的事。」

張良平凝視張玉良久，道：「有什麼要事，便請說吧。」

張玉道：「你聽說過趙氏孤兒的故事嗎？」

張良平閉上眼睛，緩緩道：「《史記》卷四十三，〈趙世家第十三〉。」

張玉道：「正是。趙氏孤兒的故事，真的是好慘！」

張良平苦笑道：「天下之事，比這個故事更慘百倍的，又何其多！趙家乃是世代顯赫的家族，一情一事，皆都書於罄竹。那些尋常百姓，雖然慘烈百倍，又有誰聞誰曉？」又道：「我原來識得一個人，他的兒子也和你的名字一樣，他的故事，卻要更加慘了十倍。」

張玉道：「我倒是願意聽上一聽。」

張良平道：「那人叫做張志遠，是個木匠。天下木匠很多，但是能夠做到像他那樣豪闊的，也是寥寥無幾。可惜他時運不濟，遇到了官爺龔陰業這樣的無恥之人。本來是官爺要讓他去做一個木頭盒子，告訴了他尺寸樣式。張志遠加意巴結，不惜工料，獻了給龔陰業。不料這盒子被龔陰業送人後，竟然闖出了大禍，驚動了慈禧太后，下令追查。

龔陰業嚇得要死要活，萬般無計，便下令把張志遠抓了起來，要他招認勾結譚嗣同，蓄謀篡權謀逆之事。那張志遠連譚嗣同是誰都沒見過，怎麼肯招？」

張玉道：「那龔陰業便和你串通了，嚴刑拷打，捏造罪供。」

張良平吃了一驚，道：「你怎知道？」

張玉道：「我曾經聽劉孟達講過。」

張良平大驚，道：「劉孟達？此人十幾年前已經失蹤，你是怎麼，怎麼……。」瞪大了一雙驚恐的眼睛，道：「你便是那張志遠的兒子？」

張玉微笑道：「正是。」

張良平道：「你剛才說起趙氏孤兒，你便是自認為自己是趙氏孤兒了？」

張玉道：「歷史總是在循環往復，雖然時間不同，地點不同，故事卻總是相同的。那趙氏孤兒尚有晉景公相助伸冤報仇，我卻一切都要靠自己來解決。」

張良平道：「你苦心孤詣，來到這裡尋我，卻是找錯了人。你父親之事，都是那龔陰業一手遮天，與我並無關係！」

張玉道：「你得了我父親五千兩銀票，不但不替我父親開解，反倒幫了那龔陰業串供，誣判了我父親一家六口死罪，怎能說你並無關係！」

張良平起身道：「你隨我來。」說著，向院中走去。

兩人來到院中那棵大梧桐樹下，張良平尋到一處印記，左旋右轉，輕輕一掀，將一塊木板拉了起來，伸手入內，提了一大包東西上來，打開一看，裡面白花花的全是銀子，探頭看下去，坑裡還有無數包裹。

張良平道：「這便是你父親那五千兩銀票，我全都兌換成了銀子，埋在樹下。我知道或許有一天，會有人來追查此事，這些銀子我一兩未動。」

張玉道：「你並非不想動，不敢動而已。」

張良平道：「如今你既然來了，這些銀子，你便可以拿走。」

張玉苦笑，道：「我並不為此而來。」

張良平道：「我平生所行之事，決沒有一件是首惡之罪，有時只是上官所命，迫不得已。」

張玉冷笑道：「惡便是惡，你不用再狡辯了。就像這五千兩銀子一樣，你已經貪墨了，縱使埋在樹下不用，也不能減你半分罪責。」

張良平道：「你這樣的說法，殊無道理！」

張玉道：「我父親之死，並無一件事是因你而起，但你在其中推波助瀾，當為不為，當拒不拒，便是大惡！」

張良平大怒。

第十九回　聽原委銀坑喪命　說黑月易兒問神

張良平道：「我固然是沒有挺身而出，當屬不忠不義。但若是我挺身而出，必然會被官爺龔陰業疏遠，從此不得重用，斷送了前程。我雖然不是一個好人，終究還算不上是一個壞人。」

張玉哈哈笑道：「你確然並無大惡。你受了我父親重金，不思報答也就罷了，畢竟此事只關感情道義，或許你們的感情並不深厚，你的為人也沒什麼操守。但你受了龔陰業之命，篡改供詞，將我父親屈打成招，便是大惡一條！」

張良平道：「我當時雖無官位，在衙中也算是小有地位。此事若是我不去做，必然失了這地位。後面自有人來接替了我的位置，還是一般地會去做，又能如何？」

張玉道：「說得好！你若不做，自然會失了地位，但便不會有今日之禍。誰接替你去做這不法之事，便免不了有這一日清算之時。眾人皆以為自己是碌碌之輩，隨波逐流而已，豈不知這樣想、這樣做便是世間第一等惡，自己不覺作惡，然而其惡最深最大，最不可赦。渾水中的每粒黃沙，都說水之所以如此之渾，並非是因為我的緣故，那請問水之所以如此之渾，又是誰的緣故呢？」

張良平默然。

張玉道：「你明裡幫著我父親向喜奎傳遞消息，暗中卻截獲書信，重新改寫，想把其中一筆大大的財富，私自吞沒，便是第二大惡！」

張良平道：「此事極為隱祕，你又怎麼知道？這封信並沒有傳了出去，那筆大大的財富，也只有我和龔陰業兩人知道。但是這些密碼太也難解，許多年來，我始終不能解開，料那龔陰業也解不開。哈哈！便讓那筆財富永遠埋藏吧，誰也別想得到！嘿嘿！埋藏的財富，又有些什麼用處？這五千兩銀子，我費盡了心力，到頭兒來也不曾用了一分，又有何用？」低目垂頭，懊喪不已。

張玉道：「你做了兩件大惡，我便去懲罰了你這兩件大惡。」

張良平笑道：「你要懲罰我？嘿嘿！笑話。憑你一個娃娃，又能拿我怎樣？」

張玉道：「我也只是在關鍵時刻不挺身而出，有些時候稍微推波助瀾一下而已。」

張良平疑惑道：「此話怎講？」

張玉道：「我方才所說的世間第一等惡，並非徒有虛名。它可以傷人於無痕無跡，無影無蹤。你如今被這世間第一等惡所傷，尚自茫然不知不覺。」

張良平道：「你究竟想要怎樣？」

張玉道：「你的三個兒子，便是我用世間第一等惡所傷致死！」

張良平大驚，道：「此話怎講？」雙目突出，呼吸急促，手上青筋暴起，咯咯作響。

張玉道：「你的三個兒子都有缺點，然而卻並非都是致命的缺點。但我用了世間第一等惡，稍加點撥，將那些缺點稍稍放大，便都一個個無聲無息，命喪黃泉了。」

張良平大怒，道：「你是怎麼點撥的？」

張玉道：「老大雖然性情暴躁，酒後殺人，但生在你這樣的官宦家庭，尚能躲過一劫，留得性命。過得些時日，待風平浪靜之時，未免便沒有東山再起的機會。

「但是我既知你是我的仇人，便拿了那世間第一等惡出來對付你。救張秉仁之事，若是派了張秉禮去，定然會馬到成功，手到擒來。倒不是因為張秉義辦事不力，只是性格所致。張秉禮自幼嬌生慣養，不知家業辛苦，視錢財如糞土，自然不會將珠寶送了出去，又去要了回來。所以當你決定派秉義去辦此事的時候，我知秉仁已經死了大半，只不過沒有出言規勸而已。當秉義決定去討回珠寶之時，我便又在旁邊說上那麼一句兩句，反正又不是我來做主，自有秉義決定。秉義後來便決定要去討回珠寶，也不是我的過錯。」

張良平聽了，一口怒氣發不出來，憋得胸部疼痛欲裂。

張玉又道：「秉義雖然性格偏狹吝嗇，然而敬業勤懇，雖然可惡，罪不至死。就像我父親雖然戀慕虛榮，然而勤懇本分，又如何犯得了死罪？

「因此我依然擎出這世間第一等惡出來。我只和秉禮稍微聊了幾句，後來也不知過了幾天，他便自己去一刀刺死了秉義。他也沒和我商議，又與我什麼相干？」

張良平渾身衣裳盡被汗水濕透，雙腿戰慄，支撐不住，一屁股坐在那包銀子上面。

張玉續道：「秉義被秉禮刺死，本來家中封鎖消息甚嚴。無奈我又是在報社工作，之前卻從未向你提起。不免寫了一篇稿子，投了過去，也算是忠人之事。」

張良平眼中怨毒之火燃燒，直欲噴了出來。

張玉看了笑道：「如今你被這世間第一等惡所傷，滋味如何？我也只是順勢而為罷了，倘若他們兄弟三個光明磊落，正直無私，又怎會有這種結果？

「你又何必用這樣惡毒的眼神看著我？當年你用這世間第一等惡殺了我的父親一家，讓我從小就顛沛流離，受盡世間白眼，隱跡深山，與野獸為伍，我積聚了十幾年的怒火，尚且無處發洩！你今天所受之難，怎能抵得了我一家六口的性命，怎能抵得了我十幾年的孤兒生活！」

張良平口中「呵呵」有聲，卻說不出話來。

張玉道：「世間之人，日用其惡而不自知。我今天給你說個仔細，好讓你明明白白。你從清朝的官兒，一直做到了民國的官兒，一生便在作這世間第一等惡。如今你自己不過剛剛嘗到了一點兒個中滋味，便就忍受不住了。那些曾被你冤屈錯判，家破人亡的千萬百姓，又當如何？」

張良平以手扶地，哆哆嗦嗦地站了起來，渾身冷得瑟瑟發抖，叫道：「怎麼這樣冷！」腳步挪了幾挪，卻不聽使喚，用力了半晌，好不容易抬起了一隻腳，正好絆在那包銀子上，一頭摔進埋銀子的坑裡，就此不動。

次日早晨，張秉義媳婦先起了床，來到院中，突然見到了張良平屍體，大驚失色，待要大喊，又看見了那包銀子，再往張良平屍體下面看時，還有許多。當下祕不發聲，一包一包地把銀子都搬回屋內藏好，方才出來呼天搶地，叫醒眾人。

易兒清晨醒來，見張玉沒去做早飯，敲敲張玉房門，也沒人答應，連忙推門進去，見張玉正伏在床上。

張玉聽見易兒進來，連忙坐起身來，臉上滿是眼淚。

易兒替張玉擦去眼淚，問道：「張玉哥哥，你這是怎麼了？」

張玉哭道：「上天為什麼要選了我去做一個復仇者？這其中殊無快樂，有的只是無盡的煎熬和折磨。」

易兒道：「那咱們以後就不要再去理會那些恩怨了，找一個沒人認識咱們兩個的地方，安安穩穩的過咱們自己的小日子，豈不是好？」

張玉眼睛通紅，喊道：「不！父母的深仇未報，在地下也不得安息。惡人不得惡報，老天也必不答應！我此生的使命，便是復仇！或許這就是我的宿命。我將會成為一個復仇的天使，或者是魔鬼！」

易兒流淚道：「不論你是做了天使，還是魔鬼，我都會陪著你。」

張玉點點頭，向易兒一笑，道：「走！去看看義父義母吧。」

正是初春天氣，春暖花開。兩人相攜出門，照例帶了一些祭品。易兒一路採摘野花，為自己和張玉各編了一個花環，戴在頭上。張玉又去折了些柳枝，上面插滿了鮮花，做了一個大大的花圈，放在鬼之道夫婦的墳上。

張玉道：「義父義母，張良平和他的三個兒子，已經都死了，雖然不是我親手所殺，但卻更讓人心中快意，便算是報了二老的仇恨。易兒孤身一人，今後無論我生活如何，都會好好照顧易兒，不讓她受凍挨餓。待我報了父母一家的大仇，便帶易兒回來陪伴二老，過那無拘無束，平平淡淡的生活。」

易兒聽了，倚在張玉身上，向父母說道：「爸爸媽媽，我今天來向父母告別，和張玉哥哥一起去尋找那龔陰業老賊報仇。」忽然想起自己從未離開過父母，怕父母聽了擔心，又道：「我已經長大了，會照顧自己的，遇到事情，張玉哥哥也會幫我打理，爸爸媽媽放心好了！」怕父母看見了自己流淚擔心，強自忍了眼淚，故作歡笑，便和父母正在看著自己一樣。

兩人在墳前坐了一個小時，又一起到中原報社向同事們告別。雖然只有幾個月的時間，大家已經廝混得極為熟悉。這段時間《中原日報》因了張玉的不斷爆料，銷量大增，聲名大盛，人人的薪酬都高了一大截，見了兩人，都是面帶笑容。

張羅更是不放張玉走，開玩笑道：「只要你不走，我現在就把快風欄主編的位置讓了給你做。」

郝石卻不同意，說道：「你讓了快風欄主編的位置，便是要來搶我的飯碗，可是社長又不讓了位子給我，卻讓我怎麼辦？」

眾皆大笑。郝石因張玉、易兒成績突出，給兩人支付了三倍的工資，告訴兩人報社的大門始終還向兩人敞開著，隨時歡迎兩人回來。兩人連連謝過。

中午郝石設宴，請了張玉、易兒兩人吃飯，報社眾人都來參加，又說又笑，熱鬧了一回。

晚間兩人收拾完行李，坐在一起說話。兩人本來小時候就很合得來，喜歡在一起玩耍，經過這一段時間的相處，患難與共，朦朧中彼此的好感又加深了一層。張玉說些今後的打算，想像著有一天恩仇已了，兩人隱居山林的生活。

易兒卻笑著憶起兩人小時候和小夥伴們玩耍的趣事。說道：「那時候玩打雪仗，你總是把雪球捏得又硬又大，打在我身上生疼。當時我都有些生氣了。」

張玉笑道：「其實那時候我心裡就很喜歡妳，別人打雪仗時是見了誰都用雪球去打，我卻是非妳不打。團了一個大雪球，拿在手裡時間長了，變得瓷實了，打在身上可不是會疼嗎？可是小時候心裡越喜歡妳，越會重重地用雪球打妳，妳說奇不奇怪？也不知道當時是怎麼想的。」一面說，一面笑著搖頭。

易兒聽了，心中深感甜蜜，道：「那時我疼得都快要哭出來了。若是現在咱們再打雪仗，你還會用那麼硬的雪球打我嗎？」

張玉道：「現在若是有人敢用雪球打妳，我都替妳擋著，哪裡還捨得砸妳！」

易兒把身體偎在張玉懷裡，嬌羞無限，道：「你現在想要怎麼打我，我都願意！」

兩人濃情萬種。

正私語間，忽然一人推門而入，見了兩人情狀，哈哈大笑。

兩人抬頭看時，見一人身穿黑色風衣，臉上帶了一副大大的墨鏡，寬額短髮，卻是不認識。

正待相問，那人把墨鏡摘了下來。兩人看了半晌，驚訝道：「鄭貴叔叔！」都不由得面紅耳赤，眼中又是驚喜，又是羞澀。

來人正是鄭貴，卻不知為什麼改了這身裝束。

易兒嗔道：「你怎麼也不敲門便闖了進來？嚇了人家一跳！」

鄭貴笑道：「這好像是我的房間啊！妳怎麼藏在我的房間之內？倒把我嚇了一跳。」

易兒無可辯駁，把嘴一撇，故作生氣之狀。

張玉忙讓道：「鄭叔叔請坐，我去沏茶！」

鄭貴笑道：「行啊！小倆口兒倒是不把自己當外人。好，你就沏茶去吧，我便當回客人。」一邊自顧坐下。

易兒拿起一個枕頭打了過來，笑罵道：「誰是小倆口兒！又來胡說八道！」

鄭貴笑道：「妳不願意啊！那我出去再給張玉找一個去！」

易兒更怒，推鄭貴道：「你快些出去吧！這兒沒你坐的地方！」

張玉沏好了茶，笑著端過來，道：「鄭叔叔請用茶。」

鄭貴一手端起那骨瓷茶杯，笑道：「易兒，鄭叔叔這身衣服可好看嗎？」

易兒道：「本來是個西洋的神漢，現在又做了西洋鬼子，有什麼好看？」

鄭貴哈哈大笑，道：「回頭我讓張玉也入了會，穿上這西洋鬼子的衣服，妳便做了西洋鬼子的媳婦可好？」

易兒聽鄭貴說的可惡，又羞又急，便要流下淚來。

張玉見了，忙道：「鄭貴叔叔，這些日子，您又忙什麼去了？許多天也不見回來。」

鄭貴聽了道：「你的職業是復仇，而我的職業便是布道。」又道：「那天得知你義父義母遇害，我憤怒異常，便去引了教眾，攻擊政府鬧事。鬧了幾天，我忽然醒悟過來，想到教眾對上帝神明的信賴，怎可被我利用了來幫我復仇？我苦苦思索，終於決定放棄。我不能因為我的一己之私，去影響眾多教眾的行為，如果真是那樣，上帝便不再公正。

既然不能利用教眾，我便想自己設法去尋機找那張秉義的麻煩。不想一打聽之下，張秉義已然十分的麻煩，沒過多久就一命嗚呼了。後來張家又是接二連三地死人，讓我忽然想到了我所認識的一個人，我就猜到是你小子找他動的手腳。」說著，豎起大拇指道：「當真是十分高明！」

張玉奇道：「你猜我是找誰動的手腳？」

鄭貴道：「那個人是個搞暗殺的行家，叫做黑月。他的愛好便是復仇，不是替自己復仇，而是幫人復仇。你便是找到了他，對不對？」

張玉奇道：「幫人復仇？前些日子我倒是聽人傳說過一些什麼青面獠牙黑月令之類的事情，但我並不認識什麼黑月。那卻是怎麼一回事？」

鄭貴道：「這倒是奇了，那張家的人又是怎麼死的呢？」

張玉約略把經過說了。

鄭貴讚道：「好小子！」

張玉又問道：「那個黑月又是怎麼回事？」

鄭貴道：「那黑月卻是靠了暗殺的方法來復仇的。黑月說道，任何人的仇人都可能會成為他的仇人，這個仇人的親屬、好友都在復仇的範圍之內。他有二百名黑月成員，名叫黑子，從黑一、黑二，一直到黑二百，這些人都不知名姓，若是黑三死了，便由一個新人補上，依舊叫做黑三。復仇之時，赴湯蹈刃，死不旋踵，直到戰死也不會後退半步。」

張玉問道：「黑月這麼做，是為了錢財嗎？」

鄭貴道：「黑月當然也需要用錢，但他殺人，卻不完全是為了錢財。他們這一流派，要論起來在歷史上也是大大有名，祖師爺兒便是墨子。」

張玉、易兒一齊奇道：「墨子？」

鄭貴道：「對啊！春秋戰國時期，墨家一度也曾是顯教，門徒遍布天下。墨即是黑，黑月的二百名成員，紀律嚴明，生活清苦，穿粗布，登草鞋，吃糙米飯，有些像是苦行的僧人。黑子們奉行『殺人者死』，意思是只要有人殺了人，即使逃到天涯海角，終究難逃一死。他把自己比作是上天之子，代行上天之罰。

「曾有一代黑月，生有獨子，殺了人，官府念這黑月只有獨子，姑且法外開恩，判了免死。黑月卻不答應，堅決殺掉。其堅心忍行，竟然到了這般地步！

「黑子中又曾有一人，要殺一個人，卻屢次沒有成功，被那人看見了面容。後來竟用滾燙的柏油將自己的臉燙壞毀容，最終刺殺成功。」

張玉和易兒聽了，不禁毛骨悚然。

鄭貴道：「然而令人稱奇的是，黑月卻是一個極端反戰愛民之人，每見有百姓流離失所必定出手相助，每見有受人欺壓之事必定打抱不平。猶有一條，那便是見了恩愛夫妻，往往網開一面。」說罷，看著二人，目光狡黠。

張玉和易兒知道這最後一句必是鄭貴胡謅出來的，都不去接話茬兒。

鄭貴道：「孔子曾說，敬鬼神而遠之，但反而主張繁文縟節，大加祭祀。黑月正好相反，他心中相信鬼神、依賴鬼神，卻堅決反對浪費錢財去用來祭祀。」

張玉和易兒對望一眼，均想：「今天去祭祀父母的事情，若是被那黑月看見了，只怕是大大不妙！」伸一伸舌頭。

易兒忽然問道：「鄭叔叔，您每天和人講神啊鬼啊，什麼天將要懲罰誰啊，將要讓誰進入天堂啊，那在您的心中，到底信不信鬼神呢？鬼神之說，到底是不是真的呢？」

鄭貴聽了，微笑不語。

易兒不依不饒，再三要問。

鄭貴笑了笑，站起身來，指著牆上的那幅油畫，問道：「這幅畫裡的山山水水畫得美嗎？」

這畫是易兒常看的，當即說道：「美啊！」

鄭貴問道：「那這裡面的山山水水是真的嗎？」

易兒道：「當然不是啦。」

鄭貴道：「可是我們依然會去喜歡它，欣賞它，讓它和自己朝夕相伴，對不對？鬼神之說，也是一樣。它到底是不是真的？就像這幅畫一樣，不論是不是真的，我們都會喜歡它，欣賞它。「我們不能時時刻刻生活在真的山水之間，但是我們可以掛了一幅山水畫在牆上，讓自己隨時可以去體驗自然的美好。同樣，我們也不能時時刻刻生活在鬼神的世界裡，但是我們可以在自己的腦海中浮現這種美好的映像，讓自己體驗世界的美好和淳樸，不是很好嗎？

「況且現實中每個人心中的世界都不一樣。比如在張玉的心中，便是一個復仇的世界，世間萬物，都為仇恨而生。在妳媽媽的心中，便是一個悔過的世界，所作所為，皆為悔罪所累。在妳父親的心中，便是一個知識的世界，探求學問，無休無止。而在妳那小小的心中，只怕是一個情愛的世界，便想著跟了情郎，天涯海角的私奔去也。」

易兒初時聽得入神，聽到後來說到自己，不由得大羞，便要伸手向鄭貴打去。

張玉道：「如果每個人都有一個世界，便會你也聽不懂我的話，我也不明白你的想法。宗教便是幻化了一個大同世界出來，大家在這個世界裡，就有了一種相同的環境，相同的語言，可以交流溝通。」

鄭貴微微點頭，道：「這個大同世界如果是個好的，大家在一起相親相愛，相幫相扶，有飯吃，有衣穿，便是一個正教。如果造了一個惡的世界出來，相互打打殺殺，你爭我奪，便是一個邪教。」

易兒道：「若是沒有了宗教，大家都各自想各自的，自由自在，豈不是好？」

鄭貴道：「人與動物的不同，就在於人有思想。一個社會之中，即使沒有宗教，也總會有一種思想占據了大多數人的靈魂，形成社會思潮的主流。這個主流的思想，依然會發揮類似宗教的作用。比如拜金主義盛行，整個社會中的人就都會為了金錢肆意妄為，不顧廉恥。有的社會崇尚尊老，便會大肆祭祀，尊奉老人，克制少年。有的社會愛護少年，便會錦衣玉食，教習幼子，薄待老人。如此種種，說來話長，不是一言半語，可以明白的。」

張玉、易兒兩人聽得雲山霧罩。張玉想起黑月之事，問道：「鄭叔叔剛才說起那黑月，可是有什麼緣故嗎？」

鄭貴一拍大腿，道：「我正是來告訴你們這事兒的，方才被易兒打岔，差點忘了正事！」

易兒笑道：「是你自己忘了，卻來怪我！小心你的鬼神來拔你的舌頭！」

鄭貴大笑。

第二十回　踏舊途桃花人面　譜新曲追憶痴情

鄭貴道：「我今天來，便是想告訴你們兩個，我和那黑月雖然道不相同，私交卻是極好。他在年輕之時，曾經，曾經……唉！那也不用提了。後來他做了黑月，行事隱祕之極，縱使是政府的高官大員，往往也是聞之喪膽。」從褲子口袋裡拿出一塊小小的黑色木牌，只見上面刻了一輪彎月，極是精巧，道：「我知道張玉辦完了這邊的事情，便要離開。易兒這個丫頭呢，又勢必要跟著私奔了去的。」

易兒聽了，臉上一紅，也不去理他。

鄭貴向張玉說道：「鬼之道夫婦來的時候，把易兒託付了給我照應。現今易兒既要跟了你走，我便也把她託付於你吧。你們帶了這個小木牌，如果需要時便可以去找到黑月，提起我的名字，他一定會設法來幫助你們的。這個木牌，也便算作是我送給你們的一個禮物。」

又對易兒道：「見到那黑月時，千萬不要提起妳父母的名字。」

易兒奇道：「那又是為了什麼？」

鄭貴躑躅道：「妳不要提起便是，何必多問。」

張玉見鄭貴不願多說，忙向易兒使個眼色。易兒雖然不樂，也便不再去問。

張玉問道：「如果有事時，我們應該怎樣去找那黑月？」

鄭貴道：「你們若要找他時，便到保定府小汲店村。那裡有一個黑房子，你讓那黑房子裡的人看了這個木牌，他們自然會帶你去見黑月。若只是要召喚黑子前來，就在任何一個繁華地點畫上一個大大的彎月，自會有黑子前來接應。」

兩人一一記下。

鄭貴看了打包好的行李，問道：「你們兩個明天就要動身嗎？」

張玉道：「是，明天一早動身。」

鄭貴看了易兒一眼，眼圈兒微微發紅，道：「既是這樣，你們兩個且早些休息吧。我還有事，先走了。後會有期！」說著，便要出門。

張玉叫道：「鄭叔叔又要到哪裡去，就在這裡休息吧。」

鄭貴道：「我晚上有事，不睡了。」聲音漸遠，已經走了。

張玉和易兒又聊了一會兒，也都各自休息。

次日兩人一大早起來，吃過早飯，收拾好行李出門。

張玉已提前備好了一輛驢車，兩人套好車，搬上行李。張玉坐在前面揮鞭趕車，易兒穿了一件白色的偏襟長袖褂子，抱了阿卷坐在車後。

這天天氣晴朗，幾片白雲從遠處飄來，不時變幻。道旁山上的草木盡皆綠了，偶而露出幾朵鮮豔的野花，看了令人心曠神怡。

張玉忽然見到山上一大片桃花盛開，粉紅嬌美，心中歡喜，便停了驢車，攜了易兒的手走過去，選好看的折了幾枝，放在車上，又在易兒頭上插了幾朵，真是人面桃花相映紅，花如丹砂，膚賽凝脂，煞是好看。

易兒見張玉不時回頭來看自己，故意眼望別處，只作不知，心裡卻是暗暗高興。一手用力牽了阿卷，不讓它去咬那放在車上的桃枝。

兩人在路上走走停停，便想著一生一世，就這樣說說笑笑，一直走了下去。

張玉和易兒並不知道，二十五年前，車聲轔轔，張志遠和趙雅秋兩人說說笑笑，滿懷著對未來的美好憧憬，也是從這條路上走了過去。

過去和現在，又是何其相似！歷史的車輪，周而復始，不停不休，始終滾滾向前。生活在其中的人們，一輩又一輩，始終在過著一種嶄新而先人們也同樣在過著的生活。

驢車走走停停，這一天，來到了一座深山之中，四周寂靜無人，偶爾從樹上飛下幾隻大鳥，鳴叫數聲，便向遠處飛去。其時天氣漸熱，蟬鳴之聲頗為響亮。

易兒見此處荒山野嶺，天近黃昏，心中有些害怕，向張玉道：「天色晚了，今夜只怕是要露宿在這裡了。」

張玉也正在思忖此事，正沒主意處，忽然看見山後幾棵皂角樹後面隱約露了房子一角出來，喜道：「這裡有座房子，我們過去看看去。若是有人，便向人借宿一晚。」

易兒道：「這荒郊野外的地方，怎麼還會有人居住？我看著怪怪的，還是不要去了吧。」

張玉走到門前，左右查看了一遍，道：「我看著沒有什麼異常之處，大概是誰建了在這裡避暑用的吧。且進去看看再說。」說著，上前敲門，卻沒有人答應。

張玉用力一推，那門紋絲不動。卻見易兒上前輕輕按動門邊一個獸首，向左旋了幾旋，那門無聲無息，竟然自己開了。

張玉回頭望了易兒一眼，易兒緊緊抿了雙唇，一副此事甚易，不必大驚小怪的神色。

兩人一狗剛剛進得門去，忽聽身後一聲輕響，那門已然自己關上了。兩人大吃一驚，連忙去尋門內機關，一無所獲，頓時嚇了一身冷汗出來。

阿卷在地上聞聞嗅嗅，忽然向院內跑去。兩人連忙輕聲呼喚，阿卷卻頭也不回，徑自去了。兩人大急，也便追了進去。阿卷在前面東彎西繞，邊走邊嗅。剛才進門時，只看見一個小小的院子，沒想到過了那個院子，裡面竟然極深極廣，假山流水，奇花異樹，一應俱全。

張玉看見一塊極為巨大的靈璧石立在前面，黝黑油亮，形狀奇特，便拉了易兒過去觀看。易兒用手撫摸，觸手光滑，忽見那大石中間凹了下去，裡面蓄滿了清水，幾尾紅色的錦鯉在其中游來遊去。易兒十分喜愛，兩人細細觀看，不覺天已大黑。

阿卷見兩人對著一塊糟了的石頭嘀嘀咕咕，早已大為不耐，口中發出嗚嗚之聲，不斷催促。

兩人隨了阿卷，又高高低低地走了一會兒，忽見遠處一個木頭房子之中隱隱透出燈光。兩人大喜，一齊向那所木屋奔去。

到了門前，張玉見門邊裝了獸首，不待易兒動手，徑自按了上去。那門卻是紋絲不動。易兒上前，扳住獸首上的耳朵，輕輕一拉，向右旋了幾旋，門又開了。張玉在易兒面前兩次失手，不由大窘。

易兒見了，「咯咯」笑道：「你沒聽說過內外有別嗎？我爸爸當年做門時，也是這樣的用法。」張玉跟隨鬼之道時日較短，後來又住在絡絲潭中的山洞之內，旁人既不得進入，門上自然也不必設什麼機關。故張玉並不知道。

兩人探頭向門內一望，只見一盞油燈下面，一個中年人手中拿了一個黑黑的東西，正在凝神觀看。

張玉輕聲道：「大叔好！我們走到這裡，天色晚了，想在此借宿一晚，不知道可方便嗎？」

那中年人容貌甚是俊美，臉色卻十分蒼白，彷彿是剛從地下挖出來的一般。正自看著手中的東西入神，竟似沒有聽見張玉的聲音。

兩人對望一眼，輕輕走近，卻聽那人正在喃喃自語，道：「這黑玉明明便是玉，她怎麼說不是玉呢？」眉頭緊鎖，甚是苦惱。那人手中正拿了一枚玉墜，通體烏黑透亮，晶瑩溫潤。

張玉聽了道：「這明明便是玉，是得不能再是了！」

那中年人道：「可是她說，這是黑玉，不是玉。」

張玉奇道：「黑玉怎的便不是玉？難道只有白玉、黃玉才是玉？真是豈有此理！」

那中年人道：「她便說，玉是玉，黑玉是黑與玉，玉和黑與玉，怎麼能一樣呢？」

易兒聽他說得拗口，覺得自己的耳朵都要被這句話給擰了起來了。

張玉聽了，哈哈大笑，道：「戴玉，就是戴玉。戴黑玉，也是戴玉，並不是戴黑。張玉的名字便叫做玉。張易玉的名字便不可叫做玉。那你且說，黑玉到底是不是玉？」

這番話，直把易兒說得天昏地暗，日月無光。

那中年人聽了卻覺得似醍醐灌頂，大喜，歡聲道：「說得好！說得好！戴玉是戴玉，戴黑玉也是戴玉。黑玉果然便是玉！」哈哈大笑，歡喜無限。

易兒笑道：「我們把你門上的獸首旋旋轉轉，拔拔按按，便就進來了。」

那中年人向易兒臉上看去，忽然神情慌亂起來，結巴道：「妳，妳怎麼來了？」

易兒笑道：「我們趕路晚了，見這裡有座房子，便走了進來，想要借宿一晚。可方便嗎？」

那中年人向著易兒凝望半晌，道：「不是！不是的！長得好像！唉！這麼多年了，又怎麼可能？」

張玉笑道：「天下長相相似的人很多啊。我們兩人是初來貴寶地，定然是沒有見過面的，不過卻是一見如故，相談甚歡。」

那人見剛才便是張玉解開了自己苦思良久的疑問，又歡喜起來，道：「你們可曾吃過晚飯了嗎？」

兩人腹中飢餓，都把頭撥浪鼓似的搖。

那中年人道：「那我便去給你們弄點吃的來。我自己是從不吃晚飯的。」說完轉身出去了。

不多時，那中年人端了一盤炒藕粉麵，一盤糖炒栗子仁，一盆麵疙瘩湯，一盆冰鎮荔枝回來。又給阿卷帶了一隻豬蹄。

那藕粉、栗子、疙瘩湯都是極為易得之物，張玉和易兒平日裡也是常常吃的。不過這中年人所做的味道又與別處不同，吃來頗為清淡，回味香甜悠長。

那盤荔枝卻是南方夏季所產之物，變質極快，不易保存，也不知他是怎麼從南方運了來，又保存到如今的。想是今晚張玉幫他解了難題，特意相謝。

兩人三兩口把飯扒完，猶且半飽，眼巴巴地望著那人。阿卷更是口水流了一地。

那中年人見了，微笑道：「晚間不宜吃太多，半飽就好了。」

兩人一狗，只好收拾口水。張玉又起身去收拾盆盤碟筷。

那中年人也不去管張玉，只是盯著易兒看。

易兒被看得心裡發毛，便去牽阿卷，不料阿卷見張玉去洗盤碟，一溜煙跟去了。易兒牽了個空，心中大急，坐也不是，站也不是，鼻尖已經微微滲出汗來。再偷眼看那人時，還在盯著自己，更加慌亂。

待了一會兒，張玉帶了阿卷回來，看了兩人光景，心中也是微微不悅，心道這人竟然是這般色相。叫道：「前輩，這裡可方便我們休息一晚嗎？如不方便，我們便告辭了！」

連說三遍，那中年人剛醒悟過來，忙道：「方便。隔壁房間便是給偶爾來這裡的人住的，你們若是不嫌棄，今晚可以住在那兒。」

兩人便起身告辭。

來到隔壁房間，見屋內收拾整潔，只有一張床鋪。

張玉道：「不如咱們倆個今晚就在這床上將就一晚吧。」

易兒急道：「不行！」可想起那人的色相模樣，卻又不敢獨睡，不由大窘。

忽聽隔壁樂聲傳來，卻是那中年人在撫箏而歌。

歌聲淒婉悠揚，唱道：

牡丹瘦，嫦娥袖，
玉雪紛飛廣寒酒。
誓如昨，淚空多，
十載相思，一朝散落，
錯，錯，錯！

痴心謬，良宵漏，
睹物思人朱顏舊。
奇寒徹，心意薄，
分別易訴，離愁難說，
莫，莫，莫！

聽來正是一曲《釵頭鳳》。詞中之意，顯是一個男子對一個女子柔腸百結，無奈落花有意，流水無情，詞中最後又說那男子「分別易訴，離愁難說」，顯是痛苦萬分。中年人唱完一遍，箏聲漸低，萬籟俱寂。過了一會兒，箏聲又起，彈奏的還是這首曲子。

易兒聽著，情不自禁地眼望張玉。張玉擁了易兒，坐在床沿兒上，靜靜地聽那中年人一遍接一遍地唱這曲子。聽那曲中唱到「痴心謬，良宵漏」時，都在想：「咱們便一生一世，就在這裡住了下去，痴心一片，共度良宵，豈不是好？」這首曲子竟似專為兩人所作的一般。

那中年人唱了幾遍，竟然哽咽不能續唱，停了半晌，才又斷斷續續，聲音漸高，唱了起來。這次所唱的音韻與之前所唱，已是不同。

兩人坐在床邊，傾聽隔壁聲樂，如痴如醉。那古箏時而舒緩，時而激昂，時而聲震屋瓦，時而又悄不可聞。這一首詞，竟然被譜了上百首曲子來唱，每首曲子聽來皆是清雅絕倫，卓爾不俗，真是歎為「聽」止！

聽到後來，那古箏聲音忽然高了起來，越來越高，漸漸高不可攀。兩人聽得渾身血脈賁張，額頭汗水涔涔而下，心中煩亂不堪，正沒奈何處，突然間「噔」的一聲，聲音戛然而止，卻是那古箏的弦兒斷了。

兩人不約而同，都舒了一口氣。抬眼向窗外望時，天色發白，已是清晨了。兩人大吃一驚，沒想到聽著箏聲，不知不覺，竟然相擁著在床邊坐了一夜。

待了一會兒，忽聽得遠處刀切案板聲、盆盤碗筷聲漸起，竟然也是錯落有致，音律齊整，揮灑自如，兩人大為驚訝。張玉和易兒幼時都曾得鬼之道教授音樂之學，這時聽了那人的廚房之樂，都覺此人對於音樂的造詣，似乎猶且隱隱在鬼之道之上。昨晚聽了一夜古箏，都不由得對那中年人的才學肅然起敬。

兩人推門出去，見院中自有泉水潺潺，流到一處石凹處，聚攏了起來，便是盥洗之處。兩人一齊洗漱。

那中年人在廚房中呼喚吃飯，兩人答應一聲，急忙走了過去。往餐桌上看時，不由得一聲讚嘆。桌上盤盤碟碟，擺得滿滿當當，與昨晚的零落之相大不相同。每個菜品都是極精極細，已經難以辨識食材的本來面目。

張玉見面前一盤菜薄如紙，潤如玉，夾起一片放入口中，肉香四溢，不覺口水大盛，連吃了幾片解饞。吃完了又夾起一片，細細參詳。

那人見了，微笑道：「這是我自己烤製的培根。」

易兒聽了，也夾起了一片，驚訝道：「培根也可以切成這般薄、這般潤嗎？」她知道張玉沒吃過培根，又向張玉道：「這培根便類似咱們常吃的煙肉，也就是煙燻豬肋條肉。沒想到竟然可以做成這樣精緻細薄！」

張玉連連點頭，心道這人身懷絕藝，獨居深山之中，不知道是個什麼來頭兒。

卻聽那人道：「這些都不算什麼。世間的物質，皆都有理可循，有法可依，只要能夠循理依法，便可運用自如。有一些物理之學，雖然難解，但你只要潛心專意，過得十年八年，也總能參詳了出來。可是……可是……唉！」說著，眼神又痴痴起來。

易兒問道：「可是什麼？世間除了這些，別的也就沒有什麼難的了。」

那人道：「非也！比如有一事，我整整想了二十多年，於昨晚方才得解。」

易兒知他是說昨晚張玉所解的玉與黑玉之事，微微一笑，心道：「這點兒小事，你也要想了二十多年，只能怪你自己太笨！」卻不知張玉所解，只不過是誤打誤撞，那中年人所思，卻是一門極為深刻的思辨之學。

那人又續道：「這是哲理之學，便要比物理之學難些。但還有一事，卻要比哲理之學難上萬倍。我今生始終不得其解，一生皆誤！」說著，臉上神色甚是淒傷。

易兒抿嘴笑道：「有什麼不得解的？不妨說出來聽聽，大家一商量，沒準就得瞭解了，也未可知。」

那人搖頭道：「此事繁難，你們兩個小孩子，如何解得？唉！世間最難之事，便是一個『情』字！」

易兒聽了，向張玉看了一眼，笑道：「前輩才學過人，便是有些痴。這個『情』字，又有什麼難解？有人喜歡你，你也喜歡她，就是有『情』了。你不喜歡她，就沒有『情』了。又有什麼難的？」

那人聽了，搖頭道：「妳說的這些，自然不難。但若是我喜歡她，她卻不喜歡我，那便是難了，對不對？」

易兒道：「你喜歡她，她卻不喜歡你，那你就不去喜歡她，改了去喜歡別人，不就不難了嗎？」說罷，咯咯大笑。

那人聽了，目瞪口呆，搖頭道：「我好不容易喜歡上了一個人，又怎麼能夠再去喜歡別人？我也想能夠再喜歡上另外一個人，可是我卻做不到，這便怎麼是好？」世間大凡身負絕世才情之人，都很難移情別戀。倒不是因為他專情，而是他好不容易找到了一個可以與自己才情相配之人，一旦失去，便很難再找到另外一個才情相配之人。久覓不得，便越加懷念那個失去的配偶，越想越愛，越愛越想，終於不能自拔。易兒情竇初開，便得張玉相戀，故不能領會這其中的道理。

張玉大吃大嚼，終於吃飽，聽了兩人問答，問道：「前輩絕世高人，曾經喜歡上的這個人，定然是非常美貌賢淑的了？」

那中年人道：「豈止美貌賢淑！她的一個眼神，都足以讓所有見到她的男子心旌搖晃，她的一個微笑，都足以讓所有見到她的男子意亂情迷，她皺一下眉毛，便會有無數男子為之去心甘情願地赴死。」說著，悠然神往。

易兒聽了，看了一眼張玉，見張玉也是一副悠然神往的模樣，不由心中大怒，狠狠地向張玉的腳上踩去。心道：「也不知這個女子是誰？日後絕不能讓張玉見到！」

卻聽張玉問道：「那前輩喜歡上了她，可曾與她交往嗎？」

那中年人道：「我和她也算得是青梅竹馬。年幼之時，我們兩個曾經拜了同一個老師學習，只是她的智力深邃，高我百倍……。」

張玉與易兒對視一眼，均想：「這人學識淵博，智力更是極高，卻不知那個智力高他百倍的女子便要如何了得？」

那中年人續道：「她總能猜到我的心思，知道我在想什麼，將要做什麼。我卻說什麼也不知道她在想什麼，我對她的判斷總是與事實差之千里。

「我常常採了好看的花兒送給她，她也很高興。但我提出想和她交往時，她卻不願意，只不過是照顧我的面子，不說出口罷了。

「後來我以為她不喜歡這些花，便去買了市面上最貴重的布料送給她，她仍然不願意。

「再後來我愛她愛得不能自已，跑回家中，偷偷把家中的房契拿了出來，去獻給她，告訴她若是和我成了婚，便讓她做這家中的主人。我家當時是高門大戶，權傾朝野，這些房契，非同小可。可她卻眉頭一皺，對這些房契連一眼都沒有看。

「我知道這些東西都不能使她心動，直欲發狂。我寫了詩詞，譜了曲子，送給她，日日陪在她的身邊，討她的歡心。她也只是微微一笑，雖然沒有趕了我走，對我卻是無動於衷。

「我無計可施，心想她既然不喜歡我，我又不會去喜歡上別人，便就這麼陪著她一生一世，也是極好。」

張玉聽了，心下駭然，心想此人痴情，真是到了極點，而據他自己所講，之所以痴情，又是因了才情太高，可見才情太高，有時也不見得是什麼好事兒。

易兒卻眼望張玉，想道：「不知道張玉會不會也這麼陪著我一生一世？」

那中年人續道：「可是好景不長……。」

兩人心道：「你這般悽慘的單相思光景，實在也算不得是什麼好景！」

卻聽那人說道：「有一天，我見她去書肆看書，便也遠遠地陪著她，假意也在一邊看書。我拿了一本《周易》，正在看得心煩意亂，頭暈腦脹，這時見一個中年人走了過來，站在我的旁邊，也拿起了一本《周易》翻看。

「沒想到那個中年人卻是個極為好色之徒。看了幾眼書，便不停地用眼去瞄她，到了後來，竟然和她四目相對，忘乎所以。那一臉的色相，真是令人作嘔！」

張玉心道：「你昨晚看著易兒的樣子，也是令人作嘔。」

那人續道：「那中年人大概要大我二十歲，長得弱不禁風。誰知她被這中年人一看之下，竟然也是不停地去看那中年人。唉！她要是能像這樣看上我一眼，該是多好啊！」

易兒問道：「後來怎樣了？」

那人嘆口氣，切齒道：「後來她便嫁給了他。」神色悽惶之極。想是一生中所遇之慘境，以此為甚。

易兒也替那人難過，安慰道：「前輩不必過於難過。那女人不懂得你這一身才學，卻去嫁了那麼一個好色之徒，有什麼好？」

那人怒道：「那林，林……是極好的！你不可這麼說她！」

易兒嚇了一跳，心道：「真是狗咬呂洞賓，不識好人心。」吐舌道：「原來她是姓林。我媽媽叫做林南河，她倒是和我媽媽一個姓！」

那人聽了，突然臉色慘白，顫聲道：「什麼？」

第二一回　陷籠中表明心跡　逗易水觀景刻石

張玉心知不妙，忙向易兒使個眼色。

易兒卻沒有理會，笑道：「我媽媽也姓林，叫林南河，正和你那個美得不得了的情人兒是一個姓氏！」

張玉忙起身道：「前輩稍坐，我和易兒來收拾碗碟。」說著，便動手收拾桌上的盤子。易兒聽了，也站了起來。

那中年人卻微微一笑，柔聲道：「不必，你們兩個且過來一下，來看看這是什麼？」說著，走到一處桌旁。

張玉聽了，便攜了易兒，一同來到桌旁。向桌子上看時，空空如也，並無一物。心知上當，忙要離開時，忽然「哐噹」一聲巨響，兩人已被罩在一個鐵籠子裡。

張玉忙去搬那鐵籠。那鐵籠每根鐵條都粗若手臂，哪裡能搬得動？易兒呆了一呆，已明究竟。原來那人苦苦所戀之人，竟然正是自己的母親林南河！自己的父親大了母親許多歲，又喜歡讀《周易》，可不正是那個在書肆讀書之人嗎。想起那人說自己父親色相，心中不由大怒。

只聽那中年人冷笑道：「原來妳便是那鬼之道的孽種！怪道妳看起來和林……林……那麼像！

今天教妳落在我的手裡，正是天理迴圈報應！那個小子是誰？如果不相干，便饒了你一條狗命！」

張玉笑道：「前輩大可不必發怒，有話慢慢說。」

那中年人並不搭話，冷笑一聲，逕自去了。

兩人初時尚在籠中商議對策，誰曾想那人這一去，竟然兩天沒有回來，兩人便是有通天的機謀，也是無計可施。接連兩天滴水未進，口乾舌燥，都是萎頓不堪。

張玉見易兒神色憔悴，伸臂抱著易兒，道：「沒想到我大仇未報，竟然被困在這裡，又害妳陪著我受苦。」

易兒道：「都怪我見事不明，惹惱了那人。那人只是怨怒於我，和你並不相干，你還是和他好生說說，讓他放了你走吧。」

張玉急道：「那怎麼行！妳要死了，我也不會獨自活著！」

易兒忙道：「不可！」心中卻甚是甜蜜。

張玉道：「這次如果那人不肯放了咱們出來，就此死了，我便要和妳相擁相抱，死在一處，任誰也不能分開。」

易兒嘴唇皮膚都渴得爆裂了開來，點頭道：「好！咱們便抱在一起，誰也不能分開！」這句話若是換了往日，易兒是說什麼也不肯出口的，此時死神當前，便什麼也顧不得了。

張玉道：「若是咱們這次能夠生還，我便要立時娶了妳做妻子，寧可大仇不報，也要一生一世，照顧得妳周全。」又想道：「若是大仇不報，我的父母又會怎麼想？他們估計也是寧可兒子大仇不報，也要讓兒子過上快活的日子。」向易兒唇上深深地吻了下去。

過了許久，易兒把頭埋進張玉懷裡，道：「好！咱們一生一世，再也不分開！」說著，聲音漸小，又道：「張玉哥哥，你看現在天黑了，天上又有好多小星星，亮晶晶的，你看見了嗎？有這些小星星為咱們作證，咱們一生一世，永不分開！」

張玉聽易兒說天上有許多小星星，大吃一驚，知是易兒已經體力不支，出現幻覺了。搖搖晃晃，支撐著站了起來，扶著鐵條，大聲喊那中年人，聲音嘶啞，口中只是「呵呵」幾聲，哪裡還能喊出話來。

正在焦躁恍惚間，忽見那人走了進來。張玉開始時還怕是自己的幻覺，用力掐自己大腿，及至走近，方知是真的。知道這一次機會失去，易兒可能會就此死去，連忙大喊。

那中年人慢慢走近，臉上滿是眼淚，遞了一杯水過來。

張玉一把接過，先去抱起易兒，將水遞到易兒唇邊。幸喜易兒神志未失，幾口便將那杯水喝了個乾淨。

張玉大喜，連忙把空杯子遞給中年人。

中年人坐在地上，從身邊的水桶中舀了一瓢水，倒進杯子裡，又遞給張玉，道：「這杯你喝了吧。」

張玉不敢違拗，一仰脖子，滴水不剩。看易兒時，已經自己坐了起來，料無大礙，放下心來。

張玉又討了一杯水去餵易兒，待易兒喝了，又回來灌水。

那中年人道：「飲水不可過快，你自己也再喝一杯吧。」

張玉兩杯水下肚，精神漸漸振作起來，心中惱恨那人，便欲揮拳相向，苦於鐵籠相隔。又見那人臉上涕淚縱橫，心中也是不忍。一腔怒氣，無處發洩。

兩人連飲數杯水，雖然渾身無力，精神卻健旺了些，又接過那人遞進來的肉粥，幾口吞了下去，都坐在地上喘氣。

過了半晌，張玉道：「前輩，若是你那林姑娘知道了你這樣對待她的女兒，便是在陰曹地府，也絕不會再看上你一眼了！」

那中年人心頭大震，心想此語果然不錯！我若是得罪了她的女兒，她又豈肯放過了我？從此便不再看我一眼，不和我說一句話，我活著還有些什麼趣味？此前只想著易兒是那鬼之道的孽種，此時忽經張玉點醒，方悟起易兒便也是林南河的女兒。額頭汗水，涔涔而下。連忙起去鐵籠。

兩人生怕那中年人反悔，急忙強自支撐，搖搖晃晃地走了過來與那中年人坐在一處。

那中年人暗暗拭去淚水，道：「這兩天之中，你們在籠中，我在籠外，都是滴水未進。」

兩人沒想到他自己也是滴水未進，都是暗暗心驚。

那人又道：「你們在籠中恩恩愛愛，卿卿我我，我在籠外卻是悲傷欲絕，孤苦伶仃。」

兩人伸手相握，初離大難，心中甜蜜無比。又想兩人在籠中的談話，只怕都被這中年人給聽了去，心中又是大窘。

易兒見那人苦戀自己的媽媽，傷心欲絕，心中也是不忍，伸手拍拍那人的肩頭，道：「前輩不要傷心，我媽媽心中，也是會常常想起你的。」

那人聽了，精神大振，眼中神采奕奕，喜道：「真的？妳媽媽也會常常想起我？她向妳說起過我嗎？」

易兒本是隨口安慰了一句，沒料到那人會神情突變，倒被嚇了一跳，結巴道：「倒是，倒是沒有對我說過，不過是我猜想罷了。」

那人神色便又黯淡了下去，自語道：「她沒對妳說過，妳又怎麼會知道妳媽媽想我？她的心思，又怎會讓旁人猜到？」

易兒無語。

張玉道：「前輩高姓大名，可否見告？」

那人道：「林妹……妳媽媽既然跟了那鬼之道，不再喜歡我，我的姓名便再也沒有用處了。我不需要世間任何人再去呼喚我的名字。後來，我遇到了一段奇緣，便就做了『黑月』，自此以後，我便被人叫做『黑月』。」

張玉、易兒大驚，萬沒想到眼前這個柔情萬種、性格柔弱之人便是外面所傳說的那個殺人不眨眼的青面獠牙魔頭黑月。

那人又道：「我做了黑月，從此與世斷絕，二十多年間，從未出此院中一步。」

兩人又是大驚，沒想到有人竟然可以將自己禁閉了這許多年，難怪將別人關在籠子裡兩天，也是毫無歉意。

那人續道：「黑月相傳，到了我這一代，已是第三十二代了。這二十多年來，我一直是秉承上代黑月師教，嚴守教規，派了我的手下黑子，專意殺人。嘿嘿！殺人之事，真是其樂無窮！」說著，臉上笑容慘澹，令人看了毛骨悚然。

易兒知黑月落得這般境地，皆是因了自己母親的緣故，心下不禁歉然。

張玉記起身上還帶了鄭貴所贈的那枚木牌，當即拿了出來，遞給黑月。

黑月見了，道：「你們認識鄭貴嗎？」

張玉便將前事說了。

黑月微笑道：「那鄭貴與我，和林南河，小時候都是同學。鄭貴和我交情極好，為了我和林南河的事兒，沒少費心。」

張玉微笑道：「那鄭貴小時候，是不是也喜歡易兒媽媽？」

黑月道：「他自然也是喜歡的，但是他知道自己定然得不到易兒媽媽的歡心，便要極力讓我去追求，讓我去幫他完成他的心願。」

張玉心中驚奇不已，不想世間竟然還有這樣的感情。只是原來和鄭貴相處之時，沒有發現這些跡象。下次見了他，倒是要好好地問上一問。

易兒心道：「這黑月對媽媽這般痴情，媽媽當年若是跟了這個黑月，倒是也算得美滿的一對兒。那個鄭貴叔叔，照這黑月說來，竟然是對我媽媽痴情更甚，只是不說出來罷了，可惜可嘆。我媽媽後來跟了父親鬼之道，兩人感情倒也是極好，只是父親專心學業，媽媽又去裝神弄鬼地騙人，兩人常常吵得不可開交，看不出一點恩愛的影子。」暗自搖頭嘆息，又想道：「媽媽雖然總是和父親吵架，可是又跟了父親走南走北，不辭辛苦，並無一點怨言，想來還是喜歡父親的。後來又陪著爸爸去救人，最後竟然，竟然……。」眼圈一紅，流下淚來。

那黑月並沒有注意到易兒的眼淚，續道：「那鄭貴見易兒媽媽嫁了給鬼之道，從此便總是跟在易兒媽媽的左右，既不去打擾易兒媽媽的生活，也不遠離。他也因此一直未婚，沉迷於宗教事務。」

張玉心道：「原來鄭貴先前在漳河邊上布道，後來又到邯鄲市裡布道，都是為了跟隨著易兒媽媽。也不知道易兒媽媽在拐兒鎮裝神弄鬼之時，他又在何處？兩人一個裝神，一個布道，倒是有些意思。」又想道：「這鄭貴叔叔和黑月兩人都喜歡易兒媽媽，所作所為卻是天差地別。易兒媽媽嫁了人，鄭貴便終身跟隨，天南海北，不離不棄。黑月卻是從此獨居，幾十年來，不出戶門一步。世間之事，真是無奇不有。也不知道易兒爸爸知不知道身邊還有這兩人的存在？」

黑月道：「我雖然看不起鄭貴那種沒骨氣的樣子，卻也佩服他那股百折不撓的精神。」

張玉道：「鄭貴叔叔雖然一生都沒有得到愛情，但在自己心中，卻時時在守護著一個虛幻的愛情，並漸漸信以為真，不能割捨。」

易兒道：「鄭貴叔叔後來見我爸爸媽媽被人殺了，便去挑動了教眾鬧事。後來又說自己為了私慾去挑動教眾鬧事是不對的，便獨自去做事。他對誰都不說，也不回來睡覺，誰都不知道他整天在忙些什麼。」

黑月大驚失色，雙手抓住易兒肩頭，顫聲道：「什麼？妳說什麼？妳的爸爸媽媽被人殺了？是誰幹的？」

易兒肩頭吃痛，氣都喘不上來，哪裡還能說話。

黑月又去抓住張玉手腕，問道：「她媽媽是怎麼死的？快說，快說啊！」

張玉只覺得手腕奇疼徹骨，牙關打顫，道：「易兒爸爸是共濟會的會員，因為另外一個共濟會會員被警備司令部逮捕了，要去搭救，易兒媽媽便也陪著一起去，不想被警備司令部的人抓住，竟然給殺害了。」

黑月聽了，半晌不語。忽然間仰天長嘯，聲震屋瓦。從身上拔出一把手槍，來到院中，衝天鳴了一槍。

張玉、易兒提起了父母之死，也是傷心欲絕，見黑月鳴槍，都一齊來到院中。

過不多時，忽聽遠處有人走動，待得片刻，一人黑帽黑衣黑靴，來到三人之前，向黑月抱拳行禮，問道：「黑月，有何吩咐？」

黑月也抱拳致禮，道：「黑一，傳令兄弟們，凡是邯鄲警備司令部之人，一個不留，全部除去！」

黑一抱拳，便欲離開。

黑月道：「且慢！明天收拾行囊，你也隨我一起離開這裡。」

黑一聽了，顯是覺得十分奇怪，道：「離開這裡？」原來黑一雖與其他黑子地位平等，但卻負責傳達黑月與眾黑子之間的訊息，地位又隱隱地在眾黑子之上。只是黑月二十多年來足不出戶，這黑一自從做了黑一之後，便只是守在這小汲店村的黑房子裡伺候，因此聽黑月說道要離開這裡，頗為費解，把頭搔了又搔，愣在當地。

黑月眼望遠方，神色冷峻，道：「對！」

黑一大喜，道：「此事不難，屬下速去辦來。」躬身領命而去。想到自己身為眾黑子之首，明天便要追隨了黑月到遠方去大展身手，竟然激動不已。

黑月回到房中，淚水簌簌而下，哽咽道：「林妹妹，妳跟了那個鬼之道，有些什麼好？最後卻送了自己的性命！」初時他見易兒在旁，便不好意思叫出「林妹妹」來，現在既知林南河已死，便都顧不得了。又咬牙道：「林妹妹，不要怕，我來替妳報仇！那鄭貴怕人說他挑唆教眾鬧事是假公濟私，我卻不怕。我便帶了這二百個好兄弟，殺盡這幫狗崽子！」說著，嚎啕大哭。

易兒見了，也大哭起來。

誰知那黑月只哭得幾聲，便即收住，鐵青了臉，走來走去收拾東西。過了一會兒，拿來一個包袱，遞給易兒，道：「易兒。妳這個名字討厭得很，我生平最討厭這個易字！」他自認為當年便是因鬼之道拿了一本《周易》，方把林南河給拐了去，是以後來再也不讀《周易》之書，便是見到別人提起《周易》，都要大發脾氣。故他手下自黑一以始，每當要說「易」字之時，都用「不難」替代。

黑月思索了一會兒，道：「林兒。」頓了一頓，似乎覺得對這個稱呼頗為滿意，續道：「林兒，妳便收下了這些東西吧。」語氣中竟有求肯之意。

易兒接過來一看，見盡是些金銀珠寶之類，又有些詩詞曲譜。

黑月見易兒接了，大喜若狂，道：「林兒，妳從前總是不肯收我的這些東西，現在總算肯收了。這麼多年來，我獨自在這院中，又寫了好多詩詞曲譜出來，都送了給妳吧。這些金銀珠寶，也是我這些年留了給妳的，我自己是從不用這些東西的。」

易兒本待不收，見黑月說得神魂顛倒，顯是把自己當成了媽媽，心中又是感動，又是害怕，又替爸爸生氣，不知所措。

黑月頓了一頓，又道：「林兒，妳媽媽從前不肯收，現在都給了妳，妳便都替妳媽媽收了去吧，要不我今生就算是死了也不甘心！」兩眼緊緊地盯著易兒雙眼，生怕她說出一個「不」字來。易兒嘆了一口氣，點點頭答應。

黑月見了，鬆一口氣，手舞足蹈，又哼起了那首「牡丹瘦，嫦娥袖，玉雪紛飛廣寒酒。晢如昨……。」喜不自勝。

張玉和易兒見了，又代他高興，又代他悲傷，便也跟著他的曲調，一齊去和。黑月大喜，越加癲狂，唱到後來，聲音嘶啞，泣不成聲。

兩人次日清晨起床，黑月早已不知去向，易兒在床上發現了黑月留下的書信一封，拆開封皮，一個木牌掉了出來，正是鄭貴所贈的那塊木牌。信中又囑二人諸事小心在意，遇有難辦之事，便在城市顯要之處留下木牌上所刻彎月的圖案，自有黑子上門相助云云。

這封書信是何時所放，兩人竟是懵然不知。若是那黑月不是前來放信，而是要取兩人的項上人頭，真是如探囊取物一般了。

張玉依舊收了木牌。易兒帶上了黑月所贈的珠寶詩詞。阿卷卻是身無長物，只好獨自搖搖尾巴。

兩人來到院中，又見到了那塊大大的靈璧石，心道：「這黑月所居之所，連放塊石頭，也要是黑色的。當時見了這塊黑石頭，便該能想到這裡住了黑月。下次再見到這顏色的石頭時，倒是要小心在意。」

出了院門，那輛驢車早已不見蹤影，卻有一匹高頭大馬，拉了一輛木車，站在門口。馬身上的裝飾樸實無華，馬蹬鞍轡勾連卻是極盡巧妙，那木車雖無修飾，造型卻甚是獨特，都不是市面上能夠買到的俗物。馬頭上掛了一個木頭牌子，上面寫了八個字：「以車相贈，後會有期」。

兩人大喜，摘下了馬頭上的木牌，坐上馬車。

張玉抖開韁繩，馬車徐徐而動，漸漸加快速度，不多時，便開始風馳電掣起來。易兒坐在車內卻極是平穩，沒有絲毫晃動，車身也是寂靜無聲，不似先前那輛驢車，顛來顛去，吱呀亂響。阿卷初時尚且隨了馬車奔跑，與那駿馬比賽腳力，到後來漸漸體力不支，只好跳上車，甘願服輸。

路上非止一日。易兒在黑月居所與張玉共處一室，又在鐵籠之中互相表明心跡，此時脫離大難，倍感心情舒暢，終於體會到了平淡生活的美好，看著道路兩邊的禿石病樹也是覺得非常怡人。兩人車馬既好，又有銀錢在身，盡去高門大店居住，免去了許多麻煩。

這一天，兩人來到了一條大河邊，見那河水滔滔，極為清澈，便攜手在一棵大柳樹下坐了下來，靜靜地聽那水聲。

易兒伸手入水，那水便從手指間汩汩而逝，絕不停留。兩人想起過去的許多歲月，種種悲歡離合，便如這滔滔逝水，再不復返，不覺悵然若失。

張玉詢問路人這河的名字，原來便是易水河。

易兒聽了，倍加歡喜。她的名字就是一個「易」字，來到了這易水河畔，隱隱地覺得這河便與自己有了莫大的關係，流連徘徊，不願離開。

張玉就在附近定了兩間客房，靜靜地陪著她在周圍遊玩。

那易水河起於淶源縣城南側，源頭是一眼巨泉，滾滾向南，流入拒馬河，河岸兩邊楊樹、柳樹極盛。古時荊軻入秦行刺秦王，便是與燕太子丹餞別於此，留下了「風蕭蕭兮易水寒，壯士一去兮不復還」的詩句，千古傳唱。

此地又產佳墨名硯，墨稱「易水法」，硯呼「易水硯」。這易水製硯始於戰國，盛於唐宋，為歷代宮廷貢品，有上千年歷史，與廣東端硯，安徽歙硯齊名。相傳唐代易州奚超父子就學於祖敏的松煙製墨，在易水終南山津水峪發現了易水硯。到了唐朝末年，奚超父子流離渡江，到了歙州，見歙中之地石佳松美，故而定居下來，成了『徽墨』、『歙硯』的開山鼻祖。

易兒此行，只是為了要跟隨張玉去報父母深仇，張玉要去哪裡，她便要跟去哪裡，並無目標。鬼之道當年解了木盒之中的暗語，也只是在絡絲潭小舟之中和張玉一人說過，林南河雖知鬼之道作怪，卻並不相問，易兒就更加不知道了。至於報仇之事，對於易兒來說，卻並不是放在心頭的頭等大事，反正現在仇人未見，也不妨便就在這易水河畔慢慢地找了下去，只要能和張玉哥哥待在一起，縱使要找上一生一世，也是未嘗不可。因此在易水河畔連住數日，竟是絕口不提離開之事。

張玉卻是心急如焚，那永寧山就在易縣境內，現在既然見到了易水河，那山一定便離此地不遠了。他連日來雖然陪著易兒東遊西逛，卻哪裡有遊玩的心境？南觀北看，也不知道哪座山便是永寧山，又怕胡亂問人，便洩了此行的行蹤，身遭兇險。

這天在路邊見到了一個刻硯的人，一兩銀子現場刻硯一方。便湊過去，讓那人現刻一方，說自己既不喜雕龍刻鳳，也不喜人物花鳥，便只喜歡易縣之山。

那刻硯之人收了銀子，讚道：「官爺豪富，見識果然與眾不同！易縣山巒甚多，摩天嶺、平頂山、五峰寨、雲蒙山、狼牙山都是極美，又有一座永寧山，其名乃是雍正皇帝爺兒欽定的，風水極好，堪稱是乾坤聚秀之區，朝陽會和之所，龍穴砂石，無美不收，形勢理氣，諸吉咸備。雍正皇帝的泰陵便在這永寧山主峰之下。後來嘉慶、道光、光緒帝也都安葬於此。」

張玉喜道：「那便刻畫一個永寧山可好？」

刻硯人豎起大拇指，讚道：「官爺見識，果然不凡！旁人都道永寧山是陵墓之地，不喜刻畫。官爺高見卓識，確是高人一籌！那永寧山乃是『萬年龍虎抱，每夜鬼神朝』的上吉之壤，又有『荊關紫氣』、『拒馬奔濤』、『雲蒙疊翠』、『奇峰夕照』、『峨嵋晚鐘』、『福山捧日』、『華蓋煙嵐』、『易水寒流』西陵八景，刻於硯石之上，定然是氣度不凡，贈人自用，都是極大氣，極排場的！」那人經年上山採石，對山巒地形所知頗多，又極善口才，一邊手中刻石粉屑紛紛而下，一邊口中便將這易水河畔的風土人情，邊刻邊說，娓娓道來。又誇讚張玉少年英才，不同凡響。

只把張玉說得心花怒放，又拿出一兩銀子來，要那人將永寧山上的道路洞穴，也都一齊刻了出來。

那人收了銀子，讚道：「官爺真是好玲瓏的想法！山無洞則不奇，無路則不可攀。高山之上，怎可少了幽洞曲徑？」沙沙幾刀，道路洞穴，躍然其上，更增神韻。那人看了，連自己也是自讚自賞。

張玉大喜，問道：「這許多洞穴可有名字？我聽說鬼谷洞很有名氣，不知這山上可有？」那人又豎了大拇指，道：「怎麼沒有？鬼谷洞是極有名氣的！」指著其中一處，道：「這處洞穴，便是鬼谷洞！」

張玉接了硯石，只見雕刻精細，紫綠雜陳，煞是好看。大喜謝過，道：「如此好山，必是要去看上一看的。」又問去往永寧山的道路。

那人口才既好，指點頗明，又道：「永寧山下，多有看管陵墓的軍人，到了那邊時好言相問，不可動怒。我有一個表弟現在那邊，名叫劉夏，如果遇到了事端，你盡可以去找他幫忙。他見了我的硯臺，自然識得。」

張玉謝過，細細端詳那塊硯石。

第二二回　探西陵推敲事理　尋劉夏詳解實情

易兒見張玉著急趕路，便就隨了張玉，依著那刻硯之人所指的路徑，乘了馬車一路趕來。不幾日，已來到了永寧山下。只見那山上樹木鬱鬱蔥蔥，山下地勢開闊，便是那帝王陵寢。這裡埋葬著清王朝的四位皇帝、九位皇后、五十七位妃嬪、兩位王爺、兩位公主、六位阿哥，共計八十人。

易兒見了這山高大，攜了張玉的手，道：「這山景色倒是極美，你不去籌思尋找仇人的法子，卻帶了我到這裡來做什麼？咱們便在這山上待個十天半月，玩得夠了，再去找那仇人，可好？」一眼神鎮定，語氣甚是溫柔。易兒曾聽父親和張玉提起過龔陰業，知道這人陰險毒辣，詭計多端，又是身居高官之位，報仇之事，談何容易？但她知張玉定要去拚個你死我活的，拚的結果，多半便是龔陰業毫髮無損，張玉卻只怕早已粉身碎骨。既是這樣，自己便隨了張玉，也粉身碎骨罷了，倒是也沒有什麼。只是良宵苦短，自己和張玉還沒有好好地去看看這個世界，便就死去，實在是心有不甘。她知張玉心裡急得火燒火燎，便盡量拖延時間，想得兩人多活得一天半日，便是多享了一天半日的福氣。

張玉心知那筆軍費就在附近，激動得臉色通紅，咬著牙，喘息急促，道：「到這裡來，便是尋找仇人最好的法子。」這一筆巨財，在他心中也已經想過了無數遍，現在終於靠近了，倒反而恐慌起來。他怕那筆所謂的巨財只是一個騙人的神話，自己卻信以為真，大老遠的跑了來。又想義父鬼之道學識淵博，絕對不至於弄錯。一會兒歡喜，一會兒擔憂，臉上陰晴不定。

易兒見了他這副模樣，偷偷用手抹去眼角溢出的淚水，笑道：「張玉哥哥，應該是從那邊上山，咱們過去看看去！」

張玉依言，兩人攜手走了過去。

只見一群看守陵寢的軍人正在賭錢，圍觀者甚眾。其中一人說道：「就你這雙臭手，半天都摸不出一副好牌來，還想贏錢？就和那袁世凱一樣，不是那做皇帝的命，卻痴心妄想，張羅著要登基，結果就此一命嗚呼了。」

另一人道：「袁世凱死了，黎元洪當了大總統，也是一丘之貉，恢復了孫中山的《臨時約法》，又有何用？中央政府管不住地方，四處軍閥割據，混亂不堪，都成了什麼樣子了！」

又有一人道：「那孫中山鼓吹三民主義，想法倒是好的，只是他自己到處受人排擠，手裡又沒有實權，能管得些什麼用？」

一人道：「這些鳥人，又關咱們什麼事兒？咱們不還是照舊吃飽了賭錢，逍遙快活？」

另一人神祕道：「逍遙快活個屁！前些天邯鄲警備司令部的三百五十六個兄弟，一夜之間都被殺得乾乾淨淨，據說其中有一個兄弟出差到河南去辦事，也在同一晚被殺了。每個人的胸口都別了一朵黑色的紙花，極是恐怖的。」

一人便道：「這事兒早在《時事新報》的『黑幕』專欄裡登載過了，這個專欄專門登載全國的黑幕小說，說此事好像是一個名叫黑月的人幹的，此人青面獠牙，殺了人之後，必要吮吸熱血，極是可怖。這個專欄還曾登載過一篇小說，是說全國的教會組織在一個名叫鄭貴的神父鼓動之下，又有抬頭之勢，竟然隱隱與政府分庭抗禮，勢力極大。」

另一人道：「現如今哪裡還有政府？不過是一個一個披著羊皮的強盜而已。」

一人嫌眾人吵鬧，大叫道：「不要吵了！賭錢，賭錢！再吵鬧下去，小心那黑月來給你們胸前也別了一朵黑花，又被那姓鄭的神父給超度了去！」

眾人大笑，大叫著吆五喝六，跟莊下注。

張玉和易兒聽得黑月瘋狂殺人，鄭貴又幹了許多對抗政府的大事出來，知道他們現下都安然無恙，又是高興，又替他們的未來擔心。見眾軍人都在忙著賭錢，門口處沒人管束，遊人都自由往來，便攜了易兒的手，一齊向山上走去。

張玉來到山上，拿出那方硯臺，細細尋找山上路徑和洞穴方位。依著那硯臺所刻路徑，走了半晌，不禁啞然失笑。原來那硯臺上雕鑿的山形倒是維妙維肖，道路洞穴卻是應了張玉所請，隨意穿鑿，只為形態美觀，並非實有其所。張玉哭笑不得，將那硯臺棄之於地。

易兒見了，彎腰撿了起來，擦擦土，放入囊中，輕聲責怪道：「這是用那黑月叔叔給我媽媽的錢買的，怎可隨意拋棄？」

張玉聽了，後悔不已，忙向易兒道歉。自己只顧尋找那筆光緒的軍費，卻沒有想到這層。

張玉見山上左右無人，便向易兒徐徐說明來意，易兒聽了只是淡淡一笑，並不以這筆財富為意，道：「若是要用錢，黑月叔叔給我媽媽的這些錢，足以讓咱們生活幾生幾世了，又何必再去尋找什麼財富。」只是見張玉執意要找，隨順相陪而已。

張玉卻想道：「想要報仇，黑月的這些錢又哪裡夠用？」

兩人轉了幾天，別說鬼谷洞，便是連洞也沒有找到一個。

張玉大失所望，想這所謂的財富，也不過只是痴人說夢而已。

到了晚間，兩人住在山腳下的客店裡，說笑聊天，忽然來了一隊軍人敲門查房。

那些軍人查了一遍，見無異狀，便藉口不許聚眾談天，勒索了一兩銀子，徑自走了。

易兒嘆道：「這些人真是可惡！只因咱們住在山下，若是住在山上，只怕他們也懶得上去！」

張玉聽了，忽然腦中靈光一閃。想道：「當年那些要來搬取軍費的軍人定然也都是些毛頭小夥子，性情毛躁，又不是來取自己的錢，怎肯像自己那樣上山去細細尋找？待得幾天後找到了，又早貽誤了戰機。當初那埋藏軍費之人，必然會想到這層。那筆軍費莫非便是藏在山下？嗯，這筆軍費既要讓旁人不能發覺，又要讓來取之人方便拿到，卻會是用了什麼法子？」

一個人坐在床邊，皺了眉頭，又想道：「光緒爺兒雖然貴為皇帝，卻處處受人監視，不得自由。便想要送給袁世凱那些財寶，又怎麼能夠從宮中運得出去？必是派了身邊的心腹小太監，借了要來這永寧山祭拜祖宗的名頭，悄悄前來。

「此事機密，前來辦事的小太監應該只有一人，辦完事情之後，又必須盡快離開，以免引起懷疑。那便不能興師動眾，大興土木，必是借用了之前原有的設施，只用一人之力，在極短的時間之內完成的。

「又兼此事重大，關乎光緒爺兒的命運生死，光緒爺兒定然是傾了所有財力，準備一擊成功。他自然會想到倘若袁世凱見了密旨，不但不來幫助自己，反去告密，告密之後，又來此地取這軍費。因此必會在這守軍之中，安插親信，若是一切正常，便讓袁世凱的軍隊順利取走軍費，萬一事情有變，這埋藏軍費之地，便不會讓袁世凱知曉。

「而為了防止這名親信監守自盜，又必不會讓這名親信知曉埋藏軍費之事，應該只是留了一個暗語，見了暗語，便向來人指示預定地點。只要事情有變，暗語即行作廢，所有諸人，便都不會知曉這筆軍費的埋藏位置。前來搬取軍費的人到了此地，找不到鬼谷洞，必要相問眾軍，那時這名親信守軍便會挺身而出，告知方位。是了，這永寧山並無鬼谷洞，『鬼谷』二字，只是一個暗語而已。

「不過誰也沒有想到的是，袁世凱根本沒有見到密旨就去向榮祿告密，或者說即使是見到了密旨也還是定要去告密，隨後光緒帝被太后幽禁，過了幾年便駕崩了。據說光緒帝是被砒霜毒死的，那身邊的親信小太監，定無活路。之後政局動盪，清朝覆亡，袁世凱做了幾天皇帝，又一命嗚呼了。舉國上下，分崩離析，哪裡還有人會去想起這一筆軍費的事情？

「唉！現今光緒爺兒已然駕崩，自己絕不能再行使用這個『鬼谷』暗語，又沒有去尋找那藏寶之地的線索。這筆軍費袁世凱固然是拿不到了，可如今自己來了，不還是一般的找不到嗎？」張玉想到這裡，不覺頹然倒在床上，來時路上的種種美好憧憬，一齊都化為泡影。

又忽然想道：「若是自己便是那個來埋藏軍費的小太監，會要將那筆軍費藏在哪裡呢？那小太監久在深宮，對這裡也必然不會太熟悉，要想找到一個不引人注意的地方，又會怎麼去找？

「他來到這裡，必然受人監視，除了拜陵，不能隨意走動。時間倉促，他又不能深挖洞穴，最好的辦法便是能找到一個不引人注目的廢棄設施安放軍費。他必得先有了這陵墓的各處設施圖紙，預先選好埋藏地點，到了行事之時，藉機引開眾人，才能下手。

「那個在光緒二十年間突然消失、不引人注目的廢棄設施，多半便是這埋藏軍費之地。」

想到此處，豁然開朗。便又細細籌思如何弄清楚這清西陵的所有設施情況，突然想到那個刻硯之人曾經說起在這裡有個叫做劉夏的人是他的表弟，不妨先去找找他，瞭解一下情況再說。有了頭緒，頓時心情大好。

易兒見張玉一會兒愁眉不展，一會兒又喜笑顏開，撇撇嘴，也不去理他。

次日一早，張玉便把易兒喊了起來，吃過早飯，拉了易兒道：「走！今天咱們去看那些軍人賭錢去。」

易兒搖頭道：「要去你自己去，我可不喜歡看他們賭錢。」

張玉笑道：「咱們要去找妳那囊中硯臺的表弟去。」

易兒不解，見張玉高興，也便笑著一起跟來。

兩人來到那些軍人們每天賭錢的地方，不想來得早了，那些軍人們還都沒有出來。便在附近找了個茶攤兒，坐著喝茶。

直到日上三竿，那些軍人方才三三兩兩，聚了攏來，吆五喝六，大聲下注。

張玉和易兒便也湊過去觀看。此地遊人眾多，常有遊人過來看他們賭錢，有些遊客興起，往往還要去賭上一筆。所以這些軍人見兩人前來觀看，也都不以為意。

忽聽一人喊道：「劉夏，輪到你做莊了！能不能快點兒！」

張玉忙去看那做莊之人，短髮大眼，軍裝斜跨在肩上，嘴角叼著菸捲，正在忙著碼牌。張玉心中大喜，也不出聲，只是細細觀看。

那劉夏手氣甚背，賭了一上午，輸了三兩銀子。眼看紅日當頭，已近中午，又輪到那劉夏做莊，這回輸了一次大的，身上再也拿不出銀子來，便要賴帳。眾人大聲嚷嚷，都不答應。劉夏大窘。

張玉見了，大叫一聲：「表哥！你怎麼又來賭錢？」替劉夏出了銀子，拿出那方在易水所刻的硯臺在劉夏眼前一晃。

劉夏見了硯臺，認得是表哥的手藝，便跟了張玉離開眾人，道：「初次見面，怎好便讓小哥兒出錢？小哥兒尊姓大名？怎麼會認識我那表哥？」

張玉便將易水刻硯之事說了，又拉了劉夏去吃飯。

劉夏見張玉手頭兒闊綽，也願意結交，便道：「二位既然來到了這裡，不可不嘗嘗鹿尾兒。」

領了兩人，來到一處小店。道：「這家的鹿尾兒做得是極正宗的。」

三人進得店去。那店裡面不大，全是厚木的方桌方椅，古樸非常。店內煙氣繚繞，座無虛席。

劉夏斜了肩，叼了菸捲，大喊道：「馬老闆！給騰個桌子出來！我有客人！」

那馬老闆見是劉夏，拿了毛巾，顛顛地跑出來，躬身道：「今兒劉爺有空兒來了！您老稍等，我去找個座來！」轉身又去央求其他幾個客人換張桌子坐。

來這店裡吃飯的都是些平頭百姓，那幾個客人見了劉夏的匪氣模樣，哪敢不讓，一個個蔫頭耷腦，移到了別處。

劉夏便大喇喇地居中一坐，笑著招呼二人。張玉也便拉了易兒坐下。

劉夏點了一盤鹿尾兒，一盆小雞燉松蘑，一盆燉羊排。張玉說要再點幾個，劉夏道這店菜量極大，吃不完，張玉只好作罷。又點了一壇牛欄山二鍋頭。

不多時，菜品上齊。易兒不飲酒，張、劉二人便端起二鍋頭，先喝了一口，動筷夾菜。

張玉和易兒見那盤「鹿尾兒」只有四片，便都不去夾來吃。劉夏卻不客氣，用小碟子撥走一片，拿起筷子蘸著吮吃，不停咂嘴。

兩人見這東西吃法奇特，更加不去碰它。原來這西陵之地，大多以滿族為主，世代吃皇家供俸，非常講究一個「吃」字。做這「鹿尾兒」需要將一掛豬肝用刀反覆剁上七八遍，直到將豬肝剁成碎末，僅這一道工序便要費工一天。然後過籮，配以香油香料，灌進豬大腸，入鍋煮熟，即可成為像鹿尾一樣的食物。滿族人祖居東北，以狩獵為生，常能捕到野豬，也便常吃鹿尾兒。鹿尾兒製作工序既繁，吃時也是頗為講究，要論片兒上桌，盤中鹿尾兒片數兒要比客人數多出一片，每人只得吃一片，留一片壓碟。又不可整片吞嚼，只能用筷子蘸著吮吃，才能品味到它的醇香。

劉夏見兩人不吃鹿尾兒，便向兩人詳解其中種種好處。兩人心動，一嘗之下，果然味美無比。

酒至半酣，張玉問起西陵的種種風情趣事。劉夏甚是健談，娓娓道來。

因說起這西陵中的一個有趣之人。劉夏道：「此人名叫黃中，四十多歲年紀，從光緒年間就在這裡當守軍，後來光緒皇帝駕崩，他哭得死去活來，好像死了親爹一樣。再後來換了政府軍隊管理，他卻還是賴著不走，又當不成軍人，也不去找女人，也不去賭錢，整日便在西陵之內廝混，瘋瘋癲癲地度日。近些年來更加瘋癲，別人問他整日裡都在忙些什麼，他便說要等一個人。」

張玉點頭微笑，道：「這人有趣，倒要見上一見。」又問道：「我生平酷愛讀志書，不知這西陵可有志書嗎？」

劉夏笑道：「怎麼沒有志書？清朝時朝廷在西陵設立了東西王府、內務府衙門、承辦事務衙門、關防衙門、禮部衙門、工部衙門、兵部衙門，上至貝勒王爺，下至關外、東陵等地遷來的大批滿人，內部分工極細，陵寢維修祭祀、糖匠、麵匠、醬匠、粉匠、酒匠、牛羊工、養鷹人……一應俱全。這寫志書的也是專門有人。」

張玉道：「原來這西陵往日管理竟然如此之嚴。」

劉夏笑道：「這些管理算得什麼？清西陵始建於雍正八年，止於民國四年。在陵寢的東南西三面修建了四十二里長的風水牆，牆外共栽了五百八十七根紅樁，合計一百九十三里。紅樁外又每四十步立一白樁，白樁外十里再立青樁。界樁間用黃絲連接，樁上懸掛禁牌。青樁外又開二十里官山，立了『禁地官山界石』，嚴禁百姓過往。

「那年頭守陵人可都是皇親國戚，每家一座小院，小院長寬便以三分三為基準，如今所說的『一畝三分地』，便是出於此處。

「當年這永寧山下曾經駐紮了上萬人，後來到了民國，這些守陵之人紛紛散去，也有一些留了下來。不過像黃中這樣瘋癲的守陵人，倒是只此一個，並無別家。」說罷大笑。

張玉、易兒聽了，盡皆驚嘆，追思這曾經輝煌的帝王陵寢過去。

張玉嘆道：「當年的八旗勁旅，揮師自山海關入關，一路燒殺劫掠，入主中原達兩百多年，豈是徒有虛名？」又道：「若是能在這裡盤桓些日子，細細看過西陵風景，方才不虛此行。」

劉夏笑道：「這有什麼難處？我給你開了參觀證明，便可隨意出入了。你愛看志書，不妨就到文物管理處去找上一找。我們只愛賭錢，這些勞什子東西是從來不碰的。」

張玉大喜，連忙謝過。

三人吃罷，去結飯錢，那馬老闆再三不要，張玉硬是給放在了桌上。馬老闆又送出門去，說了好些客氣的話。

劉夏原來是這守軍中的一個小小頭目，辦事極是俐落。回到營房，馬上便給張玉、易兒辦了一個參觀證明出來，又把文物管理處資料室的小索介紹給張玉認識。

下午張玉和易兒便去了資料室，只見屋內木架上層層疊疊，擺滿了書籍檔案。張玉問小索道：「可有嘉慶二十一年的西陵記事嗎？」他其實並不需要看這本記事，只是為了不讓小索得知自己的真實目的而已。

小索拿出檔案目錄，翻了片刻，到木架上取出一厚本線裝書，遞給張玉。又讓張玉帶了細布手套，坐在桌旁翻讀。

張玉認真研讀，不覺過了一個小時。又問道：「可有光緒二十四年的西陵記事嗎？」

小索便又去拿來一本。光緒二十四年正是戊戌變法之年，光緒帝與康有為等人密議起用袁世凱是九月間的事。張玉早已把這段故事記得精熟，當下直接從八月看起，逐行逐句地看去。看到八月十日，書中記錄兵卒一名黃中報到，編入某某營，精神為之一震。又看到九月十五日，記錄宮中小太監一名到此祭拜，排列儀式，心中大喜。又見到九月十六日，記錄晚間大雨，泰陵隆恩殿走水。

張玉知道當時人們稱失火便是叫做「走水」。既是隆恩殿走水，那藏寶之地必然便在隆恩殿的相反方向。又接著細細看去，見記載十六日夜間大雨，永寧山腳下西側一株大松樹旁山體滑坡，卻並沒有廢棄設施被埋的記錄。張玉暗暗用心記住了那株大松樹的方位，說道：「這本書盡是記錄些無聊的事情，可有有趣一點兒的書嗎？」

小索答道：「所謂的歷史，便都是由這些個無聊的事情一件件連起來的。沒有這些無聊的小事，便沒有那驚天動地的大事。」

張玉聽了，豎起拇指，深為歎服。

看完了檔案，張玉攜了易兒在陵園中東遊西逛。見那永寧山腳下西側果然有一株奇大無比的千年老松，枝條糾結，直聳入雲。在離地三米左右的位置，有一個極大的樹洞。張玉暗暗稱奇，心知此地必為埋藏軍費的地方，可是那鬼谷洞在哪裡，又怎麼打開，卻是沒有頭緒。低下頭去，細細思索。

忽覺易兒拍自己肩頭，湊近來小聲說道：「那邊有人一直在盯著你。」

張玉斜眼看去，遠處一人邋邋遢遢，坐在地上，眼睛死死地盯著自己，看起來好似那劉夏說起的黃中。當即向易兒道：「天氣好熱！咱們找個涼快地方去吧。」

拉了易兒，向那人走去，看看走近，作揖問那人道：「今天好熱，附近可有乘涼的地方嗎？」

那人不答。

張玉又問道：「你在幹什麼？」

那人道：「我在等一個人。」

張玉突然道：「黃中！」

那人答應道：「哎！」忽然想起不認識這兩人，驚訝地看著張玉。

張玉笑道：「老兄的事蹟，眾所周知。」

那人笑笑不答。

張玉拉了易兒走開。

晚間張玉坐在床上細細琢磨那株千年古松，忽然外面有人放了一個爆竹，倒把張玉嚇了一跳。易兒看他連日來愁眉不展，過來安慰道：「不過是些身外之物，當得什麼緊？」

張玉卻是想要用這筆巨大的財富去辦件大事，一連幾日不得要領，坐臥不安。這時聽了外面的爆竹聲，心中忽然想通了，不禁大喜，一把抱過易兒，在臉上重重地親了一口。

易兒一張俏臉漲得通紅，笑罵道：「整天神經兮兮的，也沒個正經！」心中卻是十分高興。

當晚張玉籌畫停當，靜待明日行事。

第二三回　取軍費連番轟炸　結良緣終成眷屬

次日兩人帶了阿卷，乘坐馬車來到一個鬧市，在醒目處畫了一個大大的彎月，坐在旁邊。到了中午，一個花枝招展的女子走了過來，問道：「這月亮可是二位畫的嗎？」

張玉便拿出那塊木牌來。

那女子看了，躬身道：「在下黑六十九。」

張玉見那女子上身穿件紅色的棉布偏襟褂子，下面穿個黃色的燈芯絨褲子，戴了一頂鴨舌帽，膚白勝雪，身形窈窕，哪裡像個黑子？不由得半信半疑。

那女子見了張玉的神色，微微一笑，拔槍向天，「啪」地一聲響過，一隻鴿子落地。阿卷見了，飛奔過去叼回。

街上眾人皆散。

張玉暗道：「這些黑子行事，果然乖張。」便向黑六十九行禮。道：「我二人與黑月深有淵源，黑月說有事之時便可找黑子幫忙，今天不得已，只好驚動了您的大駕。」

黑六十九道：「有事只管說就是，哪裡來的這許多客氣！」

張玉見她爽快，便道：「我有一事，想用些炸藥、手槍。又要請您親自出馬，去將一人綁了來，好生看守。那人是個好人，萬萬不可傷了他！」

黑六十九道：「小事一樁！你告訴我地點，我今天傍晚時送到。」

張玉便將住址告知，又將夜間綁人之法，祕密交代。黑六十九辭去。

當晚，張玉獨自穿了黑衣，攜了炸藥、手槍，牽了馬，混進陵寢，先摸到隆恩殿，選好位置，安放炸藥。心道：「當年那小太監便是在這裡放火引開了眾人，我今晚便在此炸上一炸，效果也是一樣。」

點燃引線，走出幾百步，便聽得一聲巨響，隆恩殿塌了一角。

不多時，人聲嘈雜，都向隆恩殿奔去。

劉夏帶了幾十個人跑到隆恩殿，四處查看了一番，道：「這是炸藥炸的，顯然是有人故意破壞。」見四周並無異樣，叫道：「不好！可能是中了那人的聲東擊西之計！大家趕快四處搜尋！」

一句話沒有說完，忽聽得遠處更大的一聲巨響，火光衝天，濃煙滾滾。

劉夏大罵中計，高聲喊道：「那邊所炸的才是敵人真正的目標！大家都跟了我來！」當先跑去。眾人一陣哄嚷，都跟著跑了過去。

原來那遠處的巨響是張玉安排了黑六十九所炸。黑六十九先來到古松附近，找到一個邋遢之人，問道：「你在幹什麼？」

那邋遢之人道：「我在等一個人。」

黑六十九便知此人定是黃中，喝一聲：「你等的人來了！」一拳將黃中打倒，馱在肩上就走。她又來到張玉事先安排好的地點，放了炸藥，點燃引線，馱了黃中遠遠避開。這個地方比之隆恩殿更加遠離古松，一炸之後，便可以引得眾軍趕來，離那古松越來越遠。

那黃中先時被打得昏迷了過去，後來慢慢轉醒，鼻子中聞到一陣沁人心脾的女子香味兒。他一生未近女色，此時竟忽然覺得心旌蕩漾起來，便只想伏在這女子肩頭，一直就這麼走了下去，雖然早已醒來，也還是一動不動地伏在黑六十九的肩頭。

張玉這時已摸到了那棵古松旁邊，四處觀看，空無一人，想必那黃中已被黑六十九綁走了。當即爬上樹，用手探進樹洞之內。那樹洞甚深，直沒至肩。觸手處果然摸到了一處突起，心中大喜，「怦怦」直跳。

張玉用力抓住那個突起外撥，向右旋動三圈，向左旋動六圈，再用力推入，聽得「哢嚓」一聲響，想是機關已經入位。

然後便依照當年鬼之道所講的方法，急忙溜下樹來，後退一百步，正好是一處低窪的所在，便即跪在地上。想起那光緒爺兒雖然貴為天子，到後來也是一般的慘死，自己今天來取了他當初準備政變的軍費，雖說已是無主之財，自己父親一家六口之死又是因此而起，但畢竟還是深感大恩，就是恭恭敬敬地跪上一跪，也是應當的。

忽聽「哐」地一聲大響，幾塊石頭從頭頂呼嘯而過，大吃一驚。心想自己若不是跪拜在這低窪之地，只怕早已經當場斃命。

爆炸聲過去，張玉站起身來，見離那古松樹下十米處已經炸開了一個深洞，躬身進去，爬行約兩三米，摸到了一個金屬箱子，拖了出來。想是當年那小太監來這裡的時間短促，找到了這個廢棄設施所在的山洞，只好草草地挖孔放入金屬箱子，埋了炸藥，將引線引至樹洞之內，安放好了控制的機關。又趁隆恩殿走水，眾人慌亂之時，在洞口上方放炮將山體炸開，形成山體滑坡之形，以掩人耳目。

張玉將金屬箱子打開，裡面整齊地碼滿了大清金錠，約有四百餘斤。張玉將金錠放入事先帶來的皮袋中，馱在馬背上，又將箱子塞回原處，在洞口上方埋了些炸藥，「嗵」的一聲響，山體再次滑坡，將那洞口嚴嚴實實地埋了起來。心中突突亂跳，也不知是激動，還是害怕，抑或是狂喜。又到山上抱來一些枯枝敗葉，放在炸下來的新土之上。這些活計都是張玉當年在深山老林中偽裝陷阱幹慣了的，直弄得天衣無縫，不露一絲形跡。一切就緒，連忙牽了馬，向出口行去。

眾人都已到遠處去查看爆炸發生的地方，出口處門房內只留了兩名士兵看守。

張玉雖然身上帶得有槍，只為防身之用，並不想傷及無辜，便在離出口門房西邊不遠處放了炸藥，悄悄點燃引線，又牽了馬藏在東邊暗處，要來個聲西擊東。

不多時，一聲巨響，把兩個看守的士兵唬得臉色蒼白，渾身篩糠似的發抖，雙雙抱了頭，鑽在門房內不敢出來查看。張玉見了暗暗叫苦。

又等了一會兒，遠處隱隱傳來嘈雜聲，大概是眾軍人都返了回來。

張玉大急。從暗處走了出來，向兩名看守的士兵大喊道：「這門房內安放了炸藥，快快躲開！」門房內二人聽了，大驚，一齊衝了出來，同時擠在門口，動彈不得。

張玉哭笑不得，喊道：「一個一個的出來，不要急！」

二人方才醒悟，先後跑了出來，不辨東西，抱頭而去。

張玉連忙翻身上馬。那馬雖然神駿，但馱了這許多的重物，強自支撐，撒開四蹄，跑了出去。

張玉騎了馬奔回客店，易兒等得已是十分焦急，打開皮袋，見了這許多金錠，吃了一驚。

西陵眾守軍見陵內四處傳來爆炸之聲，一個個都驚疑不定，鬧了一夜，人心惶惶，草木皆兵。又有人提起前些日子邯鄲警備司令部眾軍全部被殺的事兒來，一個個都深深地縮了脖子，不寒而慄，各自躲在營房之中，哪還敢出來巡邏查房。

次日眾軍向上級報功，說是昨晚西陵遭到黑月率領眾黑子前來襲擊西陵駐軍，轟炸了多處建築。眾軍聞訊，英勇還擊，擊斃黑子若干，並且差點將黑月抓獲。上級接到報告，大加讚賞，又向上級申請為眾軍請功。

後來《時事新報》的「黑幕」專欄登載了專欄文章，將眾軍如何奮不顧身，英勇奮戰，黑月如何被捉，又如何詭計百出，拿出大筆金錢誘惑收買看守士兵，妄圖逃命，幸好看守士兵平時深得軍隊教育，思想素質過硬，絕不為金錢所動，嚴詞拒絕。後來黑月借了請求撒尿之機，利用了看守的仁善之心，一拳打倒看守，逃之夭夭。一篇文章將黑月如何狡詐陰險，守軍如何奮勇善良，寫得如描如畫，種種細節，如若親歷。

西陵眾軍受到上級表彰，又被報紙吹噓得神乎其神，從此個個得意洋洋，皆以此事為榮。在人前將自己當晚如何英勇對敵之事說得活靈活現，驚險萬分。一樁看守失責，原因不明的無頭公案，反倒變作了英雄事蹟，傳揚天下。

張玉次日拿了一小塊金錠去換成大洋，買了一處敞亮帶院子的房子，才用了不到十分之一。便也學張良平的模樣，在院子中挖了一個大大的坑，在坑裡埋放了三百多斤金錠，上面種了大棵的梧桐樹，一切妥當。剩餘的金錠拿去票號要換做銀票，票號見了，嚇了一跳，說最多只能開兌五千兩銀票出來，其他的只好又拿回去埋在樹下。易兒在樹下設了香案香爐，燒了神紙，參拜了一回。拜樹的奇怪行為，實在是因了藏匿金錢的需要，可見種種奇風怪俗，必有其因。

兩人院子裡埋藏了大筆的金錠，懷裡又揣了五千兩銀票，頓覺腰板硬朗，底氣十足。不可否認，金錢是這個世界上最為可靠的力量，它將會有力地幫助人登上權力的寶座，獲得威望和地位。

而現在兩人已經獲得了這種最可靠的力量。兩人發現，整個世界正在兩人面前慢慢地改變。不是世界變了，而是他們看世界的角度，已經悄悄的發生了變化。他們已經從在這個世界上勉強掙扎的脆弱的生命，變作了無比強大，具有神明一樣法力的偉大力量。整個世界已經踩在了他們的腳下，他們現在正在俯視。

兩人待要離開這裡，想起還沒向黑六十九告別，便在街心畫了彎月，閒坐等待。

不多時，看見有兩人攜手走了過來。一人頭戴鴨舌帽，穿了一條黃色燈芯絨褲子，正是黑六十九，另外一人短髮細眼，上身穿了白色短衫，下身一條青布褲子，腳下踩了黑色皮鞋，卻是不識。

張玉笑道：「我聽黑月曾說過，黑子們必須隨時能夠赴湯蹈火，不能談戀愛成家的。」

黑六十九臉現羞澀，卻掩不住眼神中的神采飛揚，道：「但是如果不做黑子了，就可以自由成家了。」

易兒道：「對啊！難不成還能讓這個姐姐一輩子一個人過啊。那黑月要敢攔著，我找他說理去！」

張玉問道：「不知這位大哥尊姓大名，看著好生眼熟。」

那人微笑道：「黃中。」

張玉大驚。那晚張玉怕黃中會死死守在古松附近，不好下手，便讓黑六十九先綁了黃中去。卻不知二人後來如何竟然成了情侶。

黑六十九羞澀道：「我在成為黑子之前，曾經有過一次不幸的婚姻。那個男人品行惡劣，趁我懷孕之時，又去招惹別的女人。我一怒之下，沒想到動了胎氣，孩子沒了，從此對那個男人心灰意冷，便離開了家。一次在街上遇到了歹徒，危難之際，被一個黑子給救了下來，後來又經他引薦，乾脆自己也做了黑子，快意恩仇。」又道：「這一次遇見了黃中哥，還要感謝你們二位來給牽這紅線。」

張玉、易兒見自己無意中竟然當了一回紅娘，都覺得出乎意料。

黑六十九道：「這位黃中哥品行端正，感情專一。他既然能夠在這裡守護一個祕密二十多年，將來也必定能夠一輩子待我好，和我相守終老。」說著，眼望黃中。

黃中道：「實不相瞞，我原是光緒爺兒手下親兵，派到這裡來是要完成一件極為機密之事。現如今光緒爺兒已經駕崩多年，昨晚又經了一番轟炸，那個祕密想必也已經算不得是什麼祕密了。」說著，兩眼凝視張玉。

張玉知黃中雖然不知道是個什麼祕密，但已經猜到了那個祕密和自己有關係，只好笑道：「管它是個什麼祕密呢。你這番得了個貌美如花的漂亮媳婦兒，也不枉了這麼多年的辛苦！」

黃中點頭道：「我為光緒爺兒的一個祕密付出了這麼多年的時間，這個祕密到底是什麼，我不知道，也不想知道，我只是忠實地完成我的職責而已。現在，我想我已經很好地完成了。」

易兒笑道：「光緒爺兒的任務，你已經完成得不能再好了。今後的日子，我便再派你一個任務，那就是把你這個如花似玉的媳婦兒好生照顧著，直到永遠。若是敢打半點兒折扣，小心軍法處置！」

四人一齊大笑。

黑六十九便發出訊息，向黑月請示退出黑子。

易兒玩笑道：「此事不必待黑月同意了，你們兩人不如今晚就成婚便了！」

黑六十九也笑道：「哪有這麼急的？若是我成婚，須得你們兩個也成婚相陪！」

黃中道：「如此甚好！咱們四人就在今晚成婚！」

三人一齊愣住。

易兒和黑六十九本是相互說著的玩笑話，那黃中卻是嚴肅之人，此言一出，三人都是覺得答應固然不妥，不答應又怕傷了黃中的感情。

張玉想了想，道：「擇日不如撞日。黃大哥的話很是有道理，咱們兩對兒就都在今晚成婚，豈不是好？我和易兒也都沒有親人，咱們湊在一起，還熱鬧些！前些日子我看見我家隔壁有人要賣房子，咱們不如且先過去看看，如果還中意的話，我便買了來送給二位哥嫂。」張玉在買房子的時候，那位賣主本來是要一塊兒賣兩個院子，張玉只要了一個，想來另外一個這時也還沒有賣了出去。卻不說自己的房子也是新買的。

易兒大羞，嗔道：「你便和他們一起成婚去！我可不去！」

黃中道：「我們三個怎麼成婚？簡直胡鬧！」

易兒見黃中又嚴肅又古板，不可理喻，又羞又急，不住跺腳。

黑六十九性格卻極是豪爽潑辣，大笑著拉了易兒，道：「這事兒我做主了，今晚咱們兩對兒一起成婚，熱鬧一回！走！看看那院子去。」黑六十九原本四海飄零，近日來奉命來到易縣辦一件案子，恰好遇到了張玉的事情，便接了過來，沒想到竟然得遇意中人，心情大好，也來極力攛掇易兒。

易兒連忙搖頭，急道：「不可！不可！」無奈三人連拉帶拽，只好一同隨著前去。

那個院子果然還沒有賣出，黑六十九出錢要買，張玉搶著給了銀子。黃中和黑六十九都過意不去，張玉道大家一起相逢是緣，何必計較這些。兩人再三相謝。

張玉出去置辦了婚禮所需的一應物品，又從飯店買來了酒菜。易兒見事已至此，也就落落大方，幫忙準備。

黑子之間的訊息傳遞極快，到了晚飯時分，已經接到了黑月批覆，同意黑六十九退出黑子，並祝賀四人百年好合，早生貴子。又派人送來賀喜的禮金。黑子近來聲名大盛，雖然只有二百名黑子在冊，但黑子之外的候補之人甚多，遍布全國各地，辦事極為便利。遇有在冊的黑子因傷亡或者其他原因退出，立刻便有人補缺。

黑六十九既然已退出黑子之數，便不能再以黑六十九相稱。因為素喜玫瑰，便以玫瑰為名，以黑為姓。

四人張燈結綵，把婚房布置停當，雖然簡單，倒也別有意趣。易兒和黑玫瑰羞羞答答，正要一同拜天拜地，忽然有人拍門。

黑玫瑰大為不耐，三兩步過去把門打開。

卻見門口站了一隊人馬，都是黑衣人，不由得愣了。

張玉遠遠望見了，料必是這些黑子等人不同意黑玫瑰的婚事，連忙跑出來，道：「各位大哥，這黑六十九已經得了黑月同意，退出黑子了，各位大哥若是要進來喝杯喜酒呢，便請進來，若是前來責怪黑六十九的，卻是大可不必。」

當先一人白髮飄飄，聽了張玉的話，哈哈大笑，道：「你們四人好大膽！居然要私自舉辦婚禮。婚姻大事，豈同兒戲？我急忙趕來，便是要為你們主婚！」

張玉細眼看去，卻是鄭貴叔叔來了，大喜過望。不想鄭貴叔叔幾月不見，已然鬚髮皆白，定是因了鬼之道、林南河的原因日日悲傷所致。

易兒也早已跑了過來，拉住鄭貴，問東問西。

原來鄭貴的教會組織與黑月的黑子之間平素互有訊息往來。今天鄭貴正在易縣辦事，接到張玉、易兒兩人今晚便要成婚的消息，吃了一驚，連忙帶了幾個教中的骨幹，稍加備辦就忙忙地趕了過來。

鄭貴笑著刮易兒的鼻子道：「見了叔叔也不讓進屋，就是這樣將叔叔堵在門外嗎！」

易兒聽了，連忙笑著拉起鄭貴，拽進門來。後面諸人也都魚貫而入。

那些教眾低聲商議幾句，分頭布置準備。不多時，院中屋內，莊嚴肅穆，幾乎變作了一個教堂。

鄭貴取出兩件新婚紗，命易兒和黑玫瑰換上。又從懷中鄭重地取出一串手鏈，替易兒戴上，道：「這串手鏈，是我當年買了要送給你媽媽的。當時她看著好玩，拿在手上戴了一戴，便還給了我。之後這麼多年，我便貼身藏著它，已經整整四十五年七個月零三天了。現在，我就把它送了給妳，祝你們一生幸福！」說罷，竟然淚下，悄悄用手拭去，又換了一副笑臉出來。

張玉、易兒心頭大震。沒想到這手串當年林南河只在手上戴了一戴，鄭貴竟然如此鄭重地珍藏了這麼多年。大概在鄭貴心中，自己的生命，實在是從這一天方才開始的，那一天，便是自己紀年的元年元月元日。鄭貴對林南河的深情，恐怕猶在黑月之上。

鄭貴又拿出一個戒指，遞給黑玫瑰，道：「這個戒指是一個婚姻幸福的教中女子所贈，願你們從此夫妻恩愛。」

黑玫瑰見那戒指鑲金嵌銀，極為貴重，忙道：「我不要，你自己留著吧！」

鄭貴肅顏道：「西方婚俗，新娘子要有一點新，一點舊，一點藍，一點借來的。你們的婚紗，便是一點新。易兒的手鏈和妳的戒指便是一點舊的意思，表示幸福生活也能相傳，不可推卻！」

黑玫瑰聽了，便接過來戴在手上。

鄭貴眼含淚水，歡喜無限，對易兒道：「易兒是林南河唯一的女兒，我一生未婚，無兒無女，又是看著易兒長大的，心中對易兒的喜歡，恐怕比林南河還要多上十倍……從今往後，我就做妳的義父吧，妳可願意嗎？」眼中竟然全是求懇之意。

易兒點點頭，哽咽道：「義父！」

鄭貴大喜，看著易兒道：「我的女兒要結婚，義父豈有不來之理？婚禮豈有不鄭重之理？可是這個淘氣女兒，竟然也不通知她的義父一下……。」眼淚再也忍不住，流了下來。

易兒撲進鄭貴懷裡大哭。

過了一會兒，鄭貴緩緩推開易兒，向黑玫瑰道：「妳和易兒有緣，同在一起舉行婚禮，我極為高興。」

黑玫瑰連忙相謝。

鄭貴又親手為兩人戴上藍色胸針，把金髮夾別在頭上。

張玉和黃中也都換了西式服飾。

四人互相見了對方的滑稽模樣，心中又是好笑，又是甜蜜。

鄭貴忽然大聲宣布道：「婚禮開始！」

院中大門洞開，門外湧進數十人，在院中排列整齊。門外尚有千百人，燃起蠟燭，響起聖樂，莊嚴非常。

遠近的百姓們何曾見過這個陣勢，扶老攜幼，都來觀看，直把一個易縣縣城圍堵得水洩不通。此事早已驚動了地方官員，見這婚禮排場大，知道定非凡人，也都來湊熱鬧。劉夏等西陵守軍也趕了過來湊趣。劉夏見新郎新娘是張玉、易兒，大喜，便向旁人炫耀說這是自己的好友婚禮。黃中容貌氣質變化太大，竟然無人認出。

鄭貴於西方婚禮儀式之法，甚為精熟。其中禮儀繁複，程序頗多，不可一一盡述。兩對兒新人，終於禮成。

黑玫瑰和黃中知道今晚這宏大的陣勢，都是因了張玉、易兒的緣故，心中對兩人大有感激之情。

當晚鄭貴大擺宴席，宴請來訪眾人，又與易縣官員縱橫笑談，場面極盡熱鬧。

正在鬧得不可開交的時侯，忽然一聲炮響，眾人盡都被唬得呆了。劉夏聽得炮響，大叫一聲，道：「那黑子們又殺來了！」心中慌亂，不知當跑當留。

只見一道黑色隊伍緩緩走來，人人皆是黑帽黑衣黑褲黑靴，腰中佩了一把黑色手槍，約有百人，排列得整整齊齊，從人群外面進入。眾人見了，連忙分出一條道路，鴉雀無聲。

那黑色隊伍便像是一把劈波斬浪的玄劍，長驅直入，向新郎新娘走來。易兒眼尖，大喊一聲：「黑月叔叔！」跑上前去。張玉也連忙上前。

那黑色隊伍當先一人精神矍鑠，步履鏗鏘，左胸上繡了一輪金色的彎月，神情肅穆。見易兒跑了過來，臉上隱然露出了一絲旁人不易察覺的笑容。此人正是黑月。

黑月一揮手，身後眾人都拔槍在手。天上不知何時出現無數綵球，緩緩墜下。忽然間槍聲震耳，那些綵球個個粉碎，無數彩花綵帶飄落下來。眾人都置身於這漫天的彩花綵帶之中，美輪美奐，如在夢中。

劉夏大叫一聲：「好！」眾人歡聲雷動。

易兒、張玉幸福滿面，黑月哈哈大笑。

張玉拿出一千兩銀票，命一名黑子前去換成了銅錢，漫天散發。眾人哄搶，皆都稱讚新郎新娘才子佳人，天配良緣。

鄭貴、黑月見張玉出手如此闊綽，不覺都吃了一驚。

銀錢既足，當夜易縣縣城燈火通明，鼓樂歌舞，熱鬧非凡。

鄭貴與黑月坐在一處，飲酒談天。

黑月淡淡地看著歡騰的人群，嘴角露出一絲輕蔑的微笑，道：「天下熙熙，皆為利來。天下攘攘，皆為利往。」

鄭貴聽了，微笑道：「不作如是想，便是人間天堂。作如是想，便是人間煉獄。」

黑月臉現笑容，道：「如此甚好！你便去做這天堂之主，我卻來當那煉獄的魔王！」

兩人相視，哈哈大笑。

第二四回　論西遊青雲直上　會范東禍起蕭牆

婚宴連擺幾日，好酒好肉，放量供應。易縣百姓扶老攜幼，都來賀喜，吃得肚圓而歸，同聲稱讚張玉年少瀟灑，才高德重，易兒賢淑貌美，持家有方。

只可憐易縣城中之豬，因張玉的婚宴多吃鹿尾兒，皆都慘遭殺戮，屍橫遍野，血流成河。便是連周邊其他縣市的豬，也多有被株連的。

鄭貴、黑月等人見這裡事情已了，陸續散去。只有易縣縣令索部兆看著張玉來頭不小，手頭又闊，每日裡也不去縣政府上班，只來張玉院中閒聊。

一天，張玉見索部兆愁眉不展，問道：「部兆兄今日愁煩，不知是為了什麼緣故？可有用得著弟弟的地方嗎？」

索部兆聽了，眉頭皺得更緊，搖頭嘆道：「今年國民政府的府院之爭弄得亂亂鬨哄，全國官民一團混沌，真是國將不國了！」

張玉笑道：「他們亂他們的，咱們快活咱們的，又有什麼相干？」

索部兆道：「我難道不想快活度日？可是昨天市長李全隱下令，要求各縣捐款紋銀五百兩，以維持市政開銷。今年易縣天災人禍，土地絕收，別說是五百兩，就是五十兩，我也是籌措無門啊！」

張玉聽了，知道這索部兆連日上門，便是來要錢的意思。假意躊躇半晌，故作為難，遲疑道：「我這裡倒是還有四百五十兩銀子的債務，尚未收回。若是不急，我在三日之內，必能籌措完備，送到府上。」頓了一頓，又道：「不瞞索縣長說，我雖家業豐厚，不愁吃穿用度，可是無官無職，就是想要為國出力，也是心有餘而力不足啊！」

索部兆聽張玉肯出銀子，心中暗喜，道：「如此甚好，便是只有四百五十兩，也是解了縣政府的燃眉之急！」那市長李全隱其實只向易縣攤派了一百兩銀子，索部兆獅子大張口，一下子翻了五倍，如今見四百五十兩銀子有了著落，如何不喜？又見張玉話中之意，顯是想要求個官做，俗話說得好，得人錢財，替人消災，便道：「過幾天李市長要來易縣視察，到時我知會你去。若是李市長一見之下，看上了你，你就是不想做官都難！」

張玉聽了大喜，三日後便將四百五十兩紋銀送至索部兆府上，又私下送了五十兩銀子給索部兆。索部兆大喜。

過了幾天，李市長果然按照既定日程來到易縣考察。

索部兆手中既有了銀兩，將易縣大大的修整了一番，街市整潔，道路暢通。平日裡的閒雜人等，一律不許出門。縣政府前的顯要位置，懸掛了李市長的大幅畫像，畫中李市長被眾多童男童女環繞，鮮花錦簇，平易近人。李市長看得心情大好，連連稱讚易縣治理得法，政績突出。

晚間索部兆便在易縣最大的飯店龍鳳樓設宴，款待上司，張玉也應邀前往。索部兆特意讓張玉坐在李市長右手之位，以便親近。又讓張玉點菜。

張玉拿過菜譜，首破鹿尾兒按人頭兒論片兒上的規矩，要店家但有所需，儘管送上。又撿鮑魚熊掌等罕有之物，點了滿滿的一大桌。有許多東西竟然是李市長也未曾吃過的。

李市長素知索部兆窮酸，看張玉如此陣勢，心中暗暗稱奇，在席間便多加留意，見張玉舉手投足間，頗有氣魄擔當，口齒伶俐，落落大方。又見索部兆對張玉連連稱讚，心知此人來歷不俗。

李市長先自巡酒一圈，接著便開始指揮眾人論酒。眾人在上司面前，誰肯落後？一個個都奮勇爭先，伸直了脖子，往腸胃裡面灌酒。當晚眾人連飲十八罈二鍋頭，盡皆大醉。

李市長也喝得醉意醺醺，索部兆使個眼色，張玉便攙了李市長回去，送入臥房。

李市長吩咐看茶，談興甚高，從盤古開天立地，講到孫中山棄醫揮軍，又從三皇五帝野史，講到乞丐娼伶祕聞，無所不說。果然是學識淵博，其中見解，往往頗有獨到之處。

忽一時，說到明朝吳承恩所著的一本小說，叫做《西遊記》，說道：「那吳承恩著書之時，方是明朝中葉，當時社會經濟頗為繁榮，但政治法紀日漸敗壞，百姓生活流離困苦。我每每讀到書中的不平之處，往往痛哭流涕，不能自已！」

因拿起桌上茶則，一邊敲擊桌子，一邊緩緩唱道：

敢問諸佛：父母妻兒怎捨？功名利祿怎拋？

如是我聞：捨即是魔，拋即是障。不捨不拋，不離不了。

佛本無心，心即是佛。

佛祖慈，觀音厲，佛心原須魔手持。

三藏定，大聖顛，高僧需借妖猴行。

神仙樂，妖怪悲，鬼魅原來仙下界。

作者囈，讀者痴，古來真意幾人知？

唱罷，淚如雨下，搖頭不已，對那書中之事，深自嘆息。

索部兆等人聽了，雖不解其中深意，但聽抑揚頓挫，曲調優美，都轟然叫好，稱讚不已。

張玉低頭思索片刻，站起身來，拿了茶筷，也款款地擊節唱道：

一部西遊，畫盡世間美醜。
妖魔鬼怪，幾多俊逸風流。
佛祖慈悲，一心傳經東土。
觀音手段，終使師徒西遊。
款款深情，都遭假意毒手。
歷歷真佛，皆由魔怪持修。
道家大統，原來混沌難透。
佛法恢宏，看空離恨別愁。
一腔熱血，漸漸無聲無息。
萬種妄想，時時寂滅心頭。

索部兆等人聽了，卻是不明所以，眼望李市長。

只見李市長聽罷，端起茶杯，深深地飲了一口，「啪」地一聲重重放在桌上，大叫一聲：「好！」一把攬住張玉。

索部兆等人見了，一哄而起，盡都去稱讚張玉高才。

李市長道：「你年紀不大，竟然有如此才華，足見後生可畏！近來我正在琢磨著要找個市長助理，一直沒有合適的人選，你文才倒好，不知可有意思隨了我去嗎？」
索部兆聽了，忙道：「張玉才華橫溢，足當此任！如何不去？明天便隨了李市長回去，好好地歷練歷練！」又笑道：「李市長從我們易縣搶了一個寶貝去，便須得免去易縣之地三年賦稅才好！」
李市長笑罵道：「你這老狐狸算計倒精！」
張玉躬身謝過。李市長大喜。
當晚張玉回去，便與易兒說了過幾天要動身去當李市長助理的事兒。
易兒不解，道：「如今咱們已有大筆金錠在手，你要殺了那龔陰業，只需借助黑月叔叔之手，易如反掌。何必又要巴巴地去當什麼市長助理，有些什麼意思？」
張玉目視窗外，切齒道：「我聽人說那龔陰業如今已經做到了副省長。如果要買一個殺手去刺殺龔陰業，他在明處，我在暗處，又有何難？但我報仇的方法，自與別人不同。我一定要以其人之道，還治其人之身，讓他也嘗嘗他曾經給予過別人的痛苦。」
易兒道：「那你想要怎麼做？他是副省長，你再有錢，也不過是個平頭百姓。」
張玉道：「眼下還沒有想好。妳願意隨了我，去那火海刀山當中闖上一闖嗎？」
易兒嘆了口氣，道：「我既然已經嫁了給你，不願意又能怎麼樣？」
張玉深感歉然，拉起了易兒的手，一時不知道該說些什麼好。
過了幾天，張玉、易兒收拾東西，跟了李全隱市長動身去往市裡。這院子就託付給了黃中、黑玫瑰夫婦看管，又留了阿卷看家。張玉細細交代黃中要看管好院中的梧桐樹，時時上香燒紙，保佑家人平安，黃中夫婦一一答應。張玉事先早已在梧桐樹中設了機關，若是有人擅自在樹下挖掘，便會引爆炸藥。又知黃中秉性忠實，金錠之事大可放心。
張玉買好了一輛豪華馬車，送給李市長乘坐。李市長大為高興，邀了張玉同乘，易兒在後面另乘一輛。

馬車高大平穩，極為舒適。李市長道：「你年紀輕輕，竟然如此豪闊。請問家中祖上是做什麼的？」

張玉微笑道：「若是論起族譜，我乃是唐玄宗開元年間的尚書丞相張九齡之後，再往上論，便是漢朝開國謀臣張良了。」

李市長見張玉這樣說，便知道他不願談及家世，笑道：「你這張姓最早源於黃帝之子少昊青陽氏之孫，他名叫揮公，因發明弓箭而賜姓張。論起來你也是三皇五帝之後，算得上是黃帝後裔。」說罷哈哈大笑。

張玉見李市長所知甚博，不敢怠慢，忙道：「昔年家父曾經遠赴英格蘭國經營瓷器，到了晚年，思念故土，所以帶了我回到中國。不想家父去年舊病復發，病逝了，家中產業都交了給我。」

李市長道：「既是這樣，老人家積累家產不易，你日後用度還是要力行簡約，不可浪費！」

張玉連連稱是，額頭冒汗。

市政府祕書早已為張玉安排好了助理室，放了一張辦公桌，一把太師椅，一個書櫃，一把長椅。桌上筆墨紙硯齊備，桌角又擱了一盞油燈。

張玉和易兒在離政府樓不遠處買了院子居住。張玉朝九晚五，暗暗觀察政府機關的往來程序。易兒自有政府各科室的小職員家眷每天到家中陪著打牌說笑，大家見易兒舉止富貴，為人大方，都去加意奉承。

這樣忽忽過了數月。一天上面發來通知，要市裡派主要領導到北京與忠勇親王張勳部屬討論市政建設的事情。李市長沉吟良久，派了張玉隨同劉懷仁副市長去到北京出差。

當時袁世凱死後，由黎元洪任國民政府總統，段祺瑞出任總理，恢復「約法」。不久後黎元洪與段祺瑞因為就中國是否對德國宣戰的事情，發生了府院之爭。段祺瑞主戰，而黎元洪願和。隨後黎元洪免去了段祺瑞官職，引督軍團團長張勳入京。誰知這一次竟然是引狼入室，張勳於時年七月一日解散國會，尊奉溥儀為皇帝，為清廷復辟，是為「張勳復辟」。之後張勳便召集各地方政府到京洽商今後市政建設的規劃。

張玉隨了劉懷仁副市長，趕到北京鐵獅子胡同的一所宅子裡，參加一個會議。只見北京城中到處懸掛了大清龍旗，滿街的往來行人腦後都垂了大辮子。李副市長頗為入鄉隨俗，連忙帶了張玉到戲裝店買了兩條馬尾做的辮子，裝模作樣的戴在腦後，招搖過市。

會議由一位名叫范東的官員主持，主要議題便是今後各地區的市政建設規劃。說到市政建設規劃，張玉也略略的知曉一二。義父鬼之道學究天人，精通西學，於市政建設規劃也多有研究，當年曾經向張玉細細傳授。

輪到劉副市長發言時，那劉懷仁肥頭大耳，是一個不學無術的人，平日裡只知香車美酒，勾心鬥角，於這治國理政的學問，一無所知。張口結舌，「呃呃」半晌，說不出個所以然來，眾人盡皆哂笑。

張玉見劉副市長語塞，怕冷了場面，便接過話頭，侃侃而談，將城市行政機關應當如何作為，城市的公共事業、公共事務應當如何管理等等，一一解來。提出城市管理應當注重商業和農業，反對空談，大力開展職業技能教育。並指出政府官員應當具備「善因禍而為福，轉敗而為功」的基本能力。

范東聽罷，大加讚賞。范東是張勳部下，自然是擁戴清廷復辟的。當時復辟之事，不得國人之心，反對之聲，此起彼伏。張勳火燒火燎，急欲網羅天下人才。所以范東組織的這次會議，也是想要從中發現人才，以為己用的意思。這時見張玉思路清晰，口齒伶俐，又頗知治國之道，便動了愛才之心，當下不動聲色，記下了張玉姓名。

當天散會後，范東舉辦晚宴，與各位地方官員置酒相談，輪番勸酒。張玉和眾人不熟，只顧低頭吃飯。劉副市長坐在張玉上首，與眾人談笑風生，偶爾講幾個笑話，惹得眾人哄笑。

忽然一人輕拍張玉肩頭，低聲道：「張玉先生，晚宴後請到范東先生寓所一敘可好？」

張玉知那人開會時也在會場，只是並不相熟，問道：「是為了什麼事兒？」

那人不答，道：「去了便知。」轉身離去。

張玉心想自己與范東素不相識，晚上叫自己去，無非是范東因見自己會上的發言有點兒道理，便要繼續問些城市規劃的事兒，轉頭悄聲對劉副市長道：「劉副市長，范東先生約了我晚間到他寓所一敘。」

那劉懷仁正在與人談笑聊天，聽了張玉這話，突然心頭一沉，心道：「范東是張勳手下的紅人，這次鬧了復辟，眼看著誰得了這幫人的青睞，便可青雲直上。這范東不叫我去，卻叫了張玉去，實在是可恨！」臉色不悅，嘴上卻道：「好啊！你便去會會，看他說些什麼？」一面暗暗派人跟去監視。

宴罷，張玉尋至范東寓所。早有人在此專候，見了張玉，連忙迎了進去。

范東正在一處僻靜的茶室品茶讀書，見了張玉來，笑著邀張玉坐下。茶壺中已經泡好了鐵觀音，兩人一同品茶。

范東大讚張玉才學，問起張玉籍貫。張玉早已利用市長助理的身分，編造了一套檔案，登記在冊，背得滾瓜爛熟，有人問起，都是一樣的回答，滴水不漏。

范東見張玉出身並無可疑之處，微微一笑，問道：「你可知道忠勇親王張勳大人？」

張勳復辟之事，當時早已路人皆知，整個復辟的經過，都被眾人添油加醋，說得神乎其神。

張玉道：「張勳大人忠勇蓋世，天下人誰不知曉？」

范東大喜，道：「張大人別的先不說，只這一個『忠』字，就是旁人不能比的！」

張玉點頭，並不答話。心想張勳雖然復辟成功，尊溥儀做了皇帝，但政權尚且飄搖不定。又知道李市長這次之所以不來參加這個會議，也是因為政局未穩，尚且從旁觀望，不肯輕易涉險。這回派了自己來，也是前來打探局勢的意思。

卻聽范東說道：「三年前的十二月五日，是張大人他老人家的六十大壽。那一天，上至當時的總統和現今的皇上，下至各省督軍要員，都來賀壽。當時是孔子七十六代孫衍聖公孔令貽主持祝壽禮儀和壽筵，那場面真是人物薈萃，冠蓋雲集。當時我只是一個掌管來往禮簿的小小頭兒，站在這禮儀隊伍之中，也是覺得無限風光！」說著，飲一口茶，悠然神往。

張玉道：「張大人為人坦率直白，敢作敢當，忠貞不二，實在是令人感佩！」

范東道：「張大人不但忠勇而已，文韜武略，也是蓋世無雙。當時張大人到了北京城外後，並沒有忙著進城，而是設了巧計，將京津臨時警備總司令王士珍、副司令江朝宗和陳光遠、以及京師員警廳總監吳炳湖請了來，突然宣布說明天早晨就要請皇上復位。這四人聽了，面面相覷，誰也不敢多說一句話，就此成了大事。」頓了一頓，讚嘆道：「這等巧妙的計策，除了張大人，又有誰能想得出來！」

張玉心道：「這樣一個小小的計策，天下能夠想得出來的人，只怕是車載斗量。只不過是這四人蠢笨，入了圈套而已。」嘴上卻道：「真是一條妙計！」

范東見張玉欽服，低聲道：「現如今張大人正在用人之際，像我這樣不成器的人都被委以重任，你的能力高我許多，若是有意，我回去必向張大人用心舉薦。」

張玉心道：「張勳大人雖然弄了個復辟之事不得人心，但忠於舊主，為人倒也可敬。這范東雖然本事不大，但誠懇無私，倒是也算得一個好人。只是現今局勢未定，這復辟之事，難保反覆，還是暫且小心退避為好。」主意打定，向范東道：「多謝范大人抬舉，只是我才疏學淺，恐怕耽誤了大事。這事還是緩一緩再說吧。」

范東搖頭道：「旁人都巴不得讓我替他們在張大人面前能夠說上一句半句好話，我見那些人世故溜滑，從來不肯輕言。如今好不容易找到一個有些真本事的，卻又用不著我說，哈哈，倒是有些意思。張大人思賢若渴，你若有意，隨時可來找我！」

張玉連忙躬身謝過。

范東又命人取來一百兩銀子，送與張玉。

張玉是個見過巨萬黃金的人，又怎會將這一百兩銀子放在眼裡，執意卻而不受。

范東更加感佩，親自將張玉送出門去。張玉雖然沒答應為張勳效力之事，心中也感念范東的知遇之恩，兩人在門口執手相握，又說了幾句依依惜別的話，方才揮手告別。

張玉回到住處，劉副市長正和一大幫人在寓所飲酒，呼三喝四，好不熱鬧。眾人見了張玉來，連忙在劉副市長身邊給張玉擺了座位。

張玉應酬了幾杯酒，便乘間低聲向劉懷仁一一彙報了范東所講的話，道：「范大人雖然美意，但我仍然願意跟隨李市長和您在這邊做點實事兒。」

劉懷仁聽說范東要在張勳大人面前舉薦張玉，心中妒火中燒，嘴上卻道：「去那邊做事兒，倒也不是什麼壞事。只是會惹得李市長不高興，還是不去為好。」

張玉點頭稱是。

眾人正在歡鬧間，忽然一人搶門而進，向眾人大聲道：「大事不好了！剛剛得到確鑿的消息，段祺瑞以討逆軍總司令的名義，派了段芝貴為東路司令，曹錕為西路司令，倪嗣沖為皖魯豫聯軍司令，梁啟超、湯化龍、李長泰、徐樹錚為參贊，靳雲鵬為總參議，傅良佐、曲同豐為軍事參議，張志潭為祕書長，曾毓雋、劉崇傑、葉恭綽、丁士源分任軍需、交涉、交通、軍法處長，已經攻進了北京城，張勳狼狽逃走，不知去向！」

眾人聽了，一個個大眼瞪小眼，竟都呆了。

忽然劉懷仁把腦後的假辮子一拔，扔在地上，喝道：「誰說大事不好了？撥亂反正，這正是個天大的好消息！來人！把張玉押了起來！」

門口兩名警衛應聲進來，把張玉一把扣住，反摁在地。

張玉大吃一驚，喊道：「劉副市長，這是為什麼？」

劉懷仁把酒杯往桌上重重一放，向眾人道：「這張玉身為民國政府的職員，卻吃裡扒外，私自交往清廷走狗！」向門外喊道：「你且進來！」

門外走進一人，正是劉懷仁派去監視張玉的人。

劉懷仁道：「你把你看到的情況向大家說說！」

那人道：「劉副市長剛才派我去監視張玉。我見張玉和范大人，不，和那清廷的走狗在屋中密密叨叨地說了好久，又見有人端了許多銀子進去。最後那清廷的老狗還親自將張玉送出門來，兩人拉著手又談了許久，方才離去。」

張玉喊道：「這實在是冤枉！剛才在范東那裡發生了些什麼事，我都已向劉副市長稟報過了，我並沒有接受范東的銀子。」

劉懷仁「哼」了一聲，道：「別人送來了白花花的銀子，你卻不接受，誰能相信？」向那幾名警衛道：「張玉有私通清廷的嫌疑，押在隔壁屋裡，細細地審問！」

張玉見劉懷仁如此嘴臉，如五雷轟頂，心中亂作一團。

那劉懷仁原本就在心中嫉恨張玉，這時聽說段祺瑞趕跑了張勳，又要做回民國政府了，立時就拿了張玉發落。一是可以除去這個總是搶自己風頭的眼中之釘，二是借此向段祺瑞的政府獻媚，表明自己的立場。揮手向眾人道：「走！去抓了那個什麼范東，押去請段司令發落！」

眾人中有些老成持重的，都是低頭不語。一些年輕浮躁的便鼓噪起來，摩拳擦掌，要去捉拿范東。

第二五回　遭嫉恨刑訊逼供　遇官兵法源療傷

那范東是長年跟著張勳東征西討慣了的人，見事何等之快，劉懷仁帶人趕去捉拿的時侯，早已不見了蹤影。

劉懷仁撲了一個空，眼見投靠段祺瑞的進身大禮跑了，懊惱不已。回到自己寓所，派人將張玉提了過來，召集眾人坐在一邊旁聽，自己親自審問。幾個兇神惡煞般的警衛拳腳相加，要張玉供認與清廷勾結，謀篡政權之事。

劉懷仁問道：「張玉，你是什麼時候交接清廷的？又是怎麼混入市政府的？」

張玉愕然道：「我剛到市政府不久，之前從來不問政事，沒有什麼交接清廷的事情。」

劉懷仁道：「我聽說你原本只是易縣一個小小老百姓，若是沒有大人物引見，怎麼能夠在突然之間平步青雲，就做了市長助理？是不是那李全隱與清廷平日勾結甚密，接引了你來做清廷的臥底？」

張玉聽那劉懷仁話中的意思，竟是要去攀扯李市長。腦中「嗡嗡」作響，不知所云。

張玉幼時遭遇劫難，自小就深知人心叵測，又得鬼之道親傳，頭腦聰敏，所知淵博，但初入官場，尚且還不知官場之中的險惡，更加甚於江湖百倍。

說到官場之學，漢代開國功臣陳平先生曾經有過一段精彩的論述，可以作為典範。陳平曾經對劉邦說道，項羽恭敬愛人，卻吝惜官位錢財，只能得到一些廉節好禮的人相助，其中這個「禮」字，乃是周禮，並不是禮物之禮。而劉邦雖然不學無術，待人態度傲慢，但是能夠給人以官位錢財，所以天下頑鈍貪利、厚顏無恥者都來投奔，並且斷言劉邦所率領的貪利無恥之徒必定能夠勝過項羽。後來歷史果然證明了陳平論斷的正確性。由此可知，能夠在這官場之中生存下來的人，都必是貪利無恥之徒，官場之學，就是貪利無恥之學。

那劉懷仁既不學無術，又頑鈍貪利、卑鄙無恥，兼具劉邦與漢代眾臣之所長，溜鬚拍馬、落井下石的本事精熟。此時見了政局有變，便立時想要從中混水摸魚，撈些好處出來，至於別人是死是活，苦不苦，痛不痛，又哪裡會放在心上？同情之心、仁道之義，更是官場大忌，早已被他修煉得無影無蹤。

張玉正是年少輕狂的年齡，哪裡懂得這些，見劉懷仁矢口誣陷自己，又有些攀扯李市長的意思，怒氣勃發，道：「你明知我清白，為什麼還要這樣攀誣我！等回去見到了李市長，看你還怎麼說！」

劉懷仁聽了，向眾人笑道：「這小子還想著回到李市長面前，去告上我一狀呢！」

眾人哈哈大笑，諷笑道：「想得倒是長遠！」

劉懷仁臉色一沉，喝道：「給我狠狠的打！」

幾名警衛見劉懷仁動怒，都下狠手，打得張玉口吐鮮血。眾人一邊飲酒，一邊看著張玉挨打作樂。有些幸災樂禍的便大聲叫好，有些心善的，也不過不去作聲，隨著眾人一同大笑罷了。

劉懷仁道：「李市長不過見你會作幾首歪詩，就提拔你做了市長助理，你哪裡有真本事？這次跟我出來開會，卻又偷偷地跑去和那清廷的鷹犬范東勾勾扯扯。哼！我早已看出那范東不是什麼好鳥！」

眾人都知是劉懷仁在這次會議上不得范東歡心，大大吃醋，張玉卻未必真的與范東有什麼勾扯扯之事，但此時大局突變，一個個都像是飄零在驚濤駭浪之上的小舟，稍有不慎，即被捲入海底，只好自求多福，哪裡還敢多說一句話。有些官場之學通達一些的，見劉懷仁整治張玉，便去趨炎附勢，一個個添油加醋，紛紛說起張玉平日裡的壞處來。

張玉被打得暈頭轉向，右肋劇痛，肋骨已經斷了幾根。當初本想著自己有了大筆金銀在手，從此便具備了操持寰宇的鑰匙，才計畫著要自己先做了官，然後再用一種狠辣的法子去報復龔陰業，也就有了後來去做市長助理的事兒。不想這金錢見了權力，乃是小巫見了大巫，全然不是對手。心知自己再要被打下去，別說報仇，恐怕從此就永遠也見不到明天的太陽了，心中一急，又噴出一口鮮血，「啊」地一聲大叫，暈死了過去。

劉懷仁急道：「還沒有逼問口供，怎麼就打死了？」命人端來涼水，潑在張玉頭上。

張玉暈暈乎乎間，忽然感覺頭上一涼，打個寒顫，醒了過來，想道：「我若是活了過來，免不了還是一頓毒打，不如裝死。」當即一動不動。

劉懷仁見張玉微微動了一下，便又沒了動靜，大聲道：「這小子裝死！」走下桌來，用力向張玉身上踢去。

張玉忍住痛，不吭一聲。

劉懷仁踢了幾腳，見張玉仍然不動，一腳向張玉斷了的肋骨上踏了下去。

張玉「啊」地一聲大叫，忍不住喊了出來。

劉懷仁咧嘴一笑，道：「在我面前弄鬼，你小子還稍微嫩了些！」

讓人搬來一張桌子，放在張玉身前，鋪了紙筆，命人記錄，吩咐道：「張玉勾結清廷鷹犬，現今段祺瑞司令把他們這幫奴才的主子趕了出去，李市長此番只怕也難逃干係。你待會把審問情況記錄得明白些，將來上報段司令，你也算大功一件！」

那負責記錄的人唯唯聽命。

劉懷仁問道：「張玉，那李全隱與清廷勾結，把你拉了來負責與清廷的人聯絡，此番張勳鬧清廷復辟，就是那李全隱在其中裡應外合，通風報信，是也不是？」

張玉疼得呲牙咧嘴，氣都喘不過來，哪裡能夠說出一個字來。

劉懷仁見張玉不答，笑道：「你認了就好！」向那記錄的人道：「記上。」

那人便記錄張玉招認市長李全隱與清廷勾結，致使發生清廷復辟之禍。

劉懷仁低頭沉吟道：「清廷復辟，絕非易事。那張勳雖然官高爵厚，為人卻很是魯莽，自稱張飛第二。據我聽消息靈通的人士講，張勳等人之所以能夠輕易成事，必是有李全隱作為內應。」又向著眾人道：「而就在張勳復辟前幾天，大傢伙兒可曾記得？李全隱大人曾經藉口到易縣視察，在易縣連住數日。眾所周知，近年來政局動盪，德國對我中華虎視眈眈，國內更是紛紛擾擾，混亂不堪。李全隱大人一不去作憂國憂民之想，二不去思水利交通之事，作為一市之長，卻在這張勳復辟之前的緊要關頭，跑到易縣去做什麼？想那易縣素來只是個山野小縣，既非戰略要地，又不是工商重鎮，李全隱到了那裡，又是意欲何為？」

眾人心中也都一齊迷惑：「是啊！李市長在那張勳復辟前夕，跑到易縣去做什麼，真是令人不解。」其實李全隱一個小小市長，又如何能夠知道張勳復辟之事，他當時只是在履行每年的例行巡查各縣之責，並非只是去了易縣一處。本是極為正常的一件例行工作，此時卻被劉懷仁拿來大做文章。

劉懷仁道：「那易縣一無所有，只有一件東西，可以吸引得一市之長，不辭勞苦，巴巴地跑了過去。」

眾人都想：「那卻是什麼好東西？能夠吸引得李全隱不辭勞苦地跑去？」就連張玉聽了，也是肚中暗自不解。

劉懷仁見眾人都眼神熱切地望著自己，頗為得意，故意又頓了一頓，賣足了關子，才道：「那李全隱之所以要去易縣，就是因為那是清西陵所在之地，是清廷的宗廟根本所在，那裡所居之民，多有清室皇族後裔。可見李全隱早在那時，就已經得知了清廷復辟之事，必是到易縣與清廷鷹犬密謀篡逆之事去了。」

眾人聽了，均都覺得自己醍醐灌頂，有恍然大悟之感。

張玉心中也想道：「原來李市長到易縣是為了張勳復辟之事，這一下張勳被人趕跑了，李市長的處境豈不是大大的不妙？李市長對我有知遇之恩，應該怎麼去救他一救才好！」

劉懷仁又指著張玉道：「這張玉就是李全隱在清西陵與人密謀之後，私自帶了回來的，又全不理會組織程序，直接提拔為市長助理。在座的都是在市政府工作多年的，一個個經驗豐富，才識過人，卻被這麼一個毛頭小子欺壓在頭上作威作福，真是可恨！張玉必是李全隱帶回來方便與清廷接洽的臥底，張勳復辟成功之後，便就留這裡監視諸位的一舉一動。這次來北京，又去與張勳的人深夜碰頭，還能有什麼好事！」

張玉方知劉懷仁是在胡說八道，怒極，道：「血口噴人！你才是與清廷接洽的臥底！」

眾人卻想道：「劉副市長剛才帶了我們去抓范東，又怎麼會是清廷臥底？這張玉一個嘴上沒毛的毛頭小子，平日裡居然會坐在我們這些聰明練達的人頭上，呼三喝四，又整天讓我們這些聰明練達的人去他那裡溜鬚拍馬，真是可惡之極！既然嘴上沒毛，就不該被人溜鬚，可見他定然是個極不懂事之人！他不是清廷臥底，誰還是清廷臥底？不如就趁今晚的機會將這可惡的小子碎屍萬段才好！」至於毛頭小子官位居於自己之上，就會變為清廷臥底的奇怪推理，誰還願意去細細分剖明白？都道：「這小子是清廷的臥底無疑！幸好劉副市長心明眼亮，給揪了出來！」

劉懷仁道：「今天也幸好請大家一同見證，將來報告段祺瑞司令有功，封賞下來，人人有分。便都在審訊筆錄上籤個字吧。」拿起審訊筆錄，先抓起張玉的手指，蘸了硃砂，在筆錄下張玉的名字之上按了一個紅紅的手印。

張玉知今日定然難逃此劫，閉目不語，也不去反抗。一霎時之間，他豁然明白了父親當年被屈打成招所遭遇的慘境，仇恨之情越加深刻，心中反而覺得一片澄明，寧靜無比。他此時已對這個世界的險惡黑暗有了更深一層的認識，漸漸地鎮定下來。心想今天無論如何都要脫得此困，不可便死，想到此處，身上的疼痛之感似乎也輕了一些。

劉懷仁拿著筆錄，又要眾人簽字畫押，眾人一一簽了，摁上手印。有幾個心機深些的，便把自己的名姓寫得似是而非，手印摁得模模糊糊。劉懷仁見了微微一笑，也不去理會。

劉懷仁得了筆錄，看著張玉，向那幾名警衛擺擺手。那幾名警衛會意，一齊抬腳向張玉身上踢去。眾人眼看張玉即將斃命，都是默不作聲。

張玉見事急，喊道：「且慢！」從懷中拿出一張紙來，喘息道：「劉副市長，我這裡有李全隱的反詩一首，願意將功折罪。」

劉懷仁一愣，道：「且慢動手！」從張玉手中接過那紙，只見上面寫道：

敢問諸佛：父母妻兒怎捨？功名利祿怎拋？
如是我聞：捨即是魔，拋即是障。不捨不拋，不離不了。
佛本無心，心即是佛。
佛祖慈，觀音厲，佛心原須魔手持。

三藏定，大聖顛，高僧需借妖猴行。
神仙樂，妖怪悲，鬼魅原來仙下界。
作者囈，讀者痴，古來真意幾人知。

這首詩正是當日李市長在易縣酒後飲茶時所作。張玉能當上市長助理，與李市長的這首詩頗有關係，是以後來便用工楷抄了，時時帶在身上觀看。這時見劉懷仁便要拿了那份偽造的筆錄去告李市長，惶急中摸到了那首詩，便拿了出來，一面左右歪纏，一面籌思良策。

劉懷仁看了幾遍，卻是不甚明白，心中疑惑，凝視張玉，道：「這怎麼便是反詩？」

張玉咳嗽道：「你看這詩中寫道，『捨即是魔，拋即是障。不捨不拋，不離不了。』這便是勸人不捨帝制，抵制共和之意。」

劉懷仁道：「那這其中又是佛，又是怪的，又是些什麼意思？」

張玉道：「這些便是以佛怪做比喻，告訴人要想復辟帝制，就要使用脅迫的手段。你看，『佛心原須魔手持』，便是講要用魔鬼手段來換得清廷復辟，張勳帶了辮子軍進京復辟，正是魔鬼手段！」心道：「我且先度過了眼下生死難關，將來見了段祺瑞，自有為李市長設法開脫分辨的機會。」聽說那段祺瑞生活樸素，清廉如水，沒有積蓄、不置房產，更兼不抽、不喝、不嫖、不賭、不貪、不占，人稱『六不總理』，想必是個能夠分辨是非之人，也不知道人們傳說得是也不是？」

劉懷仁聽了暗喜，心道：「有了這首歪詩，不愁李全隱不倒。李全隱倒了，那市長之位，便非我莫屬。」當下呵斥幾名警衛道：「你們幾個怎麼下手這樣狠？看都把市長助理打成什麼樣子了？還不快把他扶起來！」

眾人見劉懷仁瞬間又改了主意，換了一付臉孔出來，大為尷尬，連忙去將張玉扶起，又端了一碗水過來，餵張玉喝下去。

張玉肋骨斷裂處撕心裂肺地疼，額頭冷汗滾滾而下，臉上卻是笑嘻嘻地，道：「沒有什麼，大家都是為了國家大事，鬧了些誤會而已。各位大哥，我不礙事！」

眾人見張玉不計前嫌，心中略微寬慰，眼見得市長助理此番死不了了，又怕自己日後被秋後算帳，暗自恐懼。當下也不管張玉嘴上有毛沒毛，一個個又溜鬚拍馬起來。有的便出去找了些止血鎮痛的藥來，給張玉服下。有幾個人找來一副擔架，便要送張玉去醫院續骨。

劉懷仁道：「且不忙去醫院！今日事急，張玉兄弟且先忍一忍，先到段司令那裡去彙報了大事，再去就醫不遲。」又回頭罵那幾名警衛道：「下手這樣重，看我回頭不剮了你們幾個的狗爪子！」也不管張玉同意與否，命人抬起了張玉，便向段祺瑞寓所行去。

段祺瑞的執政府也在鐵獅子胡同。說起這鐵獅子胡同，在歷史上也是大大有名。吳三桂當年正是在這裡從田弘遇手中索去了江南美女、姑蘇名妓陳圓圓；袁世凱正是在這裡宣誓就任中華民國大總統；孫中山也曾在此謀商國民會議，共商國是。

段祺瑞趕走了張勳，執政府便設在鐵獅子胡同，離張玉開會的地方並不太遠。

劉懷仁等人抬了張玉，出得門來，時已深夜，街上卻是燈火通明。張玉躺在擔架上斜眼望去，見周圍鬧鬧嚷嚷，到處都是兵馬員警。一行人只覺腳下綿軟，低頭看時，地上到處都是人們丟下的假辮子。想起前幾天來北京時滿大街大辮子的情景，真是恍若隔世。

早有一隊士兵飛奔過來，大喝道：「你們幾個是幹什麼的？」

劉懷仁躬身道：「我們想面見段司令，有要事稟告。」

那隊士兵的長官不等劉懷仁說完，推搡道：「現在什麼時候了，段司令哪裡有空見你！快些走開！」

劉懷仁道：「我是保定市副市長，現有一樁謀逆大案，要面見段司令！」劉懷仁深知無論是誰做了統帥，都最嫉恨「謀逆」二字，無不以雷霆之怒，重手整治，是以中華五千年歷史長河中，死於「謀逆」二字之下的，實在是不計其數，其中冤死之人，也是數不勝數。劉懷仁知道自己此言一出，必有奇效，挺直腰板，靜候佳音。

不料那士兵長官臉色一板，喝道：「什麼謀逆大案！段公為人清正廉潔，最恨你這等攀誣小人！每天到段公這裡誣告謀逆的，成千上萬，空惹得段公生氣！你還不滾得遠遠地，被段公看見了，少不得又是一頓臭罵，連帶我們也是臉上難看！」

劉懷仁愕然，見那士兵兇惡，又不敢再向段府走去，低頭搭腦，只好帶了眾人折向自己寓所。

那士兵長官見劉懷仁等人抬了一個擔架，上面躺著一個重傷的人，喝道：「且住！那擔架上是什麼人？如此重傷，怎麼不去醫治？」

劉懷仁見問，精神一振，忙道：「這擔架上躺著的人，便是那個謀逆之徒！」

那士兵長官走過去，看了張玉一眼，道：「這人傷重，且留下著軍醫醫治，餘人速回房內去，不得在街上隨意走動！」張玉心中暗喜。

劉懷仁念頭急轉，生怕一旦把張玉放下，自己今晚所做的惡事便要東窗事發，猶豫道：「這人謀逆罪大，我還要帶回去向市長交代……。」

那士兵長官怒道：「此人縱使謀逆，也罪不至死！我們口口聲聲說是要共和、民主，卻又今天說人謀逆，明天說人篡位，哪裡來的共和民主？他若是真的有能耐，便讓他去做一國的總統、總理，他又去謀誰的逆，篡誰的位？若是一國的百姓都在謀逆篡位，正是政治無能之象，便當主動退位，另舉賢能！」

劉懷仁聽了，聞所未聞，目瞪口呆。

那士兵長官又道：「你若是執意要告他謀逆，便留下名姓，我去稟告段公，著人核查。」劉懷仁等人見勢頭不好，哪裡還敢留下名姓，將擔架連同張玉一同扔在地上，抱頭鼠竄。

張玉身體在地上一摔，肋骨斷裂處生疼，出了一頭冷汗，心中卻是說不出的暢快。心道：「別說我並無謀逆之心，便是真有謀逆之心，聽了這番心胸大度的言語，也不再去謀逆了。」對段祺瑞頓起尊敬之心，向著那士兵長官咧嘴一笑。

那士兵長官見張玉呲牙咧嘴，也看不出來是哭是笑，又見張玉用手捂著右肋，一摸之下，知道是肋骨折斷了，命兩名士兵道：「你們兩個抬了他，送往法源寺軍醫處救治。」說著，又去指揮眾軍打掃街道。

那兩名士兵抬了張玉，穿過王府井大街、大柵欄，一直走到法源寺前街，走一會兒，歇一程，約莫走了一個時辰才到，將張玉交給軍醫，說是吳旅長讓送來醫治的。

那寺中軍醫見張玉傷重，命人抬進天王殿裡去。

張玉被人抬著，見雖是深夜，寺內人來人往，傷者頗多，四處傳來痛苦的呻吟之聲。不多時，進了一個佛殿，殿內正中供著一尊彌勒菩薩銅像，背後是韋陀坐像，兩側分列著北方多聞、東方持國、南方增長、西方廣目四大天王，天王殿之名，即是由此而來。

張玉見地上放著七八張擔架，擔架上的人有的白布纏頭，有的血流遍地，有的哀嚎不已，有的昏睡不醒，當下忍住痛，也不作聲。抬眼望著彌勒菩薩大耳垂肩，喜笑顏開的樣子，心中也覺一樂，再看到四大天王兇神惡煞的樣子，渾身都是一緊。

天王殿內僅有一名軍醫，兩名護士。過了許久，那名軍醫過來檢視張玉傷情，見是肋骨骨折，隨即喚護士拿來寬繃帶纏繞張玉胸腔，又餵張玉吃了些消炎鎮痛的丸藥。

張玉只覺肋部疼痛的感覺漸輕，過不多時，昏昏睡去。

第二六回　失宗廟康梁爭辯　得法師懷仁受刑

張玉得了軍醫治療，又兼年輕體健，一覺睡到天明，覺得好了許多，起身下地，傷處已不似先前那麼疼痛，於是走出天王殿，在寺內東遊西逛。

忽聽一處禪房內傳出佛樂聲聲，沁人心脾，張玉以為是和尚在做法事，便悄悄走近，透過窗縫兒向內望去。

只見一位僧人居中而坐，不時敲響磬兒，面前跪著一個中年男子，留著八字短鬚，態極恭謹。兩人口中均是唸唸有詞，張玉也聽不清楚究竟說些什麼。過了許久，那僧人忽然拿起一把剃刀，向那中年男子頭上揮去。

張玉心道：「原來那中年男子是要剃度出家。」好奇心起，便去看兩人究竟是如何剃度。

突然禪房的門被人「砰」的一聲推開，一個人圓臉長髯，怒氣衝衝地撞了進來，一把揪住那中年男子，叫道：「好巧妙的逃法！」

那中年男子見了來人，眼睛骨碌碌亂轉，哈哈笑道：「原來是梁鼎芬兄啊，你到這裡來做些什麼？你也信奉佛法嗎？」

張玉心道：「原來這人叫做梁鼎芬，不知道是個什麼來頭。」再向內張望時，只見梁鼎芬怒睜雙目，一口氣喘不上來，不住咳嗽。為中年男子剃度的和尚見來者不善，道聲：「阿彌陀佛！」自己收拾了行頭，起身出房去了。

梁鼎芬喘息半晌，怒道：「康有為，你早不剃度，晚不剃度，偏偏今日皇上被人逼走了，你卻要來這裡剃度！你，你這不是擺明瞭要逃跑嗎！」

張玉聽得那人便是大名鼎鼎的康有為，精神一振，仔細看去。

只見那康有為腆著肚子，表情油滑，嘴上卻是振振有詞，道：「我何曾逃跑？我好端端地坐在這裡，又怎麼跑了？」

那梁鼎芬氣極，扯著大鬍子，喘氣道：「你這無恥之人，一生四處招搖撞騙，害人不淺！」

康有為笑道：「我一生為國，奮發圖強。曾向光緒爺兒上萬言書，言天下事。天下人誰不知道我康有為『公車上書』之舉？」

梁鼎芬手中正拿了一本書，向康有為劈臉打來，怒道：「你還好意思提起『公車上書』之事？此事你瞞得了天下人，卻瞞不過我去！當日你那所謂的萬言書根本未能上達皇上，倒是後來翁同龢等人曾經向皇上進言而已。可你卻四處招搖，鼓吹是自己所為，哄騙世人。皇上信任你，後來召見你講求治國之術，你卻欺負皇上年輕，滿口不切實際的胡言亂語，讓皇上終生蒙受監禁之苦，罪大惡極！」

康有為見梁鼎芬惱怒，也不以為意，嘆一口氣，道：「我平生治學嚴謹，空有一腔抱負，無處可以施展。一生中四渡太平洋，九涉大西洋，八經印度洋，還曾泛舟北冰洋七日，得以見到北極神光。先後遊歷了美、英、法、意、加拿大、希臘、埃及、巴西、墨西哥、日本、新加坡、印度等三十多個國家，和各國元首會談。在瑞典也曾居住有時，購有豪宅一所。這些大海大洋，你可曾去過？這許多國家的元首，你可曾見過？見識既廣，胸襟自闊，我又何必與你這酸儒一般見識！」

梁鼎芬氣得渾身發抖，一時語塞，頹然坐地，拿起扔在地上的書，向燃在桌上的蠟燭緩緩燒去。

康有為一把搶過，急道：「又何必燒書！」翻開書，看著其中一頁，鏗鏘有致地讀了出來：「多病光陰負罪身，天恩今許作閒人。堂堂千載蹉跎去，了了餘生涕淚新。草木力微安得療，江湖心遠更相親。衰年那有酬知日，歸種山田算一民。」道：「鼎芬兄好詩文！歸種山田算一民，談何容易啊！功名利祿，涉身其中，難以自拔！」嘆息一聲，輕輕撫摸書頁。

梁鼎芬一把拿過那書，道：「莫要髒了我的書！」依然向蠟燭上燒去，道：「莫要留得一字在這世上，我心淒涼，文字不能傳世了！」

康有為見那書火焰燃起，也不再去搶奪，嘆一口氣，道：「大局如此，天意如此，生氣又有何用，燒書又有何用。」又道：「你倒是對皇上忠心耿耿，當年去彈劾誰不好，卻去彈劾李鴻章，結果被慈禧太后連降五級。後來自認為與好友文廷式交好，竟然將妻子託付於他，放心離去，卻不料兩人竟然私通，給你戴了個大大的綠帽子。哈哈！哈哈！你既沒有知人之智，又沒有審時度勢之能，空談忠義，酸腐之極！」

梁鼎芬聽了，惱怒之極，冷笑道：「那也好過你這樣的趨炎附勢，貪圖富貴之人！」

康有為笑道：「我貪圖富貴？那張勳兵敗，去向清室請求賞賜黃金萬兩，以酬其勞。你猜皇上說什麼？皇上說：『黃金萬兩便是四十餘萬元，我即位不過七天，豈不是要花五萬元一天買個皇帝做？』又道：『如今復辟事敗，民國每年優待的四百萬歲費，都要斷送於你手，我們又向誰討去呢？』哼哼！上至皇帝大臣，下至平頭百姓，哪個又不是趨炎附勢、貪圖富貴之人？」說著從一旁的包袱中拿出一套衣服，穿戴起來，又在臉上塗塗抹抹，霎時之間，變作了一個佝僂著身子的農夫。他從戊戌變法失敗起就開始四海逃亡，經驗極為豐富。

梁鼎芬見了，怒極反笑，道：「閣下的易容逃脫之術，天下無人能及！」

康有為也笑道：「留得青山在，不愁沒柴燒。我一生雖然潦倒，然而書法獨絕於世，著述頗豐，遊歷甚廣，堪比孔夫子，與張勳大人並稱文武聖人，豈是虛名？我的學生梁啟超、王國維、徐悲鴻等人，皆是縱橫天下之人，豈是腐儒可比？平生輔佐帝室，呼喝海內，雖未成功，也自問心無愧。皇上孱弱，我又能怎樣？至於氣節愚忠，我視之如弊履也！」說著，佝僂著身子，咳嗽連連，出門而去。

梁鼎芬望著康有為的背影，怒道：「成則居功，敗則惜命，竟然妄自稱為聖人！真是欺世盜名之徒！欺世盜名之徒！」一口鮮血噴出，伏在桌上，喘息不已。

張玉看著康有為離去，想起父親之死，陰差陽錯，多少也與此人有些關係，見這人既是滿腹才學，又有些玩世不恭，既有報國之志，又且貪慕虛榮，也不知心中究竟是尊敬多些呢，還是憐憫煩惡多些。再看那梁鼎芬，雖然忠於清室，愁腸滿腹，但也不怎麼能讓人生起肅然起敬之感，嘆息一聲，搖搖頭，終究還是不由得憐惜其愚忠自毀。

忽聽遠處鐘聲響起，僧人們三三兩兩地從各處禪房之內走了出來。張玉上前詢問，原來是要去用飯。摸摸肚子，咕嚕嚕直響，便也隨了眾僧，一同前去吃飯。

到了飯堂，聽得裡面誦經之聲嗡嗡嚶嚶，也不知唸些什麼。待要邁步入門，早有僧人攔在一旁，合掌道：「阿彌陀佛！施主若要用飯，請隨我來。」

張玉伸伸舌頭，隨了那僧，來到飯堂後廚。一個老僧面色愁苦，拿起碗來為張玉盛粥。張玉謝過，欲要付錢，那老僧擺擺手，道：「不要錢。」又為張玉盛了四樣素菜。張玉嘗了一塊茄子，味道甚美，胃口大開，風捲殘雲，霎時間吃了個乾淨。

飯後在寺內緩緩走了一圈，林蔭茂密，日光斑駁，倒也幽靜。法源寺內盛植海棠、丁香，尤以丁香為勝，到了五月間，花事盛時，芬芳馥郁，號稱「香雪海」，真有「禪房花木深」之境趣。

張玉走回天王殿，想起那劉懷仁若是回到了市裡，必定又要去撥弄是非，易兒處境也是不妙，心裡又開始愁煩起來，坐在殿前的一株白皮松下，愁眉不展。

忽然遠處兩人緩緩走來。一人道：「道階法師，這法源寺內陳列的各代藏經蔚為大觀，歷代佛造像各具神韻，尤其是那尊明代木雕佛涅槃像，真是華嚴無比！」抬頭見到了這株白皮松樹，以手撫摸，道：「只怕這株大松樹，也是大有來頭吧？」

那一個叫做道階法師的人道：「此松樹齡近千年，兩人都不能合抱，枝繁葉茂，高聳入雲，堪稱是法源寺的花木之冠。」

先前那人道：「芸芸眾生，盡皆平等，何來冠末之說？」

道階法師呵呵笑道：「風動心搖樹，雲生性起塵。若明今日事，昧卻本來人。進寶法師佛法深湛，小僧自愧不如！」

張玉正在籌思易兒安危之事，本來沒有去理會兩人說話，忽聽那人說道「進寶法師」，又聽得另一人聲音耳熟，心中一動，抬頭向著兩人望去。

只見面前一人白鬚垂胸，臉現微笑，慈祥莊嚴，卻是不識。再向另外一人看去時，紅光滿面，大腹便便，一身珠光寶氣，其俗無比，正是姥爺趙進寶！

只聽進寶法師道：「貧僧是個粗人，什麼佛法深湛，道階法師不要取笑！這次來，頗帶了些山西特產，還請法師笑納！」法源寺是佛教律宗重要寺廟，中華佛教總會機關部所在地，進寶法師每到京城，必來參拜，又必送了好多禮物來。遇有法源寺修繕、弘法之事，也都慷慨解囊相助，是以與住持道階法師交厚。道階法師是佛教的高僧大德，名揚海內外。進寶法師借了道階法師的大名，在北京城中，也是頗有名望。

張玉見趙進寶雖然比之當年老了許多，但身體康健，神采飛揚，比起那時的落魄之態，真是不可同日而語。心中激動，扶著大松樹，站起身來，叫道：「姥爺！」

兩位高僧正在談佛論法，雖然早已見到一位傷者坐在樹下，但這些年兵荒馬亂，見怪不怪，誰也沒加留意。此時忽然看見那傷者搖搖晃晃地站起身來，衝著自己叫姥爺，都是吃了一驚。

進寶法師細眼看時，見那傷者鼻青臉腫，身上到處是傷，眉目間似乎有些眼熟，錯愕道：「你是……。」

那傷者道：「我是張玉啊！」眼淚早已湧了出來。

進寶法師大驚，道：「你是張玉？怎麼會在這裡？怎麼會被人打成這樣？」

張玉一言難盡，便先將劉懷仁誣陷自己，刑訊逼供之事約略說了。只把進寶法師聽得怒氣衝天，暴跳如雷。

道階法師對張玉的世俗之事並不如何理會，只是見了進寶法師怒氣勃發的樣子，心中暗道：「進寶法師本性真情流露，正是佛家所云『物來則應，過去不留』之意，可欽可佩！」高僧大德，隨時隨處都在參悟佛法，無一日懈怠，無一時停駐。這時見進寶法師事物忙碌，便雙手合十，告辭而去，自回禪房誦經了。

張玉又緩緩簡略地把鬼之道夫婦之死，後來與易兒成婚等事說了，進寶法師感嘆不已。進寶法師當年將張玉交給鬼之道後，便以為此事已了，想那鬼之道世間高人，必能調教得一個通天徹地之才出來，報仇雪恨，光耀門楣，初時還常常向張玉送些禮物過去，到了後來，四處尋找鬼之道不見，只道鬼之道必是遁跡山林，修仙得道去了，也不去在意。此時忽然見到張玉被人打成這般模樣，又聽說鬼之道夫婦也被人打死了，真是大出意料之外。

思忖了一會兒，不得善策，忽然想起一件事來，喜道：「玉兒別慌！我昨天來的時侯，在路上遇見了一個人，這個人談吐間極有謀略，見了我，要死要活地纏著我非要剃度出家不可，我只好將他也帶了來。咱們便去找他問問，看看可有妙計沒有？」說著，當先便行。

張玉想起康有為剃度之事，心道：「只怕姥爺遇到的，也是一個清廷的逃兵。」只好相隨前往。只聽軍醫在後面喊道：「你該要喝藥了，又到哪裡去？」

張玉撫著傷處，回頭答道：「我和法師去去就來。」徑自和進寶法師走了。

兩人來到進寶法師所住的禪房，推門一看，一個人肥頭大耳，閉目垂頭，正跪在當地。

張玉不見則已，一見此人，頓時怒從心頭起，惡向膽邊生，飛起一腳，向那人踢去，一時扯動肋骨斷裂處，大叫一聲「哎喲」，倒在地上。

地上那人聽得聲響，睜眼一看，見是張玉，不由得魂飛天外，起身便向外走去。

進寶法師雖然於佛法修行有限，早年間卻曾經行走江湖，見事何等之快，一轉念間，已知情勢有異，大喝一聲：「攔住他！」

只聽門外「啊」地一聲慘叫，一人肥頭大耳，又飛了回來，站在當地，呆若木雞，猶然不明所以。原來是門外武僧聽了進寶法師呼喊，將那人又踢了回來，發力恰到好處，並不傷及那人皮毛。進寶法師以「銀子之中，方見佛法」之法治理寺廟，日進斗金，國內武僧高手，爭相前來投附。

張玉見那人又飛了回來，大怒叫道：「劉懷仁！你這狗賊！」

此人正是劉懷仁。原來昨夜張玉被那士兵長官截了下來送到法源寺醫治，劉懷仁不敢爭辯，回到寓所，想起張玉日後一旦回到市裡，必會將今晚之事告訴李全隱，到那時自己一條小命，只怕就難以保得周全了。左右思量，不得善法，只好偷偷地撇了眾人，溜了出來。正巧在路上遇見進寶法師進京，劉懷仁見進寶法師一行聲勢浩大，出手闊綽，心想當今亂世，自己做了一個芝麻小官，朝不保夕，不如從此混入佛門，也落得個逍遙自在。便上前去拽住進寶法師，花言巧語，加意逢迎，非要剃度不可。進寶法師見他談吐間頗有官氣，便想著先帶在身邊觀察清楚底細再行定奪，不想此人竟然便是張玉的仇人。

劉懷仁見不是頭兒，欲要再跑，只見門口兩名鐵塔似的武僧並排而立，便如怒目金剛一般，打個寒顫，不知如何是好。

張玉站起身來，疼得呲牙咧嘴，見屋角放著一把掃地用的竹掃帚，走過去撿其中一根粗大些的竹條抽了出來，劈臉向劉懷仁臉上抽去，怒道：「你這狗賊！」

只見劉懷仁臉上已經多了一道血痕，滲出血珠，殺豬般地嚎叫起來。

進寶法師法目深垂，只做不見。

張玉怒道：「我和你無冤無仇，你為什麼要攀誣我謀逆篡位？」又是一記狠抽。

劉懷仁大叫一聲，分辨道：「都是那些人從中挑撥，我也是被他們給矇騙了！」

張玉揚手又是一記竹條，道：「誰又從中挑撥你了？分明這一切都是你在中間弄鬼！」

劉懷仁疼得跳腳，道：「昨晚有人偷偷跟去監視你，回來報說是你被范東收買了，所以讓我有一些誤會！」

張玉越加惱怒，道：「若不是你的命令，誰會吃飽了撐著要去監視我？我去見范東，是向你請示過的，為什麼又要派人監視於我？回來後我又將經過一五一十的向你彙報過，你怎麼還會誤會？」揚起手中竹條，沒命地向劉懷仁臉上身上抽去，一邊恨道：「分明是你求官心切，要拿了我的性命，去做你的進身之階！」

進寶法師一生行走江湖，當年又曾得神算仙姑林南河真傳，只聽得兩人數語，前因後果便已明瞭。站起身來，飛起一腳，正中劉懷仁面頰，劉懷仁仰面倒地。進寶法師哈哈大笑，道：「我老人家偌大年紀，身手還算是矯健！」

劉懷仁倒在地上，讚道：「您老人家武功果然驚人，這一腳之力，非同小可！」諛詞如潮，語氣中竟然滿含歡欣鼓舞之情，似乎這一腳踢上的並不是自己，而是自己看到了一個絕世武林高手正在施展功夫，情不自禁地由衷讚嘆一般。

進寶法師哈哈大笑，道：「那便再來一次！」聲到腳到，後背上正著，又把劉懷仁踢得站了起來。

劉懷仁早已在肚中想好了盛讚之詞，只是苦於渾身氣血翻湧，一時間說不出話來，臉上一副痛苦的阿諛笑容，詭異之極。

張玉又擎起竹條，劈臉抽去，道：「你說李市長提拔了我，就是要謀逆，那麼像你這樣的卑鄙無恥之人，又是誰把你提拔了來為害一方？你有沒有謀逆？」

劉懷仁被打得皮開肉綻，疼痛難忍，心中大怒，臉上卻是滿堆笑容，見張玉問起，道：「提拔我之人，說出來鼎鼎大名！」說罷，斜睨張玉，道：「你的後臺，不過是個小小市長，我卻是副省長的人。」

進寶法師聽了，哈哈大笑，道：「副省長又打什麼緊？」又是一腳飛去。

劉懷仁知進寶法師腳力厲害，急忙閃避。

進寶法師一腳落空，惱恨不已。

劉懷仁正自暗喜，忽覺腦後一痛，已經又挨了一記竹條。只聽張玉問道：「那副省長叫做什麼名字，讓你如此張狂？定然不是個好官！」

劉懷仁挨打不過，只得道：「他叫做龔陰業！」

張玉聽了，愣了半晌，道：「原來如此！」放下手中竹條。

劉懷仁見了，以為張玉害怕，洋洋得意，道：「龔省長是我的姨夫，便是李市長見了，也要先把氣提上三提，才敢上前答話……。」話音未畢，忽聽腦後一聲悶響，早已暈了過去。原來是張玉氣極，拔下門閂，拍了上去。

進寶法師見張玉拍暈了劉懷仁，也不像別的法師那樣去唸「阿彌陀佛」，大叫道：「打得好！替我外孫出氣！」吩咐兩位武僧對劉懷仁嚴加看管，攜了張玉走出門去。

門外早有許多小和尚聽得這邊房內殺豬般的嚎叫，湊過來探頭探腦地的觀望，只是見門口武僧兇惡，不敢近前。早有人飛奔了去稟報導階法師，道階法師是律宗大德，素知這位進寶法師行事乖張，不依常理，頗有禪宗之風，料是正在依了一種類似當頭棒喝的獨門佛法，點化於世人，也不以為意。禪宗講求頓悟之法，歷史上砍人手指，捨身說法之事屢見不鮮，嚇人一跳，打人一棒，更是家常便飯。

張玉便把當年鬼之道查訪到龔陰業便是殺父仇人的事兒向進寶法師說了。

進寶法師道：「我寺裡倒是有幾個武術過得去的，既然今日知道了仇人姓名，咱們不如就給他來個明槍易躲，暗箭難防！」

張玉道：「如果是要殺他，他在明處，咱們在暗處，不難辦到。只是我已然等了這麼多年，必要讓他嘗嘗為官不仁，草菅人命的滋味兒！」

進寶法師道：「那便是怎麼個報仇的法子？報仇就是報仇，偏偏還這麼多事！」沉吟半晌，道：「當年多虧了三閨女和喜奎夫妻兩個，你才得以死裡逃生。這許多年來我始終在查訪他們一家的下落，不知所終。唉！若是他們一家也是富足快樂，我還心裡好受些，若是還在世間受苦，卻是怎麼好？」搖頭苦惱不已。

張玉道：「這些事幼時姥爺都曾經細細對我講過，當時我雖然年幼，卻都一一記在心頭。三姑姑一家的大恩要報，還有那小人董光當年見利忘義，落井下石，此仇此恨，也要去算上一算。姥爺放心，我眼下初來此地，待我隨後去慢慢尋訪，終有水落石出的一天！」

進寶法師聽了，道：「那董光我倒是略知一二，他如今依然在做珠寶營生。這人雖然是個忘恩負義的小人，倒是也還遵紀守法，本分經營，竟然在北京城裡開了好大一個珠寶店，叫做大福祥，就在地壇附近。」

張玉道：「知道了。雖說違法亂紀的定然不是好人，但這遵紀守法的人當中，也是有許多的壞人！」

進寶法師不語，過了半晌，道：「我雖愚鈍，這些年混跡佛門，多少也粗知一些佛法，報仇之事，終究虛妄。」

張玉不語。

只聽身後一人說道：「三界無法，何處求心？白雲為蓋，流泉作琴。一曲兩曲無人會，雨過夜塘秋水深。進寶法師好精深的禪理！」

兩人回頭看去，卻是道階法師站在身後。兩人一齊合掌。

第二七回　拜釋尊寒冰手談　剖利害借局巧說

道階法師道：「釋尊聽聞法師來到北京，方才派人來請，邀你我二人明早一同去釋尊家中禮佛誦經。」

進寶法師大喜道：「如此甚好，這次來北京城我也正要前去拜訪呢！」又向張玉道：「明早你也隨了我一起去吧！」

張玉不知這釋尊究竟是什麼人，又兼身上有傷，本待不去，只是初逢姥爺，不忍有一時半會兒的離開，便答應下來。

道階法師見張玉鼻青臉腫，腹纏繃帶，怕明天帶去驚動了釋尊，臉現難色。

進寶法師見了，笑道：「法師不要為難，由我一人擔著便是！」

道階法師隨即微笑道：「阿彌陀佛！」轉身離去。

進寶法師看著道階法師的背影，呵呵笑道：「這老和尚心眼兒小，怕你這怪模樣去了嚇著釋尊。不妨事！我先教了你一些明天去見釋尊要注意的乖覺之法，明天你去了，包教皆大歡喜！你且隨我來！」

張玉心道：「什麼大人物，便惹他不高興又怎樣？」心中老大不願意，又怕違拗了姥爺的意思，惹得姥爺不高興，低頭跟了過去。

回到禪房，那劉懷仁已被押解在別的屋子看守。進寶法師向張玉細細傳授拜見釋尊之法，張玉一一謹記。

當晚法源寺中傳出陣陣殺豬般的嚎叫聲，一寺僧眾盡皆坐禪甚定，無一人昏睡，暗自慶倖自己幸好入了律宗，只是坐禪辛苦一些，不似那禪宗弟子動輒打打殺殺，這般痛苦。只有那軍醫聽了，知道自己明天又要多出一個病人，煩惱不已。

次日天王殿內果然被送去一人，肥頭大耳，渾身淤青，肋骨折斷，正是劉懷仁。寺中僧眾都已聽說此人原是政府官員，一日突然發了願心，主動投於進寶法師門下出家，三三兩兩的前去觀看。見了劉懷仁慘狀，皆都暗暗追思道階法師慈悲仁善，從此對進寶法師敬而且畏，遠遠避開，又見劉懷仁從此脫了俗氣，變得謙和有禮，又皆暗羨禪宗速成之功，遠非律宗所能及。那軍醫見劉懷仁手指上硃砂猶在，便知道這是又來了一個慘遭刑訊逼供的倒楣蛋兒，見怪不怪，也不以為意。

卻說一大早道階法師派人來說今天寺中事多，請進寶法師自去，不必相候。於是進寶法師就帶了張玉和幾名隨行僧眾，乘了汽車，去往釋尊的府上。

說到汽車，根據目前所知的史料，世界上最早的車現於西元前四千年的中東地區與歐洲，中國用車的記載始見於四千六百年前的黃帝之時，近代汽車卻是光緒二十七年由匈牙利人李恩時帶來的。

當時汽車在中華大地尚屬罕有之物，進寶法師行事不依常法，既以重金從外國人手中購得一輛乘坐，惹得佛學界議論紛紛，當時各大報紙均有報導，進寶法師也不以為意。汽車行駛在大街上，行人見車內坐著的全是光頭和尚，盡皆側目。

不多時，張玉見景色漸熟，卻是來到了鐵獅子胡同。

汽車在一個高門大戶面前停下。進寶法師當先下車，引了張玉和幾名隨行的僧眾進門。門房與進寶法師早已相熟，笑臉相迎，並不攔阻。

進得屋去，釋尊家中眾人圍了一個圓桌，正在吃早飯，見了進寶法師，一齊起身相讓，又見進寶法師身後跟了一個鼻青臉腫之人，素知進寶法師古怪甚多，也都不以為意。

進寶法師也不多說話，合掌一躬，道聲「阿彌陀佛」，徑直進了內堂，張玉見了，也不打話，亦步亦趨相隨。

內堂一人深目瘦面，正獨自一人坐在木桌前吃飯，面前一碗白粥，一碟雪裡紅拌辣椒，一手拿著饅頭，蘸了豆豉，自顧狼吞虎嚥。見了進寶法師，點點頭，也不說話。

進寶法師笑嘻嘻地攜了張玉坐在那人對面，後面便有僧人擺上麵餅、芝麻鹽、醬豆腐。進寶法師拿起麵餅，笑道：「你不吃我的，我也不吃你的，我們各吃各的。」說罷大嚼，連道：「好香！好香！」張玉見了，也拿起一塊麵餅，一同大嚼。

那人只做不見。忽然不知從哪裡摸出來一個雞蛋，細細地剝去蛋殼，咬了一口。

張玉近來得了巨財，也算得是一個豪富之人，每天雖然不是錦衣玉食，也必有可口的飯菜，這時將一口乾麵餅咬在口中，頓時覺得難以下嚥，一時噎住，兩眼圓瞪。

那人見張玉瞪著自己，看了一眼手中的雞蛋，道：「看什麼！素的！」

進寶法師見了，忙道：「張玉，你有所不知，釋尊所吃的雞蛋，乃是素雞蛋。」

張玉方知此人便是釋尊，驚訝道：「什麼叫做素雞蛋？」

進寶法師道：「釋尊所吃的雞蛋並不是尋常雞蛋。」指著院中的幾隻雞，道：「這幾隻雞都是母的，沒有公雞，因而所下的蛋孵不出小雞來，便叫做素雞蛋。」

張玉對素雞蛋之說聞所未聞，雙眼睜得更大。

釋尊聽了，似乎對進寶法師的解釋頗為滿意，不發一言，緩緩地吃完了素雞蛋。

進寶法師見釋尊吃完，也連忙三兩口將麵餅塞了下去，與釋尊說些佛教之中近來的瑣事，什麼某某法師又在五臺山開壇說法啦，什麼某某法師近來又新作了偈語啦，甚至於某某沙彌與某某尼姑有些不清不楚啦，囉哩囉嗦，沒完沒了，只把張玉聽得頭暈腦脹。

釋尊卻是絲毫沒有難耐之色，腰板挺直，端坐在桌旁，看著進寶法師滔滔不絕地講了下去，喜怒不形於色，宛如一尊木雕菩薩一般。

進寶法師說了半晌，嘆道：「世事紛紛擾擾，混亂不堪，幸好有釋尊佛菩薩不辭勞苦，轉世下凡，普度眾生。」

釋尊聽了，臉上微微現出一絲笑容，道：「中華大地，軍閥混戰，烽煙四起，禍國殃民，這些軍閥都是阿修羅王轉世，前來造劫的！」

進寶法師道：「阿修羅雖然兇惡，見了釋尊到來，還不是一樣急慌慌地四散而逃，丟魂落魄？如今清帝退位，釋尊三造共和之功，名垂千古！『六不』總理的美名，必將萬世稱揚！」

張玉聽到「六不」總理四字，方知眼前的釋尊，便是大名鼎鼎的「北洋三傑」之一，號稱「北洋之虎」的政府總理段祺瑞。

段祺瑞聽了，苦笑一聲，道：「我即便是佛菩薩之身，發足普度眾生的慈悲願力，但『道高一尺，魔高一丈』，法力雖大，難免有時而窮！」他於政事之外，便是參佛、下棋，佛道中人見他禮佛，都來加意巴結，奉為「釋尊」，他雖知是恭維之詞，奈何聽來實在受用，時間久了，也便受之若泰。

進寶法師便說些寬慰的話，段祺瑞聽了，雖知於事無益，心情也是漸漸地好了起來。

張玉知段祺瑞趕走了張勳，已經執掌國政，沒想到他身為一國之尊，生活竟然是如此簡樸，說話談吐，又絲毫沒有倨傲之態，實在是令人敬佩，不由得暗暗生了親近之心。

進寶法師見段祺瑞興致漸高，道：「今天且不忙禮佛之事，先來殺上一局可好？」

段祺瑞聽了，心癢難忍，食指大動。

進寶法師向著身後揮一揮手，一僧上前呈上一個棋盤，兩盒棋子，卻是一副圍棋，又遞給段祺瑞一副黑色手套。

段祺瑞笑了一笑，輕輕戴上手套，打開棋盒。

張玉見進寶法師也戴了一副手套，卻是白色的，心中奇怪，尋思道：「下圍棋又戴上手套做什麼！」向桌上仔細看時，頓然明白。原來那棋盤竟然是一整塊冰製成的，黑底白格，內中透雕了一隻猛虎，若隱若現，精美異常。再看那棋子時，一黑一白，也都是冰做的，棋盤棋盒之上都浮繞著蒸蒸白氣，有如仙境一般。兩人戴了手套，便不會感到棋子太涼，又不會使棋子受熱融化。

段祺瑞拿起一枚黑子，舒一口氣，眼望棋盤，躊躇滿志，心曠神怡。

這冰雕圍棋卻是進寶法師苦心孤詣想了出來的。只因這段祺瑞清廉如水，不愛錢財，甚至都到了矯枉過正的地步。他是一國軍政要員，大權在握，想要送禮之人摩肩擦踵，他卻是從不收禮。只有親近朋友送來的禮物卻之不恭時，才會挑選一兩樣最不值錢的留下，餘者悉數退還。只有一人曾經送禮成功，那就是馮玉祥送來的一個大南瓜，也是實在不好剖開兩半，再送了一半回去，只好照單全收。事後馮玉祥逢人說起此事，每每頗為得意。

進寶法師知道段祺瑞雅善圍棋，但是若用上好的玉石為棋，便有以貴物巴結討好權貴之嫌，若是用普通的陶瓷棋子，又必入不得他的法眼，殫精竭慮，便想了這一套冰雕圍棋出來，內中透雕猛虎，暗喻段祺瑞這北洋之虎冰清玉潔之意。段祺瑞見了，果然大為高興，是以兩人弈棋，必由進寶法師帶了全套棋具來方可。

段祺瑞於佛法之學，造詣精深，知道進寶法師於佛學上面所知粗淺，不足以論道，只是深愛這冰雕圍棋，欲罷不能。

進寶法師也知段祺瑞喚了自己來，參佛誦經只是個引子，殺這一局冰棋，才是妙要。當下屏氣凝神，用心應對。

段祺瑞痴迷圍棋，對中國圍棋的發展貢獻很大，曾邀請日本棋界高手秀哉先是和瀨越憲作到中國來交流棋藝，摒棄了中國圍棋千年來開局設置「座子」之習，去陳出新，居功甚偉，不過下棋的棋品卻是不敢恭維，每當輸了棋，便要氣急敗壞也發脾氣，往往一整天都閉門不出。

進寶法師雖然於圍棋之學所知有限，卻深知其中討巧的法門。進寶寺中有一位棋僧，當年曾為棋界高手，冠絕天下，後因情事殺人，判了死罪，被進寶法師從獄中救出，從此隱姓埋名，在進寶寺中出家。每次來段府下棋的時候，這棋僧便在棋盤旁倒水伺候，暗中以手勢指點進寶法師落子。

這點兒把戲自然瞞不過一生戎馬的段祺瑞，但他棋力甚高，便是與當世高手對決，也是當仁不讓，樂得任由兩人弄鬼，並不去點破。

這一局棋，只殺得天昏地暗，日月無光。段祺瑞落子甚快，落子之後，更是不停催促，道：「法師快些！天氣熱，棋子要化了！」

進寶法師見那棋僧凝神思考，遲遲不打手勢，心中大急，臉上冒出熱汗，不住用毛巾擦拭。

被段祺瑞催得急了，只好自作主張，往棋盤「天元」之位上落下一子。

那棋僧見了，臉色大變。段祺瑞卻哈哈大笑，飛速拍下一子，啜一口茶，側目睨視棋僧。

棋僧大窘，手忙腳亂，為段祺瑞倒茶之時兩手不住顫抖，灑了許多茶水出來。

段祺瑞見了，非但不以為忤，反而面露喜色。

進寶法師知道是自己鬧了笑話，再也不敢擅動，靜待棋僧示下落子。

怎奈棋局已變，棋僧使盡渾身解數，始終不能挽回頹勢，身上出汗，僧衣盡透。

段祺瑞見大局已定，極為喜悅，連下殺手，一路欺進。

那棋僧忽見段祺瑞下了一著無理手，連忙抓住機會，步步為營，逐漸形成反撲之勢，態極兇狠。那個被進寶法師誤下在「天元」之位的白子此時也發揮了巧妙的接應作用，白方滿盤皆活。進寶法師哈哈大笑。

張玉曾向鬼之道習學棋道，棋力已在三人之上，當下靜觀其變，不發一言。

段祺瑞臉上怒氣漸盛，凝神觀棋，忽然之間，發現白棋尚有一個大大的劫，適才雙方只顧糾纏，卻沒看見。欣喜若狂，猶怕是自己看錯了，又思忖半晌，心中「突突」亂跳，落下一子。側目看那棋僧。

那棋僧一見落子，手中茶壺又劇烈抖動起來，「噹噹」有聲。當下忙去尋找黑棋的劫。兩人劫來劫去，終是白棋棋差一著。

棋僧強打精神，勉力應對，怎奈敗局以定，無力回天。

段祺瑞越戰越勇，狠下殺著，將白棋逼得偏安一隅，黑子幾乎全收天下。

段祺瑞站起身來，大喜道：「服也不服！」

進寶法師故作惱恨道：「只是這一個大劫沒有留意，讓釋尊討了便宜去！」

段祺瑞得意道：「戰場之上，攻城掠地，機會稍縱即逝，勝敗之數，便在這一瞬之間，哪裡容得了馬虎！」見那冰雕的棋盤棋子漸漸消融，化作黑水白水，混作一團，再也分辨不出你我，感嘆道：「世事如棋，誰勝誰敗？霎時間冰消雪融，又是混沌一片！」又說道：「黑白縱橫通極玄，枰中日月一禪天。東西南北風過也，吾自悠然地上仙。」

這一盤棋，只把段祺瑞下得周體通泰，心情大好。進寶法師見機言道：「貧僧今天來，還帶了一個人過來，棋力也是極厲害的！」說著向張玉一指。

段祺瑞早已見到張玉鼻青臉腫的站立一旁，此時聽進寶法師說起，又抬眼向張玉看去。

張玉見段祺瑞目光如炬，當下微鞠一躬，報以微笑，

段祺瑞看張玉眼神深邃鎮定，目光氤氤氳氳，便如這桌上寒冰蒸騰的霧氣一般，心中一凜，道：「這是何人？」

張玉道：「我自幼也曾學得幾手圍棋，聽法師說釋尊棋藝天下獨步，特來觀看。」

段祺瑞見張玉年輕，想必棋力不深，笑道：「你若是有興趣，不妨擺上一局。」

張玉躬身道：「恭敬不如從命。」

棋僧早已將桌上融化的冰水擦拭乾淨，重新換了一副冰棋在桌。單這一副冰棋雖說價格比不上玉石、雲子的貴重，但每下一局便要換一副新棋，算上製冰、雕刻、保存、運輸等等費用，總算起來，價格實不在玉石、雲子之下。

仍舊由段祺瑞執黑，兩人落子如風，霎時間棋盤上你來我往，殺氣衝天。

段祺瑞見張玉棋風軟弱，得勢不饒人，心情也輕鬆起來，一邊落子，一邊將自己如何十六歲懷揣一塊銀元徒步二千餘里，來到山東威海投奔任管帶的族叔段從德，後來以優異成績考入武備學堂，得蒙李鴻章賞識，又如何結識袁世凱小站練兵，如何當國秉政等等事情，絮絮叨叨地講了起來。

進寶法師知段祺瑞雖然是一國總理，每日在眾人面前正襟危坐，不苟言笑，但與棋友下棋之時卻是總愛囉囉嗦嗦，婆婆媽媽地講些自己生平的舊聞趣事。他所講的事兒聽得多了，也總就是那麼幾件，自己幾乎都能倒背如流了。

張玉卻是第一次聽說，聞得段祺瑞白手起家，靠著自己的努力一步步登上權力的巔峰，不由得心生敬佩。

段祺瑞時講時停，一會兒又說起自己的家人，道：「老大段宏業，因我那時公事繁忙，從小就寄養在親戚家，十幾歲時才來到我的身邊。他的腦瓜兒倒是聰明，下起棋來常常能夠贏我，我雖然常常罵這小兔崽子不務正業，心中其實也是暗暗高興！只是他小時候養成的惡習，終究難以調教……。」神色間甚為自責。

張玉聽到段宏業的名字，忽然想起那晚拷打劉懷仁時，聽劉懷仁講到的一件事，說道：「聽說前幾天令公子段宏業帶了風塵女子到豐台軍營嫖宿，被吳佩孚抓獲。吳佩孚軍令如山，定要軍法從事。」

段祺瑞聽了，手中黑子遲遲不落。其時盤中局勢已然逆轉，張玉設了一個大局，引得段祺瑞入甕，回身不得，只好拚死一戰。

張玉道：「吳佩孚不依不饒，外面風聲已經傳開，恐怕對釋尊大大的不利！」

段祺瑞落子於棋盤，怒道：「閣下今天便是為此事而來嗎？」

張玉道：「那倒不是。今天要來見誰，要幹什麼，進寶法師並未向我說起。我初時一概不知。」

段祺瑞眉頭略平，道：「我的棋友便是棋友，不論其他事情。進寶法師想必知道我的性格！」說著，抬頭向進寶法師看去，目光咄咄逼人。進寶法師連忙道聲「阿彌陀佛」。

張玉道：「只是方才聽釋尊說起，隨口一問而已。棋友也是友，朋友之間，為什麼不可以相幫相助呢？」

進寶法師聽了，笑道：「你與釋尊稱朋道友也就罷了，釋尊乃是總攬軍政大權的人，你卻是一介平民，幫助之說，卻是從何說起？」

段祺瑞聽了，卻道：「法師這話說得好沒道理！相互幫助和身分地位又有些什麼關係？」

張玉向「天元」之位旁邊落下一子，道：「對啊！比如這『天元』之位，雖然處在天下至中至正的位置，權位顯赫無比，但四面受敵，高處不勝寒，只怕是居之不易！我方才落下的這枚白子，論位置雖然只能算得上是一介平民，卻足可使『天元』之位上的黑子致命。」那棋盤「天元」之位上已放了一枚黑子，此時被張玉的白子叫吃，已然逃脫不得。

段祺瑞此時見張玉殺招迭出，方才知道厲害，又見將要丟失了「天元」之位，更加著急。

張玉笑道：「釋尊只是過於在意『天元』之位，反而使得這『天元』之位變得岌岌可危。其實剛才只需在西南『三三』之位上落子，白子懼怕西南失地，必然不敢插手中原。」

段祺瑞額頭出汗，舉棋不定。

張玉又道：「釋尊眼下疾速接出『天元』北邊的孤子，尚且有挽回『天元』的機會。此子雖孤，若是被白子吃定，滿盤皆輸！」

段祺瑞聽了，思索片刻，皺皺眉，依言接子，走得幾步，接出來的黑子漸漸與「天元」之位上的黑子遙相呼應，竟然將「天元」之位又救了回來，順勢還吃定一大片白子，勝券在握，大喜若狂。

張玉將手中棋子扔回棋盒裡，起身認輸。

段祺瑞雖然已知張玉棋力遠在自己之上，但這回死裡逃生，又贏了棋，心情還是大好。道：「剛才小哥所言，似乎有些深意，可否說得再明白些？」

張玉道：「愛子之心，人皆有之。釋尊更是心思細膩之人，怎能不愛？然而現在明知愛子被抓而不救，定然是怕此風一開，便不好約束眾人，動搖了『天元』之位的根本。」

段祺瑞聽張玉又提起段宏業的事，便要發怒，終於強自忍住。

張玉又道：「殊不知釋尊懼怕動搖『天元』之位，遲遲不去施救愛子，恰恰便會因此而失去了『天元』之位！」

段祺瑞想起適才的棋局，渾身一顫，半疑半惑，緊緊地盯著張玉雙目。

張玉道：「釋尊三造共和之功，舉世矚目，但此次趕走了張勳，並沒有恢復國會，而是成立了臨時參議院，重新選舉國會。孫中山以此為藉口，在廣州另組政府，扯起了『護法』的大旗，不日即將南下進行護法戰爭。如此一來，西南、西北各路軍閥、政客、黨派必將蠢蠢欲動，到那時天下大亂，中華大地，少不得便要變成了阿修羅的戰場。」

這正是段祺瑞擔憂所在，聽了這番言語，眉頭緊鎖。

張玉續道：「如此變化，尚且可以預測，依了釋尊目前的軍力，當可有七分勝算。但如今段宏業被吳佩孚抓住，風聲一旦傳出，被人抓住把柄，借題發揮，說些什麼政府軍中內訌啊，總理教子無方啦，百姓們聽了又不知內情，人心難免紛亂，敵人再遙相呼應，釋尊的『天元』之位只怕就很危險了！」

段祺瑞看著桌上漸漸融化的棋子，搖頭道：「吳佩孚治軍素來嚴整，又是段宏業犯錯在先。我身為一國元首，開此先河，以後還怎麼約束眾人！」

張玉道：「方才棋局之中，釋尊接出『天元』旁邊的孤子之時，只是從棋盒中取出一枚無名之子，輕輕落下，大局便定，又何必驚動『天元』親自出手？」

段祺瑞抬頭道：「這枚無名之子，又是何人？」

張玉道：「若蒙不棄，在下願往！」

段祺瑞沉思片刻，斷然道：「旁人稱我『六不總理』，並非徒有虛名。你若是求官求財，一概沒有。」

張玉笑道：「我家中倒是還有些錢財，去辦此事，釋尊不必花費一分一釐。至於官嘛，即使要做，也要憑了我自己的本事，一刀一槍的打拚出來，絕不會向釋尊開口去要。只是有兩件小事，還要請釋尊幫忙。」

段祺瑞聽了，心知張玉雖說是小事，但既然是找了自己來辦，此事定然不小，皺眉道：「什麼事兒？且看我能不能辦？」

張玉道：「我有一個恩人，名叫『喜奎』的，他媳婦兒姓張，叫做『三閨女』，兩人生有一子，卻不知道名字。那孩子年齡應該和我相近，大概二十四五歲左右。便是相煩釋尊幫我尋找這一家三口。」

段祺瑞問道：「這『喜奎』是姓喜呢？還是姓別的？『三閨女』又叫做什麼？」

張玉道：「當時我年歲還小，這些都不知道。進寶法師倒是見過的。」

段祺瑞轉身看著進寶法師。

進寶法師連忙笑道：「我見是見過的，不過也不知道叫什麼名字。」

段祺瑞皺眉。

張玉笑道：「大人的事兒是大事兒，自然是難辦的。小人的事兒雖是小事兒，也未必好辦。」

段祺瑞道：「好！我著人去找找看吧。那另一件事呢？」

看著段祺瑞。

張玉道：「我還需要一個平政院工作人員的身分。我事先聲明：只是借用一下這個身分而已，絕不會干涉平政院的工作，也不會做出影響平政院聲譽的事情。」

段祺瑞皺眉道：「平政院負有『彰善癉惡、激濁揚清』的重任，察理行政官吏違法不正行為的重任，豈能容你胡鬧！」沉吟片刻，肅容道：「既如此，自此刻起，你的一舉一動，一言一行，都將在我的監視之下，稍有不法，格殺不論！這個職位僅僅供你此番辦事之用，事畢收回！」

張玉微笑起身，和進寶法師一同告辭。

第二八回　會董光商談合作　訪緒棟鑑賞煙槍

進寶法師開車載了張玉，便在鐵獅子胡同尋了一處臨街的四合院，和房主談好了要五百兩銀子。張玉當晚就想入住，房主面露難色，說收拾傢俱細軟，至少也需要三日才可以搬清。張玉取出一千兩銀票給房主，房主見了，二話不說，當即回房收拾了幾個包裹，帶了家人便即離去。張玉當晚住了進去。

進寶法師見張玉出手如此闊綽，也是吃了一驚，心中暗暗歡喜。知道張玉眼下百事纏身，必然顧不得理會自己，便要與張玉告別。

張玉流淚道：「我小時候父母早亡，您老人家對我既有救命之恩，又是我唯一的親人，只是我這許多年來自顧不暇，一直還沒來得及去找您。如今好不容易剛剛相聚，怎麼就要離開？我明天便差人去把易兒接來，也請您老人家看看外孫媳婦兒。」

進寶法師聽了道：「你單身一人，卻要差誰接去？既然如此，你寫一封書信，我便明兒一早動身，去幫你把易兒接來。」

張玉本待明天僱人去接易兒，這時見姥爺執意要去，知道姥爺如此一來，一時便不會離開了，心中歡喜，也就不再客氣。當即寫了兩封書信，一封交給易兒，囑咐易兒要對姥爺尊敬些，路上攜帶銀兩注意安全之事，另一封要易兒轉交給李市長，詳細說了來北京開會所發生的種種變故，請李市長不必擔心云云。

當晚兩人同榻而眠，張玉將這許多年來的大事小事，細細地說了一遍。進寶法師知道張玉現下身家豪富，又娶了鬼之道的女兒為妻，心中歡喜不盡。張玉又問起蘆芽山大爺的近況，進寶法師說大爺如今在寺中專門管理善男信女供奉的財物，每月可得一兩銀子的月錢，近年來也娶妻生子，瀟灑起來，只是有些怕老婆。張玉聽了大笑。兩人絮絮叨叨，一宿未眠。

次日一早，進寶法師起程去接易兒。張玉獨自在家，取出木盒，細細撫拭，不覺已是淚流滿面。

段祺瑞辦事極為雷厲風行，張玉第二天下午便收到了全套證件，上面的姓名是「吳奇業」，職位是「平政院肅政廳都肅政史」，又有一張履歷，上面詳細地寫明瞭「吳奇業」父母的姓名籍貫，本人生於何年何地，何處讀書，何時參軍，何時到平政院任職，一一記錄明白，每一項都有一位證明人簽字。張玉反覆將證件內容記牢，貼身藏好。

正忙碌間，一人推門而入，道：「在下黑三，見了房外彎月印記，特來拜見。」原來張玉一大早便在牆外大大畫了一輪彎月，召喚黑子。

張玉取出黑月所贈的那個木牌，道：「我需要一個叫做龔陰業的副省長的所有資料，勞煩閣下幫辦，越快越好！」

黑三仔細地查看了木牌，躬身道：「容在下請示黑月。」出門而去。不多時進來道：「黑月有令，閣下但有所命，在下定當全力以赴。我馬上聯絡其他黑子，即刻去查，請閣下靜候佳音！」

張玉點點頭，取出一張銀票要給黑三作為資費，黑三早已去得遠了。

張玉穿了一套新買來的黑色西裝，打好領帶，戴了墨鏡出門。招手叫了一輛人力車，向車伕道：「地壇，『大福祥』珠寶店。」

那車伕道：「好咧！官爺您坐穩了，地壇『大福祥』，走咧您吶！」車身抬起，一路小跑起來。一邊說道：「我看官爺您像是外地人，怕是頭一遭兒去地壇吧？這北京城裡頭吶一共有五個壇，地壇算得上是第二大壇了吧，據說是明朝嘉靖九年建的……。」

張玉笑道：「你怎知我是外地人？我偏偏是本地人，方才那所宅子便是我的，怎麼？你嫌不夠氣派嗎？」

那車伕道：「哎呦喂！原來官爺兒是本地人吶！您這宅子可真夠大的，北京城裡頭有幾個人能住上您這樣的大宅子呀？便是這『大福祥』的老闆，也未必能在這個地段兒買得起這樣的大宅子！哎喲喂！您看我這嘴，您不會就是這個『大福祥』的老闆吧？」

張玉笑道：「我若是當老闆，也必要當個比這個大些兒的！」

那車伕道：「那是當然了！看您這氣派頭兒，保不齊是個當大官兒的吧？您看您這臉上，殺氣騰騰的！我拉著您跑在這大街上，自己個兒覺得也是威風凜凜的！」

張玉哈哈大笑，見這車伕有趣，心中一動，問道：「你叫做什麼名字？」

那車伕道：「什麼名不名兒的？叫我順子就行了！」

張玉道：「順子，你想沒想過有朝一日能當個大老闆？」

順子道：「哎喲喂！您老又拿我耍著玩呢吧！當了大老闆，吃香的喝辣的，再買個像您老那樣的大宅子，把老爹老娘從鄉下接到北京城裡頭來享幾天清福，誰不想啊！唉！也就想想唄，哪有那命啊，靠著這輛破車，就是拉到黃土埋了脖子，也拉不成大老闆吶！」

張玉道：「那也不一定啊！俗話說『富貴在天』，可見富貴這等事，也是說不得的。你若是有心，這幾天便跟了我，或許便有做大老闆的機會。」

順子笑道：「您老又拿我窮開心吶！您便是讓我做，我也做不來呀！」

張玉道：「可讀過書嗎？」

順子笑道：「讀書有什麼用處吶？小時候讀了三年私塾，花了爹娘不少銀子，到頭兒來還不是要靠了兩條腿跑路吃飯？」

張玉問道：「你拉一天車，能掙多少錢？」

順子道：「每天兩眼一睜，先就欠了這一天的『車份兒』錢，等到掙夠了『車份兒』錢，再拉的才是我自己個兒的吃用錢，等到我自己個兒吃用完了，基本上也就不剩什麼了。一天都算上，好的時候也就是一塊大洋多點兒吧。」

張玉道：「好！那從現在起，你便只跟了我做事，兩塊大洋一天，可好？」

順子大喜道：「那太好了！怪道今早清兒樹上的喜鵲兒亂叫呢，我今兒真是遇上貴客了！您老既然要包我的車，趕今天收了活兒，我找東家去調換一輛新車給我，您老坐著也氣派些兒。」

張玉笑道：「我不包車，你自己來就行了。」

順子笑道：「您老又說笑了！我就會拉車，光自己來能管些什麼用吶？」

張玉不答。

不多時，順子拉長了腔調喊道：「官爺，『大福祥』到了您吶。」把車子停在門口。

張玉道：「你在門口等我。」

順子自去一旁等候。「大福祥」珠寶店門外人力車甚多，專有停車之所。

張玉見「大福祥」門樓闊達，裝飾得金碧輝煌，想到董光對自己一家的不義之舉，心中更生恨意，邁步進店。

一個女子走上前來，躬身道：「歡迎先生光臨！」

張玉扶了扶墨鏡，走近展臺，隨手拿起一塊和田玉雕刻的把件，道：「這個多少錢？」

那女子答道：「五百塊大洋，先生。」

張玉道：「可有更好一些的嗎？」

那女子見張玉衣著不凡，不敢怠慢，躬身道：「先生稍等，我去把老闆請來。」

不多時，一個五十多歲的人緩步走了過來，手裡不停地揉著兩個核桃，看著張玉，上下打量，道：「貴客光臨，不知想要買些什麼？」

張玉微笑道：「不知老闆尊姓大名？」

那人道：「叫我董光便是。」

張玉定睛向董光看去，見他生得鷹鉤鼻，烏鴉嘴，一雙眼神陰鷙的小眼正緊緊地盯著自己，便像是盯著一個獵物一般，心生嫌惡，微笑道：「原來是董老闆，生意可好？」說著，伸手入懷，將那張平政院的證件拿了出來，在董光面前一晃。

董光見了「平政院」三字，暗道：「這人原來是在平政院做官的，平政院能夠糾彈官吏，權力不小，自然手頭兒闊綽。」心中暗喜，面上卻是不動聲色。

張玉低聲道：「我姓吳，平素凡平政院所需的禮品採買，都是我辦。只因原來採買所在的珠寶店太小，要買些稍微貴重一些的往往就沒貨，店主又小氣，便想著換家店試試。剛才路過你這裡，見你這兒店面大氣，便走進來看看。」

董光聽了，知道是財神上門，忙道：「我這裡的貨品全得很，應有盡有，您老但有所需，儘管來！」又壓低了聲音道：「您老若是日後從我這兒採買，我按一個點給您老返利，逢年過節，再給您老備些薄禮。」

張玉臉現不屑，鼻子裡「哼」了一聲，笑道：「就你這點子返利，還是自己留著用吧！」

董光忙道：「按兩個點，怎麼樣？」

張玉不置可否，轉身欲走。

董光追到門口，拉住張玉衣袖，道：「按三個點，怎樣？」

張玉回頭，道：「政府部門採購，票據、印簽都是要齊全的。」

董光久經商場，深知「嫌貨的才是買家」，見張玉大有合作之意，喜道：「這個自然！」

張玉又附耳低聲道：「我在物價、稅務部門都有朋友。」

董光知道張玉這話是暗示自己可以抬高售價、逃漏稅款，以便自己多得返利之意，如此一來，自己這邊定然也是財源滾滾，又是大喜，心癢難搔。

張玉又問道：「你店裡可有上好的煙槍嗎？」

董光忙道：「有！有！」笑道：「原來您老也好這口兒？」親自一路小跑，前去取貨。店內夥計見老闆對張玉如此慇勤，盡皆側目。

不多時，董光捧來一個錦盒，打開來，小心翼翼地取出了一桿煙槍。

張玉看時，見那煙槍的煙桿通體都是用象牙雕成，煙葫蘆、煙嘴、煙頭皆為和田玉石磨製。細看雕刻的圖案，卻是一副「知遇之恩」圖，雕的是春秋之時的一個故事，說的是一次伯牙在泰山上彈琴，卻只有鐘子期能體會到他演奏的意境。二人因此結為知音，約好來年再相會論琴。可是第二年伯牙來會子期時，方知子期不久前已經因病離世。伯牙痛惜傷感，破琴絕弦，從此不再彈奏。只見煙桿上伯牙輕撫焦尾琴，子期仰頭傾聽，狀極陶醉。又有蒼松點染，奇石鋪陳，高山流水，雲淡天高，摹刻細膩，用工奇巧。煙槍一側題詩道：「秀水映山若佳人，妙手撫琴弄天音。冬去春來又一載，伯牙子期何處尋？」落款分明，果然是一個極為貴重之物。

張玉問道：「這個多少大洋？」

董光見張玉心動，暗忖道：「這煙槍是別人放在我這裡寄賣的，要五百塊大洋。看他的意思想要，我何妨便從中賺上一筆。」低聲道：「這個是一千二百塊大洋得的貨，您老要拿，我也不能賺您老的銀子，照本給就得了。」

張玉笑道：「那怎麼能夠？我給你一千三百塊大洋，也讓你有些賺頭！」當即付給大洋。

董光大喜，見張玉竟然隨身帶了這許多大洋，暗暗咋舌。張玉又索要票據，董光親自跑去開具了，蓋了印章，遞給張玉。

張玉笑道：「這些票據回頭是要入公家帳冊的，馬虎不得，董老闆別嫌麻煩。今後我來這裡買貨，也都是要票據的。」

董光連聲道：「不嫌麻煩！不嫌麻煩！您老要是天天來，我便天天在這裡親手給您老開這票據，便是哪天突然死了，那也是開票據高興得笑死的！」

張玉聽他說到「開票據高興得笑死」的話，眼中一道冷光射出，轉身出門。

董光被這目光一射，心裡忽的打個突，見張玉要走，連忙滿臉堆笑，將張玉送出門去，一直送到順子的車上坐好。

順子拉了張玉顛顛地跑起來。張玉道：「眼下我要到豐台辦事去，你想好了要跟著我做事了嗎？一天兩塊大洋。」

順子道：「一天兩塊大洋，一月就是六十塊，為什麼不幹？不知要我做些什麼？」

張玉道：「到時聽我吩咐便是。只有一個條件，把自己當根木頭，只許做，不許問，不許說。」

順子道：「那好辦，我幹！」

張玉道：「你現在馬上去收集一些報社招聘的告示，順便幫我找一個闊氣些的珠寶店，規模一定要大過『大福祥』。另外明天早晨七點帶一套乞丐衣服在門前等我。」遞給順子兩塊大洋，道：

「這是你今天的工錢。」一邊下車快步走開。

順子見張玉吩咐了幾件莫名其妙的事情出來，不明所以，但恪守了「只許做，不許問，不許說」的「一許二不許」真言，自拉了人力車遠去。

張玉買了一匹快馬，飛身騎上，向吳佩孚軍營馳去。

吳佩孚軍營駐紮在盧溝橋一帶，張玉問過幾次路，不多時，已望見遠處軍旗招展。

忽聽一聲喝叫：「什麼人？請下馬！」張玉忙勒住馬，向發聲處看去。

不遠處兩名士兵持槍而立，見張玉勒住馬頭，便走了過來，向張玉敬個軍禮，道：「此處軍營重地，閒人不得擅入！」

張玉笑道：「我是貴處祕書長郭緒棟的好友，姓吳名奇業，平政院肅政廳都肅政史。今日特有要事而來，相煩通報一聲。」一面說，一面將兩塊大洋塞向兩人手中。張玉昨晚與進寶法師徹夜深談，進寶法師對京城各處要員都極為熟悉，便將吳佩孚的生平為人細細地向張玉講述了一遍，又說起了這軍營中的一個奇怪人物，叫做郭緒棟，張玉今天便是專為找他而來。

這兩名士兵都是十八九歲的年紀，見張玉塞錢過來，臉色大窘，道：「我們代你通報便是，這個卻不能要！」

張玉執意要給，兩人正色道：「軍營重地，請君自重！」

張玉只好將大洋收了回來，心中暗暗佩服吳佩孚治軍嚴整。

兩人跑步去向隊長彙報，不多時，又跑回來向張玉道：「請您稍坐，已差人請郭祕書長去了。」一面將張玉的馬牽去拴好。張玉連忙道謝。

過了許久，天色漸黑，一名士兵騎馬而來，喊道：「請都肅政史吳奇業進營！」

張玉上馬，隨那名士兵進入軍營。見營中房屋整齊，道路寬闊，時至夜晚，士兵們仍在操場上練習佇列，喊聲如雷。偶遇士兵經過，兩人成行，三人成列，軍容肅整。

那士兵並不多言，帶了張玉東拐西繞，來到一個營房面前下馬，道：「郭祕書長正在裡面相候！」一面接過張玉所乘馬匹的韁繩，自行走開。

張玉整整衣裝，咳嗽一聲，推門而入。眼前景況，竟與營房之外的整肅之象大不相同。

只見屋內一張床，一個書櫃，一張書桌，書桌上放了油燈一盞。床上亂堆著被子襪子，屋角散放著麻將煙槍。一人方臉長鬚，歪腰斜胯，正躺在床上，就著書桌上的油燈，無精打采的翻看著一本破書，並不去理會張玉。此人想必就是那郭緒棟了。

張玉向那本破書細眼看去，卻是一本宋代邵康節所著的卜卦之書，叫做《梅花易數》，在一邊笑著唸口訣道：「九宮八卦定乾坤。數理生來先天有，陰陽分化一至九，五行逆轉乾坤覆，不見天頭到地頭，天地有根春作象，水火無情總是仇，乾到艮宮帶星徽……。」正是盲派梅花易數的口訣。

床上之人聽到此處，哈哈一笑，坐起身來，道：「乾到艮宮帶星徽，可見來者是位官爺喲！」這句「乾到艮宮帶星徽」是占卜之辭，意思是說若是有一個聲音威嚴有氣勢的人，站在卜卦者的左後方問事，那麼此人一定是個身有官職之人。

張玉見郭緒棟解破口訣，笑道：「芝麻小官，何足掛齒！久聞郭祕書長大名，今日特來拜見！」

郭緒棟兩眼一轉，腦中思索眼前之人的來意，面上卻是不動聲色，道：「恐怕閣下是久聞吳佩孚大名吧？我的大名，聞與不聞，也當不得什麼緊。閣下是平政院大員，我等小兵小將，得罪不得，有何要事，便請快講吧！」目光咄咄逼人，看向張玉。

張玉笑道：「什麼平政院，不過是個沒用的閒散部門罷了。」湊近郭緒棟，揶揄道：「您有所不知，外人都叫了我們做『貧證院』，手裡又沒有什麼權力，整日間渾渾噩噩，混摸著度日罷了。」一面將那盒買來的象牙煙槍拿了出來。

郭緒棟見張玉自謙，心中略生好感，笑道：「畢竟是中央府院，和我等僻野村夫不同。」只見油燈下一桿象牙煙槍亮閃閃地伸了過來，不由得眼前一亮。

張玉道：「吳旅長做『西路討逆軍』先鋒時，身先士卒，宛平、天壇守軍望風披靡，天下皆知，誰不是豎起大拇指，欽服讚嘆！郭祕書長當時奇謀百出，運籌帷幄之中，決勝千里之外，多立奇功，廣有建樹，誰人不知，哪個不曉？」

郭緒棟身為吳佩孚的祕書長，作戰經驗老到，足智多謀，吳佩孚對他甚為倚重，可是論起建功立業，表彰獎勵，那也都是吳佩孚的事情，自己只能棲身幕後，做個無名的英雄，心中也自常常以此為憾，今見張玉說起外人多有知曉自己功績的，不由得心中暗喜，高興起來，穿鞋下地，請張玉入座。

張玉謝過，與郭緒棟桌前對坐，將那桿象牙煙槍遞了過去，笑道：「今天新得了一桿好槍，特地不揣冒昧，慕名而來，想請郭先生的慧眼給評上一評。」

郭緒棟當年曾在軍中發現自己的下屬吳佩孚是個人才，極力提攜重用，並不斷地向上級舉薦，使吳佩孚終於得以出人頭地，受到曹錕的賞識，一路扶搖直上，威名遠播。是以郭緒棟素有知人之名，各界廣為稱道，不過被人恭維得多了，自己便也就漸漸麻木起來了。如今見到張玉竟然是仰慕自己鑑賞煙槍的本事，特地慕名而來，倒是頭一遭，不由得受寵若驚。郭緒棟自己酷愛吸食大煙，對於煙槍煙館的好壞優劣，也是多所研究，頗有獨到見解，每每想要成書一部，專門就以此為論，評說天下煙槍。當下接過張玉遞過來的象牙煙槍，湊在油燈之下，細細觀賞起來。先看了一眼，「嘻呀」一聲，讚道：「這象牙『笑紋』細膩，分布均勻，光澤瑩潤，顏色油黃，是根老料！」

張玉道：「郭先生果然好眼力！」

郭緒棟再細看了一會兒，道：「看這雕工奇峭清新，氣韻生動，刀法深勾淺畫，線條簡明硬朗，人物栩栩如生，頗有明代遺風，當是出自嘉定派名家封錫祿之手。」

張玉見郭緒棟侃侃而談，果然所知甚博，心想此人雖對吳佩孚有知遇之恩，但後來吳佩孚力排眾議請他來軍中效力，言聽計從，尊敬有加，也是因了他本身確有過人之處。當下道：「聽了郭先生此言，真是不虛此行！」起身相謝。

郭緒棟見煙槍上面雕刻了「知遇之恩」圖，想起自己與吳佩孚一生相遇相知，肝膽相照，不由得熱淚盈眶，心道：「若能將此圖讓佩孚看看，實在是一件美事！」有心將這桿煙槍買了下來，只是見人家既然是專程為了這桿煙槍來請自己鑑賞，定然也必是人家的心愛之物，又不好橫刀奪愛。久久摩挲，不忍離手。

張玉見了郭緒棟這副模樣，暗暗高興。

郭緒棟看了半晌，終於還是問道：「能出個價嗎？」

張玉一把搶了過來，笑道：「我今兒剛新得的，軟磨硬泡，人家才三千塊大洋讓了給我！老哥倒是好意思問！」

郭緒棟聽說三千塊大洋，倒吸了一口涼氣，摸一摸八字長鬚，面紅過耳，訕訕笑道：「東西是好東西，貴了點。」

張玉晃晃煙槍，道：「怎麼樣？想不想用這把好槍過過癮？」

郭緒棟即使是得了這桿煙槍，本來也是要擺了起來觀賞把玩的，這時聽著張玉的意思，竟是有允許讓自己用這桿三千大洋的煙槍過癮的意思，不由得大為高興，頓覺煙癮發作，如萬隻螞蟻抓撓，渾身發軟，心癢難搔，喜道：「我這裡還存著一些大煙，這就去拿來！」

張玉舉起煙槍，笑道：「老哥兒還是罷了吧！用了這麼好的象牙煙槍，在你這破房子裡抽上幾口，把這煙槍的孫子都給辱沒了！」

郭緒棟聽了，哈哈大笑，道：「依了老弟的意思，卻是要怎麼個抽法兒？」

張玉湊近了郭緒棟的臉，神祕道：「我聽說大柵欄又新開了一家煙館，叫做『燕子塢』，點了十幾盞燈，又都是新招來的小姑娘，咱們到了那裡，哥哥躺在暖炕上，讓小姑娘捶著腿，再用了這桿象牙的煙槍，舒舒服服地抽上幾口，那才叫做好馬配好鞍，不白白地枉了這桿三千塊大洋的好槍！」

那大柵欄、八大胡同郭緒棟是常去的，他是吸大煙的行家，這新開的煙館「燕子塢」如何不知？只是遠遠地看著門廳高大，想必花費定然不少，只好每次都靜悄悄地在門前走過。此時聽得張玉說起，禁不住心馳神往，痲癢難耐。只是不知這白花花的銀子從何而出，兩眼望地，微笑不答。

張玉一把拉起郭緒棟，笑道：「難得遇到哥哥是個識貨的行家，今天弟弟便請哥哥好好地品玩品玩這桿煙槍！」向外走去。

郭緒棟心知此人初次見面便要請自己吸大煙，必有所求，想要不去，奈何雙腿不聽使喚，緊緊地跟定了張玉。

兩人稱兄道弟，騎了馬，出軍營向大柵欄而去。

第二九回　燕子塢談論恩義　大福祥試探舊人

兩人提了馬燈，一路馳奔。行到半路，郭緒棟已然哈欠連天，涕淚橫流，周身綿軟，漸漸支援不住。

張玉見吸毒之人痛苦如此，暗暗戒懼。一把牽過郭緒棟的馬韁繩，叫道：「哥哥再忍片刻，馬上便到！」

好不容易到了「燕子塢」，張玉扶了郭緒棟下馬，早有門童跑來接著。

張玉從未進過煙館，進門之後四處張望，有夥計跑來問道要什麼樣的座兒，什麼樣的煙，張玉也不太明白，便含混答道：「都要上好的便是！」

郭緒棟雖然在一旁癱軟如泥，神志卻還清楚，聽得張玉大氣，心中也自舒暢。

夥計將兩人引至樓上的一個雅間。張玉見這雅間之內窗明幾亮，牆上居中掛了一幅「及時行樂圖」，畫了些衣衫不整的仕女，在林間空地上撲蝶，上面又題了一首詩，道是：「得即高歌失即休，多愁多恨亦悠悠。今朝有酒今朝醉，明日愁來明日愁。」張玉知道這是唐末才子羅隱的〈自遣〉，暗自笑道：「羅隱一生儒道兼修，抱負遠大，雖然考了十次進士也沒中，但是詩文播於天下，流傳後世，名揚千古，又豈是那些及第的進士們可以相比的？他若是地下有知，見到自己的這首詩配了這麼一幅畫，掛在這樣的一個煙館裡，豈不是要被氣歪了鼻子？」

見郭緒棟早已一頭栽倒在床上，渾身哆嗦，忙將那桿象牙煙槍取了出來，吩咐夥計裝煙。那夥計見這煙槍名貴，小心翼翼地捧了過去。

張玉又去點了些酒菜，放在桌上。不多時，聽得旁邊郭緒棟「吱」的一聲深吸了一口，倒在床上，也不去理他。

過了一會兒，郭緒棟長舒了一口氣，精神健旺起來，又吸了一口，撫摸著那桿煙槍，道：「真是個好東西！」也不知是說那煙槍好，還是說煙土好。

張玉道：「哥哥終於有了些神氣兒了。」

郭緒棟又舒一口氣，道：「這家的煙土定是在煮煙時摻兌了白蘭地酒，味道極為醇厚，是煙土中的上品。」

張玉道：「這裡可還入得哥哥法眼嗎？」

郭緒棟道：「入得哥哥的法眼又能怎樣？這樣高檔的地方豈是我等小人物能夠消受得起的？這是『四大公子』享樂的地方啊！」

張玉奇道：「『四大公子』卻是誰？」

郭緒棟笑道：「虧得你久居京城，竟連這個都不知道！」

張玉也笑道：「哥哥沒聽說過『燈下黑』嗎？越是我們這樣兒在政府機關工作的，天不亮就上班去，天大黑才回到家，哪裡會知道這些？」

郭緒棟點頭道：「這話倒也不假。那『四大公子』便是孫中山的兒子孫科、張作霖的兒子張學良、段祺瑞的兒子段宏業和盧永祥的兒子盧小嘉。這四人當真是風花雪月，絕代風流！」豔羨之情，溢於言表。

張玉聽他提起段宏業，暗暗歡喜，故作不屑道：「這些人有什麼好的？別的人不知道，這個段宏業是段總理的兒子，卻是我們廳長常常說起的。」湊近郭緒棟，神祕道：「說他在陸軍執法處掛名當了一個提調，既不去上班，又不回家，整天吃喝嫖賭，又常常從妓院中接了風塵女子，到處尋歡作樂。」

郭緒棟聽張玉向段宏業身上說去，岔開話頭，道：「可不是嗎，你不來抽一口嗎？」

張玉忙道：「這個我可不會。我吃些酒菜就好。」

郭緒棟笑道：「菜我也來幾口，吸大煙的人，酒卻是不可多喝的。」起身夾菜。笑道：「只可惜我早年間染上了毒癮，雖知此物百害而無一利，卻是難以戒除。吳佩孚拿我沒有辦法，也只好網開一面，軍中禁毒，只許我一人例外。唉！這大煙禍國殃民，實在不是個好東西！」

張玉也笑道：「說好東西的是你，說不是個好東西的也是你，這東西既然不好，那就不如狠狠心，戒了去吧。這大煙害了多少人命喪黃泉，多少家庭妻離子散！現今有的軍隊竟然貪鴉片之利，種毒販毒，結果戰鬥力大減，最終必然落得個兵敗身亡的下場。」

郭緒棟也深知煙毒之害，怎奈不能自拔，搖搖頭，嘆息一聲。

張玉順手拿過煙槍，指著上面的「知遇之恩圖」道：「哥哥知道我為什麼喜歡這煙槍嗎？我便是看中了這伯牙子期的故事啊！不過那也都是古人風骨，如今世風日下，不復再有了！」用手細細撫摸煙槍，感慨萬千。

郭緒棟聽了，頗為不服，說道：「不瞞兄弟說，你哥哥我與吳佩孚相識相遇，惺惺相惜，也堪比伯牙子期！」

張玉故作驚訝道：「原來現如今也有這等風雅的事情？我只知哥哥雅善大煙，不知哥哥還有故事！快些兒說來聽聽！」

郭緒楝便把自己當年在營中任文案師爺時發現傳令兵吳佩孚有才略並極力舉薦之事細細地講給張玉，說道吳佩孚為人雖然孤傲，但卻重情厚義，後來飛黃騰達之後，念念不忘郭緒楝的知遇之恩，力邀自己出山，出謀劃策，待為上賓。

這些事情張玉其實早已聽進寶法師講過，這時聽了，便像是第一次聽說似的，大為驚喜，起身道：「不知道哥哥與吳佩孚之間還有如此美事！我買這桿煙槍，並不是為了要吸大煙，只是看到上面的這個『知遇之恩圖』，想起了我的一個知己，心有所感，才買了下來。」又將煙槍遞給郭緒楝道：「方才聽了哥哥的故事，才知道天下只有哥哥才配做這煙槍的主人！」

郭緒楝聽張玉的意思竟有將這桿名貴的煙槍相讓的意思，心中歡喜，無奈這三千塊大洋卻是不好籌措，笑道：「兄弟的愛物，又是三千塊大洋得來的，哥哥怎好奪人所愛！」

張玉笑道：「區區三千塊大洋，又算得了什麼？便就送與哥哥！這幅『知遇之恩圖』若是拿去讓吳佩孚看見了，也必然歡喜。」

郭緒楝大喜，又不好無功受祿，左右為難，忽然想起張玉方才說也有一個知己，問道：「兄弟的那個知己，也好歹說來聽聽！看是誰的故事更感人些，這桿煙槍就讓了給誰，如何？」

張玉哈哈笑道：「我那個知己也就只能算得是個狐朋狗友罷了，怎能和吳旅長相比！」又搖頭嘆道：「只是相處的日子久了，怎能沒有情誼啊！」

郭緒楝聽了，笑道：「說說何妨？」

張玉四處張望，看看左右沒人，低聲向郭緒楝道：「我那個知己，是從玩兒圍棋上得來的，方才不知哥哥深淺，未敢吐實，還請哥哥見諒！聽了哥哥與吳佩孚的事兒，知道哥哥也是個重情重義的人，便當以實情相告。」

郭緒楝道：「你我雖然是初次相逢，但是一見如故，當然應該以實情相告。」忽然聽得張玉放聲大哭，驚道：「兄弟有話好說，這是為什麼？」

張玉站起身來，將雅間的房門關上，回身道：「我那個知己，正是哥哥剛才提到的四大公子之一，叫做段宏業的。我和段宏業兩個人棋藝相當，難分伯仲，下棋之時，我每落一子，他便能猜度我意，他每走一步，我也能料其大略，十有九中，所以相互引為知己。」

郭緒棟心裡笑道：「原來是這麼一個玩樂的知己。」

卻聽張玉續道：「本來約好了要在三日前大賽九局，一分高下，可是他卻突然失蹤了，連日來遍尋不著，真是讓人心焦啊！」說罷又是大哭。

郭緒棟手裡拿著煙槍，心中已然雪亮：「這小子又是讓我品鑑煙槍，又是請我來這『燕子塢』玩樂，弄了半天，是為了那段宏業來的！」也不去理會張玉，低頭尋思道：「那段宏業雖然是段祺瑞的兒子，但幾天前他在我軍營中公然狎妓吸毒，被人舉報，影響實在太壞。吳佩孚若是不將他扣了起來，如何服眾？偏生他老子段祺瑞又是個刻板之人，絕不肯為兒子說一句好話，裝作不知。現今把他扣了起來，弄得吳佩孚打又不是，放又不是，夾在中間為難。」他久在軍中，頗有急智，既然知曉了張玉來意，早在心中將那三十六計挨著個兒的撥弄，過不多時，拍拍張玉肩膀，說道：「老弟止了哭吧！看來你也是個有情有義的人，這忙我不幫你，還有誰來幫你？」

張玉聽了大喜，道：「哥哥要怎麼幫我？」

郭緒棟道：「老弟今天既然來找我，想必是已然知曉了段宏業正是被扣在我們的軍營之中。」

張玉聽了道：「明人面前不說假話，真佛座前不燒假香。我也是聽了旁人的一言半語。」

郭緒棟點點頭，道：「你適才說與那段宏業是因圍棋上得來的知己，段宏業棋力甚強，想必兄弟你也是不弱的了？」

張玉笑道：「不敢當！不過略略知道些。」

郭緒棟道：「好！今夜無事，我陪兄弟來上一局如何？」也不管張玉是否同意，自顧招呼夥計拿棋。

張玉見郭緒棟話鋒一轉，不再提起段宏業的事兒，知他必有門道，也不再問。夥計跑來將棋盤擺好，兩人一邊飲酒聊天，一邊下棋。郭緒棟所知淵博，人又風趣，隨口講些官場趣事。

不多時，勝負已分，張玉勝三十多目。郭緒棟哈哈大笑，道：「兄弟果然是棋中高人，我試了你的棋力，好去安排救人之事。你三天後再來軍營找我。」

張玉大喜，道：「今天已經晚了，哥哥便在這裡安睡吧。我還有些要事，先走一步。我姓吳，叫吳奇業，住在鐵獅子胡同某號，有事時可來那裡找我。這煙槍便送了給哥哥。」救人之事便不再提起。

郭緒棟連忙推辭，見張玉已經起身出屋，也便老實不客氣地躺在床上，繼續品鑑這桿煙槍。

張玉到樓下又給郭緒棟點了兩個捶腿的姑娘，結了銀子，騎馬走了。

回到住處門外，看看錶，已經是凌晨一點。忽然門邊黑影一閃，張玉站住身，問道：「是誰？」只見黑三從道旁的樹影裡走了出來。

黑三拿出一個資料袋，遞給張玉，道：「東西都在裡面了。」

張玉心知是龔陰業的調查資料，點點頭，小聲道：「謝謝！」

黑三道：「黑月讓我轉告，說近日事情忙，待過些日子閒下來，就來看你。這邊兒的事情先由我來張羅著。」說罷，向樹影裡一跨，倏忽間不見蹤跡。

張玉關門上閂，來到居室，坐在床邊兒上，緩緩地取出了袋中的資料。想到自己從小到大一直在苦心孤詣尋找的仇人漸漸走近，胸口劇烈地起伏，呼吸急促，幾乎要喘不過氣來。手裡拿著資料，讓自己平靜了一會兒，湊在油燈之下一行行細細地翻看起來。

只見上面寫道：「龔陰業，男，七十歲，原直隸副省長，已經退休五年，現居北京南鑼鼓巷某號。」張玉腦中「嗡」地一聲，心道：「南鑼鼓巷，離我的住處並不太遠！原來他已經退休在家多年了！」

接著往下看去，上面寫道：「家中除龔陰業外，還住有四人。二兒子媳婦楊秀如，三十六歲，居家。大兒子的獨子龔逢春，十歲。二兒子的獨子龔逢夏，六歲。女保姆陳枝媽，五十一歲，負責做飯並看護兩個孩子。」張玉心道：「龔陰業壞事做盡，倒是既有華屋大廈，又有錦衣玉食，天理昭昭，究竟昭在哪裡？」再想起自己一家六口因了此人蒙冤致死，頭皮發麻，恨道：「什麼天理昭昭！又哪裡會有天理？」因憶起元代有一個雜劇家關漢卿，曾寫了一個《竇娥冤》，故事裡的竇娥善良孝順，卻被無賴張驢兒欺辱，張驢兒懷恨在心，下毒藥殺人卻誤將自己的父親毒死了，弄出人命來，反去栽贓竇娥，官府貪贓枉法，最終將竇娥冤殺。想道：「當竇娥被官府冤殺的時候，又有誰來為竇娥申冤？故事的最後還是竇娥的父親做了官，沉冤才能夠得以昭雪。若是竇娥的父親後來還是做不了官呢？竇娥之冤又能怎樣？等到張驢兒良心發現去自首嗎？等到貪官忽然清廉起來去平反昭雪嗎？相比這些，只怕那老天爺的『六月雪』下起來還更容易一些。如此想來，張驢兒欺辱竇娥是人欲，張驢兒下毒栽贓是人欲，官府貪贓冤殺竇娥也是人欲，就是後來竇娥的父親為竇娥平反昭雪，依舊還是人欲！」張玉雙眼發紅，射出絲絲殺氣，大聲怒道：「哪裡有天理？天理便是人欲！」

咬緊牙關，又向下看去，寫道：「龔陰業共有兩個兒子，平時都不在南鑼鼓巷居住。長子龔福天，四十六歲，現任京師員警廳廳長，辦公地點在戶部街。次子龔福地，四十歲，在王府井經營了一家珠寶店，店號叫做『玉麒麟』。」看看下面，再無下文了。尋思道：「他這兩個兒子，一個為官，一個經商。也不知他的大兒媳在哪裡？黑三一日之內便得到了這麼多消息，也實在算是難得了。」當下洗漱了，躺在床上，輾轉反側，想一想自己從小失去父母，打從記事起從來都沒感受到家庭之樂，想到自己這麼多年受過的苦，眼淚忍不住流了出來。

次日天不亮張玉就起身，找到黑三所寫的南鑼鼓巷某號，前後左右的看了一回。張玉許多年來常常夢到有一天終於找到了龔陰業的住處，充滿仇恨地衝向仇人的那一刻，可是現在立在眼前的便是這座宅子，他的心情竟然是這樣出乎意料地平靜，似乎這只是一座普通的宅子，一座平常得不能再平常的宅子。然而，宅子的門、牆和院內長出來的樹，甚至牆頭上的每一棵草，都已經不自覺地深深地印入了他的腦海裡。

過不多時，天色大白，陽光照在這些厚牆高樹上，在地下留下了斑駁的陰影。忽然聽得那宅子的木門「吱呀」一聲響，打了開來，一個五十來歲的女人走了出來，花白的頭上挽了一個短短的髮髻，胳膊上挎了食盒，後面跟了一條白色的西施犬，反身關了院門，扭扭捏捏地向胡同外走去。

張玉心道：「此人想必便是保姆陳枝媽。」扶了扶墨鏡，遠遠地跟在後面。

陳枝媽拐了幾拐，來到了一家飯店，張玉抬頭看那招牌，卻是「白魁老號飯莊」。

張玉也跟了進去，見陳枝媽買了四碗羊肉湯，一碗豆泡湯，三塊豌豆黃，兩個艾窩窩，一屜小籠包，放進食盒，轉身走了出去。張玉便不再跟隨，徑自點了一碗米粥，一碗燒羊肉，一屜小籠包，吃了起來。「白魁老號飯莊」的燒羊肉是先將羊肉燉熟後再過油，外焦裡嫩，香酥可口，乃是京城一絕，只是張玉心中有事，哪裡能吃得出味道來。

吃過早飯，張玉慢慢踱回家中，還沒坐穩，外面拍門聲響起，早聽得順子在門口喊道：「吳先生，我且在外面候著您吶，您先忙著，不著急！」

張玉走出門去，見順子拉了一輛嶄新的人力車，候在外面，問道：「昨天交代的幾件事，都辦妥了嗎？」

順子道：「瞧您說的，交給我的事兒您就放心吧，都辦妥當了！」一面拿出一包衣服，打了開來。

張玉看時，見那衣服真可謂是「漏洞百出」，直和漁網相似，笑道：「很好！」

順子也笑道：「我怕這身兒傢伙什兒太破，還給您備了一套稍微齊整些兒的。」從下面又翻了一件出來。

張玉道：「既要做乞丐，便要做得像模像樣，就要這件破的吧。」又問道：「報社招聘的事兒呢？」

順子答道：「我可世界兒地問了個遍，有好些兒個招聘的呢，不過就數《大地報》最有名兒，我把那些要招聘的職位都給您抄來了，您看，要聞部要招兩個編輯，財經部要招一個編輯，兩個記者，娛樂部要招兩個編輯，一個記者。」

張玉道：「很好。珠寶店的事兒呢？」

順子道：「我打聽了，在王府井大街那兒有家『玉麒麟』珠寶店，算得上是北京城裡頭兒最大的了，那可是真夠闊氣的，光是在門口站著的漂亮小姑娘，都不下十來個……。」

張玉尋思道：「『玉麒麟』應該便是龔陰業次子龔福地的珠寶店了，不料他的珠寶店規模這樣大。這樣倒好，兩處事情便就併到一處去辦。」見順子辦事穩妥細緻，可以託付，吩咐道：「你今天哪兒也別去，就在這裡等候。估計到了午後時，會有一個法師帶了一位女子過來，你便把這封信交給那位女子。餘下的事兒，你聽她的吩咐便是。」說完，取出一封信，兩塊大洋，交給順子。

順子愕然道：「我不用拉了您出去嗎？」

張玉笑道：「我穿了這身破衣服，坐上你這輛嶄新的洋車，招搖過市，非把大傢伙兒給驚呆了不可！」轉身進門，一會兒功夫，便穿了那身百衲衣，臉上塗了黑灰，手中拿著木杖，端著破碗，佝僂著身子，走了出來。

順子見一位西裝革履的紳士瞬間變了乞丐，一張大嘴撐圓了笑道：「真是人靠衣裝馬靠鞍，原來您老扮了乞丐也是這般的落魄樣子！」

張玉愁容滿面，向順子撇一撇嘴，道：「交代你的事兒別忘了。」腳步踉蹌，向地壇走去。

順子撓頭道：「有打腫了臉充胖子裝闊的，也有這樣兒願意扮乞丐的，真是奇哉怪也！」知道這位吳先生既然改了扮相，自然是不想讓旁人識破，點點頭，裝作一副閒漢模樣，在街邊溜溜達達。

那乞丐以杖撐地，過不多時，迤邐來到了地壇，見「大富祥」珠寶店還未開張，便坐在門口晒太陽。九月間天氣，晨間涼風陣陣，雖已有些陽光，也還是不免感到一絲絲蕭瑟之意。

路上行人往來，皆都行色匆匆，對這乞丐視而不見。偶有一兩枚銅板飛來，「叮叮噹噹」，或落在乞丐身前，或落在乞丐身上，那乞丐也不去撿拾，自顧低頭去搓腿上的髒泥。忽然過來了幾個小孩子，見了地上的銅板，便飛奔過來拾起，又見了那乞丐的怪樣，都去作弄，有的拉衣服，有的拽鞋子，乞丐便起來與那幾個孩子相爭，幾人亂作一團。

不多時，店裡的夥計來了，見了那乞丐，揮手道：「去去去！離這裡遠一點兒！我們這兒要營業了！」

那乞丐識趣，挪到店門旁邊，幾個小孩子見了，也都跟過去和那乞丐搶錢。

夥計又過來轟道：「滾遠點兒，沒看見我們這兒是珠寶店嗎？一個破叫花子，去哪兒不好，也來這兒湊熱鬧！」

那乞丐聽了，卻不再理那夥計，賴在那裡，不肯再走。

夥計見了，也不好再去理他，罵罵咧咧，自顧開了店門，走了進去。

接著來店裡上班的男男女女陸陸續續地走進了店裡，見了乞丐，都是皺一皺眉頭，扭頭走開。

又過了約莫一個小時，董光搖搖擺擺地走了來，見了乞丐，向店裡喊道：「阿輝，這叫花子怎麼待在這兒了？快弄了走！這還怎麼讓客人來店裡買東西？」

店裡一個夥計衝了出來，道：「剛才趕他走，他就是不走！」一邊說著，一邊又過來喊道：「花子！快點兒走吧，這也是你能待的地兒？」正是剛才將乞丐從門口轟走的那個夥計，原來是叫做阿輝。

那乞丐站了起來，踉踉蹌蹌，含混道：「兩天沒吃東西了，走不動了！」一面說著，一面竟要進到店裡去。

董光叱道：「我這兒是珠寶店，不是飯店！要吃的找飯店去！」

那乞丐聽了，笑道：「你有的是錢，為什麼不能借給我一點兒？嗯？也許你如今借了一點點兒錢給我，我稍微努努力，將來也開了你這麼大的一個珠寶店呢？你說是不是？」

董光笑道：「就憑你也想開珠寶店？做夢吧！」

那乞丐笑道：「那也未必就不能開珠寶店吧？我看你這面相，原來也一定是個做花子的，如今不也開店了嗎？」

董光怒極，抬腿向那乞丐身上踢去，罵道：「你這臭花子，胡說八道些什麼！」董光早年間流落街頭做乞丐的時候，因蒙了張玉父親張志遠解囊相助，到北京城開珠寶店發了跡，將自己曾經做過乞丐的事情在人前向來瞞得極緊，又與早年間的熟人絕不往來，此時聽那乞丐忽然提起，雖是說笑之語，也不由得惱羞成怒，漲紅了臉，一雙小眼射出了兩道惡毒的光芒。

那乞丐吃痛，卻並不躲避，哈哈笑道：「被我說中了！被我說中了！看看這忘恩負義的臉色！

哈哈！哈哈！」

阿輝見東家動了怒，生怕自己飯碗不保，從店裡抄起一把墩布，揮舞著向乞丐衝來。那乞丐看見，待阿輝跑得近了，突然間張口大喝一聲：「你懺悔吧！」正是從鄭貴處學來的「懺悔之吼」神功。

那阿輝本來就是在虛張聲勢，被乞丐一吼，登時呆住了。一店之人，盡皆鴉雀無聲。街上行人，個個引頸側目。

乞丐緩緩轉身，慢慢地向遠處走去，一面大笑道：「窮通得失皆由命，富貴榮華自有時。嘻嘻！原來他是一個乞丐！哈哈！原來他是一個……。」漸行漸遠，也不知他嘴裡還在嘟囔些什麼。

董光愣在當地，竟然對這個乞丐有了一種莫名的恐懼，半晌作聲不得。

阿輝拍拍董光，道：「東家，進店裡吧！」

董光回過神來，朝地下「呸」地吐了一口，怒道：「真是晦氣！」又向阿輝吼道：「都是一群飯桶！」

阿輝點頭哈腰，唯唯稱是。

第三十回　布羅網緊鑼密鼓　買黃金驚動麒麟

張玉走過了幾道街，回頭望望，「大富祥」珠寶店已然看不到了，便折進一家商場，買了一身時下最流行的中山裝，一雙鋥亮的皮鞋，洗淨了手臉，穿戴起來，在眾人驚愕的眼神之中，大搖大擺地走了出去。

他快步如風，走不多遠，已然來到了王府井，遠遠看見一座高樓，高懸「玉麒麟」三個大字，朱門綠柱，門口坐著兩尊大大的漢白玉麒麟，張牙舞爪，好不威風。

張玉站在離「玉麒麟」珠寶店一百米左右的地方，透過墨鏡凝神看了片刻，嘴角露出了一絲輕蔑的微笑，快步走了進去。

早有夥計飛奔過來招呼，見張玉衣著入時，只是腳上穿著的一雙牛皮鞋怕就至少要兩百塊大洋，頓時滿臉堆歡，笑道：「大哥，您老要看些什麼？這邊是和田，這邊是翡翠，這邊是蜜蠟……。」一件件的介紹了過去。

張玉面無表情，在店裡走了一圈，忽然道：「有金條嗎？」

夥計忙道：「有！有！您老請來這邊看！」

張玉跟著那夥計來到一處櫃檯前，早有女店伴笑語盈盈地迎上來道：「您老想要多重的？我們這裡有金條，還有金元寶，那邊還有金幣……。」
張玉漠然道：「只要金條。妳這兒有多少？」
那女店伴笑道：「小爺要多少啊？我們這兒有的是。」
張玉笑道：「是嗎？那我今天便先拿二十斤吧。」
那女店伴聽了，呵呵笑道：「小爺說笑了！哪有一次買這麼多金條的？您老這是拿我們開心呢吧！」
張玉從懷中拿出一疊銀票，拍在桌上，笑道：「我開玩笑，銀票卻不開玩笑！」
女店伴張大了嘴，半晌作聲不得，結巴道：「今天不巧，賣得快，您老來得晚了點兒，金條不多了，您看您老改天來行嗎？我提前給您老備好。」那珠寶店雖然黃金白銀、奇玩玉石無所不賣，但賺錢主要靠得是奇玩玉石，黃金白銀價格透明，利潤穩定，並不是主要的利潤來源。所以珠寶店的黃金雖然都擺在顯眼的位置上，卻不會存有太多的貨。
張玉聽了，惋惜道：「也好！那我先到別的店兒轉轉，看看可有足夠我用的。」
那女店伴只負責這一個黃金櫃檯，每月的月錢全靠賣黃金抽成，底薪極是微薄，這二十斤黃金買賣的抽成對她來說無疑是一筆鉅款，哪裡肯捨，堆笑道：「這全北京城裡頭兒就數我們這個店最大，您老買的多，價格給您按最優惠的，您明天來便成，我都給您備好！」
張玉道：「你們這兒就算是全北京城裡最大的店嗎？你們的老闆是誰？我想認識一下，以後買貨，便都來你們這裡。」
那女店伴急於留住客人，忙道：「我們店老闆姓劉，叫做劉福柱。」
張玉聽說老闆不是龔福地，暗暗詫異，心道：「難道是我弄錯了？」向那女店伴道：「我聽人說你這店的老闆是龔福地，家資豐饒，才來這裡看看，沒想到這裡不是他開的。那我不如還是去別家吧！」說完，起身又要走。

那女店伴忙道：「您老稍等，容我給您細說……。」

張玉便先不走，看著女店伴，且聽她說些什麼。

女店伴看看左右無人，悄聲道：「您老有所不知，這珠寶生意追逐的是什一之利，利潤豐厚，那些官爺衙門、流氓土匪哪個不想從這裡頭撈些兒好處出來？因此能夠開這個店的，背後都是有後臺的，不是高官顯貴，就是一方的黑幫惡霸，要不然三天有人查稅，兩天來人勒索，別說是做生意，就是要保全了一條小命，也是極難。」又向兩旁望望，道：「所以呀，這些店的註冊法人通常並不是真正的老闆。就拿我們這個店來說，劉福柱說是老闆，其實和我們一樣，也是來領月錢的，後面的大老闆就是您老剛才提起的龔福地，他占了百分之三十的股份，還有一個大老闆就是那龔福地的哥哥，京師員警廳廳長龔福天，他占了百分之四十的股份。」

張玉點點頭，見她停住不說，問道：「那還有百分之三十的股份呢？是誰的？」

那女店伴嘴唇微微動了動，欲言又止。

張玉悄悄拿出五塊大洋，塞在她的手裡，笑道：「難不成還能是猛虎夜叉？你怕些什麼？」

那女店伴見了大洋，轉身放進自己的包裡，回身道：「那人您老想必也是知道的，便是那『東北王』張作霖！這店規模這麼大，靠的便是這三個人在背後支撐，他們幾個其實也都沒有什麼本錢，就是成立了個什麼『玉麒麟股份有限公司』，在社會上募集資金，做的全是空手套白狼的沒本錢買賣。」

張玉知道這張作霖是奉天督軍，近些年依靠了日本人，坐鎮東北，國內名聲素來不好，卻不知他為何在北京城裡的一個珠寶店還有股份，問道：「張作霖是個帶兵打仗之人，怎麼也在這裡做生意？」

那女店伴笑道：「帶兵打仗還不是為了白花花的銀子？只要能賺銀子，幹什麼還不都是一樣？看你這小爺兒精精神神的，怎地這麼死心眼兒？」搔首弄姿，衝著張玉嬌媚一笑。

張玉心道：「帶兵打仗倒也不一定都是為了銀子，至少我看那段祺瑞就不是。不過聽說張作霖自小貧苦，後又投身綠林，為人重利務實，若是他做出這樣的事來，還真是沒有什麼好奇怪的。」笑道：「明天我來時，價格要優惠些喲！妳叫什麼名字？我來時直接找妳。」

那女店伴道：「我叫黃蓉蓉，在這店裡上班都三年多了。」

張玉點點頭，整整衣服，出門而去，來到一個僻靜的所在，召喚黑三到來，低聲向黑三細細地囑咐半晌，黑三點點頭，躬身告辭。張玉又叫了輛車，向西什庫教堂行去。

約摸走了半個鐘頭，遠遠看見一座端莊而綺麗的白牆尖頂哥特式建築，車伕停了車，道：「這兒就是西什庫了您吶！」

張玉付了車錢，緩步走了進去。

院中極為幽靜，張玉四處看了看，聽得教堂內有人正在布道，便輕輕地走進去找了個位子坐下來，抬眼向上面望去，一個人一身白袍，口若懸河，正是鄭貴。張玉那日晚間曾聽得進寶法師說起鄭貴現今在西什庫教堂，今天便找了過來相見。

張玉也不忙著喊他，坐在椅子上向四處看去。這教堂極高極大，四周用幾百根巨柱撐起了金色的拱頂和幾十扇鑲著彩色玻璃的花窗，屋頂便像是一艘倒扣的大船。

西什庫教堂可稱得上是皇家教堂，來這裡聽講的大都是一些達官貴婦，也有一些附近的平民百姓。鄭貴正在講著一個聖經故事，語氣舒緩平和，已不似早年間在漳河岸邊疾風驟雨般的怒吼。陽光透過彩色的花窗，斑斑點點地照在堂內眾人身上，眾人都在凝神靜思，一片靜謐祥和之象。

忽聽鄭貴說道：「彌撒禮成。」

眾人道：「感謝上主。」一齊唱詠。

鄭貴道：「彌撒禮成，正是生活的開始，大家因散而聚，又因聚而散，聆聽上主的話語，汲取生活的動力。」

眾人道聲：「阿門！」陸續起身。

張玉待眾人散去，走上前去，叫道：「鄭貴叔叔！」

鄭貴見一個穿著筆挺中山裝，戴著墨鏡的時髦青年叫自己叔叔，一時竟然認不出來。錯愕道：「您是？」

張玉摘了墨鏡，笑道：「我是張玉啊！」

鄭貴恍然，大笑道：「原來是你啊！前些日子聽說你來北京了，知道你忙，也沒去打擾你。易兒還好吧？你怎麼打扮成了這副模樣？」

張玉笑道：「我這身打扮不好嗎？這是時下最流行的中山裝啊！如今您又忙些什麼？看您如今布起道來也是溫文爾雅的，不似原來兇神惡煞的模樣了。」

鄭貴笑道：「聽眾變了，講話的風格內容自然要變。不唯我是如此，縱觀整個的宗教史也是如此，擴而大之，整個世界也是如此。現下時局紛變，一個個你方唱罷我登場，置身其中，若是沒有過人的智慧，只怕是難以存身啊……。」

張玉見他又要滔滔不絕的說下去，忙道：「我今天來是無事不登三寶殿，可有方便說話的地方嗎？」

鄭貴笑道：「你小子這是黃鼠狼給雞拜年，沒安好心吧！」一把拉了張玉，道：「隨我來！」

張玉也笑，一面被鄭貴拉著，向教堂後面走去。

兩人來到鄭貴的住處，相談甚久，一直到天色擦黑，張玉才告辭出來，叫了一輛車，匆匆向鐵獅子胡同行去。

剛剛開了門，一團黑影突然「呼」地一聲撲了過來。張玉連忙閃避，已然不及，定睛看時，卻是那條大黃狗阿卷。再抬頭一看，易兒正倚在門邊似笑非笑，看著自己。

張玉大喜，反身門好了門，一把抱住了易兒，道：「妳幾點鐘到的？姥爺呢？李市長那邊怎麼說？東西可都帶來了嗎？去報社應聘了嗎？」一連問了幾句。阿卷圍著兩人團團亂轉，歡跳不已。

易兒掙開身子，生氣道：「你這邊出了這麼大的事兒，也不知道想法子告訴我一下，我還蒙在鼓裡！」

張玉陪笑道：「我這不是怕妳聽了著急嘛。」

易兒怒道：「你什麼都不說，難道我就不著急了嗎？你和劉懷仁開會沒回去，易縣那邊早傳開了說是北京城裡頭鬧了政變，說什麼死了好多人，我都擔心死了！」說著便「嚶嚶」哭泣起來。

張玉笑道：「妳丈夫聰明機靈，妳又不是不知道，就便是天塌了下來，我也能想個法子蹦了出去，替妳保住了這條小命。」

易兒「哧」地一聲笑道：「你聰明機靈，那肋骨折斷又是怎麼回事？」心疼道：「讓我看看！」一面去掀張玉的衣服。

張玉一面躲開，一面笑道：「喂！妳怎麼一見面就要扒人家衣服，太性急了些吧！」

易兒又羞又惱，一拳打在張玉胸口，被張玉攔腰攬住。兩人相擁，久久不願分開。

張玉忽然說道：「妳吃過晚飯了嗎？」見易兒不答，低頭一看，易兒滿臉是淚，心下歉然，道：「自從妳跟了我，每日裡總是在四處奔波，飢一頓飽一頓的，擔驚受怕，沒過過一天的好日子。現下可後悔了嗎？」

易兒一把推開張玉，嘆口氣道：「後悔又能怎樣？」

張玉笑道：「妳若是後悔了，我便讓妳生了十個八個小娃娃出來，到那時妳忙得陀螺似的亂轉，也就顧不得後悔了！」

易兒一掌拍在張玉胳膊上，羞道：「誰要給你生娃娃了！」

張玉大笑，拉起易兒的手，道：「我知道一個叫做『白魁老號飯莊』的地兒，離這裡不遠，燒羊肉極是好吃的。」又笑道：「晚上多吃些，免得妳待會兒討求饒！」

易兒大羞，又是一掌拍去，怒道：「誰要討饒！」

張玉連忙笑著躲開。兩人一同出去吃飯。阿卷自在院內看家。

次日張玉醒來，易兒已經做好了早飯，兩人一起吃過。

易兒昨天下午到時，見了張玉的信，便和進寶法師同到《大地報》報社應聘。原來進寶法師和報社的社長、總編早就相熟，彼此說笑了幾句，就把易兒的事情給定了下來，讓易兒先去娛樂部當個編輯試試，明早八點報到。進寶法師見易兒長相端莊，賢淑懂事，出落得水靈靈的芙蓉花相似，又能說會道，心裡頭暗暗地為張玉高興，向易兒囑咐了幾句，徑自去了。

易兒收拾好行裝，挎了包，自去報社上班。

張玉卻收拾了一個大大的包裹出門，順子早已探頭探腦，在門外相候，見了張玉，飛也似的湊上前來，笑道：「官爺，您老今天要分派我幹些什麼活兒？」

張玉笑道：「不必多問。只管跟著我走便是，從今天開始，讓你做一個大大的老闆。」

順子聽了，笑道：「官爺看著順子仁善，就要常常拿來取笑一回！」見張玉包裹沉重，連忙去拉人力車。

張玉忙道：「你不要拉車，哪有大老闆拉輛人力車的？先跟了我去買身衣服！」

順子聽了，半信半疑，但素知這位官爺行事怪癖，又受了這位官爺「一許二不許」真言的教導，當下默不作聲，接過張玉的包裹扛著，入手沉重，也不知道是些什麼。

兩人來到衣鋪，張玉為順子選了一身黑色的西服，又買了皮鞋、皮帶，要順子穿戴起來。

順子見這一套行頭下來，就要了三百塊大洋，張口結舌，道：「這……這……。」額頭冒汗，套在身上。

張玉見了，點點頭，道：「還得再理個髮去！」又帶了順子去理髮。

兩人來到一個叫做「興隆剃頭鋪」的店面，走了進去。順子雖然滿北京城到處亂跑，但如此高檔的理髮店卻還從來沒有進過。張玉點了一個「理髮司務」來為順子剪頭，那「理髮司務」穿了雪白的袍子，用白瓷盆給他洗了頭，坐在靠背椅上刀剪並用，上下翻飛。一個小徒弟拉起掛在屋頂上的「土電扇」，來回搧風。順子見了，驚奇不已。不多時，理了一個「陸軍頭」出來。順子攬鏡自照，幾乎都認不出是自己了，不由得大笑。

張玉見順子打扮了出來，雖然舉手投足間還略帶一些土氣，但精神飽滿，衣著入時，也是瀟灑之極，笑道：「昨天我扮乞丐，今天你扮大老闆，可好玩嗎？」說著，遞給順子兩塊大洋。

順子道：「您老給我買了這身行頭兒，花了三百塊大洋，我怎麼能還要您老的大洋？」推辭不要。

張玉笑道：「這身行頭兒是我要買的，這兩塊大洋才是你應得的。」硬給塞了過去。

兩人來到王府井大街，張玉見「玉麒麟」珠寶店對面已經新開了一家珠寶店，上面的招牌寫道：「飛龍金店」。

張玉走進「飛龍金店」，裡面出來一個人，西裝革履，正是黑三。張玉點點頭，走進店去，順子也跟了進去。

張玉將那個沉重的包裹交給黑三，黑三打開來一看，滿滿地全是金條，便自去向櫃檯內擺放。

順子見了，張大了嘴發呆。

張玉道：「順子，從現在起，你便是這家『飛龍金店』的老闆。」

順子見這家新開的金店裝潢雖然略微粗糙了一點，但貨品齊全，金銀玉器，應有盡有，又見自己提了一路的包裹裡面竟然全是黃金，驚訝不已，如在夢中，聽了張玉的話，猶未明白過來，愕然道：「什麼？」

張玉看著順子，一字一頓地道：「我曾對你說過，要讓你當個大老闆。從此刻起，你便是這家金店的老闆。」說話間，黑三已經拿了一張營業執照快步走了過來。

順子見營業執照上自己的姓名、年齡俱全，大吃一驚，道：「這是什麼時候兒……。」自己認識張玉不過才兩天多的時間，不知道張玉是怎麼這麼快就將執照辦了出來，也不知道張玉是如何弄到了自己的姓名年齡等資料，想來毛骨悚然。

張玉拿起櫃檯上的一小塊金子，笑道：「有了這個，就總會發生一些不可思議的事情，對嗎？怎麼樣？對這個新工作還滿意嗎？你如果覺得還有疑慮，我也不會勉強你。」

順子心道：「我本來就是一個窮小子，難不成當了這金店老闆還能會更窮嗎？」滿臉的興奮，搓手道：「好是好，誰不想當大老闆啊，可是我怕我幹不來，給您老耽擱了事兒！」

張玉笑道：「不妨！你只管坐在店裡，一應事情都有這位黑三張羅。」說著，向黑三一指。

順子見黑三生得倒也眉清目秀，舉止大方，只是總感覺他身上隱隱地透出一股殺氣，向黑三咧嘴笑笑，道：「黑三哥多照應！」

黑三也咧嘴笑笑，道：「老闆客氣！」

張玉見兩人說話僵硬，笑道：「咱這店新開張，都還生分呢。順子，一些事情就讓黑三交代給你怎麼做吧。」說完，向「玉麒麟」珠寶店走過去。

來到店裡，張玉徑直去找黃蓉蓉。

黃蓉蓉眼尖，早已迎了上來，笑道：「您老來了？」低聲道：「您老要的東西我昨天專門向老闆說了，老闆連夜都給您老備好了。」

張玉道：「那就好！我看下貨吧。」

黃蓉蓉也不到櫃檯，直接帶了張玉到後面的房間裡，取出了一個小箱子，打開密碼鎖，裡面整整齊齊，碼放了二十塊金條。道：「這每塊金條是一斤重。總共賣六千塊大洋。」低聲笑道：「我的爺兒啊，現在北京城裡頭兒，一個小四合院估摸著一百塊大洋也就夠了，您老人家真是大手筆啊！昨天我報告給劉福柱，劉老闆也不敢自作主張，連忙去找龔福地，龔福地手頭兒哪有這許多金條，這些都是連夜找人籌措資金鼓弄來的。今天全店裡都知道要來個大買主了。」神色間很是高興，顯是自己做成了這樣一大筆生意，在老闆和同事面前也是極有光彩。

張玉聽了笑道：「金條成色看著倒還實誠，只是六千塊大洋多了些。」

黃蓉蓉道：「我的爺！您老滿北京城打聽去！我們這店是最大的珠寶店，只要有比這還便宜的，我立馬給您調價！」

張玉向外努努嘴，道：「喏！你們店對面那家我剛問過的，二十斤黃金只要五千塊大洋。」

黃蓉蓉道：「絕不可能！那家店是今天早上新開張的。昨天上午那地兒還是一包子鋪呢，這麼快就開張了，真是奇了怪了！」向張玉道：「您老稍等，我去向老闆說一聲。他們店若是賣五千塊大洋，我們店也是五千塊！」

張玉道：「很好！我在外面等候。」便回到大廳裡東看西看，一會兒看見有幾個人進了「飛龍金店」，故作不知，又拿起一個玉佛像東問西問。

過了一個多小時，黃蓉蓉急急地走了過來，低聲道：「隨我來！」又到了剛才的屋子裡，低聲道：「剛才老闆差人去看過了，那家店確是賣五千塊大洋。龔老闆說了，那家小店剛開張，便想著逞能，和我們店搶生意，就好像拿雞蛋碰石頭一樣。您老放心，他們賣多少，我們總要比他們便宜，這二十斤黃金，您老拿四千九百塊大洋就得！」

張玉心道：「我拿二十斤黃金換了五千五百塊大洋出來，如今在這裡用四千九百塊大洋買了回去，這個生意倒是做得！」笑道：「很好！」當即取出銀票。

黃蓉蓉驗過票，笑道：「您老這麼大的主顧，難得一見。今天正好龔老闆在這裡，有心想要見您一見，不知道可方便嗎？」

張玉笑道：「有什麼不方便？我又不是大閨女，還怕給看羞了！」

黃蓉蓉笑得花枝亂顫，拍了一下張玉肩頭，笑道：「瞧您老說的！便是大閨女看見了這許多黃澄澄的金子，只怕也就不那麼怕羞了！」低聲道：「您老稍等，我去叫龔老闆來。」

張玉笑道：「好！」

不多時聽得腳步聲響，一個矮胖男子走了過來，帶了一副金絲邊眼鏡，滿臉堆笑道：「您好！我是龔福地，這個店的老闆，先生貴姓？」

張玉道：「免貴，姓吳。剛才聽黃蓉蓉說您店裡的東西是全北京最低價，以後我要買東西，便來這裡。」

龔福地道：「我們這裡規模最大，貨品最多，資金實力最雄厚，您今後買東西儘管來。您老是有供職還是……。」

張玉從懷中拿出平政院的證書來，向龔福地晃了一眼，笑道：「一個小小職員，不足掛齒。」

龔福地知道平政院肅政廳雖然沒有什麼實權，但畢竟是中央部門，非同小可，又見這位吳姓客人出手闊綽，道：「您今後來，可以直接找我，價格給您優惠些。」

張玉道：「那麼以後就要多所叨擾了！」起身告辭。

龔福地送出門去。

張玉回頭道：「若是需要些貴重些的珠寶玉器，可以先訂做後付款嗎？」

龔福地既知他是平政院的人，自己背後又有哥哥京師員警廳廳長龔福天撐腰，還有張作霖坐鎮，也不怕他長翅膀飛了去，道：「先交百分之十的訂金，便可以訂做。」

張玉道聲：「好！」轉身走了。

龔福地死死地盯著對面的「飛龍金店」，恨道：「幾個年紀輕輕的崽子，活得不耐煩了，竟然敢來老虎頭上拔毛！」

卻說張玉剛剛走過街角，一個戴著墨鏡的人攔住了去路，低聲道：「有人說你整日裡拿了一張紙片到處騙人，正事卻沒怎麼幹，讓你上著心點兒！」

張玉笑道：「你回去告訴那人，正事自然要幹，但是作為回報，別的事兒也要順便幹上那麼一兩件，都不耽誤！請他老人家放心便是！」

那人道：「如此甚好！」

第三一回　無遮攔逢春遭嫉　解兒歌秀如長談

張玉看看錶，剛剛十點。回到家中，將那個木盒拿了出來，站在窗前靜靜地撫摸了半晌。然後換了一身西裝，打了領帶。阿卷見了，前後左右地歡跳不已。張玉為阿卷穿上衣服，繫上新買來的真皮狗鏈，一同來到南鑼鼓巷。

阿卷極為興奮，四處嗅嗅聞聞。張玉手中拿了一袋牛肉，跟在阿卷後面，一副悠然自得，無所事事的樣子。

阿卷來到了龔陰業的院外，忽然停住腳步，向著門內望去。那門忽然打開，一隻小狗竄了出來，衝著阿卷狂吠，正是那天陳枝媽帶著的那條白色西施犬。

阿卷也不甘示弱，大吼兩聲。張玉見了，連忙從袋中拿出一條牛肉，扔了過去。阿卷個兒大，張口搶了過去。那條西施犬更加狂怒，叫個不停。

忽聽一個女子的聲音喊道：「黛比！這邊來！」

張玉抬眼看時，一個身穿藍底黃花旗袍的女子走出門來，胳膊上挎了一個皮包，手上夾著香煙。緊接著，兩個小孩子也跟著跑了出來，互相爭搶著一個電動玩具汽車。

那女子掃了一眼張玉，徑直向胡同外面走去。

張玉心道：「這應該便是龔陰業的二兒媳楊秀如了。」牽了阿卷，遠遠地跟在後面。

楊秀如來到一處寬闊的地方，坐在樹下一個長條椅子上，放開黛比，讓它和兩個孩子玩耍。

過了一會兒，那個小些兒的孩子跑過去告狀道：「媽媽！龔逢春總是要搶我的玩具！」

那個叫做龔逢春的孩子也跑了過來道：「嬸嬸，龔逢夏一直在玩那個電動汽車，也不讓我玩一下！」

楊秀如皺眉道：「弟弟小，你先讓弟弟玩會兒！」

龔逢春撇了嘴，不高興地道：「誰說了弟弟小就應該讓著弟弟先玩？爺爺說了，我是長孫，將來的家中之事都要聽我的！爺爺的財產也都要傳了給我！」

楊秀如聽了，不由得大怒，漲紅了臉，強自壓制怒氣，叱道：「小小年紀，不知道正經學些本事，倒是先學會爭家產弄權了！」

龔逢春被嬸嬸訓斥，心中不樂，又不敢出言頂撞，自去追著黛比玩耍。楊秀如盯著龔逢春的身影，眼神漸漸陰鷙起來。

張玉遠遠見了，從袋子裡拿出一條牛肉，卻不去餵阿卷，只在手裡擺弄。

阿卷聞到肉香，上躥下跳，去搶那肉條。黛比在遠處見了阿卷搶肉，口水直流，也直奔了過來，圍著張玉亂轉。

張玉拋起肉條，兩條狗一齊去搶，互不相讓。

龔逢春見了，跑過來，衝著阿卷就是一腳，怒道：「你這笨狗，還敢去搶黛比的肉！」

阿卷吃痛，衝著龔逢春「嗚嗚」低吼。

龔逢春不禁害怕，後退兩步。

張玉又拿出幾條牛肉扔在地上，任由兩條狗取食，衝著龔逢春笑道：「小朋友！我教你唱一首兒歌可好？」

龔逢春聽說要學兒歌唱，大喜道：「好啊！你先唱一遍，我且聽聽是什麼兒歌？好聽嗎？」

張玉笑笑，道：「這個兒歌唱的就是這些可愛的小狗兒，極好聽，極容易學的，你聽兩遍就學會了。等你學會了，可以回家唱給爸爸媽媽聽。」說著，便輕輕唱了起來：

大狗生病二狗瞧，
三狗採藥四狗熬，
五狗西行六狗殆，
七狗挖坑八狗栽，
九狗悲哭十狗問，
五狗六狗不回來。

龔逢春跟著學了一遍，大笑道：「這個小狗兒的兒歌有趣，我去把弟弟叫來一起學！」說著，便跑過去把龔逢夏也拉了過來，兩人一齊跟了張玉學兒歌。

楊秀如見兩個孩子去和一個遛狗的年青人玩耍，也是常有之事，並不在意。

兩個孩子學得十來遍，也都會唱了，大聲唱著，四處玩耍。阿卷也和兩個孩子混得熟了，又叫又跑，追在一起。

楊秀如聽得他們唱什麼「大狗生病二狗瞧，三狗採藥四狗熬，五狗……。」有些奇離古怪的，也不知是些什麼意思。又見張玉笑嘻嘻的站在遠處，不由得多向張玉看了幾眼。

張玉走近，叫道：「阿卷！該回家了！」突然見那西施犬黛比一個趔趄，差點摔倒，好容易站穩了身子，跑了幾步，又是一個趔趄，摔倒在地，口中吐出白沫，再也站不起來。

龔逢夏驚叫起來，喊道：「媽媽！黛比死了！」跑了過來。

楊秀如聽了，急忙起身，帶了龔逢春一齊跑了過去。龔逢夏已經摟著黛比哭了起來。

黛比渾身抽搐，牙齒相擊，咯咯作響，脖子後挺，四條腿不住的亂蹬。

楊秀如手足無措，不知如何是好。

張玉也跑了過來，說道：「太太，讓我來看一下！」從楊秀如手中抱過黛比，翻開眼瞼看了看，道：「不妨事的，大概是中暑了吧。可有水嗎？」

楊秀如道：「這都九月天氣了，怎麼還會中暑？真是奇了怪了！」

張玉道：「狗兒有時候運動過熱了，難免也會中暑的。」一面從懷中拿出一粒藥，掰開黛比的嘴，塞進口中，灌了一口水。

那藥被水一沖，流到了黛比嗓子眼兒，黛比呼吸不暢，脖子一仰，一口將藥水吞了下去，嘴角「咕」地一聲，又溢了一些水出來，在張玉懷中喘息一會兒，忽然爬起來，搖搖頭，縱身一跳，抖抖身上的毛，又向阿卷撲去。

龔逢夏見了，高興得大聲怪叫，一把抓住黛比的尾巴，將黛比提了起來，叫道：「讓你裝死！」「噗」地一下扔在地上。

龔逢春便又蹦蹦跳跳地唱道：「大狗生病二狗瞧，三狗採藥四狗熬，五狗西行……。」

楊秀如站起身來，向張玉致謝，笑道：「這個兒歌是你教他們的？倒也有趣！」

張玉道：「有趣嗎？」向著楊秀如神祕道：「這兒歌中其實還隱藏著一個天大的祕密，太太可能猜得出來嗎？」

楊秀如笑道：「是嗎？一個兒歌還能有什麼祕密？你這人真會說笑！」

張玉問道：「那妳且說說，為什麼大狗兒病了，死的卻是五狗六狗兒？」

楊秀如想了一想，卻是說不出來，笑道：「不就一個兒歌嘛，為了唸著順嘴些罷了，哪兒還有這麼多的為什麼。」

張玉搖頭道：「那妳說編這兒歌的人編些什麼唱不好，怎會偏偏編了這麼一個又是病了，又是死了的兒歌教給孩子們唱呢？」

楊秀如疑惑道：「這裡面有死了的嗎？這不就是剛才你教給孩子們呢嗎？以前我可從沒有聽過這個兒歌。」

張玉道：「五狗西行六狗殆，就是五狗和六狗都死了的意思。」

楊秀如只覺得後脊發涼，兩眼圓睜。

張玉笑道：「我也是從別人那裡聽來的。剛開始覺得好玩，過了些日子一想，才越來越感覺到這其中必有深意，便去琢磨這兒歌裡每一句話的祕密。」

楊秀如猜想不透，直覺得心裡發堵，問道：「這其中究竟有些什麼深意？」

張玉神色嚴峻，低聲道：「這其中隱藏了一個大大的謀殺案！」

楊秀如吃了一驚，默默將那兒歌唸了一遍，隱隱覺得陰森古怪，但又說不出怪在哪裡，低頭思索。

張玉笑道：「妳便是想上三天三夜，也未必能想得出來。我現在就給妳解了出來吧。」一邊走過去坐在那條長椅上。

楊秀如慢慢地踱了過來，坐在張玉旁邊，一邊嘀咕道：「大狗兒生病了，二狗兒便過來瞧瞧，託了三狗兒去採藥，買回來以後四狗兒來為大狗兒熬藥，這幾句還好解。然後五狗兒呢卻死了，這是為什麼呢？六狗兒為什麼也死了？真是奇哉怪也！」

張玉道：「剛才已經告訴了妳，這是一個謀殺案，謀殺之事，狗兒們自然是不會幹的，能夠幹這件事的自然是咱們這些萬物之靈的人。所以，咱們要想解開這個兒歌，先得把這十隻狗兒變成人才好。」

楊秀如聽了，低聲唱道：「老大生病老二瞧，老三採藥老四熬，老五西行老六殆，老七挖坑老八栽，老九悲哭老十問，老五老六不回來。」不覺渾身毛骨悚然。問道：「老五是怎麼死的？這其中誰又是兇手？」

張玉道：「我們且來一步步的分析。既然是人類社會，自然有尊卑貴賤之分。這十個人當中，地位最高的當然是老大，老大既然病了，其餘眾人就一定會不惜一切代價為他治病。兒歌中治病產生的唯一結果是——老五突然死了，所以很明顯，老五老六就是因為老大治病的事兒而死的。」

楊秀如道：「那麼這個謀殺案便是老大殺了老五。」

張玉笑道：「若是真的這麼簡單，這個兒歌也就沒有什麼稀奇了。老五老六雖是因老大治病而死，可是這十人當中為什麼偏偏是老五老六去死而不是其他人呢？」

楊秀如驚恐道：「為什麼？」

張玉道：「因為決定誰要去死的是老二！老大的病是老二去瞧的，因此開出藥方之人，也就是出主意的人是老二，他決定了誰必須去死！」

楊秀如舒了口氣，道：「噢！原來老二才是幕後真正的兇手！」

張玉搖頭道：「可是老二並沒有動手去殺人，真正出手殺人的是負責採藥的老三。老三要採的藥便是老五的性命！」

楊秀如道：「嗯，老二藏在幕後，雖然沒有親手殺人，可是要論主凶也還應該是他！」

張玉又搖頭道：「也未必見得。老二雖然陰毒，但是幕後主使卻是另有其人。這首兒歌後面又唱道老四熬藥，老三買藥既然已經把老五老六殺了，所謂的老四熬藥便應當是這起兇殺案的善後處理。」

楊秀如睜大了眼，胸口起伏，顯是十分緊張，道：「老七挖坑，便是他也做了幫兇，幫著把老五、老六埋掉了？老八栽，又是什麼意思？」

張玉道：「老四所熬之藥，便是指老七挖坑埋人之事。如此看來，老七是在老四的指揮之下動手挖坑埋人的，老四的地位當又在老七之上。老八栽卻是另有原因。」

楊秀如問道：「那後來的老九為什麼要哭呢？自然是在哭老五了？」

張玉道：「太太說得對！這其中有的殺人，有的出主意，有的做幫兇，老九自然不會哭這些人。老九所哭的，一定是被眾人一同蓄謀殺害了的老五老六。」

楊秀如驚嘆道：「好可怕！兒歌中還有一個老十，又是怎麼回事？好像和其他人沒有什麼關係。」

張玉神祕道：「太太這個問題問得至關重要！既然沒有老十什麼事兒，為什麼也要寫進兒歌之中呢？不！老十才是整個案件真正的主謀！」

楊秀如隱隱覺得汗毛直豎。

張玉道：「老十既沒有權位，又沒有力氣，但他才是最為聰明之人，他熟知前九個人的性格特點，算定了整個事件從發生到結束的過程，知道只要老大生病之事一經啟動，就必然會發生老五老六死亡的後果。因此，是因為老十的發動，才導致了整個謀殺案！」

楊秀如呼吸急促，眼神中透出絲絲恐懼，道：「原來還有如此的深意！」

張玉神祕道：「這個兒歌的深意遠遠不止於此！後來一個特殊的機緣，我方才得知，原來這個兒歌所描述的故事竟然是真有其事！是一個關於家庭財產繼承的案件。」

楊秀如聽說是關於財產繼承的事兒，睜大了眼睛道：「這個兒歌真有其事？你快些說來聽聽！」

張玉道：「可是今天時間已經不早了，我還要回家去整理一些文件……。」

楊秀如急道：「現在剛十一點鐘，說完了再走不遲！」

張玉低聲道：「此事隱祕，切切不可向旁人說起！」

楊秀如道：「這個是自然的。」

張玉道：「那好吧！我便講給妳聽。那是發生在清朝光緒年間保定府的一件事。那裡有一戶人家，家中有一個老太爺，兩個兒子，兩個兒媳，兩個兒子又各生了一個獨生兒子。家裡還雇了一個管家和兩個保姆。」

楊秀如道：「唔！算來正好是十個人，就是那十個狗兒了！」

張玉道：「正是！有一天，他們家中的老太爺忽然生病了，臥床不起……。」

楊秀如道：「這老太爺在家中地位最尊，便應該是大狗兒了？」

張玉豎起大拇指道：「對啊！老大、老二見老太爺情況不妙，便想著要分割家產。」

楊秀如向前挪挪身子，側身向著張玉道：「正是！這個時候是該當要分家產了！」

張玉笑了笑，道：「可是老太爺說了，辛勤一世，好不容易攢了些積蓄，按照咱祖上的老理兒，是應該都留給長孫的！」

楊秀如「哼」了一聲，道：「什麼祖上的老理兒，都是些胡說八道！」

張玉道：「可不是嘛！要是依了我看，既是兩個孫子嘛，自然應該是一家一半，公平合理！」

楊秀如道：「正是應該這樣兒！」

張玉惱恨道：「可是那個老太爺死心眼兒不開竅兒，非得要將財產全都留給長孫不可，這一下老二還好說，可把老二媳婦兒給氣壞了！」

楊秀如附和道：「那可不！這事兒攤給了誰都得給氣壞了！」

張玉低聲道：「太太，您道那老二媳婦兒和您一樣慈眉善目吶？她回去就和老二吵了一架，非要把老太爺的財產給搶了過來不可！」

楊秀如身子又向前湊了湊，問道：「那最後搶了過來了嗎？」

張玉道：「那自然是搶了過來了！」用手去逗弄跑過來的阿卷，停住不說。阿卷蹦蹦跳跳，去尋那牛肉袋子。

楊秀如急道：「快說啊！怎麼不說了？」

張玉道：「說完了！財產都搶過來了，老二媳婦兒如願以償了，還說什麼？」

楊秀如跺腳道：「可是怎麼搶過來的呀？你還沒說呢！」

張玉一拍大腿道：「是嗎？我以為全都說完了呢。這會兒我實在是急著回去要趕一個檔出來，不如明天再接著說吧！」起身要走。

楊秀如一把拉住張玉衣袖，急道：「不行！今天我必須要聽完了才行，哪兒有講了半截又停住不講的！」

張玉無奈，道：「真是拿妳這位太太沒辦法。剛才說到哪兒了？」

楊秀如道：「說到二兒子媳婦兒兩口子吵了一架。」

張玉：「對。兩口子吵了一架，老二媳婦兒便想出了一條妙計。」一邊拿出一條牛肉條，遠遠地拋了出去。阿卷見了，飛也似地向牛肉條跑去，誰知黛比也同時趕到，兩隻狗一齊咬住肉條，互相撕搶。

楊秀如目光炯炯，問道：「是個什麼妙計？」

張玉道：「他們兩個買通了管家，讓管家去給老太爺說，請了高僧問過了，太爺的病必得讓長孫到某某寺中去做太爺的替身出家，每日誦經唸佛，滿了一年才能治得好。」

楊秀如拍手道：「這個管家便是二狗兒！」

張玉笑道：「太太真是聰明！那老太爺聽了，便把老大找來，讓大孫子去某某寺中替太爺出家。老大聽了，雖然心中不願意，但又怕失了太爺的歡心，便再也分不到財產……。」

楊秀如道：「老大哪裡是為了孝敬太爺，就是為了貪財！」

張玉道：「正如太太所想的一樣！老大果然便託人安排兒子去某某寺中出家。老二怕詭計被人戳穿，讓自己兒子和兩個保姆也都去寺中照顧老大兒子的生活起居，說是要孝順老太爺，老太爺聽了也自然高興。過了幾天，老二化了妝，扮成一個僧人，混進那座寺廟，找機會給老大的兒子下了毒藥，把老大的兒子給毒死了。誰知道那天老大忽然擔心兒子吃住不好，也在這當口趕了過來，正好撞見。老二一不做二不休，當胸一刀，將老大也給殺了。」

楊秀如雙目神采奕奕，喜悅無比，道：「那老二便是三狗兒，五狗兒是老大的兒子，六狗兒是老大。」

張玉點點頭，道：「老二的兒子見父親殺了人，便指揮著一個保姆挖坑埋人，把兩具屍體埋在地下。」頓了一頓，又道：「另外一個保姆，卻在上面栽了一棵大大的梧桐樹。所以兒歌裡面說『老八栽』。」

楊秀如奇道：「在上面栽梧桐樹是為了什麼？」

張玉道：「若是別人見了地上平白無故的變了新土，自然會懷疑地下是不是會埋了什麼東西，好奇心起，難保不去那裡挖上一挖。若是上面栽上了一棵樹，別人大概就會想，這個地方新挖了一個大坑原來是用來栽樹的。便不會再去挖開來查看。」

楊秀如點點頭，如醍醐灌頂，道：「那麼，四狗兒便是老二兒子，七狗兒、八狗兒自然是那兩個保姆了。」

張玉笑道：「太太聰穎過人，實在是不需要我在這兒班門弄斧了！」

楊秀如道：「還是繼續講完吧。」

張玉道：「後來是大兒子媳婦兒在家中傷心欲絕，哭那死去的丈夫和兒子。」

楊秀如道：「大兒子媳婦兒便是那個九狗兒了。」

張玉道：「對。十狗兒自然是那個老二兒子的媳婦兒了。大兒子媳婦兒雖然心裡明白自己的丈夫、兒子是怎麼死的，可是她只有孤身一人，擔心不能自保，哪裡還敢聲張，只有傷心痛哭，什麼也不敢說出來！這件事最終還是被寺中的一個老和尚給破解了出來，到後來便傳了這麼一首兒歌出來。」

楊秀如舒了一口氣，嘆道：「這其中最厲害的還是老二媳婦兒，她用計謀得了財產，卻深深地隱藏在幕後，其實她才是整個事件的主謀，是殺害了老大兒子的兇手，可是最後卻安然無恙，反而去安慰老大媳婦兒。」

張玉看著她道：「這正是女人的可怕之處。」

楊秀如沉思了一會兒，道：「只不過這個故事中的老太爺恰好生病了，若非如此，這個二兒子媳婦兒便是再有計謀，也是無從下手。可見這事兒也是得有機緣才行。」

張玉道：「那也未必。人本來是不太容易生病的，但若是有人在其中偷偷地做了手腳，便也難保不生病。」

楊秀如驚訝道：「難道還有能夠讓人生病的法子嗎？」

張玉道：「當然有。只是這個東西，就能讓人在不知不覺中手腳顫抖，渾身癱軟，精神失常，就像是生了大病一樣，可是醫生卻不能診出是什麼病。」說著，向著兩個小孩子正在爭搶的玩具汽車一指。

楊秀如驚道：「這個東西怎麼可以？」走過去從孩子們手中將玩具汽車搶了過來，拿在手中擺弄。

張玉笑道：「太太心地仁善，平時自然是不會去關心這些知識的。這個其實是極容易的！」一面將玩具汽車的電池蓋子摳開，將兩節乾電池取了出來，道：「妳只需將這個乾電池用鎚子砸開，就會看見裡面有黑色的東西，這些東西既能讓這輛小汽車動起來，同時也是一種毒藥！它裡面含有一種化學元素，西洋人叫做氯化錳。只需把這些黑色的固體泡在水裡，泡得一個小時左右，讓氯化錳充分地溶解在水裡，然後再把雜質濾掉，用火將這些水燒開，讓大部分水蒸發掉，一直到只剩下一點點水就可以了。太太，這些留下來的水就是炮製好的慢性毒藥了。這些慢性毒藥若是放進水中、酒中，或者菜中，被人喝掉或者吃掉以後，很快便會被身體吸收。這人從此就會得上了一種怪病，手腳顫抖，精神錯亂，再也無法恢復。如果劑量足夠大，也可能會是致命的。」

楊秀如低頭暗暗地記憶了一遍，笑道：「你說得這麼邪乎，我都不敢讓孩子們玩這個玩具車了！」

張玉笑道：「小孩子們玩是絕對不會有問題的，他們可想不出用電池去做毒藥的主意來。」

楊秀如望著兩個孩子，漠然道：「那誰又能保證呢？」

張玉看看表，驚訝道：「這會兒都快十二點了，我必須得回去了！失陪了，太太！」一面起身呼喚阿卷。

楊秀如笑道：「聊了一上午，還不知道你叫什麼名字呢！」

張玉遠遠地答道：「我姓吳，就住在附近，經常在這邊遛狗，咱們慢慢會熟悉的！」

楊秀如看著張玉遠去的背影，笑道：「真是一個有意思的人！」一面低頭擺弄著手中的電動玩具汽車，若有所思。

第三回　走軍營宏業靜養　爆新聞福天遭殃

張玉在家中吃過中飯，聽得院門響，出門一看，原來是黑三。黑三閃進門內，兩人閂了院門。黑三神色興奮，從身上拿出一疊照片，說是果然不出所料，龔福天上午派了大批京師員警廳警員前往「飛龍金店」尋釁滋事，百般刁難，把招牌都給砸了下來，又要進店中去搶奪金玉珠寶。幸好黑月早有準備，命眾黑子及時現身抵擋，終於把對方給擊退了。又和張玉低聲密語了很長時間，才匆匆離去。

黑三走後，張玉換了一身普通的青布衣服，戴了墨鏡，騎了馬，向《大地報》報社馳去。找到了易兒，將黑三所說，上午京師員警廳派遣警員去「飛龍金店」尋釁滋事，砸損招牌之事細細說了，又將那疊照片交給易兒，轉身離去。易兒自回報社斟酌字句，撰寫報導。

張玉撥轉馬頭，徑向吳佩孚軍營而去。到了軍營，向哨兵通報了姓名，哨兵回營請示，不多時，便來人接了張玉進營。

張玉來到郭緒棟營房，也不敲門，直接推門進去。郭緒棟正自躺在床上，拿了那桿象牙煙槍過癮。張玉見了，知道救人的事兒已經十拿九穩了，笑道：「郭大哥，我這邊兒都火燒眉毛了，您老人家好興致！」

郭緒棟也笑道：「都已經火燒眉毛了，那就應當且顧眼下，及時行樂，你又顛顛地跑了來幹什麼？」

張玉道：「我那段哥哥還在你營中扣著呢！我能有您老人家及時行樂的興致嗎？」

郭緒棟道：「段宏業的事兒我已經給辦妥了。吳佩孚聽說你與段宏業也是有知遇之恩的，這次又是為了義氣深重而來，對你也是大大地誇讚了一番，說你是個有情義，敢擔當的好漢子，有心要送你一個人情，將段宏業給放了出去，只是在眾軍面前不好交代。我便替吳佩孚出了一個主意，讓你前來挑戰吳佩孚，不比別的，單比圍棋，賭注就是段宏業，你若是能贏了棋便領了人走。」

張玉喜道：「那敢情好！吳旅長既然肯放，只需稍微的讓我那麼幾個子，我也就馬馬虎虎的贏了。」

郭緒棟撓撓頭，道：「好是好啊！可是吳佩孚沒答應。」

張玉道：「卻是為什麼？」

郭緒棟道：「吳佩孚說，他平生不喜賭博，若是讓人聽說他下棋把段總理的兒子輸了給人，還成何體統！」

張玉笑道：「這倒也是。傳出去總是不大好聽。」

郭緒棟道：「所以啊，放人肯定是要放的，但是怎麼放，還得容我再想上一想。」「吱」的一聲，吸了一口大煙，又入仙境去了。

張玉見郭緒棟推脫，便提出要去見段宏業一面，於是郭緒棟悄悄地帶了張玉來到一處營房。

張玉笑道：「這間營房倒是比哥哥的大了許多。」

郭緒棟笑道：「這哪兒是囚犯，我們這是在供著一個大爺！」示意張玉進去，他自在門外守候。

張玉推門進去，見段宏業正一手拿了一本半舊的《兼山堂弈譜》，一手拿了棋子，獨自在聚精會神地擺棋。

張玉原想段宏業必是一個吊兒郎當的紈褲子弟模樣，不料一見之下，風流瀟灑，竟然頗有清雅脫俗之感。看他在棋盤上落下一子，道：「你倒是在這裡逍遙快樂，可知你父親在家中對你望眼欲穿嗎？」

段宏業聽了，神色不屑，笑道：「他只是醉心權力功名而已，對我們這些家人兒女的事兒，想得也是有限。」

張玉聽了，道：「我受你父親之托，前來救你出去。」

段宏業道：「這幾天我在這裡不得自由，反而能夠好好地靜下心來悔思己過，想我平生豪奢縱慾，無意功名，上無功於國家，下無益於父母，愧對妻兒朋友。此生實在是有如浮雲飛絮，毫無意義。」說罷，一聲長嘆。

張玉心道：「我從記事起便是要奔逃保命，報仇雪恨，實在是忙得緊。卻從來沒有靜下心來想過功名之事，至於人生意義，更是無暇顧及。」當下無言以對。

兩人靜默無語，只聽得段宏業「啪啪」的擺棋之聲。

過了許久，段宏業一局擺完，舒一口氣，道：「你且去吧，我想在這裡再靜些日子。」

張玉再三相商，想請段宏業離開，段宏業執意不肯，又舉起那本《兼山堂弈譜》，將棋子擺了下去。

張玉無奈，起身告辭出去，尋思道：「這事兒怎麼辦才好？看起來倒不是人家不放，是他自己不肯出來。」又轉念想道：「我答應了給段祺瑞救兒子，他才給我辦了這麼一張平政院的證件出來，又答應幫我去尋找喜奎一家。這平政院的證件雖然看起來平平無奇，但董光等人見了，卻比見了親爹親娘還要親上十倍，眼下大恩大仇未報，暫且還用得著。這段祺瑞雖然看起來廉潔奉公，清正無私，但能夠做到一國總理，執掌軍政大權，肚子裡的詭計陰謀手段必定不少，我若是現在就幫他把兒子救了出來，他少不得便會要過河拆橋，收了這張平政院的證件回去，那便大大不妙。嗯，段宏業在這裡雖然不得自由，委屈一點兒，卻正好得以靜心清意，思索人生功過。那吳佩孚當初一念轉錯，將他囚了起來，現在請神容易送神難，也是急的跳腳，處處都將他伺候得妥妥貼貼，救人之事，還是當暫且緩上一緩。」想到這裡，笑著對郭緒棟道：「既是這樣，那就請老哥多多費心，再慢慢地想出一個救人的妙計來，過得幾天我再過來。」轉身上馬，向郭緒棟告別。

郭緒棟心中其實早已有了放人的主意，說要想上一想，只不過是要將張玉唬上一唬，再榨些銀子出來，不想張玉竟然要就此撒手不管，倒是大出意料之外，追在馬屁股後面連忙喊道：「你且回來，再從長計議計議！」只聽得蹄聲得得，張玉已經去得遠了。

張玉策馬疾馳，也不及回家更換衣服，直接到商店買了一套黑西服換上，來到「大福祥」珠寶店。

夥計阿輝見了，早已衝了過來，熱情地挽住張玉的胳膊，道：「吳先生，今天什麼風兒把您給吹來了！」

張玉見阿輝親熱，笑道：「我是無事不登三寶殿！」

阿輝也笑道：「我們是只盼貴客早登門！」

那董光早已看見，也跑了過來，笑道：「吳先生今天好興致，想選點什麼嗎？」

張玉用眼睛看了看阿輝，董光會意，遣阿輝轉去照顧剛進來的幾個客人，帶張玉來到了一個小小的房間之中。

張玉見房間內桌子上擺放了厚厚的一摞帳簿，笑道：「生意不錯啊！」

董光笑道：「俗話說，盛世收古董，亂世藏黃金。如今亂世，古董難賣，黃金又是利潤微薄，生意又怎麼會好啊！」連連搖頭。

張玉低聲道：「我這次來，是想要訂做一件極為貴重的玉器。」

董光知道玉器利潤不菲，若是訂做，利潤更大，心中暗喜，道：「您老想要什麼樣子的玉器？」

張玉低聲道：「你可知道陸子岡？」

那陸子岡是明代嘉靖、萬曆年間的玉雕大家，當時名聞朝野。董光久在珠寶行中，陸子岡之名，如何不知？忙道：「知道！知道！」

張玉道：「上頭兒交代我來採辦一個玉龍，說是曾見過別人家中有一個玉飛龍，是陸子岡所製。咱們要採辦的這個玉飛龍，便是要將那個陸子岡的玉飛龍原樣放大十倍，不怕價錢貴，你看怎麼樣？能辦到嗎？」說著拿出一張圖樣。

董光咋舌道：「陸子岡的玉器製作規整清雅，線條流暢，琢磨細緻，故而價格極高。咱們若是要用上好的和田羊脂玉雕刻，再去請了北京城最好的玉雕師傅，這個大玉飛龍做下來，只怕是價格太高啊！」眼見這樁生意太大，只怕是自己吃不下，只好頻頻搖頭，深為惋惜。

張玉道：「這大玉飛龍做下來，大概要多少黃金？」

董光伸出手指，道：「至少要三百斤黃金！這個大活兒小店只怕是消受不起啊！您老這活兒是政府的採辦，一定是要先拿貨，後給錢的吧？我哪兒能有這麼大的本錢吶，便是把小店兒拆了，也不值得這許多的大洋！還是去找找別家吧！」

張玉道：「我倒是知道有家『玉麒麟』珠寶店，就在王府井，他們店是可以預訂的，我只是覺得他們店有京師員警廳的背景，知道了我買這大玉飛龍，萬一在官場之中傳了開去，豈不是對我們頭兒大大不利？官場之中爾虞我詐，人心叵測，必須要防著些兒個！所以才要來找你。」沉吟片刻，低聲道：「不如這樣，買這玉飛龍的票據憑證都從你這裡走，由你到『玉麒麟』珠寶店去訂做玉飛龍，這樣的話，你既不必占用店裡的資金，還可以從中賺些流水，怎麼樣？」

董光盤算道：「這個買賣夠大，我便只是從中賺取百分之一的利潤，也足夠我吃喝好些日子了，況且又是無本的買賣。」主意打定，向張玉道：「若要從我這裡走賬，我要抽百分之五的利！」話中已給張玉留足了討價還價的餘地。

沒想到張玉一口答應，道：「這個東西是急用的，後天便要用，只要快就行，銀子的事兒都是小事兒！」又低聲道：「你去轉告『玉麒麟』珠寶店的老闆龔福地，就說這個玉飛龍是要派大用場的，馬虎不得，做得好了，我陞官，連他和你也大可有些好處！我的姓名切切要保密，除你之外不可讓旁人知道！」

董光見事關重大，要過張玉的那張平政院的證件，左看右看，確定貨真價實，又在紙上記下了「吳奇業」的姓名官職，喜不自勝，連連應諾。

張玉又留下一塊一斤重的金條，作為定金，與董光簽訂了買賣合同。董光更無疑惑。

於是張玉策馬向「飛龍金店」而去，遠遠看見一幫人圍在王府井大街中央對罵，正是龔福地和黑三等人為了開店之事爭執，互不相讓。一大幫記者拿了相機、本子也擠在其中問東問西。順子在後面搖了一把摺扇，探頭探腦地張望。

黑三向記者講道：「我們店做的是本分生意，我們老闆是地道的北京本地人，剛剛開業，他們『玉麒麟』珠寶店就過來尋釁滋事，讓我們沒法兒做生意，甚至把我們的招牌都給砸了下來！」

一名記者問道：「難道就沒有人管他們嗎？」

黑三委屈道：「他們的後臺老闆是京師員警廳的廳長，叫做龔福天，聽說還有張作霖的股份，誰還敢管？可是普天之下抬不過一個『理』去！段祺瑞總理在自家院子裡見了人家拿來的房契，還二話不說，立馬搬家走人呢，他一個小小的京師員警廳的廳長，卻是這樣的霸道！」

正在爭吵間，忽聽一人大聲喝道：「給老子打！」

張玉看時，見一個滿臉橫肉，留著落腮鬍子的人一臉怒氣，當街大喝。一隊軍警聽了，揮舞警棍，衝進人群。黑三和記者等人見了，四散逃開。軍警也不再追趕。張玉暗暗問旁觀眾人道：「這人是誰？」

一人低聲答道：「這便是員警廳長。」

張玉暗暗記住，撥轉馬頭離去。

將要到家時，看見龔逢春、龔逢夏兄弟兩個正在街心跑著玩耍，保姆陳枝媽在遠處織著一件毛衣。

張玉走近，龔逢春先將張玉認了出來，叫道：「我孃孃說我們的小汽車是你家的狗給咬壞的，你得賠我的小汽車！」

張玉心道：「這楊秀如可惡，自己取出小汽車中的電池去做了毒藥，卻又倒打一耙，編了這個謊話來騙孩子。」笑道：「這可不是惡人先告狀嗎？我家的狗幾時又咬著你的小汽車了？」

龔逢夏跑來道：「我親眼看見你家的狗把小汽車咬壞的！」說著，便一腳踢向馬腿。

張玉怕馬兒吃驚踢到龔逢夏，連忙一把將馬帶開。笑道：「那好辦！那邊就有一個玩具店，我帶你們再去買一個怎麼樣？你們要給坐在那邊的大人說一下嗎？」見這龔逢夏小小年紀，竟然謊話連篇，為了一己之私去攀誣陷害一隻不會說話的狗，不由得心生厭惡。

龔逢春道：「不用，她就是一個老媽子！」

兩人見張玉跳下馬來，一把扯住張玉的褲子，到玩具店裡去買玩具。兩人將店裡所有的玩具都擺弄了一遍，卻又不要小汽車了，龔逢春選了一個電動火車，龔逢夏選了一個小布娃娃，跑了出來到處亂扔亂摔。

張玉自回家中，躺在床上，感覺渾身疲累不堪，過不多時，沉沉睡去。夢中見父母、姥爺、姥姥、老張頭兒兩口子都來哭訴當年所受的冤屈，涕淚橫流，張玉想細細看清楚幾人的相貌，無奈到處是黑煙繚繞，無論如何也看不清楚。後來喜奎夫婦帶了孩子也來了，哭訴這麼多年在獄中所受的折磨。幾個人正圍著張玉哭訴不休，龔陰業帶許多人追趕了過來，手裡拿著棍棒，牽著惡犬，前來撲打撕咬，喊聲震天，哭聲動地，好不悽慘！忽然聽得天空炸雷，風聲大作，一道閃電擊在身旁一頭惡犬身上，爆起一團烈火，不由得驚出一身冷汗，醒了過來。睜眼看見屋中窗戶被風吹了開來，「砰砰呯呯」地亂響，坐起身來，擦擦額頭冷汗，兀自驚魂未定。

忽聽院外有人敲門，張玉整整衣服，打開院門一看，原來是鄭貴來了。

鄭貴穿了一身便服，手裡還拿著一個包袱，見了張玉，笑道：「果然不出你小子所料，那龔陰業得了一種怪病，手腳顫抖不止，今天特地請了我過來祈禱。」說著揚起手中的包袱，笑道：「我從他們家出來，便換了衣服，尋到你這裡來了。」又道：「也是這老傢伙平生作惡多端，命裡當絕。祈禱之後又向我求取祛病之法，我便照你的吩咐，說你這病來得古怪，當去蘆芽山進寶寺中出家，那裡有一位高僧，叫做進寶法師，神通廣大，或者能治得好你這怪病。」

張玉聽了大喜，連忙請鄭貴進家。道：「我也沒想到事情會這樣順利。上次你告訴我龔陰業每天都到西什庫教堂去，我便想出了這個法子。原本是想悄悄地趁著龔陰業家的保姆到白魁老號買飯之時伺機下毒，不料昨天遇見了他家二兒子媳婦兒，幾番交談下來，倒是多了一個替我辦事的幫手。這樣看來，去進寶寺出家的，也許會是他的長孫龔逢春。」便將昨天遇見楊秀如解說兒歌的事情說了一遍。

鄭貴道：「真是天賜良機，進寶寺又有一場好戲要看了。」

兩人又聊些易兒的事兒。鄭貴一生未婚，自己心中唯一的親人就是這個寶貝的義女。傍晚易兒下班回來，見了鄭貴，也是大為喜悅，張玉下廚做了許多菜，又去買了燒羊肉回來，留鄭貴在家中吃飯。

正熱鬧間，忽見黑月徑自走來，在桌旁坐下，叫道：「你們幾個好興致！有殺人放火的事兒就來找我，吃這等好酒好肉的時候就把我給忘記了！」

張玉明明記得院門已經門上了，不知黑月是怎麼走了進來的，不由得目瞪口呆。

黑月衝著張玉道：「張玉，再去添副碗筷來，盯著我看些什麼！」

鄭貴笑道：「都這麼大把年紀了，還是這麼頑皮！別把孩子們嚇著了！」向張玉道：「你這位叔叔久做殺人放火的營生，翻牆入戶，如履平地。定是剛才在門外聞到了酒香，饞得急了，不及敲門，就走了進來。」

張玉方才解過神來，忙去準備碗筷。

鄭貴又向黑月道：「人家小倆口兒睡覺的時候，你可不許就這麼門也不敲就闖了進來嚇人！」

黑月一掌向鄭貴拍去，嗔道：「這是神父口中說出來的話嗎！」

鄭貴連忙躲開，叫道：「輕些兒！要出人命了！」

張玉和易兒哈哈大笑。

黑月狠狠地吃了幾大塊羊肉，道：「黑三去探查清楚了，龔福地接下了那個大玉飛龍的生意，連夜四處去找人融資貸款，又請了一個叫做索一刀的高手匠人雕鑿去了。」

張玉問道：「『玉麒麟』珠寶店有多少錢的資金？」

黑月道：「他們手頭的流水大概有二十斤黃金，全店的東西加起來也就一百斤黃金多點兒。你要的這個玉龍，只因利潤大，又不愁要不出錢來，所以他們敢做。」

張玉道：「只要他們貪利敢做就好。」

四人又一齊商議合計。

次日一早《大地報》爆出頭條：「麒麟與飛龍相爭，廳長和平民對峙」，說道「玉麒麟」老闆是京師員警廳廳長龔福天，與「飛龍金店」的老闆小老百姓順子當街相爭，在「飛龍金店」沒有任何違法違紀行為的前提下，利用職務之便出動大批警員砸壞「飛龍金店」的招牌，並且意圖搶劫。

許多人看了報紙，便都到「玉麒麟」珠寶店店前面去探頭探腦的觀望，更有大批的各報記者蜂擁而至，將王府井大街堵得水洩不通。一時間，什麼「玉麒麟」珠寶店仗勢欺人，老闆龔福天身為政府官員又去經營店舖，以公謀私，知法犯法等等，種種輿論鋪天蓋地，譴責「玉麒麟」以大欺小，倚強凌弱，又有人提起應該擁護孫中山先生發起的「護法運動」，恢復國會，抨擊社會不公、制度黑暗、統治無能。京師員警廳外面也圍了許多記者，見有警員出來，便圍追採訪。龔福天躲在家中，也不敢外出露面。

《大地報》早間報紙一出即被搶售一空，連忙加印。到了下午，又加印號外，爆出了新消息，稱「玉麒麟」珠寶店進行借貸詐騙，已然資不抵債。眾多債權人大驚，紛紛前往「玉麒麟」珠寶店催討債務。龔福天、龔福地兄弟資金已全部押在玉飛龍上，本擬短期內能夠周轉回來，不想現在債權人紛紛擠兌，開始時一些小戶還能當即給付大洋，到了後來，只好擺出一副無賴嘴臉，賴帳不還。又遷怒於《大地報》報社，去告《大地報》虛假報導，致使店舖損失。《大地報》報社正愁沒料可爆，如此一來，正中下懷，連篇累牘，開始揭露「玉麒麟」珠寶店道德無良、經營不善、價格虛高、售賣假貨等等內情。結果《大地報》銷量大增，賺得盆滿缽滿，「玉麒麟」珠寶店前人頭攢動，眾人紛紛前來退貨逼債，名聲掃地。

那個大玉飛龍又不能在一日之間便雕了出來，本錢既已投了出去，無法抽回。龔氏兩兄弟坐在家中，愁眉苦臉，眼看著一個經營了數年的牌子，一夜之間，化為烏有。忽聽人報說「大福祥」珠寶店老闆董光求見，兩人一聽，怒從心頭起，一把將董光給揪了進來，怒目而視。董光哆哆嗦嗦，拿出一份《大地報》，兩人見了，怒氣更盛，眼中便要噴出火來。

董光道：「這報紙上說了，如今你們店裡出了大事兒。我要的這玉飛龍的事兒怎麼樣了，受影響嗎？這個可耽誤不得！」

龔福天怒道：「為了你這玉龍，我的店都要關門歇業了！你居然還敢上門催要！」

董光忙糾正道：「不是玉龍，是玉飛龍！那要貨的老闆反覆強調說一定要雕出『飛龍在天』的神采來！」

龔福天壓抑怒氣，心道：「這玉飛龍得抓緊交貨，只有及時收回貨款，才能脫得此困。」道：「你今天來，就是為了這個事兒嗎？」

董光道：「我與那老闆簽有合同，不能交貨要賠百分之三十的違約金，交貨晚一天要扣罰一千塊大洋。如是你們晚交貨給我，咱們也是這樣一個賠法。」

龔福天聽了，一本帳冊便飛了過去，正中董光額頭，怒道：「我難道不想提前交貨嗎？沒看見我這裡正在焦頭爛額的！」

董光捂著額頭，不敢辯駁，立在當地。

忽然有人闖了進來，跑得上氣不接下氣，喊道：「廳長，不好了！那雕玉龍的索一刀失蹤了，連帶那塊玉石也都不見了！」

龔福天聽了，半響作聲不得。

董光已經一跤坐在地上。

第三三回　龔兄弟籌謀對策　董老闆聽聞妙音

龔福天吼道：「還不快去找！」那人連忙轉身飛奔而去。

龔福天見連日來怪事迭出，暗自思量道：「是誰吃了熊心豹子膽，竟然敢來找京師員警廳廳長的麻煩！嗯！自從對面那個金店開張之後，就連連出事兒，這個金店只怕是來頭兒不善，金店背後的主子又是誰呢？」思索半晌，忽然道：「這『飛龍金店』有鬼！」急急傳了副官進來，細細交代。副官領命而去。

董光便似沒頭蒼蠅般在屋中亂轉，龔福天看得發暈，怒道：「滾！」董光屁滾尿流，神情恍惚，落荒而逃。

龔福地道：「老爺子近幾天生了病，整天疑神疑鬼的，昨天聽了西什庫神父的話，又非得要去山西蘆芽山的進寶寺出家去。他得了這個怪病，再去旅途勞頓幾天，非得要了老命不可！唉！不如還是讓龔逢夏替他出家去吧。」

龔福天正在思索著珠寶店的事兒，聽了龔福地的話，心道：「眼見珠寶店這邊遇到了一個前所未有的強悍對手，而且至今連對手是誰還不知道，只怕生意要黃。以後就只能指著老爺子這點兒財產度日了，眼見老爺子這病來得怪，只怕不好，將來分割遺產的事兒絕不能讓龔福地搶了先去！」

道：「夏兒還小，哪裡能經得住這麼折騰？龔逢春歲數還大些，又是長孫，還是讓他去吧！」

龔福地知道龔福天肚子裡的意思，心中不悅，又不好頂撞，低頭不語。

兩人無話，默默靜坐。一時副官匆匆跑了進來，大聲道：「『飛龍金店』不但人沒了，連店裡的東西也都不翼而飛。我剛派了人去查那個金店老闆順子的底細。」

龔福天聽了，兩手也開始像父親一樣哆嗦起來，結巴道：「快！快！快去查！再把那董光給我捆了過來！」又向龔福地道：「咱們上當了！那個訂做玉飛龍的人是個騙子！」

約莫過了一小時左右，董光被人帶了進來，一臉的驚恐之色。

龔福天怒道：「那個訂貨的人是個什麼人？我們上當了！」

董光聽了，鬆一口氣，笑道：「不會的！他是平政院的官員，有名有姓的！叫做吳奇業。」

正在說話間，外面來報：「吳奇業來訪！」

三人都吃了一驚。龔福天道：「請進來！」

聽得一人在門外笑道：「好一座精緻的院落！」

董光喜道：「聽這聲音正是那個吳奇業！」話音未落，一人走進屋來，正是張玉。

龔福地見了，也喜道：「原來是你！」張玉那天在「玉麒麟」店裡買了二十斤黃金，兩人曾在店裡聊過幾句。

張玉笑道：「正是我啊！我剛才到了董老闆店中，夥計們說董老闆被員警廳的廳長給綁走了。我著急玉飛龍的事兒，急急地趕來看看。沒有什麼事兒吧？能夠按期交貨吧？」又低聲笑道：「這事兒事關重大，上面要得急，我也是中間幫人做事，真是沒辦法！」

龔福天見到了買主，心中鬆了口氣，心道：「這買主看著倒還可靠。只是索一刀和玉石都不知去向，卻是怎麼好？不管他，眼下且先把買主安撫住再說。」心亂如麻，笑道：「吳先生儘管放心，一定按時交貨。」

張玉道：「我盡快去將那邊的款項準備好，爭取在拿到貨後半個月之內付款。」

三人連忙致謝。

張玉又笑道：「聽說『玉麒麟』這邊出了一點小事兒，董老闆也盡力幫幫忙，別耽誤了交貨！晚交一天可是要扣不少大洋的。」

董光連忙點頭。

三人請張玉落座喫茶。張玉說還有別的事兒要忙，告辭走了。

龔福天心頭稍定，道：「只要買主這邊沒事，事情就好辦。現在只好再去想法子借貸一筆錢，重新請人連夜趕製一件，先度過眼前的難關，那玉飛龍賺來的利潤，也可稍微彌補一下丟失這塊玉的損失。然後再慢慢去尋找那索一刀不遲。」又向董光道：「你把店裡的東西都變了現，先來做成這樁生意吧，就算是我借你的。過幾天那吳奇業給了錢，我多返還你一倍。」

董光知道龔福天向來霸道，這錢投出去，能收回本錢來就已經很是知足了，哪裡還敢指望多得，又不敢不借，得罪了員警廳長可不是鬧著玩的，無何奈何，只好答應。暗自後悔自己當初不該貪心不足，接了這麼一個根本無法吃下的硬骨頭，愁眉苦臉，告辭了回去變賣。

董光走後，龔氏兩兄弟又商量派誰去進寶寺出家的事兒，兩人都知道「玉麒麟」珠寶店如此一鬧，信譽已失，再也難以挽回敗局，數年的積蓄，眼看著就要付之流水，都對老爺子的遺產看得極重。龔福天雖然狡詐，奈何龔福地是有預謀而來，兩人便最後議定由龔逢春替爺爺出家，龔福地攜了龔逢夏也同去照應。龔福地心中暗喜。

且說張玉從龔家出來，走不多遠，一人截住去路，道：「釋尊請閣下明天到府中去辨認喜奎和三閨女。」說罷，轉身去了。

張玉大喜，連忙回到家中，細細思索明日見了三姑姑和喜奎之時的情景，又想著讓易兒明天也請了假，和自己同去。晚間好不容易等得易兒回來，和易兒說明了詳細情由，易兒也欣然願往。

易兒又說起回家路上見到「玉麒麟」珠寶店前面人山人海，都在催討借債。「玉麒麟」珠寶店初時還在勉強還債，到了後來，沒有金銀，就開始用玉器抵債，又派人連連向「大福祥」珠寶店催討去了，再到後來，連店裡的奇玩雜物都被抵債了，店中空空如也，沒有拿到東西的債務人群情激奮，揚言要打砸店舖。又說起報社接到爆料，說是「飛龍金店」的老闆順子被京師員警廳的人四處追查，可是居然全家失蹤，連親朋好友也都一齊不見了，於是又有人傳說順子因為和「玉麒麟」珠寶店搶了生意，全家已經全都被殺害了。現在報社正在緊急排版，安排印刷。報社社長連日來報導獨家新聞，財源廣進，聲譽大增，笑得合不攏嘴，對易兒也是另眼相看。

張玉笑道：「我早已料到龔福天必定會出此下策，順子一家和他的親朋好友，都已被黑月轉移到了一個隱祕的所在，安全得很。」

兩人次日一早收拾得齊齊整整，一同來到段祺瑞府上。段祺瑞不在家，留有專人負責接待他們兩個。

負責接待的那人姓呂，叫小五，說道：「我查遍了全國各地的戶籍，叫做喜奎的，不論是張喜奎，還是王喜奎，或者姓喜叫奎的，如果都算上，共計是一千兩百九十七人，叫做三閨女的，共計是一萬六千七百三十二人。這其中喜奎與三閨女曾是夫婦關係的，共有三百六十人。喜奎與三閨女夫婦共同育有一個兒子的，共有一百一十人。這一百一十人今天全部都請了來，現在後面院中相候。」

張玉和易兒聽了，面面相覷，哭笑不得。

呂小五又道：「我對這一百多人說，有一個貴人做了一個夢，夢中被喜奎、三閨女夫婦相救，想要當面致謝，到者每人發十塊大洋。內中只有一人不願意來，少不得也被我強給捆了過來。咱們可得事先說好，段總理是沒有大洋的，這發給每人的十塊大洋，可是要你們兩位來出的！」

張玉聽了忙道：「這是自然的！這捆著的只怕便是我的恩人也未可知，快帶我去看看！」

三人來到後院，只見黑壓壓一片人群，正在爭吵不休。

有的說：「大老遠的把咱們請了來，竟然是因為一個夢！說好了要給大洋的，大洋又在哪裡？」有的說：「做你的清秋大夢吧！官家的話兒你也當真？能留得一條小命兒回去，你就當祖上積了德吧！」

張玉看看沒頭緒，道：「先看看那個捆著的喜奎再說吧！」

呂小五便拽過來一個人，三十多歲年紀，頭髮蓬亂，口中兀自喊道：「還有沒有王法！」

張玉看著年紀也不像，問道：「你可認識張志遠嗎？」

那人道：「什麼張志遠、張志近，老子不認識！」

張玉笑著搖頭，取出十塊大洋，遞給那人，道：「不是的，放了他走吧！」

那人愣了一愣，一把拿過大洋，半信半疑地走了。

眾人見了，一齊都擁了過來，紛紛討要大洋。

張玉便又問誰曾認得張志遠，眾人有說認識的，有說不認識的，都伸了手來索要大洋。

張玉便把說認得張志遠的人留下，餘下的紛紛給了大洋遣散。還剩有五對夫婦。

張玉便又問誰認得趙雅秋、老張頭兒。有四對兒夫婦都說不識，張玉便又每人二十塊大洋送走。留下的一對兒夫婦卻說認識。

張玉見那對兒夫婦五十來歲年紀，心想這多半便是當年救了自己的喜奎夫婦了，心中頓起親近之感。

忽聽易兒問道：「我們要找的喜奎雖然家在保定，祖籍卻是邯鄲的，不知你們兩位祖籍是哪裡的？」

那喜奎答道：「我們的祖籍正是邯鄲，只是在很多年之前就遷到保定了。」

易兒看了張玉一眼，心道：「這傢伙倒是圓滑的很！」又問道：「有一個壞小子，叫做張玉，你們可認識嗎？」

那喜奎道：「怎麼不認識？張玉那小子真是三天不打，上房揭瓦！」

易兒笑道：「他現今怎樣了？娶了媳婦了嗎？」

那喜奎瞪大了眼睛道：「這樣的壞小子怎麼會有人跟他？」

易兒笑道：「可是我偏偏聽說有人跟了他呢！」

那喜奎也笑道：「誰說不是呢！你說這什麼人就是什麼命！」又搖搖頭，道：「俗話說：男人不壞，女人不愛。真是千真萬確的！」

張玉聽了易兒發問，已知這喜奎定是見了剛才越是留在後面的人，給的大洋便越多，心想自己若是能留在最後，必能發上一筆大大的橫財，是故始終順著易兒的問話敷衍。

易兒笑道：「世上為了胡混些銀子的壞人可真是不少！」

那喜奎道：「可不是嘛！那個壞小子就是這樣一個胡混銀子的人！」

張玉看著那喜奎偌大年紀，一副混賴的模樣，心中大失所望，拿出五塊大洋，遞給那喜奎道：「前面的喜奎們把大洋都領走了，現今只剩得五塊了，你拿了去吧！」

那喜奎見了，臉上頓時變色，怒道：「你做事怎麼可以這樣不公平？」和他的夫人三閨女一齊大喊大叫，糾纏不休。

易兒低聲向兩人道：「你們兩個若真是要找的那對夫婦，是要被抓起來殺頭的！」

兩人聽了，一齊住口。只是看看手中的五塊大洋，實在是心有不甘，欲要再去糾纏，又是不敢，漲紅了臉，垂頭而立，又不想便走。

呂小五見了，喝一聲：「來人！」將那喜奎夫婦連推帶搡，轟了出去。

張玉向易兒笑道：「人生在世，真是無奇不有。也有不願來被捆著請來的，也有不願走被轟著趕走的。」

易兒撇嘴道：「也有閒極無聊，甘願給人家來送大洋的！」

兩人被眾人鬧哄了半晌，沒有找到喜奎、三閨女夫婦，心情沮喪，辭別了呂小五回去。

易兒走在路上，眉頭微鎖，向張玉道：「張玉哥哥！這麼長時間了，我只是跟了你東奔西走的報仇，什麼時候才是個盡頭啊？咱們這一生，難不成就總是這樣東躲西藏的報仇？」

張玉道：「等咱們報了大仇，找到了姑姑三閨女、喜奎一家人，就安頓下來好好地過日子。好不好？」

易兒道：「可是什麼時候才能夠安頓下來？」

張玉道：「咱們盡力而為，總會有那雲開日出的一天！」

易兒低頭不樂，道：「人的一生何其短暫，有些事兒卻是等不得的！你整天便是報仇報仇，咱們自己的日子還怎麼過？」

張玉聽得心中煩躁，道：「那這血海的仇恨，咱們不去報，又有誰會來管？難道看著這些人幹了壞事，殺了咱們的家人，卻還一個個的在這世上逍遙快活？」

易兒道：「就讓他們快活去吧，咱們過咱們的好日子，都平平安安的，豈不是好？」

張玉打從懂事起，便是心心念念地要去報仇雪恨，此時聽了易兒的話，頓覺天下不可思議之語，莫如以此為甚，怒道：「那父母蒙冤，就白白死去了嗎？咱們放過了這些壞人，將來咱們若是又蒙冤而死，又有誰來為咱們伸冤雪恨？」

易兒也怒道：「可是像這樣整天生活在仇恨之中的日子，我也過得夠了！我只想要平平淡淡的生活，和和美美的日子，再也不想過這種擔驚受怕的生活了。我每天都在為你擔驚受怕，看見誰都像是仇家派來要殺人滅口似的。你為了報仇，得罪了那麼多人，難道他們便不會來尋仇嗎？那龔陰業犯了錯，你又去找他兒子、孫子的麻煩幹什麼！」

張玉大怒，吼道：「像龔陰業這樣的惡人，就應當斷子絕孫！」

易兒聽了，咬著嘴唇，道：「你要幹什麼我不管，但是我需要過平靜的生活，這樣的日子，我一天也不想過下去了！」眼睛盯著張玉，眼圈已然紅了。

張玉知道易兒心中的煩惱，低頭沉靜了一會兒，用手攬住易兒的肩頭，安慰道：「且再稍微忍耐些時日，這件事兒就快要辦好了。」

易兒道：「若是沒辦好呢？若是被龔福天發覺，出動軍警四處追捕，咱們又將會葬身何處？」

張玉咬牙道：「若是那樣，妳可願意陪我一起去嗎？」

易兒低頭道：「原來是願意的，可是現下不願意了！」

張玉心頭大怒，道：「好！那也隨妳。妳若是怕苦怕危險，盡可以找個地方躲了起來，我看藏在妳義父的教堂裡倒是還安全些。」

易兒抬眼盯著張玉，道：「我安全了，你呢？你也能安全脫身嗎？」

張玉強忍怒氣，道：「我有七分的把握報仇，剩下的三分就要看龔家人的造化了。他們一家人若是心如蛇蠍，那便死得快些。若都是好心腸，那麼我的計策只怕就要落空了。至於能不能全身而退，我也沒有想過！」

易兒嘆一口氣，默默不語。

張玉道：「那我現在就把妳送到西什庫教堂去。」

易兒點點頭，「哇」地一聲哭了出來，撲在張玉懷裡，哽咽道：「你也要好好地活著回來找我！」

張玉心道：「妳貪生怕險，說這些話又管得什麼用？」推開易兒，道：「走吧！」

易兒欲言又止，終於隨了張玉向西什庫教堂走去。

張玉將易兒託付給鄭貴照看，隻身一人，回到鐵獅子胡同，正走之間，忽然聽有人在後面叫道：「先生！今日好悠閒！」

張玉定睛一看，原來是楊秀如，笑道：「閒來無事，四處走走，解解悶兒。」

楊秀如道：「今天沒有帶了阿卷出來？」

張玉道：「阿卷太過淘氣，在家裡闖了禍，正關禁閉呢。」

楊秀如笑道：「我們家黛比也是會常常闖些禍出來，這些小東西有時候是招人疼，有時候又讓人恨得牙根發癢，真是沒辦法！」

張玉笑道：「可不是嘛！我若是恨極了，便給它們也吃些毒水兒，讓它們跑不動，也就老實了。」

楊秀如笑道：「你說話可真有意思，你上次說用電池便能做出毒水兒來，真的有那麼厲害嗎？」

張玉心道：「妳明明已經試過了，卻來問我。」笑道：「我也就聽人那麼一說，還真沒有試過，想必是厲害吧。」

楊秀如笑道：「你說得那些毒水兒，做起來怪麻煩的。要說是立竿見影，還得是老百姓常說的砒霜。」

張玉聽了，笑道：「這砒霜可是古今通用，老少咸宜。聽說光緒爺兒也是被人用砒霜給毒死的，不知道是真是假。」

楊秀如道：「那必是真的！光緒爺兒死的時候剛剛三十八歲，他整天架在宮中養尊處優的，怎麼會說死就死了？」

張玉低聲道：「可不是嗎？但是毒殺皇帝可不是一件容易的事兒，他們的下毒之法，又自不同……。」

忽聽遠處有人喊道：「二奶奶！不好了，大少爺突然在家中死了，大爺和二爺都打起來了！」

張玉看時，正是龔家的保姆陳枝媽。

楊秀如臉上先是一驚，又是一喜，轉而又低頭疑惑起來，連忙起身向張玉道：「吳先生改天聊，我且先回去看看去！」跟著那陳枝媽一溜煙跑了回去。

張玉心道：「原以為他們會在進寶寺中動手，特地囑咐姥爺在那裡安排機關，不想他們性急，竟然在家中便動起手來。」又想道：「也不知是鹿死誰手，我須先到董光那裡走一趟。」也不及回家，急急向「大福祥」珠寶店走去。

到得門前，「大福祥」珠寶店已然上了半邊門板，店內也只剩下了兩個夥計。阿輝見了張玉，一個箭步便跳了出來，喊道：「吳先生，您老可算來了，我們董老闆可都要給愁死了！」

張玉呵呵笑道：「風和日麗，鶯飛燕舞，正是昇平盛世，董老闆又哪裡來的什麼愁楚？喲！近來生意不錯啊！貨都賣空了！」走進店裡，指著店內空空如也的貨櫃，驚訝不已。

董光早已從裡面房間飛了出來，一把抓住張玉，道：「吳先生來得正好，可要把我給救上一救！」

張玉驚訝道：「你這活得好好的，又要我救些什麼？真是豈有此理！」

董光愁容滿面，哭喪道：「您老這樁生意太大，我當初貪利接了下來，卻是實在吃不住，去找『玉麒麟』合作，沒成想『玉麒麟』最近經營不善，慘遭股東擠兌，就連雕刻的匠人也都失蹤了不見，真是屋漏偏逢連夜雨，船遲又遇打頭風！如今我這店也都把東西賤賣了，實在不行，連這店面也都要盤了出去！只好等您老的貨款到了，再贖回來重新開張了。」眼淚便止不住流了下來。

張玉心中恨道：「打罵乞丐之時的盛氣凌人之氣哪裡去了？忘恩負義、落井下石之時的鮮廉寡恥之態哪裡去了？這時候又在這裡哭哭啼啼！」驚訝道：「哎呀董老闆！你怎麼不早說呢！我也好提前給上頭兒打個招呼，現如今可怎麼辦才好？這又不是一筆小錢，你便是現在把貨交給了我，我回去辦理手續，等到款項撥下來，至少也得要半個多月的時間啊！」

董光眼淚流得更多，一跤坐在地上，萎頓不堪。

張玉見了董光的可憐模樣，幾乎便要軟下心來，心道：「若非早知道他的為人，這時候見了他的模樣，定會上前去幫上一幫。想是當年父親也是見了他這可憐模樣，心中不忍，方才出手援助。如今我已經見識了他的忘恩負義嘴臉，豈能重蹈覆轍？」把心一橫，將董光扶了起來，嘆一口氣，道：「看你這光景，也是著實不易。本想照顧一下你的生意，反而有些弄巧成拙了。」又想了一想，左右看看沒人，向董光道：「不如這樣吧。我的頭兒訂做這玉飛龍，也只是預作準備，離著實際使用的時間還有些時日。你便先開了票據給我，我回去提前走過手續，早些得了錢給你，你再去催那玉飛龍不遲。」頓了一頓，又道：「只是這樣我擔的干係實在太大，唉！」

董光聽了，矍然而起，知道張玉所說的「擔的干係實在太大」之語便是存心索要賄賂，心中大喜，思忖道：「他既肯索賄，便能夠辦事！只要是先把錢給了我，便相當於我是先得了利頭兒再去付出本錢，豈不是空手套白狼？」一把抓住張玉手腕，痛哭道：「吳先生救我！吳先生救我！」哭了半晌，漸漸止了哭，向張玉下跪道：「吳先生若能先把公家的錢兌了出來給我，我讓吳先生六個點，另外孝敬您老一千塊大洋，是不算在貨款之內的。」

張玉見了他這副無賴諛媚的模樣，心中冷哼一聲，面上卻笑道：「董老闆太客氣了，便是這樣吧，事已至此，又有什麼法子。」又道：「那現在你便去開了票據吧，我今天回去就馬上辦理。」

又低聲道：「此事必要保密，傳了出去，我丟了飯碗不說，你這筆貨款可就再也拿不到手了！」

董光大喜，連連答應，跑去開具票據，沒成想跑得急了，額頭一下子撞在了門框上，「砰」地一聲響，自語道：「沒事兒，沒事兒！」兩手哆哩哆嗦，去桌上摸索紙墨。

張玉也不去看他，過了許久，董光從屋裡走了出來，雙手擎了一張紙，躬身遞給張玉，道：「貨款共是三百斤黃金，我票據上寫了三百五十斤，這五十斤黃金您老得四十斤，我和『玉麒麟』各得五斤。」

張玉笑而不語，一把接過，心道：「這玉飛龍做下來，他們在其中大加倒鬼，也就頂多是一百多斤黃金的本錢，從中當可淨賺二百斤黃金，分了四十斤黃金給我，卻還要來我這裡賣好！」笑道：「董老闆好算計！你還是將這其中的利頭兒分成和本錢另外寫一張紙條給我好些兒，以後也好有個見證。」

董光想想倒也在理，眼下拿回貨款是頭等大事，這等細枝末節的票據也顧不得許多了，當下依言寫好，遞給張玉。

張玉收好票據，道：「候著我的消息吧。」轉身出去。

阿輝早已叫了一輛人力車在旁相候。

第三四回　中奸計身遭險境　遇恩人絕處逢生

張玉回到家中，換了便服，將那個木盒拿了出來，站在窗前撫摸良久，深吸一口氣，牽了阿卷，溜溜達達地走了出來。不知不覺，已經來到了龔家門口。側耳細聽，院子裡寂靜無聲，心道：「想是龔家兩兄弟的架已然打完了，也不知道是誰贏了誰？接下來該當怎麼辦，倒是需要好好的想上一想。」

正在低頭思索，忽聽阿卷「嗚嗚」低吼，突然間院門大開，一個女人披頭散髮，衝了出來，見了張玉，一把揪住，喊道：「都死了！都死了！」

張玉吃了一驚，急忙看時，原來是楊秀如，問道：「什麼都死了？」

楊秀如眼神渙散，哭道：「大的、小的，都死了！」

張玉問道：「什麼大的小的，妳說清楚些！」

楊秀如忽然微笑道：「龔逢夏，你原來在這裡，媽媽找得你好苦！你的頭上怎麼全是血？誰打了你？你說啊！你告訴媽媽，媽媽去殺了他！媽媽會配製一種毒藥，讓他喝下去，便會殺了他！你告訴媽媽，誰打了你？」一把抱住阿卷，憐愛無限，歇斯底里地大喊。

張玉見了，知道她的兒子龔逢夏必是已被打死，她情急之下，竟然瘋了。忽見保姆陳枝媽也從院裡跑了出來，臉色蒼白，失魂落魄。見了楊秀如，慘呼一聲：「二奶奶！」聲音嘶啞，跑了過來。

楊秀如見了陳枝媽，又是一把揪住，喊道：「是妳殺死了龔逢夏！妳這壞蛋，妳為什麼要殺死我的兒子！」

陳枝媽面如土色，慌道：「是大爺殺死的，二奶奶也親眼看見了的！不是我殺的！」

楊秀如怒道：「你就是龔福天，還想騙我！妳說！妳為什麼要殺死我的兒子！」

陳枝媽知是楊秀如瘋了，漠然地看著她，道：「二奶奶！妳怎麼變成這樣了！」眼神怔忪，又見張玉在旁邊，自語道：「這幾天家裡總是奇奇怪怪的，先是床上病了一個，今天這才一下午的功夫，就死了四口人，還瘋了一個。這以後的日子可怎麼過呀……。」嗚嗚咽咽地哭了起來。

張玉見楊秀如四處亂跑亂撞，逢人便說殺了兒子的事兒，皺皺眉，向陳枝媽道：「我進去看看可好？這好好的一家人怎麼會這樣？」

陳枝媽正沒主意處，聽了張玉這話，忙道：「先生快些幫我拿個主意吧！定是這個女人心毒，殺了這許多人，可不關我的事兒！」哆哆嗦嗦，當先進門。

張玉進到院內，只見龔逢春臉色烏青，仰面倒在花壇邊上，看面色定是中毒而死。那白色的西施狗黛比口吐鮮血，也倒在一旁。走進屋門，一股血腥氣撲鼻而來，三具屍體堆在屋角。走近細看，龔福天雙腿外翻，必是已經骨折，趴在地上，手裡拿了一把手槍，後腦一片血肉模糊，一把紅木椅子倒在地上。龔福地也是趴在地下，背上兩個槍眼兒，鮮血流了一地，尚且未乾，身下緊緊地抱著龔迎夏。龔迎夏胸部中槍，一動不動。阿卷跑過來，在幾人身上東聞西嗅，張玉便把阿卷牽到了院子裡。

張玉心道：「必是龔福地毒殺龔逢春時，被龔福天發現了，兩人扭打起來，龔福地先是打壞了龔福天的雙腿，龔福天行走不得，不知從哪裡拿到了一把手槍，開槍去打龔逢夏，龔福地忙趕去搶兒子，結果兒子沒搶到，自己也被打死了。適逢楊秀如被陳枝媽叫了回來，龔福天許是痛暈了過去，無力開槍，竟然被楊秀如用木頭椅子砸死了。」

看著這一地的屍體，張玉心中也是慘然，問道：「龔陰業呢？在哪裡？」

陳枝媽奇道：「先生怎麼會知道我家老爺的姓名？」

張玉面色木然，咧嘴一笑，道：「久聞大名，如雷貫耳！」

陳枝媽知道老爺一生為官，這人聽說過老爺姓名倒是也不足為奇，便道：「在裡間屋裡。」

張玉背負著雙手，走了進去。

屋內床上躺著一人，面容消瘦，臉色蒼白，一雙小眼卻是精光逼人，見張玉走了進來，便目不轉睛地盯著張玉。

張玉衝那人笑笑，道：「你便是龔陰業吧？」

那人以手撐床，哆哆嗦嗦地幾次想要坐起來，卻總是在將要坐起的那一瞬間重新又倒了下去。

張玉走過去，輕輕地把他扶了起來，將被子墊在身後。

那人喘息一陣，道：「我正是龔陰業，你是何人？」

張玉道：「屋子外面發生的事兒，你都知道吧？」

龔陰業眼中流下淚來，用手背拭去，道：「知道。」

張玉道：「我讓人去叫了員警來吧。」

龔陰業道：「不必！那些員警能管得些什麼用？徒然添亂而已。」

張玉道：「出了這麼大的事兒，你竟然不讓員警來看一下嗎？」

龔陰業道：「你幫我把外面的保姆陳枝媽叫來。」

張玉依言去叫了陳枝媽進來。

龔陰業向陳枝媽道：「妳去把院門閂上，把這個屋子的門也關上，妳便待在外屋，叫妳時再進來。我想和這位先生聊上幾句。」

陳枝媽答應一聲，出去時輕輕將屋門關上，待了一會兒，聽得外面院門「哐噹」一聲，想是院門也已經閂上了。

龔陰業示意張玉坐下，森然道：「先生設計殺我一家四口，為什麼要這麼做？」

張玉聽了，吃了一驚，結巴道：「什麼……什麼？」

龔陰業微微一笑，道：「我的家中出了這樣的慘事，便是至親至近的親朋好友，也是唯恐避之不及，而先生卻沒有絲毫避諱，偏偏在此時現身，見了滿屋的屍體，居然一點兒也不驚懼，所為何故，自是不言自明瞭！」

張玉渾身冷汗涔涔而下，心道：「此人老謀深算，怪不得當年父親會栽在他的手裡。幸好他如今已老，精力衰退，已然不是我的對手了。」道：「你所料不錯，我今天來，只是為了來看看你，屋外的幾具屍體，只因了是你的血脈，方才斃命。」說罷，冷眼看著龔陰業。

龔陰業雖然早已修煉得寵辱不驚，聽了這話，也是忍不住狂怒，握起拳頭，便要走下床來和張玉拚命，奈何身體已不聽使喚，挪動不得。

張玉漠然道：「你已身中慢性毒藥，忍著些兒怒氣，或許還能多活些時日。」

龔陰業喘息半晌，氣息漸平，雙目怒視張玉，道：「你是誰？想要怎樣？我可曾得罪於你嗎？」

張玉不答，待了一會兒，忽然厲聲說道：「屋外的四具屍體，都是被你殺死的！你招也不招？」

龔陰業聽了，愣了半晌，哈哈大笑，道：「我殺死了自己的兒子自己的孫子？哈哈！笑話！哈哈！」話音未落，忽覺頭上、臉上、身上劇痛，卻是張玉解下腰間皮帶，沒頭沒臉地抽了過來。

張玉喝道：「明明是你所殺，還敢抵賴！」

龔陰業見不是頭兒，忙大喊道：「且住！我招便是！他們全都是我殺的。」

張玉住了手，冷笑道：「你招得倒快！」

龔陰業嘆道：「人在失勢的時候，嘴硬又有什麼用，不過多吃些苦頭罷了！」

張玉道：「若你在得勢的時候，多多積些陰德，便不會吃今天這些苦頭了。」

龔陰業道：「你不必繞彎子了，直說吧，你的父親是誰？」他見張玉年紀輕輕，定然不至於和自己結仇。

張玉道：「許多年前，我的父親也曾被你這般毒打，最後屈打成招，送了性命！那可是我全家六口人的性命！」

龔陰業笑道：「我為官一生，在我手下屈打成招的人不計其數，我又怎麼能記得了許多？他叫做什麼名字？」

張玉道：「張志遠。你可記得嗎？」

龔陰業想了半晌，搖頭道：「不記得了。他是幹什麼的？」

張玉大怒，掄起皮帶，又抽了上去，喝道：「你一生作惡多端，自然不容易記起來了。你可還記得這個木頭盒子嗎？」說罷，將那個木盒拿了過來，放在龔陰業眼前。

龔陰業拍腿道：「我記起來了，那個木匠好像是叫做張志遠！哼哼！你就是那個張木匠的兒子，叫做張玉吧？當年我曾經四處通緝你，沒想到竟然被你躲了過去！事隔多年，致有今日之事。不過你父親之死，也並非我一人之錯。」

張玉道：「自然並非你一人之錯。張良平、劉孟達已經被我處死了。」

龔陰業身體大震，小眼凝視著張玉，道：「這兩人也都是極為厲害的人物，你是怎麼殺死他們的？」

張玉道：「心中的仇恨深了，殺起人來便也容易些兒。」向著龔陰業道：「你這一生攀誣搆陷，殺人如麻，做事又常常見風使舵，首鼠兩端，惡貫滿盈，我今天殺死了你的兒子、孫子，也不是我一人之錯。他們若不是貪得無厭，心腸歹毒，也不會這般慘死，他們是被自己的貪慾所殺！你恨我嗎？」

龔陰業慘然道：「官場之中，不是你死，便是我活。若是不能隨機應變，巧意逢迎，我又怎麼能夠活到今天？如今遭逢此變，也覺坦然。你說得對，若是我那幾個兒子孫子毫無猜忌貪婪之心，你便是能耐再大百倍，也是毫無下手之處。由此說來，他們也算是咎由自取。」又道：「我為官四十餘載，盡享人間的榮華富貴，如今雖然落得如此下場，死亦無憾！像你父親那樣的小商小販，在我眼中，不過如雞羊一般，殺上幾個，也從沒放在心上。天理迴圈報應，今日之禍，也算是罪有應得。我並不恨你。」說罷，一聲長嘆，道：「你走吧！我想休息一會兒！」兩手顫抖，慢慢滑向床邊，身子也向下躺去。

張玉聽了，心中也是惻然，心道：「我害他老來斷子絕孫，他還能如此寬宏大度，原諒於我，此人心胸倒是著實博大！」轉身欲走，心中又是不忍，從懷中拿出幾千兩銀票，低頭道：「你兩個兒子的珠寶店，已然被我買下了，這些銀票，就留下給你……。」一抬頭，只見眼前一個黑森森的槍管對著自己，大吃一驚。

龔陰業嘴角露出獰笑，喝道：「兩手抱了頭坐在地上！」說著，兩腳下地，坐在床沿，仍用手槍對著張玉。原來龔陰業早已知道來著不善，故意裝得身體虛弱，讓張玉放鬆警惕，待到弄清事體原委後，又故意說些懺悔以往，寬宏大量的言語穩住張玉，使他不即來加害自己，趁張玉轉身之際，便悄悄將藏在被子裡面的手槍拿了出來。

張玉見龔陰業雖然兩手哆嗦，身體卻還行動自如，暗罵自己蠢笨，心道：「他剛才若是當即動手，必然會被我一拳打死，所以他故意做出一副寬宏大量的樣子，讓我生出憐憫之心，好一個精到的算盤！還想要給他銀票，誰知自己才是傻得可憐！方才他根本沒有還手之力，自身尚且不保，又哪裡有資格來原諒於我？」眼見槍口對著自己，只好依言坐在地上，心知這一次只怕在劫難逃。忽聽得阿卷在院中狂吠起來。

龔陰業向屋外喊道：「陳枝媽，妳進來吧！」

屋門響處，陳枝媽走了進來，見了兩人的情狀，笑道：「薑還是老的辣些兒！」

龔陰業笑笑，道：「他剛才說把我兒子的珠寶店買下了，最好還是讓他吐了出來！」

陳枝媽道：「當然最好是吐了出來。」

張玉聽了，哈哈大笑，道：「你這老狗！兒子孫子都死絕了，還想著要貪圖財物。你這偌大一把年紀，要這些錢財何用？」又道：「人生在世，不過是一點血脈。爺爺死了，留得孫子在，子子孫孫傳續，這血脈便永生不滅！我如今殺盡了你的兒子孫子，你的骯髒血脈，從此便不能再留存於世上，為害世人！」

龔陰業怒道：「我現在殺了你，也讓你這一門血脈，從此無影無蹤！」兩手顫抖，便要用力扣動扳機。

陳枝媽連忙攔住，笑道：「老爺息怒！你打死了他，那些珠寶店的財寶可就再也要不回來了。將來你老腿一蹬，離我去了，就憑你手裡的那點子錢，讓你的小兒子喝西北風去呀！」說著用手掐了龔陰業大腿一下，扭動腰肢，嬌媚無限。

龔陰業哈哈大笑，向著張玉道：「你千算萬算，也算不到我還有一支血脈留在世上！你快快將珠寶店還給我，我就饒你不死！」

張玉見了兩人模樣，目瞪口呆，心道：「原來這老賊居然和保姆陳枝媽還養有一個私生子！」尋思道：「沒想到百密一疏，竟然留下了這麼一個禍害種子。我若是此時死了，實在是心有不甘！」

聽得龔陰業笑道：「你苦心孤詣尋我報仇，雖然殺了我兩個兒子兩個孫子，但我畢竟還是留了一點血脈在這世上，而你呢？待會我的槍聲一響，你這一支血脈，只怕就要永訣於世了吧！哈哈！哈哈！你若是能交出珠寶店，我就饒你不死，怎麼樣？」

張玉心道：「這珠寶店的所有外債都已被黑三派人給買了回來，這店就算是我的了。我若是不交給這老賊，現在就得死，若是交給這老賊呢，那便可以死得晚些兒。不如暫且答應下來，只要能夠多活得一刻，也就還有翻身的機會！」主意打定，說道：「好！我交出珠寶店給你，你就放了我一條性命。咱們從今而後，兩不相欠！」

龔陰業心道：「等你交出了珠寶店，我豈能容你多活得一刻！」笑道：「好！我便答應你！」

陳枝媽歡喜道：「等拿到了珠寶店，咱們便把陳小龍從西什庫教堂的學校裡接了出來，讓他到店裡當老闆，歷練歷練！這孩子從小就被同學笑話沒有爸爸，以後可就有了爸爸了！」興奮之情，溢於言表。

龔陰業聽了，皺眉道：「不知是誰給我下了毒，只怕我這命也不長久了。我讓你探查是誰下的毒藥，你也一直沒有查到。」

陳枝媽道：「下毒的人自然會避開了我，我又怎麼能發現？」

龔陰業道：「這下子他們都死了，倒是如了你的願了！」眼神陰冷地看向陳枝媽。

陳枝媽不答，向張玉道：「小子！起來吧！」

張玉站起身來，當先向外走去。

剛出房門，阿卷「呼」地一聲撲了過來。龔陰業一槍射去，正中阿卷前胸。阿卷「砰」地一聲摔在地上，「嗚嗚」哀叫，抽搐不止。

張玉見了，怒發如狂，眼淚已然流了下來，咬咬牙，繼續向前走去。

龔陰業把槍藏在衣服袖子裡舉著，讓陳枝媽攙了胳膊，顫顫巍巍，不斷警告張玉走路不可過快。

三人走過街角，路邊坐著一個乞丐，拿了打狗棍，正在啃著半個饅頭。

三人誰也沒加留意。龔陰業見張玉離得遠了，低聲喝道：「張玉慢些兒，不然我要開槍了！」

張玉便慢了下來，緩步前行。正行之間，忽覺有人將自己一推，站立不穩，向路邊倒去。又聽得龔陰業大叫一聲。忙回頭看時，只見那乞丐已經從地上撿起了那把手槍，笑吟吟地看著自己。

張玉轉念之間，已然明白，定是那乞丐用打狗棍將龔陰業的手槍打去，又同時將自己推開，救了自己一命。只是與這乞丐素不相識，不知他為什麼要冒險相救。

那乞丐手裡拿著手槍，衝著張玉笑道：「張玉，我是你的姑父喜奎！還認得我嗎？」

張玉聽了大喜，將喜奎一把抱住。

喜奎道：「不忙！先解決了他們兩個！他們是誰？為什麼要殺你？」

張玉接過手槍，向著兩人道：「我知道你們還有個兒子叫做陳小龍，在西什庫教堂的學校裡念書。」

陳枝媽聽了，頓時面如土色，向著張玉跪下，道：「先生饒了我兒子一條命吧！」連連磕頭。

張玉道：「我這回饒了那老賊兒子的命，讓他將來找我報仇嗎？」

陳枝媽聽了，漲紅了臉，囁喏道：「我那兒子不是那個老賊的，是……是……」終於忍住了不說。

龔陰業本來正在旁邊思索對策，聽了陳枝媽的話，腦中「嗡」地一聲，問道：「妳說什麼？

不是我的兒子？」

陳枝媽紅了臉，道：「不是你的兒子。你的珠寶店我也不要了。」又向著張玉說道：「求求你，饒了我去吧！」

龔陰業怒氣勃發，紅了雙眼，兩手扳住陳枝媽肩頭，吼道：「不是我的，是誰的？我給了妳那麼多錢，供了他上學，買好衣服、好玩具，妳卻說不是我的？」

陳枝媽肩頭被他掐得生疼，哭道：「你為人狡詐，心狠手辣，就連你自己的兒子兒媳也都想早早地除了你，瓜分你的財產。你身中毒藥，一直逼我探查是誰下的毒手，我其實早就知道了，不過一直瞞著你罷了。」

龔陰業大怒，吼道：「妳敢瞞著我！是誰幹的？」

陳枝媽道：「還能有誰？是你的老二媳婦兒楊秀如幹的！」

龔陰業聽了，渾身一顫，咬牙道：「好陰毒的女人！」又問道：「那麼龔逢春身上的毒，也是她下的了？」

陳枝媽臉色蒼白，聽了諷笑道：「她雖然也給龔逢春下了毒，但那是慢性毒藥，一時半會兒死不了人的。」

龔陰業眼中如欲噴出火來，越加發狂，大吼道：「妳……妳！」

陳枝媽漠然道：「不錯！正是我！像她那樣的毒法，幾時才能殺得乾淨？不如我的毒藥，一時三刻之間，便可斃命四人！你的財產，也就只能留給我的兒子了。」說罷，哈哈大笑。

龔陰業怒道：「妳剛才說那不是我的兒子！」

陳枝媽笑道：「我沒說是你的兒子，那是我的兒子。」又道：「我本來是想貪圖你的財產，可是現下馬上就要死了，要這些錢財還有些什麼用處？一個活著的窮人，也好過一個死了的有錢人！」又向著張玉磕頭道：「求你們饒了我吧！小龍不是他的兒子！」

喜奎聽了道：「不管是誰的，都得殺掉！斬草不除根，必留後患！」

陳枝媽哭道：「求求你們別殺我的兒子。我現在就死，我死了，我的兒子就再也不會知道今天這些事兒，也不會去找你們報仇去！他不是那老賊的兒子，求求你們放過他吧！」滿臉求肯之色，磕頭出血，「砰砰」有聲。

張玉想起自己剛才在屋中與龔陰業對話之時，稍一心軟便身處險境，現在看著陳枝媽埋頭哭泣，心中暗自戒懼，冷眼看她二人還想要耍些什麼花招。

陳枝媽抬頭見張玉神色疑惑，咬咬牙，一言不發，站起身來，一頭撞向路旁的一個大石獅子，「砰」地一聲，便像半截木樁，倒在地上。

龔陰業見了，大喊一聲，搶上前去，已然晚了一步，俯身抱起陳枝媽，痛哭道：「妳騙我！那是咱們的兒子，對不對？那是咱們的兒子，對不對？」

陳枝媽嘴唇微微動了動，頭一歪，已經氣絕。

龔陰業大哭，喊道：「那是我的兒子嗎？妳騙我，對不對？妳說，那是我的兒子，快說啊！」站起身來，衝著張玉道：「你說，小龍是不是我的兒子？她騙我，對不對？她怕你們殺了小龍，故意說不是我的兒子。她不是在騙我，她是在騙你們，對不對？」

張玉默然。

忽然楊秀如披頭散髮，走了過來，懷裡還抱著一個髒兮兮的布娃娃，看見了龔陰業，笑道：「你怎麼在這裡？你不是中毒了嗎？怎麼還不死？你死了，好把你的財產留給我的乖乖逢夏！」一面用手撫摸懷中的布娃娃，憐愛無限。

龔陰業怒道：「妳這陰毒的女人！」便要上前去毆打楊秀如。

楊秀如卻不閃避，又低頭看見了陳枝媽，大怒道：「她怎麼也在這裡？你這個老賊，便是想著要把財產留給這個不要臉的老騷狐狸，還以為我們都蒙在鼓裡！哼哼！你以為這騷狐狸生的兒子是你的？做你的春秋美夢去吧！她和別人生了兒子，卻賴在你的身上，要圖你的錢財。你整天疑神疑鬼，防東防西，卻沒防住一個女人！哈哈哈！」仰天大笑，抱了那個布娃娃，走了開去。

龔陰業聽了，兩手伸在半空，再也打不下去，雙眼呆滯，嘶啞了聲音道：「怎麼會這樣？」雙手抓撓頭髮，將頭髮一綹一綹地抓了下來，頭上頓時滲出鮮血。忽然盯著張玉道：「你是誰？為什麼殺了我的兒子？是你和那騷狐狸生了兒子出來，卻來騙我的錢財，我要殺了你！」口中「呵呵」有聲，張牙舞爪，撲了過來。腳下被陳枝媽的屍體一絆，摔了一跤，頭磕在了石獅子上面，大罵道：「連你也來騙我！你們都來騙我！」揮拳向石獅子打去，怒道：「骨頭倒硬！老子撞死了你！」一頭撞去，兩手抱著石獅子滑在地上，再也爬不起來。

喜奎過去將龔陰業踢翻了過來，龔陰業睜開眼，兩手哆嗦著抓撓著地上的泥土，道：「我怎麼會躺在這裡？陳枝媽，妳怎麼還在睡覺？快把我扶起來！小龍說過幾天學校要考試了，妳還是看看去的好！小龍這孩子，怎麼長得也不像我？」嘴裡嘟嘟囔囔，絮叨不休。

張玉見龔陰業瘋瘋癲癲起來，心想他古稀之年，斷子絕孫，從此便要孤零零的活在世上，忍受那無窮無盡的煎熬，對他的懲罰已經足夠，便不再去理他，拉住喜奎的手，道：「姑父，我到處找你，沒想到今天在這裡遇見，還救了我的性命！」連忙攙了喜奎返身回去查看阿卷傷勢。龔陰業仍在身後顛三倒四的念叨。

喜奎邊走邊笑道：「我當年抱著你的時候，你才五六歲，如今也長了這麼高了！」

張玉道：「你怎麼知道我要路過這裡，偏偏在這裡救了我？」

喜奎哈哈笑道：「天下怎會有這樣的巧法？正好你被人用槍頂著，正好你的姑父就出現了？

告訴你吧，我今天便一直跟著你呢！」

張玉吃了一驚，道：「這麼多年不見，你怎能認出我是誰？又怎會一直跟著我？」

喜奎嘆一口氣，道：「說來話長啊！二十多年前，那天你姥爺趙進寶把你抱了去，我和你三姑姑，還有兒子喜威都被官府抓住，關在牢房裡。一連關了三年，才把我們給放了出來。出獄之後，我和你三姑姑輾轉回到保定，尋找你的大姑姑、二姑姑，不想都已經搬家走了，再三訪問四鄰，都說不知道搬到哪裡去了。這一下舉目無親，要做生意又沒有本錢，漸漸淪落到了沿街討要的田地。」說到這裡，眼淚止不住流了下來，連忙揮袖拭去。

張玉見喜奎兩鬢斑白，滿臉皺紋，心中也不禁悲酸，流下淚來，問道：「那後來怎麼又來到了北京？我的三姑姑和喜威呢？」

喜奎道：「後來又是義和拳作亂，又是軍閥混戰，家家戶戶都流離失所，我們便隨了眾人，幾經轉折，定居到了上海。喜威十幾歲時得了一個機緣，拜了一個山西太谷的形意拳師學藝，前幾年在上海開了一個武館授徒。」說話間，已經進了龔家的院子。

張玉一個箭步跑去，見阿卷胸前全是鮮血，強自用前腿撐著身子，吐著舌頭喘氣。張玉連忙將阿卷抱起，記得附近便有一個獸醫店，快步走去。喜奎拿了阿卷脖子上解下來的鏈子，緊緊相隨。

獸醫店很近，不久便到。獸醫查看了傷勢，說幸好沒有打中心臟，不過是一些皮肉傷，只是失血過多，需要將養一些時日。張玉舒一口氣，便將阿卷放在獸醫店裡醫治。

第三五回　平政院交接官匪　西什庫識破老農

出得門去，張玉問喜奎道：「姑父，那你後來又怎麼找到了我？」

喜奎道：「前些日子，我聽說官府忽然四處查找叫做喜奎、二閨女的人。我早年間怕官府追查於我，早已將名字改做了喜老農，你三姑姑平日裡也不叫做三閨女，所以官府並沒有來找我們。我本想就此躲過此事，可是你三姑姑擔心是你失散的大姑姑、二姑姑託人前來尋找，非要讓我來探聽一下消息不可。」頓了一頓，又道：「我便又化妝成一個乞丐模樣，偷偷地跟著那些被官府找來的人，不想竟然一路來到了北京段總理的府上。我就躲在他的門外探聽消息。今天早晨見你和另一個姑娘相攜進了段府，我就猜想著你們兩個定是那個找喜奎的事主。等了一會兒，見眾人興高采烈的走了出來，紛紛說就因為自己名字起得好，竟然平白得了十塊大洋，又說起什麼張志遠。我好奇心起，悄悄地躲在門口等候你們兩個出來。好不容易見你和那姑娘走了出來，我跟在後面偷聽你們兩個談話，才知道你居然就是張玉，那個姑娘是你的媳婦兒。又聽你們說起這許多年報仇的事兒，一路跟著你去了西什庫教堂，去了董光的珠寶店，又來到了龔家門口。我看著那家的兩個女人瘋瘋癲癲的，也不知道你到那裡去幹什麼，見你進去了，便坐在街角等你出來。不想你卻是被人用槍頂著出來的。」

張玉道：「姑父原來現今改了名字，叫做喜老農了，怪不得段總理親自派人去找也是沒有找到。您和三姑姑當年為了救我，吃了這麼多年的苦，現在好不容易見到了您老人家，我再也不放您走了！您現在就帶我去見三姑姑和喜威！我現在有的是銀子，我給您二老養老，再去幫喜威開個全上海最大的武館！」

喜老農含淚笑道：「當年救你，豈是為了今天讓你報答的？今天若不是看你事出危急，我只怕也不會現身認你。你好好地和媳婦兒過日子就好了，你父母若是能見到你現在這個樣子，說不定會多高興呢！至於你能不能為他們報仇雪恨，他們也許並不會放在心上。」兩人喜極而泣。

張玉道：「我為他們報了仇，讓他們在陰間也能出口氣，讓世間人再也不敢欺辱張家的子孫！」笑道：「姑父！那個小人董光還在等著我的金子呢，想不想看看他重新變成乞丐的樣子？」

喜老農笑道：「這董光實在是可惡！不過他現在富得流油，又怎麼會變成乞丐？」

張玉道：「姑父且隨我來！」

兩人叫了一輛車，一同來到豐盛胡同的一座大樓前停下。喜老農看見門口牌子上寫了「平政院」三個大字，納罕道：「你帶了我來到這裡做什麼？」

張玉笑道：「咱們今天來告上董光一狀怎麼樣？」

喜老農慌道：「他有錢有勢，你怎麼能告得倒他？不可魯莽！」

張玉笑道：「姑父儘管隨了我來便是。」

喜老農畏手畏腳，跟著張玉走了進去。

張玉走進一個辦公室，裡面坐著三個人，居中一人正在舉著一張《大地報》翻看。旁邊兩人一個瞌睡，一個正靠在椅子上望著天花板發呆。

張玉道：「現有一張訴狀遞交，不知道應該交給哪位？」

居中那人將報紙略低了低，露出一雙小眼睛來，道：「你回頭看看，都幾點了，還來遞交訴狀？明天再來吧！」

張玉回頭看了看牆上掛著的大鐘，剛剛五點，道：「你們幾點下班？」

居中那人笑道：「我們幾點下班，也要向你彙報嗎？你這人真是有些意思！」

張玉心中發怒，嘴上卻說：「據我所知，平政院應是六點下班才對。」

居中那人聽了，臉色不悅，道：「什麼訴狀？也跑來這裡吆五喝六的？」

張玉道：「告『大福祥』珠寶店老闆董光虛抬物價、不法經營、賄賂公職人員。」

那人聽了，鼻子裡「哼」了一聲，道：「你當我們這兒是什麼地方？便是官員彈劾的案子，我們也不是全接的，何況是你這樣一個小小珠寶店老闆的案子！老實告訴你，省長、都督、部長，甚至國務總理的案子我都是經手過的！」向著旁邊發呆那人笑道：「這樣一個案子也想來平政院告上一狀，真是要笑歪了鼻子！」

發呆那人也愣過神來，笑道：「聽說段總理生氣時會氣歪了鼻子，你卻是會笑歪了鼻子！」兩人哈哈大笑。

發呆那人又向張玉道：「我們頭兒的話你聽明白了嗎？你這樣的小案子該找哪兒找哪兒去，別在這瞎耽誤工夫！去去去！」

喜老農便在後面拉扯張玉的衣襟。

張玉不理喜老農，大聲道：「按照一九一四年三月頒布的《平政院處務規則》第一百零八條第五款，公職人員推脫案情，該當何罪？」

三人聽了，都是愣了一愣，隨即大笑，問道：「請問該當何罪？」

張玉拍案而起，大聲道：「該當免除公職！」

三人聽了，捧腹大笑。方才睡著的人也精神起來，坐直了身子笑道：「呵！好大的口氣，你倒是免一免看啊！」

張玉從懷中摸出那張平政院肅政廳都肅政史的證件來，扔在三人桌前，厲聲道：「你們三位誰想被免上一免？」

三人拿起證件看了一遍，面面相覷。居中那人忽然站起身來，跑到張玉身前，躬身道：「不知上官駕到，實在是對不住的很！」低聲下氣，便要請張玉上座。

張玉心中厭惡，笑道：「今天有些晚了，不如我明天再來吧。」

那人忙道：「不不不！上官的案子，我們便是通宵不睡，也是要給您老趕了出來的！」

張玉笑道：「那倒有些不好意思。」

另外兩人也都反過神來，忙都跑了過來，又是賠禮，又是恭維，三人忙得不亦樂乎。

張玉笑道：「正好下班了。三位可否賞個臉，一同去吃個晚飯？」

三人大喜，忙道：「您老今天剛一來就找到了我們，實在是我們天大的福氣。今晚我們三人請客，咱們一醉方休！」一面又去畢恭畢敬地攙扶喜老農。

喜老農見張玉只是輕輕地扔出一張紙片，頓時便乾坤逆轉，日月挪移，成了三人的大爺，微笑不語，被三人擁了，如騰雲駕霧一般，來到了一個極為闊氣的飯店。

原來居中而坐的那人是個小頭目，叫做吳旭，另外兩人一個姓孫，一個姓黑。吳旭叫了一個雅間，五人一齊坐定。

不多時，酒菜流水般的堆了上來。張玉看時，山珍海味，無奇不有，有許多竟然是自己從未見過的。喜老農端坐桌旁，也不說話，兩眼看著滿桌的大菜。

吳旭道：「早聽人傳說上面新任命了一個姓吳的都肅政史，只是許多天過去了，也一直也不見有人來，還道是又多了一個吃空餉的，沒想到今天竟然真的來了，真是天上掉下來的福氣！恰恰又被我們兄弟三人給接住了！」四人一齊大笑。喜老農也唯唯附和。

張玉道：「說來慚愧，任命下來以後一直忙於冗務，未能及時報到，耽誤了些公事不打緊，晚結交了你們幾個仗義的弟兄，實在是一個大大的憾事。」五人又笑，舉杯飲酒，觥籌交錯，熱鬧起來。

酒過三巡，菜過五味。幾人都喝紅了臉，漸漸地熟絡起來。吳旭等人見張玉酒量甚豪，心中都是暗暗欽佩。

張玉見眾人猜拳熱鬧，便低聲向吳旭耳語道：「那個『大福祥』珠寶店的老闆董光虛抬物價，賄賂官員，觸犯國法，我這裡有他開據的票據等罪證在這裡。這個忙，你老兄還是得給幫上一幫！」說罷，拿出董光所寫的票據。

吳旭已經半醉，聽了張玉的話，一臉的不悅，打了個酒嗝，道：「你老哥……你老哥說話不實誠！」

張玉奇道：「我怎麼地說話不實誠了？」

吳旭道：「老哥若是想把那董光給辦了，你讓兄弟我怎麼辦，我便怎麼辦！你要拿出那些黨紀國法來嚇我，那這個案子辦起來只怕要費事些兒！」

張玉越加奇怪，問道：「這卻是為什麼？」

吳旭道：「虛抬物價，賄賂官員，哪個經商之人不是這樣兒？但是要查誰，不要查誰，才是這其中的奧妙所在！你要講國法，那我問你，憑什麼不先拿問玉麒麟珠寶店的老闆？」

張玉見一個小小的科員竟敢如此蔑視國法，不由吃了一驚，有心問個究竟，笑道：「那就正好一起說吧，玉麒麟珠寶店我已經買下了百分之六十的股份，正好托老兄幫我把那店給我盤了過來。」

吳旭一雙眼瞪得溜圓，驚道：「什麼？你要盤玉麒麟？你可知道那是誰的地盤？誰是老大？」

張玉心道：「這人是政府公職人員，怎麼張口閉口都是些江湖口氣？他若是去做黑子，倒是頗為合適。」肚中暗暗好笑。道：「玉麒麟老闆是龔家兄弟，據聽說還有些張作霖的股份，那便怎樣？」

吳旭吐舌道：「那便怎樣？這些人你惹得起嗎？」

張玉笑道：「龔家兄弟已然死了。」

吳旭驚道：「這卻是不知道！」

張玉心道：「你當然不會知道。」笑道：「就這兩件事，你且說說，若是不論國法，又當論什麼？」

吳旭小眼一瞇，笑道：「自家弟兄辦事，整天國法長國法短的，還要兄弟們的情分幹什麼？哥哥的事兒，就是兄弟我的事兒！那龔家兄弟既然已經死了，玉麒麟和大福祥的事兒便都包在我的身上，哥哥且看我如何去做成了他！」

張玉笑道：「兄弟果然仗義，若是能辦成了這兩件事，倒是要好好地謝謝你！」

吳旭正色道：「哥哥要怎麼謝我？」

張玉被他一問，還真沒想過應該怎麼個謝法，伸手入懷，拿出五千兩銀票，悄悄地塞進他的衣服兜裡。

吳旭一把將銀票擲回，怒道：「你兄弟雖然也收銀子，卻從不收自家兄弟的銀子。老實說，你雖然比我官大一級，但我的職務提拔與否，也與你沒有什麼關係，我要想弄些銀子來，也不見得就比哥哥你的手段差，你信不信？」

張玉奇道：「你既用不著我提拔你，又不要我的銀子，那想怎樣？」

吳旭看了張玉半晌，笑道：「哥哥官做得比我大，想必也是官場裡面摸爬滾打出來的，怎麼會不明白這其中的道理？」

張玉心道：「你哥哥這官兒偏偏不是摸爬滾打出來的，是與人下棋下出來的。可見為官之道，非止一端，環肥燕瘦，各騁善場。」暗暗好笑，問道：「這其中又有些什麼道理，倒要請教！」

吳旭道：「官場之中，爾虞我詐，你爭我奪。身處其中，往往不能自保，想要獨善其身，更是難上加難。所以遭殃受難之時，全仗朋友援手相救。因此今天我答應了幫你這個忙，既用不著你的提拔，更不要你的銀子，只要你在兄弟落難之時，能夠想起今日之事，拉上兄弟一把，就很感謝了！」

張玉聽了，恍然大悟。心道：「官場險惡，人人自危，所以相互之間都要拉幫結派，以求互保。這其中又是只能有所承諾，並不能立下合同字據，全仗朋友義氣，因此官場中人，更加講究一個「義」字。說起話來，竟比那些江湖黑話還要黑上十倍。至於黨紀國法，不過是派系紛爭，相互纏鬥之時利用的工具，誰又會真的去拿來認真說事兒？」想到此節，笑道：「兄弟果然是個明白人，初次相交，不知深淺，方才不過是試探一下而已。日後兄弟們互相照應，有財大家發，有難大家幫！」

吳旭大喜，道：「正是這樣說！」

那孫、黑二人已然大醉，見張玉、吳旭兩人兀自絮叨不休，嚷嚷道：「你們兩個快來喝酒！怎麼只顧絮叨起來，哪裡有那麼些話兒可說？」

吳旭舉杯道：「今天上官新到，被咱們三個有福之人搶了先去，不如今晚便結拜了如何？吳奇業官大，便做了咱們的大哥，今後也好照應咱們幾個！」

張玉忙道：「這個萬萬不可！還是論年齒長幼好些。吳旭最長，便做大哥吧！」又低聲向吳旭笑道：「大哥難做，還是哥哥勉為其難吧！」

吳旭聽了，也就不再推辭，站起身來道：「好！我就忝為大哥吧，奇業屈尊一些，就當二弟！」孫、黑二人大喜，一齊起身稱賀。

吳旭低聲向張玉道：「二弟的事兒就包在哥哥身上！」

張玉大喜謝過，便不再提起此事。

又飲了一會兒酒，吳旭皺眉道：「那個錢老闆怎麼還沒來？」

那個姓黑的人道：「剛才他老婆說是他中午出去討債去還沒回來，這時估計正往這裡趕路呢！」

話音未落，一人破門而入，大喊道：「哥哥們啊！真是想死兄弟我了！」站在當地，喘息不定。

張玉看時，那人五十歲上下，禿頭頂，落腮鬍子。

吳旭笑道：「那就快滾上桌吧！還愣著幹什麼？」

錢老闆笑道：「說滾就滾！」當真在地上一個滾翻，跳起身來，坐在椅子上。

眾人見了，都轟然叫好。

吳旭笑道：「你外號叫做滾刀肉，果然名不虛傳。」

錢老闆也笑道：「逗個樂子罷了！」給自己的酒杯斟滿了酒。

吳旭道：「你上次所說的事兒已經辦妥了。」

錢老闆點點頭，見張玉坐在主位上，舉杯道：「來得晚了，先敬上官一杯！」

吳旭道：「這是新上任的都肅政史，你就叫吳二哥吧。今天不早了，我們還有公事要辦，就先走了。」

張玉見錢老闆好不容易剛趕了過來，吳旭等人便起身要走，微覺奇怪。

錢老闆卻連忙說了幾個「好」字，躬身將幾人送出門外，自去向店家結帳去了。張玉方才明白這錢老闆之所以巴巴地跑了來，只是為了來結這頓飯錢。

張玉和喜老農辭別吳旭等人。張玉道：「姑父若是不著急回家，隨我一起去看看侄兒媳婦兒怎麼樣？」

喜老農大喜，道：「不著急回家！你三姑姑對我放心著呢！」

兩人便叫了車，同往西什庫教堂行去。

趕到時，易兒和鄭貴正在說話。鄭貴見了兩人，便邀了同坐。易兒看見張玉，一臉的不悅，卻向喜老農笑笑。

鄭貴看著張玉帶了一個乞丐進來，便疑疑惑惑地向那乞丐凝神細看，喜老農笑而不言。

張玉見了笑道：「鄭叔叔，看您這眼神，別把人家嚇壞了！這就是我曾向您說起過的，我的救命恩人、姑父喜奎，現如今改了名字，叫做喜老農了。我姑父一家當年為了救我住了牢，這些年又吃盡了苦頭。從今往後，我和易兒要好好地奉養姑父一家。易兒，妳快來見過姑父！」怕易兒仍在生氣，便要站起身來，去哄易兒開心。

鄭貴哈哈大笑，一把抓住喜老農道：「老農兄！我說怎麼看著這樣眼熟呢！原來果真是你這老傢伙在弄鬼！」

喜老農也哈哈笑道：「我弄什麼鬼？不過是重操舊業而已。」

張玉奇道：「原來鄭叔叔識得我姑父？」

鄭貴笑道：「『東農』富甲天下，誰人不知，哪個不曉？」

喜老農忙道：「老鄭休要亂講！」

張玉愕然道：「鄭叔叔你剛才說什麼？我姑父為我坐了三年的牢，雖然後來淪為乞丐，但他是我的救命恩人，鄭叔叔不可取笑！」

鄭貴笑道：「我哪裡敢取笑他？你自己問他去！」

張玉疑惑，看著喜老農。

喜老農笑笑，道：「玉兒不要聽老鄭胡說。」又看著易兒道：「玉兒！這就是你的媳婦兒啊，端莊穩重，玉兒好有福氣！」

易兒笑著走了過來，道：「謝謝姑父誇獎！」

鄭貴向張玉笑道：「你小子都快要做父親了，還和易兒鬧脾氣，把易兒氣得跑到我這裡來了。今晚就把易兒給領了回去，我這裡可沒有地方睡覺！」

易兒臉色頓時紅了。

張玉聽了，半晌方才明白過來，驚喜道：「易兒，鄭叔叔說得是真的嗎？妳懷孕了！妳怎麼不早說呢！」

易兒撇一撇嘴，轉身跑了出去。

張玉連忙跟了出去。

喜老農和鄭貴見了，哈哈大笑。鄭貴從櫃中取出一瓶法國白蘭地，倒了兩杯酒，又倒了兩杯冰水，說道：「平日裡難得見你老哥一面，今天有緣相聚，多飲幾杯！」

喜老農端起酒杯，見那酒色如琥珀，光燦晶瑩，厚重而不失美豔，輕輕一聞，酒香沁脾。淺淺地飲了一小口，讚道：「好酒！」又喝了一小口冰水，再飲一口酒，仰起頭來，細細品味，復讚道：「好酒！」

鄭貴笑道：「這是一個好朋友從法國科涅克帶來的，一直沒捨得喝，今天老哥來了，少不得要拿出來款待！」

喜老農點點頭，欣然舉杯，兩人同飲。

張玉追上易兒，問道：「妳懷孕了？怎地沒有告訴我？」

易兒怒道：「你整天就知道報仇報仇，又哪裡會將我的死活放在心上？我每天吃什麼喝什麼穿什麼，你可知道嗎？我在報社裡被同事排擠，被領導批評，你可知道嗎？我在家中孤身一人，忍受著那無邊的恐懼和孤寂，你可知道嗎？我這段時間常常會嘔吐，不想吃飯，你可知道嗎？」

一番話把張玉說得啞口無言，嘆一口氣，用手輕輕去扳易兒的肩頭。

易兒身子一扭，將張玉的手甩開，哭泣起來。

張玉安慰道：「都是我的不是！如今龔家的仇也報了。咱們便去找個妳喜歡的地方，好好地相伴過日子，可好？」

易兒喜道：「當真？那咱們便去找一個隱蔽的所在，建一個大院子，在院子裡種上好多漂亮的花兒，再種幾顆丁香樹，將來有了孩子，再養一群雞鴨，讓阿卷來看護牠們……。」低頭靠在張玉身上，眼中充滿了歡樂，一臉的幸福模樣。

張玉緩緩地道：「好啊！不如咱們就住在黑月叔叔當初居住的地方可好？那個地方沒人知曉，院子又大，在院中再養幾匹馬，幾頭牛，再架上幾個紡車，我整天就騎了馬在山坡上放牛，晒太陽，妳便坐在院中紡線織布，咱們兩個就做了牛郎織女，可好？」

易兒拍著手，低聲笑道：「好啊！」

張玉道：「好！那便是這麼辦！我改天去找黑月叔叔談談，讓他把那所宅子賣了給咱們吧！」

易兒忙道：「還是再另外選個地方吧！你要買黑月叔叔的宅子，黑月叔叔又怎好要你的錢，這不是擺明瞭白要人家的宅子嗎？」

張玉沉吟道：「那要不就去蘆芽山上吧！那兒山高皇帝遠的，又有姥爺在，還有一個大爺也是十分有趣的，咱們去那兒建一所大宅子，生上七八個孩子，熱熱鬧鬧的，也是一般的快活！」

易兒大喜，道：「好！那咱們今晚回去收拾一下，明天便就動身。」

張玉忙道：「現今還不行！那段祺瑞的兒子還在吳佩孚的軍營沒放出來呢！唉，倒不是人家不放他，是他自己不願意出來，我還須怎生想個法子，去將他給請了出來。今天好不容易見著了姑父喜老農，從今以後，他們一家也得由咱們兩個好好供養著。李全隱市長對我有知遇之恩，也得想法子報答一下。還有那拉人力車的順子，幫了咱們這麼大的忙，總得要感謝一下，把他的家人好好的安頓下來……況且今天阿卷被龔陰業打了一槍，正在獸醫店養著呢，雖然不算致命傷，怎麼著也得要個三五日才得好……。」正說之間，忽然前胸一痛，原來是被易兒一掌拍來，躲閃不及，頓時氣血翻湧。

只聽易兒大怒道：「你這個騙子！嘴上說得好聽，只不過今天是這個事兒，明天又會有那個事兒。心裡面想著的好日子，什麼時候才能夠過上？」一面哭，一面跑了開去。

張玉急忙喊道：「妳慢些跑！小心肚裡的孩子！」

易兒聽了，腰一扭，跑得更加快了。

張玉無奈，暗自低頭嘆息，只得回到房中。喜老農已然走了。

張玉跌腳道：「鄭叔叔怎麼把我姑父放走了！我好不容易才找到他，又不知道他住在哪裡！」

鄭貴笑道：「你好不容易才找到他？是他好不容易才找到了你吧。只有他找你的份兒，你又怎麼能知道他住哪裡？」又嗔怪道：「你怎麼又惹易兒生氣了！她的脾氣古怪些，你要多讓著一些兒才好！」

張玉道：「我哪裡還敢得罪她，緊著哄還不行呢！正好我這些天還有些事情要辦，不如就讓她暫且住在這裡吧。」

鄭貴無奈道：「你們這些年輕人啊！真不知道你們是怎麼想的！」

張玉笑道：「鄭叔叔做得一手好菜，正好讓易兒補補身子！」

鄭貴故作生氣道：「我做得菜再好，也不能哄得易兒高興啊！快去睡覺吧，懶得看見你們兩個！」

張玉扮個鬼臉，轉身去找易兒，易兒仍是滿腔怒氣。

張玉覺得渾身疲憊，沉沉睡去，直至次日中午方才醒來，連忙從床上一躍而起，到廚房去找了些剩菜剩飯，狼吞虎嚥了幾口，出門去找鄭貴。

鄭貴正在院中花壇邊上散步，張玉急衝衝地走了過來，一把抓住，拉向門外。

鄭貴道：「你幹什麼？有話好說，幹麼這麼急匆匆地？」

張玉道：「起床晚了，只好邊走邊說。」出了教堂，雇了一輛馬車，兩人坐了，一路向吳佩孚軍營而去。

第三六回　解殘局公子明悟　聚四怪歡宴軍營

張玉坐在馬車裡將段宏業不願意離開吳佩孚軍營之事細細地說了，道：「這人的心病，還得要您老人家親自出馬方可醫治得好，要不然我沒法子向段祺瑞交差，丟了小命，易兒可就要做寡婦了！」

鄭貴笑道：「你少要威脅我！你小子丟了小命，關我什麼事兒！」

張玉道：「我知道您老人家是刀子嘴豆腐心，怎麼能捨得我丟了小命呢！」

兩人一路說笑，進了軍營，找到郭緒棟，一起來到段宏業房中。

段宏業仍是在房中聚精會神地擺棋，便似沒有看見三人進來一般。

張玉看時，段宏業一手按在桌上擺著的一部清代錢長澤的《殘局類選》上，那書頁面破舊，想是已經翻看多遍，兀自在棋盤上廝殺。

忽聽鄭貴大聲道：「黑方苦力纏鬥，已然筋疲力盡，行棋根基不穩，搖搖欲墜。白方被囿於一隅，不思進取，雖然突圍的勝算極大，卻是畏手畏腳，不敢施展。這局棋下得，唉！實在是窩囊之極、無聊之極！」

段宏業聽了此言，抬起頭來看看鄭貴，卻是不識，道：「先生好見解！」

鄭貴對於弈棋之道，其實所知極為有限，只是也曾讀過幾個殘局而已，論及棋力，至多只能算得略知一二，此時不過信口說來，至於「窩囊之極、無聊之極」的評語，也是不甚恰當。

而局中段宏業的行棋已然頗為精妙，足可與當世一等一的高手匹敵，但在段宏業自己心中，自己這局殘局下得實在是破綻良多，漏洞百出，聽了鄭貴的話，不由得暗自慚愧，面紅耳赤，額頭冒汗。

鄭貴又道：「人生在世，正如這殘棋一局。回味人生，正像這殘局中的每一次落子，一步一步，在不知不覺中，漸漸勝負已分。而這殘局令人著迷之處，並不是那最後分明的勝負，而在於棋局中每一次落子時的希望。」

段宏業一邊聽著，一邊「啪啪」幾聲，落下數子。

鄭貴續道：「人生走到最後，慢慢地格局大定，回首以往，遍布遺憾，頓覺徬徨。也許只是由於其中關鍵幾步的失誤，便使得自己的理想離自己越來越遠，回首前塵往事，常常會有萬念俱灰之感。」

段宏業停棋，靜靜思索。

鄭貴續道：「然而若是此時放棄努力，實在是大錯特錯！勝負之說，本就難論，往往看似敗局已定的一方，反而常會一擊成功，又反敗為勝。殘局的最後幾步雖然變化已然不多，但卻蘊含著整個棋局的精華。譬如人生走到最後，往往並非是自己的初衷，然而這又何妨？面對著因了世事險惡、人心叵測扭曲過了的殘局，依然姿容優雅，揮灑自如，方為正道！」

段宏業暗暗點頭，臉上微現笑容，接連落下幾子，果然如行雲流水，明月照崗，志得意滿，站起身來。

鄭貴又道：「旗開得勝，心中固然有勝利的喜悅，但是再大的喜悅，也難敵人生終了時的落寞，面對這難言的落寞，再大的輝煌也已成為過去，留下更多的只怕還是缺憾。老子《道德經》有言：『知其雄，守其雌，為天下溪。知其白，守其辱，為天下穀。』人生在世，世道滄桑，缺憾實乃平常，『抱殘守缺』，實為人生行事之妙要！當在人生最落寞時，容忍缺憾，放下包袱，闊步向前，方為大丈夫！」

段宏業從小聰明睿達，只是失於管教，成年之後有心去幹上一番大事業，怎奈父親嚴厲，自己性格又是懦弱，屢受挫折，不免心灰意冷，縱情聲色。此番被吳佩孚囚在這裡，正好靜思己過，深自反省，久久不願出去。方才聽了鄭貴的一番言語，正好契合了心中所想，解開了久久不能散去的疙瘩，深自折服，道：「不敢請教先生高姓大名？」

張玉搶先道：「這位是西什庫教堂的鄭貴神父。」

段宏業抱拳道：「久仰大名！不知神父駕到，有何貴幹？」

鄭貴笑道：「聽說你久困局中，特來相看。」

段宏業道：「方才蒙先生點化，茅塞頓開。只是許多年來，還有一事不明，望先生指教！」

鄭貴道：「公子精鶩八極，何必太謙。」

段宏業躬身道：「神父過譽了！自小私塾的先生便教我道『人之初，性本善』，可是我後來年齡漸長，眼中所見，人人都在紛爭搶奪，直弄得你死我活，所以對於人性本善一說，深感懷疑。後來看到荀子的性惡之說，初時深以為然，可細細想想父慈母愛，子孝孫賢，又覺得此論也不盡然。神父可否明示一二？」

張玉、郭緒楝聽了段宏業問了這麼一個問題出來，一齊暗笑，心道此人迂腐，腦袋裡盡是想些不著邊際的東西。

鄭貴聽了此問，卻是一臉肅然，讚道：「公子好學問！人之本性到底如何，實在是事關重大！

任何宗教、任何社會，所奉行、所崇尚的東西，莫不以這個根本作為基點。不明白人的本性，所奉行的教義必然偏頗，所崇尚的道德法律必然缺漏。」

段宏業問道：「那麼人性究竟是善呢還是惡呢？」

鄭貴搖頭道：「都不是。」

段宏業愕然。

鄭貴道：「人的本性，乃是一個『私』字！人生而自私，長而自私，老而自私，死而自私。人生一世，就是一個『私』字。」

三人聽了這番言語，一齊愕然。

鄭貴道：「此論並不難解。野蠻民族的『私』，便是偷盜掠奪，連番征戰。文明民族的『私』，便是貿易交換，公平買賣。這一切，都來自於一個『私』字，和善惡無關。邪教教人為了自己的私利而去傷害他人，結果必然會傷人太多，終於難免仇恨，導致覆滅。正教教人為了自己而去廣濟眾生，多為善事，又讓眾生來尊敬供奉克己利人的人，便會人人克己利人，世間人人得其利益，故而千秋萬代，生生不息。

「一切成功的宗教或者社會組織，無不從一個『私』字入手。耶穌播講原罪，傳揚愛，教人克制私慾以救贖生而有之的罪惡，方能入天國而得永生。佛陀導人向善，向善的結果便是這個人會終得善果，證道成佛，從而使得千千萬萬個鐵漢子、大丈夫，苦心修行，以證善道，善男信女，遍於天下。種種宗教，莫不如此。」說罷，轉身出門。

段宏業恍然而悟，欣喜無限，隨了鄭貴邁步出門。

郭緒棟唸一聲：「阿彌陀佛！」眼見這位大神終於走了出去，連忙相隨而去。走不多遠，忽覺少了一人，急忙回頭看時，卻是張玉不見了，大叫一聲：「不好！」連忙返回段宏業房中，只見張玉痴痴傻傻，看著牆壁。

郭緒棟碰了碰張玉胳膊，低聲道：「吳奇業！你幹什麼吶？」

張玉喃喃道：「難道真的是人性本私嗎？那像我這一生，自小只有一個信念，便是要為父母全家報仇雪恨，我又私在何處？報仇之事究竟對也不對？」

郭緒棟笑道：「好麼！剛剛治好了一個，這裡又瘋了一個！人殺便殺了，仇報便報了，哪裡有那麼多的對與不對？」

張玉道：「不對！我自小便是隨了姥爺和義父東躲西藏，後來又獨自在深山之中藏匿，從小我就覺得這個世上到處都是仇恨！難道我這一切，也是自私的嗎？」

郭緒棟笑道：「你還當別人是仇人呢，只怕別人看見了你，覺得你也是仇人呢！你為了自己的父親報復別人，已經是私得不能再私了！」

張玉心道：「別人因為自私的本性傷害了我的父親，我又因為自私的本性向那人復仇，以此警告所有人：『我的血脈中流淌著復仇的種子，不要來傷害我！』從而來保證我的子孫不再被人輕易傷害。所以，這樣做也是值得的！」若有所悟。

郭緒棟見張玉仍是痴痴傻傻，生怕段宏業又犯了病折回屋裡來不走，硬拉了張玉出門，返身將門死鎖死好，又吩咐警衛嚴加看管，不准任何人入內，方才放心離去。

四人說說笑笑，正行之間，忽然傳令兵來報：「吳司令得知段公子今天心情好，有請貴客赴宴！」

郭緒棟大喜，笑道：「吳司令的消息夠靈通的，那便一起去吧！」

段宏業道：「我是階下囚，怎能說是貴客？還是請了這位神父去吧。」

鄭貴忙道：「你們去，我還有要事在身，耽誤不得，就不去了！」

那傳令兵不等鄭貴說完，道：「吳司令說請幾位都一同前去赴宴。」
郭緒棟笑道：「幾位若是不肯賞臉，嘿嘿！這個軍營可是不放人走的！」
段宏業也笑道：「不放便不放，大不了再多住幾天。」
郭緒棟聽了，自知失言，魂飛天外，忙道：「小祖宗，您老人家下次來，我好歹不敢把您老再放進來了！」一邊額頭拭汗。
四人跟著傳令兵來到餐廳，只見廳中間一張極大的柏木餐桌，廳內窗明幾亮。
忽聽外面一人朗聲說道：「佩孚兄，若是待會兒那個日本人果真來了，你待怎樣？」
另一人道：「還待怎樣，痛罵一頓，趕了出去！」這個說話之人想必便是那吳佩孚了。
那一人笑道：「何必傷了和氣，待會兒見機行事。」
吳佩孚道：「張作霖啊！你一向便是脫不了這個兩面三刀的秉性。」
只聽那張作霖道：「處於江湖之中，又得要吃飽肚子，又得能躲開刀子，不兩面三刀，怎麼能夠活到現在？」
吳佩孚哈哈大笑，道：「老弟，你雖坐鎮東北多年，到底還是一個土匪的嘴臉！」
張作霖也大笑道：「土匪就土匪，只要能活著吃飽肚子，便是要做強盜老子也幹。」
忽然一個蒼老的聲音道：「吳司令，這粒丸藥是老僧特為司令配製，要龍得龍，要鳳得鳳，百試不爽！」張玉側耳聽去，正是姥爺趙進寶的聲音，心中大喜。
吳佩孚連聲謝過。原來吳佩孚至今膝下無子，實是一直掛在心頭的一塊心病。
又聽張作霖低聲道：「佩孚兄，你這中年無子，可是一樁大事！我回頭從東北給你找幾個長相標緻能生兒子的女子來給你做姨太如何？」
吳佩孚也低聲道：「此事萬萬不可！」

聲音漸近，三人走進廳來。郭緒棟連忙迎上前去，給張玉等人一一介紹。進寶法師見了張玉，悄悄地衝張玉擺擺手。

張玉見吳佩孚一身軍裝，八字長鬚，目光咄咄逼人，張作霖卻是英俊挺拔，神色間頗為玩世不恭。

吳佩孚笑著向張作霖道：「老弟啊！這位元便是段總理的公子段宏業。我這是請神容易送神難，人家賴在這裡不走了！在我這兒吃了許多天的白食，再這樣吃下去，我的軍營只怕也要關門歇業了！」

張作霖早已聽說了此事，拉著段宏業的手，向吳佩孚笑道：「外面都傳說你老兄想要學那奸臣曹孟德狹天子以令諸侯，扣押了段總理的公子，也要來個『狹公子以令總理』，今日一見，果真如此啊！」

眾皆哈哈大笑。

張作霖又道：「段公子，今晚吃完飯不忙便走，待我把你帶到東北去，給他們來個『狹公子以令天下』，如何？」

眾人又笑，連段宏業也忍不住笑了。

正熱鬧間，忽聽門外傳令兵喊道：「大迫通貞到！」

吳佩孚「哼」了一聲道：「那日本人來了！」安排眾人坐定，向門外喝道：「讓他進來！」門開處，一個人走了進來，中等身材，上唇蓄了短鬚，眼神油滑陰鷙。也不打話，徑自坐了。

張玉頓時覺得陰氣襲人，不自禁的打個寒噤。

吳佩孚神色嚴峻，不向那大迫通貞看上一眼，張作霖卻是言笑自若，道：「老弟遠道而來，可帶夠銀子了嗎？」

大迫通貞微微一頷首，笑道：「銀子是足夠的，不知道此地有貨可買嗎？」

張作霖笑道：「銀子出足了價，還愁沒有貨賣嗎？不知老弟想買些什麼貨啊？」

大迫通貞心道：「若要說買些人心回去，必要被罵。不如先套套近乎。」眼珠子轉了幾轉，道：「中華文化博大精深，我自幼深愛中華書法，素知幾位的字是極好的，我出價每幅字一千塊大洋！不知誰肯賞臉？」

張作霖笑道：「便請佩孚兄先來！」又低聲向吳佩孚道：「日本人的銀子，為什麼不賺？」

吳佩孚不答，站起身來，走到書案旁，刷刷幾筆，一揮而就。

張玉看時，只見上面寫道：「得意時清白乃心，不納妾，不積金錢，飲酒賦詩，猶是書生本色；失敗後倔強到底，不出洋，不出租界，灌園抱甕，真個解甲歸田。」筆法遒勁，揮灑自如，讚道：「好一個書生本色！」吳佩孚號稱「吳秀才」，詩文書法都是極有造詣。

吳佩孚低聲向張玉道：「小兄弟，你記住了！日本人狼子野心，絕對不可以親近！」張玉點點頭。

大迫通貞取出一個一千塊大洋的紅包，笑道：「玉帥書法果然名不虛傳！剛直倔強，真是字如其人！」吳佩孚尚在娘胎中時，其父曾夢見戚繼光到家，所以就用戚繼光的字佩玉取了名字，人稱玉帥。

吳佩孚不接紅包，將那幅字拿起來，看了一眼，「刷刷」兩聲，扯得粉碎。

眾人見了，都是大驚失色。

大迫通貞臉上浮現出一絲陰笑，不動聲色。

張作霖見了，笑道：「玉帥書法，可遇不可求。待我來寫上一幅，送與貴客！」五指張開，抓起一支如椽巨筆，蘸了濃墨，向紙上揮了出去。

眾人看時，只見一個大大的「虎」字躍然紙上，形態可畏，威猛非凡。血盆大口，便似巨蟒欲吞象，掃帚長尾，恰如猛犬據高崗。

大迫通貞見了，大喝一聲：「好一個虎字！」

張作霖洋洋得意，接過大迫通貞遞過來的紅包，擲筆於地，搖搖擺擺地落座。

大迫通貞細細觀看那幅虎字，見落款題的是「張作霖手黑」，眉頭一皺，小聲向張作霖道：「雨帥，此處落款似乎應是『手墨』吧，大帥少了一個『土』字。」

張作霖瞄了一眼，暗道：「糟糕！寫錯了字了！」卻大笑道：「奶奶的！老子還不知道『墨』字怎麼寫嗎？對付你們這些日本人，手不黑能行嗎？還想要『土』，老子這叫做『寸土不讓』！」

舉座之人都轟然叫好。

大迫通貞聽了，大為狼狽，臉上不豫之色一掠即過，將那幅「虎」字細細收好，坐回桌上。

張作霖拍桌子叫道：「肚子餓了，還不開席嗎？」

吳佩孚笑道：「我今天請了赫赫有名的『乾坤四怪』一同前來赴宴，眼下還有兩怪未到，作霖兄弟且稍安勿躁。」

張玉低聲問郭緒棟道：「『乾坤四怪』？都是些什麼人？」

郭緒棟笑道：「東農西僧，南黑北神，並稱『乾坤四怪』。你怎的不知道？」

張玉搔搔頭，道：「兄弟每日裡忙些俗務，實在是有些孤陋寡聞。」

郭緒棟低聲道：「西僧久居山西，雖是和尚，不務佛法，專擅招財進寶，此為一怪。」說著向上首努努嘴，悄聲道：「便是眼前這位大和尚，叫做進寶法師。」

張玉吃了一驚，暗道：「原來姥爺被人家稱作『西僧』。」

郭緒棟續道：「『北神』就是你今天帶來的這位神父鄭貴，說他是神父，其實於基督教的教義，並不深傳，倒是精熟會道門，聚眾舉事堪稱一絕，此又為一怪。」頓了一頓，道：「『南黑』卻是不知道他的真實姓名，旁人都叫做黑月，最近常在廣州一帶活動，民間傳說他青面獠牙，殺人不眨眼，是個兇神惡煞一般的人物，可是據見過他的人說，其人長相卻是秀氣儒雅，文質彬彬，曾經幾十年間足不出戶，此又是一怪。」

張玉點點頭，問道：「那另外一怪呢？又是誰？」

郭緒棟道：「東農叫做喜老農，定居上海。」

張玉奇道：「那黑月堪稱黑幫領袖，我是知道的。這喜老農不過是一介平民，為什麼也會在『乾坤四怪』之列？」

郭緒棟神祕道：「這東農豈僅僅是『乾坤四怪』之列？實乃『乾坤四怪』之首！」

張玉驚訝道：「卻是為何？」

郭緒棟道：「喜老農外號又叫做『深海蒼龍』，專善做地產生意，北京、上海的地產，倒有一小半都是他的！傳說他早年間坐過牢，在牢房裡遇到了一個貴人，從此發跡了。但他平日裡粗布為衣，糙米為飯，混跡於街頭市井之中，深藏不露，乃是『乾坤四怪』中最為厲害的角色，被世人評為四怪之首！」說著，用手一指道：「喏！那不是來了嗎？」

張玉抬眼看去，只見喜老農與黑月攜了手，哈哈大笑，走了進來。

吳佩孚、張作霖等人見了，都一齊站起身來，笑道：「今日得見『乾坤四怪』聚首，真是三生有幸！」便請喜老農上座。

喜老農笑道：「坐在上首吃飯是要掏銀子的！我又不傻！」執意不坐。

吳佩孚便拉了喜老農坐在右手之位，舉起酒杯，道：「今日機緣巧合，難得眾位好友前來相聚，當一醉方休！」一飲而盡。

眾人一齊飲酒，寒暄起來。

忽然門口一人探頭探腦相望。段宏業見了，喝道：「鬼鬼祟祟地看些什麼？還不快滾了進來！」

張玉看時，原來是平政院的吳旭來了。

吳旭畏畏縮縮地走了進來，道：「大公子，老爺聽說你被放出來了，差我前來看看！」原來吳旭早年間曾是段祺瑞身邊一個餵馬的警衛員，年歲大了，便被安插在平政院工作。這時聽說段宏業願意回去了，便自告奮勇，飛馬前來接人。段宏業離開牢房，也就一兩個小時的事情，吳旭便已得知了消息前來，可見官場消息傳播之快，真如風馳電掣一般。

吳佩孚笑道：「你回去告訴總理，你家公子若是再在我這裡住上幾天，這個軍營只怕便要關門歇業了，還請總理多撥些銀子過來填補填補！」

眾人大笑。

張玉招手道：「大哥！這邊來！」

吳旭方才看見張玉，大喜道：「二弟，原來你也在這裡！」跑過去坐在張玉身邊。

眾人見張玉與吳旭二人稱兄道弟，不倫不類，都是暗暗奇怪。

吳旭向張玉道：「龔家兄弟的珠寶店已經辦到二弟名下了，我把龔家歷年來被人檢舉揭發的案底都給捅了出去，平政院院長見了大怒，立時派人抄家。」又低聲道：「你大哥我也從中得了不少好處。」

張玉問道：「那張作霖百分之三十的股份呢？」

吳旭悄聲道：「張作霖的股份叫做乾股，是沒本錢的。大哥我擅自做主，說是此店已然倒閉，給了他五十斤黃金了斷了。」

張玉大拇指一翹，道：「大哥好手段！」

吳旭續道：「那董光的『大福祥』珠寶店被我帶人去查了個底兒掉，罰得傾家蕩產。」又低聲笑道：「便是連身上的衣服，都給罰沒了入官了！」

張玉聽了，心懷大暢，舉杯向吳旭敬酒，道：「我已著人將順子安頓在『玉麒麟』珠寶店做經理，今後店中的事情，還相煩大哥多多照應。」又將那張平政院的證件遞給吳旭，道：「你這弟弟不愛做官，你把這證件拿了去還給段總理吧。」

吳旭知道張玉身家豪富，對這小官自然也不會放在心上，便收了證件，一一答應。

忽聽吳佩孚道：「張玉兄弟有膽有識，歷經千難萬險為父報仇，可欽可敬！」

張玉連忙起身敬酒。

張作霖道：「這小子有什麼可敬的，將老子在『玉麒麟』的乾股給退了回來，讓老子從此斷了財路！」

張玉忙道：「雨帥還想要入乾股嗎？我正是求之不得！」

張作霖罵道：「入什麼乾股，回頭讓段公子的老爹認真起來，再把老子的腦袋給擰了去！到時候老子『狹公子以令天下』不成，倒讓他老爹『狹老子的腦袋以儆貪官』，那就大大不妙！老子還是入袋為安，拍拍屁股走人便了！」

眾人大笑。

大迫通貞聽了，陰森森地笑道：「中國有句成語，叫做『殺雞儆猴』，是要做雞還是做猴，在座的各位還是好自為之吧。」說罷，拿起那幅寸土不讓的「虎」字，起身離去。

吳佩孚、張作霖聽了，一齊大怒。二人雖然性格迥異，做事風格不同，但都痛恨日本人，後來一個被日本人毒死，一個被日本人炸死。一個儒雅秀才，一個綠林好漢，同為一代梟雄。

飲至半酣，張玉起身向進寶法師敬酒。

進寶法師笑道：「玉兒，告訴你一件奇事。」

張玉道：「姥爺又聽到了什麼奇事？」

進寶法師道：「那李全隱和劉懷仁一同在我的寺裡出家了。」

張玉聽了，大吃一驚，問道：「李市長為什麼也出家了！」

進寶法師道：「李全隱說，身為官員不能為民辦事，每天曲意逢迎，不如出家修行來得快活。如今正在蘆芽山坡上學了陶淵明種菊花呢！」

張玉聽了唏噓不已，道：「劉懷仁出家只怕是為了躲災避難吧？」

進寶法師道：「劉懷仁說，如今壞事做絕，就連自己都覺得自己噁心了，出家不為躲災，只為悔過。如今在蘆芽山石壁前學了達摩祖師面壁呢！」

張玉搖頭，又去向喜老農敬酒，道「姑父，您原來是『乾坤四怪』之首，把我瞞得好苦！我三姑姑身體可好？」

喜老農笑道：「那都是旁人說笑的，怎麼能夠當得真？你三姑姑身體好著呢，每天早晨起來還要跟著喜威練習一會兒形意拳呢！」

張玉聽了心中頓感欣慰，道：「等有時間了我一定要帶了易兒去看看三姑姑去！」

喜老農大喜。

張玉又去向黑月敬酒，兩人低低說些祕事，旁人也不得聽聞。

當晚眾人盡歡而散。張玉辭別眾人，自隨了『北神』鄭貴回到西什庫教堂。

次日張玉問過鄭貴，悄悄地去看陳枝媽送在西什庫教堂學校讀書的兒子陳小龍。

正好趕上課間活動，那陳小龍五六歲年紀，正隨了同學在院中玩耍。一個同學用樹枝打了陳小龍一下，陳小龍怒極，拾起一塊石頭，向那同學擲了過去，正好砸在頭上，頓時鮮血迸流。那同學「哇」地一聲哭了起來。

陳小龍卻若無其事的走開，目光隨意一瞥，向張玉這邊看來。

張玉只覺得這目光射在身上冰冷入髓，心中一震，冷汗涔涔而下。嘆一口氣，轉身離開。

吃過午飯，辭別鄭貴，將易兒接回鐵獅子胡同家中。兩人煮了咖啡，靜靜地坐在院中。陽光和煦，樹影斑駁，一片靜謐，心中說不出的舒暢。

張玉道：「醫生說阿卷傷勢不重，過幾天就可以接回來了。」又道：「京城之地腥風血雨，我也不想再待下去了，妳說咱們今後到哪裡去好呢？當初在妳父母的墳前，咱們曾經說過待大仇已了，便去陪著他們的！」

易兒見張玉終於答應和自己一起去過那逍遙快活的日子了，笑意盈盈，端起咖啡抿了一小口，歪著頭想了想，道：「可是我現在不想再去那些傷心之地了。你姥爺進寶法師的蘆芽山上又住了劉懷仁，我也不想再見到他了。不如咱們一起去杭州吧，就在西湖邊上搭一座小木樓，品著龍井茶，看著那煙雨濛濛，一片笙歌醉裡歸的美景，豈不是好？」

張玉也喝了一口咖啡，喜道：「好！就聽妳的！咱們明天就著人到杭州西湖邊上建一座小木樓去！將來妳生了一堆兒女，我便帶了他們，泛舟西湖之上，捕魚捉蝦。」

易兒心情大好，撫著肚子，偎在張玉懷中，嬌羞無限，喜道：「你們捉了小魚小蝦回來，我給你們做湯吃。」

忽聽外面拍門之聲大作，張玉皺眉道：「是誰敲門？」還沒起身，一人早已翻牆而入，卻是黑三。

張玉見黑三一身血跡，驚問道：「怎麼了？身上弄成這個樣子！」

黑三道：「昨晚黑月酒後獨自出門，一夜未回。天亮時眾黑子查到原來是被京師員警廳的人給抓住了毒打，黑子們殺了幾十人，拚死把黑月給搶了回來，已是生命垂危。」

張玉「霍」地站起身來便要出去，忽然想起杭州西湖之約，看著易兒遲疑起來。

易兒手一抖，一個瓷杯掉在地上，摔得粉碎。

門外一個乞丐走過，敲著竹板悠悠唱道：

華屋高堂，化作瓦礫場。
紙醉金迷，鬧裡尋黃粱。
機謀巧計奈何多，
算漏了痴情徬徨。
金珠聚了再聚，
誰知如今沿街唱。
烏紗新了又新，
哪料後來喪他鄉。
板兒響，酒兒香，
前人栽了幾棵樹，
後人攘攘來乘涼。
荒唐！荒唐！
都是夢一場！

木盒記

作　　者　賈彥勇

發 行 人　林敬彬
主　　編　楊安瑜
責任編輯　黃谷光
內頁編排　詹雅卉（帛格有限公司）
封面設計　陳膺正（膺正設計工作室）
編輯協力　陳于雯、曾國堯

出　　版　大旗出版社
發　　行　大都會文化事業有限公司
11051台北市信義區基隆路一段432號4樓之9
讀者服務專線：(02)27235216
讀者服務傳真：(02)27235220
電子郵件信箱：metro@ms21.hinet.net
網　　址：www.metrobook.com.tw

郵政劃撥　14050529 大都會文化事業有限公司
出版日期　2015年11月初版一刷
定　　價　350元
I S B N　978-986-6234-89-7
書　　號　Story-22

4F-9, Double Hero Bldg., 432, Keelung Rd., Sec. 1, Taipei 11051, Taiwan
Tel:+886-2-2723-5216　Fax:+886-2-2723-5220
E-mail: metro@ms21.hinet.net
Web-site: www.metrobook.com.tw

大旗出版 BANNER PUBLISHING　大都會文化

Cover Photography: Wikimedia Commons / Photo by Siyuwj

國家圖書館出版品預行編目（CIP）資料

木盒記 / 賈彥勇 著. -- 初版. -- 臺北市：
大旗出版：大都會文化發行, 2015.11
448 面 ; 21 × 14.8 公分. -- （Story-22）

ISBN 978-986-6234-89-7（平裝）

857.7　　104021142

大都會文化

大都會文化 讀者服務卡

書名：**木盒記**

謝謝您選擇了這本書！期待您的支持與建議，讓我們能有更多聯繫與互動的機會。

A. 您在何時購得本書：______年______月______日

B. 您在何處購得本書：____________書店，位於____________(市、縣)

C. 您從哪裡得知本書的消息：

1.□書店 2.□報章雜誌 3.□電台活動 4.□網路資訊

5.□書籤宣傳品等 6.□親友介紹 7.□書評 8.□其他

D. 您購買本書的動機：（可複選）

1.□對主題或內容感興趣 2.□工作需要 3.□生活需要

4.□自我進修 5.□內容為流行熱門話題 6.□其他

E. 您最喜歡本書的：（可複選）

1.□內容題材 2.□字體大小 3.□翻譯文筆 4.□封面 5.□編排方式 6.□其他

F. 您認為本書的封面：1.□非常出色 2.□普通 3.□毫不起眼 4.□其他

G. 您認為本書的編排：1.□非常出色 2.□普通 3.□毫不起眼 4.□其他

H. 您通常以哪些方式購書：(可複選)

1.□逛書店 2.□書展 3.□劃撥郵購 4.□團體訂購 5.□網路購書 6.□其他

I. 您希望我們出版哪類書籍：（可複選）

1.□旅遊 2.□流行文化 3.□生活休閒 4.□美容保養 5.□散文小品

6.□科學新知 7.□藝術音樂 8.□致富理財 9.□工商企管 10.□科幻推理

11.□史地類 12.□勵志傳記 13.□電影小說 14.□語言學習（_____語）

15.□幽默諧趣 16.□其他

J. 您對本書(系)的建議：

____

K. 您對本出版社的建議：

____

讀者小檔案

姓名：______________ 性別：□男 □女 生日：____年____月____日

年齡：□20歲以下 □21～30歲 □31～40歲 □41～50歲 □51歲以上

職業：1.□學生 2.□軍公教 3.□大眾傳播 4.□服務業 5.□金融業 6.□製造業

7.□資訊業 8.□自由業 9.□家管 10.□退休 11.□其他

學歷：□國小或以下 □國中 □高中／高職 □大學／大專 □研究所以上

通訊地址：____

電話：（H）______________（O）______________ 傳真：______________

行動電話：__________________E-Mail：__________________________

◎謝謝您購買本書，歡迎您上大都會文化網站（www.metrobook.com.tw）登錄會員，或至Facebook（www.facebook.com/metrobook2）為我們按個讚，您將不定期收到最新圖書資訊和電子報。

木盒記

北區郵政管理局
登記證北台字第9125號
免貼郵票

大都會文化事業有限公司
讀者服務部 收

11051台北市基隆路一段432號4樓之9

寄回這張服務卡〔免貼郵票〕
您可以：
◎不定期收到最新出版訊息
◎參加各項回饋優惠活動

大旗出版
BANNER PUBLISHING

大旗出版
BANNER PUBLISHING